Marktplatz der Heimlichkeiten

Lektorat: Heiko Arntz
1. Auflage 2015
© by Europa Verlag AG Zürich
Umschlaggestaltung: Hauptmann & Kompanie Werbeagentur,
Zürich, unter Verwendung eines Fotos von © Emilia Krysztofiak Rua
Photography
Satz: Christine Paxmann text • konzept • grafik, München
Druck und Bindung: fgb, Freiburg

ISBN 978-3-906272-35-1

Angelika Waldis

Marktplatz der Heimlichkeiten

Roman

Für Otmar

*Menschen wie Medien in diesem Roman sind erfunden.
Aber erfunden ist nicht gelogen.
Das Medienhaus ist ein Marktplatz, hier
werden Geschichten verkauft, möglichst frisch. Über alles,
was läuft, draußen in der Welt. Was drinnen läuft, in den
Menschen, die hier arbeiten, bleibt ungesagt. Sie verwahren
ihre Heimlichkeiten voreinander. In diesem Buch werden sie
aufgedeckt, an ein paar Sommertagen und ein paar
Wintertagen im Jahre 2012. Erstaunliches kommt
zum Vorschein. Die Volontärin, die durch alle
Kapitel mitgeht, ahnt es erst zum Schluss.*

Teil eins
Juni

1. *Die Eibennadeloption. Flug nach Aserbaidschan. Das Leben ist ein Geschenk*
   Tino Turrini, Hauspost — 14
2. *Rohseidene Lümpchen. Wichtiges fällt vom Himmel. Verlorenes Ei*
   Nadine Schoch, Stv. Leiterin Kantine — 24
3. *Absoluter Komparativ. Steig aufs Fensterbrett, spring! Toter Ohrwurm*
   Luca Ladurner, News-Redaktion — 35
4. *Granatrote Dessous. Absprungbereites Lachen. Grüß Gott*
   Josette Monti, Assistentin Human Resources — 46
5. *Meine Damen und Herren. Marilis Unterhose. Stimmen im Kopf*
   Walter Enderle, Applikationssupport — 58
6. *Pink und hellgrün. Der tote Lauscher. Seltsame Sache*
   Fabian Rausch, Firmenbroschüre «100 Jahre NSZ» — 70
7. *Rassistenheinis. Punktierte Eierstöcke. Jede Menge Sommer*
   Lilli Stutz, Redaktionssekretariat NSZ — 81
8. *Ein Stoffknäuel, geblümt. Hiob ist dran. Magst du ein Stück Zopf?*
   Hans Stemmler, Stellenanzeiger — 93
9. *Warmes Brot, blutige Spiele. Solidaritätsgedudel. Horch, es ist Sommer*
   Sven Schacke, CR «Yours» — 105
10. *Habseligkeiten. Milchkaffeefarbiges Monster. Alles bestens*
    Rolf Lutz, ehemals Hausdienste — 115

11 Zwei Prinzen. Der Störfaktor. Schmetterlingswetter
   Annakatharina Hirsbrunner, Honorarbuchhaltung   126
12 Was für ein Flöten. Kruzi. Sakra. Die saufende Kiste.
   Der klopfende Finger
   Erna Galli, Verträgerin   137
13 Fünfsternlaken. Ein Tamarindenbaum. Gutsein ist
   unbrauchbar
   Albert Louville, Verwaltungsrat   148
14 Schau, wie's glänzt. Törtchen und Zeitungspapier.
   Der Hund ist ruhig
   Ein Fest   160

Teil zwei
Dezember

15 Jetzt brennt's. Adrienne gibt zu tun. Stärbe, stürbe,
   sterben täte
   René Herren, NSZ Ressort Ostschweiz   174
16 Leichtes Fieber. Das Böse mit viel Fleisch drum.
   Schauerliches Märchen
   Fanny Franke, Gerichtsreporterin   185
17 Der gute Geruch nach nichts. Rote Boxhandschuhe.
   Sternsplitter
   Markus Meyer, NSZ Ressort Reisen   195
18 Kran und Kunstweiber. Aha. Unwiederbringlichkeiten.
   Flirrende Helle
   Margret Somm, NSZ-Fotografin   206
19 Bissige Primzahlen. Bussard. So einfach kann Leben
   sein. Sich zuschneien lassen
   Zita Ruff, NSZ Archiv   217
20 Achselhöhlenkuss. Abschussliste. Verlogenheitspegel
   Richard Guttmann, Stv. Chefredaktor NSZ   229

21	*Voll der Kick. Käserindenfresser. Rosenkranz. Bedienen Sie sich*	
	Stevie Wanski, Cleaning Group	240
22	*Irgendwie hinüber. Ein halbes Gramm noch. Warum mag ich mich*	
	Iris Wertheimer, CR «Zuhause»	250
23	*Nach und nach. Kulturplunder. Gehackter Hund. Die Schicksalsjacke*	
	Pia Walch, NSZ-Leserbriefe	261
24	*Jubel. Eine Greifvogelfeder. Organ namens Herz. Nichts Falsches an ihm*	
	Noa Dienes, NSZ-«Themen»	273
25	*Psalm 23. Reklamationen. Ach, Anna. Heißluftanlage. Ich geh dann*	
	Heinz Pfammatter, Abo-Dienst	284
26	*Eine Nacht, ein Morgen. Hundharmonika. Quersumme 26*	
	Jonas Jordi, Anzeigenleiter «Zürcherland»	296
27	*Finger im Rücken. Weich wie Rührteig. Es liest sich. Zur Zeit sind die Tage grau*	
	Lea Corti, Reporterin NSZ	308
28	*Ein bösbisschen plaudern. Liebe Besatzung. In voller Fahrt. Pulverfass*	
	Ein Fest	320

Teil eins

J U N I

bin die neue volontärin im mumi-
enhaus ~ ob ich durchhalte, zwölf
monate ~ weiß nicht ~ drei sind
vorbei ~ bald sommer ~ aber dieser
fünfzehnte mai steckt mir immer noch
im hals ~ und hoffentlich nicht sonst
wo ~ wenn doch ayna noch da wäre
~ aber nein, da hat man eine beste
freundin, und dann wandert sie aus ~
wen ruf ich jetzt an ~ ayna, türkisch:
spiegel ~ war immer mein spiegel
~ bräuchte ihn, damit ich mein bild
nicht vergesse und noch weiß, wer ich
bin, jetzt, in diesem haus ~ haus der
netten leute ~ die wedeln, wenn sie
kommen, und knurren, wenn sie gehen
~ nicken jajaja, meinen neinneinnein
~ machen immer auf nett ~ so viele
langweiler auf einem haufen ~ ein
lauter furz schreckt sie schon hoch ~
bin die neue volontärin, hurra, hurra
~ hab mich mal drauf gefreut ~ jetzt
kommt die post ~ die verteilen die
hier noch

1

*Die Eibennadeloption.
Flug nach Aserbaidschan.
Das Leben ist ein Geschenk*

TINO TURRINI, HAUSPOST

Irgendwann nimmt er sich das Leben. Das hat seine Mutter immer gedacht, er weiß das, er hat ihre vorsichtigen Fragen nicht überhört. Nun, mittlerweile ist er achtundvierzig, und er lebt noch. Tino Turrini, genannt Postino.

Es ist zehn vor sieben in der Früh, als er am Warenhaus Jelmoli vorbeifährt, spätestens um sieben Uhr muss er an der Arbeit sein. Er blickt in die kleine Querstraße und versucht sich vorzustellen, wie sich das Mädchen gefühlt hat, als es vom Jelmoli-Restaurantbalkon sprang. Er lockert die verkrampften Hände an der Lenkstange, sie zittern ein bisschen. In der NSZ hatte gestanden, das Mädchen sei tot gewesen – eine Fehlmeldung, die in der nächsten Ausgabe korrigiert wurde. Nicht tot, nur verletzt. Knochenbrüche. Wer die Fehlmeldung zu verantworten hatte, wurde von der Redaktion vornehm verschwiegen.

Wie immer ist die Spatzenbande im Gebüsch vorm Hauptportal. Man sieht sie nicht, man hört sie nur. Seit zwei Stunden ist es hell, und die Leuchtschrift ist immer noch an: NeoMedia. Er hat sich noch nicht an den neuen Namen seiner Firma gewöhnt. Ich arbeite bei der NSZ, sagt er nach wie vor, bei der *Neuen Schweizer Zeitung*. Manche Leute glauben dann, er sei Redaktor oder so was. So wie er aussieht, könnte das stimmen. Kurzer Rossschwanz, randlose Brille, eher auf der bleichen Seite. Es ist nicht schwierig, so auszusehen wie die Redaktoren, die meisten kommen recht zerknautscht daher. Die Spatzenbande flirrt hoch, als er kurz rüttelt an einem Zweig, dann taucht sie wieder ins Blattgewirr und fährt mit dem nervösen Getschilpe fort.

Er winkt zum Portier rüber, aber der sieht ihn nicht, weil er gerade in seine Hausjacke schlüpft. Sonst hätte er bestimmt zurückgewinkt. Der ist immer nett, der Martaler, zieht mit der Hausjacke ein Hausgesicht an. Portier Urs Martaler, von Beruf Nettseier, ist keiner, der extra wegschaut, wenn man winkt.

Ich arbeite bei der NSZ, sagt Postino, wenn jemand fragt. In der Hauspost, müsste er noch sagen, aber das lässt er weg. Seit elf Jahren, könnte er noch sagen, aber das lässt er auch weg. Er zieht den Rollladen hoch wie jeden Morgen und sieht den Eibenbusch wie jeden Morgen. Es ist ein magerer Busch, im Herbst, mit den roten Beeren, wirkt er etwas besser, aber jetzt ist er einfach nur jämmerlich, kaum zu glauben, dass er giftig ist. Hundert Gramm Nadeln und fünf Minuten reichen für ein Pferd, hat er gelesen. Er würde die Nadeln nicht kauen, sondern einen Absud machen, das ginge sogar hier in der Hauspost, mit dem Wasserkocher, den er seit Jahren im Schrank hat. Auf dem Schrank steht «Tino Turrini», der Schrank lässt sich abschließen, was er im Schrank hat, geht niemanden was an. Herr Turrini, so nennen ihn nur ein paar wenige. Die meisten duzen ihn, aber er heißt nicht mehr Tino, sondern Postino, das hat sich der Chefkorrektor ausgedacht. Ihm ist es recht. Er ist nie gern Tino gewesen, hat seiner Mutter den Namen übel genommen.

Die Postsäcke stehen schon da, lehnen aneinander wie unförmige graue alte Weiber, gleich fangen sie an, miteinander zu flüstern und zu kichern. Er packt sie und leert sie auf dem großen Sortiertisch aus. Nun geht's ans Verteilen. Zweimal täglich bringt er die Post in die verschiedenen Abteilungen, zweimal holt er sie, zu den Redaktionen geht er viermal, dort sagt meistens keiner mehr danke. Bis vor ein paar Jahren waren sie in der Hauspost noch zu zweit, dann nahmen die Mails zu und die Briefe ab, und der Bruggisser musste gehen, er war achtundfünfzig und wurde vorzeitig pensioniert. Jetzt hat er einen Kiosk und einen Lungentumor, dabei hat er gar nicht viel geraucht. Zum Rauchen hat er sich immer über die Fensterbank geschwungen und sich draußen neben den Eibenbusch gestellt. «Du brauchst eine Frau», hat er jeweils zu Postino gesagt, wenn der auf die Frage «Wie geht's» bloß die Schultern hob. «Du brauchst eine Frau, wenn du den Moralischen hast. Die wischt dir den Moralischen weg wie Kacke vom Kinderpo. Frauen können das.»

Postino wusste, was Bruggisser mit dem «Moralischen» meinte, nämlich einen schmerzlichen Gefühlsschub, der wieder vergeht wie eine wetterbedingte Himmelsverdunkelung. Aber das ist es nicht, was Postino hat, wenn er bloß die Schultern hebt. Postino weiß selber nicht, was es ist, was er hat. Er hat noch nie eine Bezeichnung gelesen, die auf ihn zutrifft. «Ich habe Weltweh», würde er am ehesten sagen, wenn ihn jemand fragte. Aber erstens fragt ihn niemand, und zweitens würde er sich seiner Antwort schämen. Weltweh, so was Blödes. Gibt's gar nicht. Und doch ist es immer da, wie ein großer blauer Bluterguss vorne auf der Brust.

Heute geht Postino als Erstes in die Chefetage, genannt Walhalla, auch Teppichetage, obschon es da längst keine Teppiche mehr gibt, sondern teures gebleichtes Eichenparkett. Hier residieren der Verwaltungsratspräsident, der CEO, der Medienchef und der Gesamtverlagsleiter. Postino war noch nie in einem dieser Büros, er hat die Post bei Nastja abzugeben. Ihr Büro ist offen, sie kommt meist spät, Postino legt die Briefe der Größe nach und Kante auf Kante gebündelt neben ihr Telefon und schaut sich derweil ein wenig um, an ihren Wänden hängen immer wieder andere Bilder, «Kunst ist mein Leben», sagt sie, überhaupt macht sie sich wichtig, das hört Postino aus den Bemerkungen der anderen Walhalla-Sekretärinnen heraus. Aber er hat nichts gegen Nastja, sie ist freundlich und lacht viel, sie lässt ihn zuschauen, wenn sie sich die Lippen schminkt, dunkelrot. Er weiß, wo sie ihr Schminkzeug verwahrt und wo den Weißwein, den sie ungekühlt trinkt und in Mengen. «Was machen Sie hier?», fragt jemand unter der Tür, und Postino dreht sich verlegen um, als hätte man ihn bei einem Diebstahl ertappt.

Es ist der CEO, der ihn fragend anschaut, in T-Shirt und Radlerhose, Postino hat gehört, dass er frühmorgens immer mit dem Velo kommt und sich dann duscht und so umzieht, wie man ihn kennt: dunkelblauer Anzug, gestreiftes Hemd. «Ich bin von der Hauspost», sagt Postino und zeigt auf den Briefberg und sieht, dass der CEO extrem dicke Oberschenkel hat. «Tino Turrini», sagt Postino, «guten Morgen», worauf der CEO das Kinn hebt und aus der Türöffnung verschwindet. War das nun ein Gruß, das Kinnheben, oder was? Postinos Sympathie für den CEO ist weg. Ein billiges Sätzchen wie «Ach, Herr Turrini» könnte ein Konzernchef doch wohl noch zustande bringen, auch wenn er noch nicht geduscht ist.

Postino zieht seinen Postwagen durch die Korridore und stellt sich vor, es sei ein Reisekoffer, manchmal hilft das, wenn ihn alles anscheißt. Sag nicht «anscheißen», sag lieber «angurken», findet seine Mutter. Das Anscheißen könne sich leicht in einen entsprechenden Dauerzustand verwandeln, und den werde man nicht so einfach wieder los. Angurken sei punktueller. Ach je, was die immer sagt. Postino stellt sich also vor, er ziehe seinen Koffer hinter sich her, er sei im Flughafen und müsse zum Gate, A41 oder so, dort wird er erfahren, wohin er fliegt. Er wünscht sich ein Land, wo man eigentlich nicht hinfliegt, weil es ein schwieriges Land ist, keins, das mit Frohmut gepflastert ist und die Heiterkeit in der Verfassung hat. Mauretanien oder vielleicht Weißrussland, dort würde er beweisen, was für ein einfallsreicher Mensch er ist, er, Tino Turrini, was für ein Lebenskünstler, kein Held, das nicht. Er biegt um die Ecke zum Gate A41. Alicante direkt! Nein, da bleibt er lieber hier. «Postino!», ruft jemand, «gib her.» Es ist die Thalmann, die, wie sie sagt, seit einer halben Stunde auf ihre Post wartet, sie reißt ihm das Bündel Briefe aus der Hand. Zwetschge, denkt Postino. Zum Glück darf ich immer noch denken, was ich will. Ziege. Zecke. Sumpfgurke.

Das Beste auf der Tour ist das Reinschauen bei Hansemann, der heißt tatsächlich so, Fred Hansemann, Einkäufer Büromaterial, er hat ein winziges Büro für sich allein, eine Besenkammer, mit einem Fenster zum Luftschacht. Oft hat er Hansemann gar nichts zu bringen, dann klopft er trotzdem und sagt: «Heute nichts.» «Komm rein», sagt Hansemann, «schau dir das an!», und zeigt auf den Bildschirm. Hansemann sammelt Fotos von eigenartigen Tieren und sieht sie sich an, wenn er von den Heftklammernbestellungen und den Sichtmäppchenretouren genug hat, er schaut sich ein Tier an, so wie sich andere einen Schluck Kaffee genehmigen. Heute hat er ein bleiches langes Ding auf dem Schirm, Vollbildgröße, «ein Grottenolm», sagt Hansemann, «schau dir das an!» Der lebe im Dunkeln, sagt er, in Tropfsteinhöhlen, möge ganz kaltes Wasser und einen lehmigen Gewässerboden zum sich Einwühlen. Weil sich Postino nicht gebührend entsetzt, sagt Hansemann noch, der Grottenolm habe funktionslose Augen, die seien unter der Haut verborgen. «Dann weiß er wenigstens nicht, wie er aussieht», sagt Postino, «ist doch immerhin etwas. Und sich Einwühlen ist auch nicht übel.» «Das nennt man positiv denken», sagt Hansemann, «trotzdem: Möchtest du so leben?» Postino lacht. Er weiß nicht, wie er leben möchte. «Die werden hundert Jahre alt!», ruft Hansemann noch, als Postino bereits die Tür hinter sich schließt.

Er muss sich beeilen, er hat noch zwei weitere volle Postwagen, und die ganze Vertriebs- und Finanzabteilung ist noch nicht bedient. Er wartet vor dem Lift und macht sich zum Grüßen fertig, als der PR-Chef und sein Vize aussteigen, aber die beachten ihn gar nicht. Vielleicht haben sie funktionslose Augen. Postino ist froh um sein altes Schimpfwort, zweisilbig mit Loch.

Er freut sich auf die Gerlind von der Honorarbuchhaltung, aber sie ist nicht da. «Ihr Mann ist tot», sagt das Lehrmädchen und merkt gleich, dass das etwas unfein geklungen hat. «Er ist verschieden», sagt sie, ist damit aber auch nicht ganz zufrieden, und so zeigt sie auf die aufgeschlagene NSZ: «Hier steht's.» Postino hat nicht gewusst, dass die Gerlind einen Mann hat oder hatte. Elf Jahre lang hat er sie von Montag bis Freitag zweimal täglich gesehen, aber das vom Mann hat er nicht gewusst. Sie hat ihm einfach Gebäck angeboten und etwas vom Wetter gesagt oder von den Druckern, die nie richtig funktionieren, und sie hat immer so schön gelächelt dazu, darum hat er eigentlich gedacht, dass er sie kennt. Sie hat ihm in der Kantine auch zugewinkt, und einmal hat sie sich zu ihm gesetzt, und er hat sich gewundert, dass sie ihr riesiges Schnitzel aufgegessen hat, und jetzt hat sie also einen Mann, und der ist tot. «*Ich habe die traurige Pflicht, Ihnen mitzuteilen, dass mein geliebter Ehemann Rolf Schwaller verschieden ist.*» Mitarbeitende der NSZ brauchen nichts zu zahlen für Todesanzeigen ihrer Angehörigen, auch die Danksagungen sind gratis. Postino möchte nicht gern am Schalter der Inseratenannahme sitzen und die trauernden Angehörigen beraten, ob das Inserat kursiv oder halbfett oder mit Lilienzweig daherkommen soll. Zum Glück muss er da nicht hin, die holen ihre Post selber. «Was machen wir jetzt?», sagt er zum Lehrmädchen. «Ich bräuchte eine Unterschrift von der Gerlind für den Eingeschriebenen.» Das Lehrmädchen hebt fragend einen Stift, Postino nickt, und sie schreibt langsam und deutlich Annakatharina Hirsbrunner neben seinen Daumen. Er hat keine Ahnung, warum ihn das fröhlich macht.

Er macht sich wieder auf durch die Korridore zu einem Gate, B59 oder so, Aserbaidschan wär gut, oder Ossetien, ein Land, wohin man allein hinfährt und keinesfalls mit einer Begleiterin, er hätte ja gar keine. Annakatharina Hirsbrunner, möchten Sie mit mir nach Aserbaidschan fliegen? Nein, würde sie mit ihren deutlichen Buchstaben schreiben. Dann würde sie kurz innehalten, weil ihr das kurze Nein etwas unfein vorkäme, und würde noch ihre lange Unterschrift hinzusetzen. Ein einziges Mal hat Postino eine Freundin gehabt, da war er gerade vom Gymnasium geflogen. Er zog zu Hause aus und wohnte bei Contessa, er führte ihre Hunde aus, und sie führte ihn ins Sexualleben ein. Sie war doppelt so alt wie er, und seine Mutter sagte, was für eine Schande. Contessa war mal mit einem richtigen Conte verheiratet gewesen und hatte eine Portion vornehmes Getue beibehalten, so wünschte sie sich, dass Postino einen Blazer mit Goldknöpfen trug, wenn er sich zu ihr an den Tisch setzte. Außerhalb der Mahlzeiten durfte er auch nackt in der Wohnung herumlaufen. Postino denkt gern an Contessa, auch wenn er weiß, dass sie inzwischen tot ist, er stellt sich vor, dass sie zu ihm wieder sagt: Tino, aus dir wird was, ich spür's. Das hat sie mehr als einmal gesagt. Ihr Busen war so groß, dass Postino die eine Hälfte des Büstenhalters wie eine Kappe über den Kopf ziehen konnte. Wenn er so um sie herumtanzte, konnte sie sich kranklachen. Manchmal seufzte sie und sagte, «mein Busen zieht mich in die Tiefe, halt mich fest», dann musste sich Postino hinter sie stellen, mit beiden Händen ihre Brüste hochstemmen und eine Zeitlang so verweilen. Wer sie dann echt in die Tiefe zog, war ein Betrüger, dem sie nach Australien folgte. Er knöpfte ihr alles ab, was sie besaß, und ließ sie danach in Adelaide sitzen. Der Flug von Gate B59 geht nach Düsseldorf, nichts für Postino und Schluss mit dem Fantasieren, er eilt Richtung Personalabteilung, Human Resources heißt das heute, das Briefbündel liegt ihm schwer auf dem Arm, das sind größtenteils Bewerbungsschreiben, sie stinken vor Hoffnung, und die meisten werden im Shredder landen. Er kennt das Geräusch, das der Shredder macht. Ich muss froh sein um meinen Scheißjob, denkt er, muss ein munterer Pösteler sein, der sich eigentlich schon längst mit einem Eibennadelabsud hätte umbringen wollen. Manchmal, wenn er aus dem Fenster der Hauspost schaut, stellt er sich ein großes Pferd vor, hell mit ein paar schmutzigen Flecken, es läuft geradewegs auf den Eibenbusch zu und beginnt, Nadeln zu rupfen. Schau auf die Uhr, sagt das Pferd und fällt nach fünf Minuten tot um.

Zeit für eine Pause. Er holt den Wasserkocher aus seinem Schrank, das Kaffeepulver und die in der Toilette abgefüllte Wasserflasche. Er könnte auch in der Kantine einen Kaffee trinken, aber nur stehend, sitzend würde er zu unbeschäftigt wirken. Die Säcke mit der neuen Post, die er noch vor Mittag verteilen muss, stehen schon da. Diesmal sehen die Säcke aus wie verhüllte Bären. «Ihr könnt warten», sagt Postino, und drückt gerade eine Menge gezuckerter Kondensmilch aus der Tube, als Kurt hereinplatzt. «Mach mir auch einen», sagt Kurt, «ich hab jetzt dann gleich einen Schwächeanfall.» Kurt Bättig ist Hauswart, ein Schrank von Mann, ein Schrank, der strikt verschlossen bleibt. «Die machen mich heute wieder mal fertig, ich soll überall gleichzeitig sein und subito.» Postino holt einen zweiten Becher und drückt den Rest der Tube aus. Dann packt Kurt die Tube und quetscht mit seinen großen Händen noch mal mindestens elf Zentimeter Milch hervor. «Hast du's gehört?», sagt Kurt. Nein, Postino hört nie etwas von Wichtigkeit. Er vermutet, dass er für wichtige Mitteilungen nicht wichtig genug ausschaut. «Die bauen zweihundert Stellen ab», sagt Kurt. Dass Postino zusammenzuckt, merkt er nicht. Er zeigt mit einem Finger voller Kondensmilch zur Decke. «Dabei wird da oben gescheffelt wie noch nie.» Das weiß Kurt von der Nastja. Die Nastja hat ihn vorhin herbeigepfiffen und ihm gezeigt, wie er das Walhalla-Sitzungszimmer für heute Abend herrichten soll. «Was ist heute Abend?» «Medienpreisbekanntgabe.»

«Herr Turrini, Sie arbeiten doch bei der NSZ», hat seine Hausmeisterin kürzlich gesagt, «ich hätte ein spannendes Thema für Sie: Die Hirsche in der Stadt! Oder sind es Rehe?» Auf jeden Fall sehe man sie neuerdings in den Parkanlagen am Stadtrand. Und die Polizei wolle das nicht dulden. Das sei doch eine Schweinerei, das sei doch ein Thema für die NSZ. «Oder, Herr Turrini?» Postino wird sich hüten, einen Redaktor über ein Stadtrandreh zu informieren. Postino mag die Redaktoren nicht sonderlich, manche grüßen nur flüchtig oder gar nicht, wenn er mit seinem Postwagen durch den Korridor kommt. Dabei würde er, Postino, eine perfekte Reportage über Stadtrandrehe zustande bringen, er hat schon immer gut geschrieben, und dass er aus dem Gymnasium flog, hatte nichts mit seinen Begabungen zu tun, ja, das würde er zustande bringen – eine medienpreisverdächtige Reportage über die scheuen Rotbraunen am Stadtrand …

«Was ist. Etwas ist», sagt Kurt. Postino zieht die Schultern hoch. Kurt streckt wieder den Finger zur Decke. Ob ihm Postino helfen könne, die Tische zu verschieben da oben. «Ich hab zu tun», sagt Postino und zeigt auf die verhüllten Bären. Da legt Kurt gebetsmäßig seine Pranken aneinander. Also gut, nickt Postino. Wieder mal ich.

Er macht sich an die verhüllten Bären, und während des Briefesortierens wird ihm kalt vor Angst. «Die bauen zweihundert Stellen ab.» Was, wenn er einer der zweihundert ist? Bestimmt ist er das. Die werden die Hauspost umbauen, reihenweise Regale mit Postfächern aufstellen, offene und verschließbare, so eine Art Ställe für Riesen- und Zwergkaninchen, und die einzelnen Abteilungen schicken dann ihre Unterbeschäftigten her, um die Ställe zu putzen. Postinos Postwagen werden auf dem Müll landen und Postino auf dem Arbeitsamt. Aber niemand wird ihn mehr haben wollen, einen Achtundvierzigjährigen ohne Schulabschluss, ohne Berufsangabe. Fertig. Eibennadelabsud. Postino öffnet das Fenster, um die kalte Angst mit warmer Juniluft zu verjagen, als ihm einfällt, dass ja jemand die Post in die Postfächer legen muss, bevor sie geholt werden kann – er zum Beispiel. Er kann das. Er kann Adressen lesen und hat zwei Hände, er raucht nicht, stinkt nicht, hat kein Vorstrafenregister, und Schweizer ist er auch. Bloß, in einer Stunde ist das Verteilen erledigt. Das schafft auch jemand, der ohnehin hier arbeitet, der Portier Martaler oder das Lehrmädchen Annakatharina Hirsbrunner. Das war's dann also. Die Wohnung wird er aufgeben und wieder bei seiner Mutter einziehen müssen. Und dass ihn das angurkt, wird sie nicht hören wollen. Das Leben ist ein Geschenk, wird sie sagen, das weißt du doch, Tino.

was hier so riecht, ist dünkel, ein mix
aus bisschen schwarztee, bisschen
leder, bisschen frischschweiß, bisschen
gebügeltes, ja so etwa ~ das wabert ~
wabert durch korridore, durch offene
türen ~ am stärksten riecht's in kultur
und ausland: ha! wir sind die mit dem
durchblick! ~ die mit dem scharf-
sinn! ~ die mit der echtoriginalität! ~
sprache: unsere keule! sprache: unser
streichelfinger! ha! ~ und was schaut
raus? eine langweilige zeitung ~ muss
noch mal über meinen text: gift in
den schrebergärten ~ ganz nett, hat
textchef gesagt ~ aber man spürt den
fleiß, hat er gesagt, er lese streber-
garten statt schrebergarten ~ nimm
den fleiß noch raus, hat er gesagt ~
schreber, streber, eber, er ist der eber,
männliches hausschwein, zu schlachten
mit bolzenschuss ~ schluss jetzt ~
gibt auch gute gestalten hier ~ postino, lächelt angenehm traurig

2

*Rohseidene Lümpchen.
Wichtiges fällt vom Himmel.
Verlorenes Ei*

NADINE SCHOCH, STV. LEITERIN
KANTINE

Noch nicht mal zehn Uhr morgens – und schon der volle Stress. Nadine ist eine Stunde zu spät zur Arbeit erschienen, weil sich Juri nachts erbrochen hat und vor dem Frühstück noch mal. Danach hat er vor dem Bett gekniet, den Kopf auf der Matratze, das Pyjama voller Kotze, ein Häufchen Kind. Während Jan vor sich hin schimpfte, weil er seine Trainingshose nicht fand, rief sie ihre Mutter an, könntest du vielleicht. Aber Mutter kann nicht, Mutter hat eine Zahngeschichte.

«Jan, hör auf zu jammern, nimm einfach eine andere Hose, bitte, Janusch.» Sie schrie etwas zu laut, Janusch sagte nichts mehr und rannte aus der Wohnung, vom Türeknallen zitterten die Gläser auf dem Küchentisch. Von seinen Rechenaufgaben hatte er gestern Abend die Hälfte falsch gelöst und nicht mehr korrigiert. Nun rannte er also mit falschen Rechnungen und einer falschen Turnhose zur Schule. Sie suchte die Nummer von Gabriela heraus, Gabriela wollte zehn Franken pro Stunde und versprach, um neun Uhr da zu sein. Juri wimmerte, er wollte nicht, dass Gabriela kam, Gabriela sei blöd. Warum? Juri wusste es nicht.

Und jetzt kauert Nadine hinter der Kantinentheke und putzt das Kühlfach für Milch und Kaffeerahm, der Chef ist nervös, weil gleich jemand von der städtischen Gesundheitsinspektion vorbeikommt. Er hat alle Ei- und Selleriebrötchen von gestern in den Müllsack geworfen und den Sack fest zugeschnürt. Die Aufschnittmaschine sei auch nicht sauber, sagt er. «Nadine, mach schon.» Was kann sie dafür, dass das Putzteam so schlecht arbeitet. Sie ist nicht fürs Putzen zuständig, sie ist als stellvertretende Kantinenleiterin angestellt, das muss sie Roland heute noch mal deutlich klarmachen. Roland ist als Chef nicht übel, aber manchmal rastet er aus. «Die Kantine eines Medienunternehmens kann sich verdammt noch mal keinen Rüffel von den Hygienefritzen leisten.» Er reißt ein nicht mehr frisches Handtuch vom Haken und wirft es Nadine vor die Füße. Nadine, mach schon.

Nadine sieht Juris gekrümmten Rücken vor sich, über die Toilettenschüssel gebeugt. Das Oberteil ist ihm zu den Schultern gerutscht, die Rückenwirbelchen stehen vor, er weint, während er sich erbricht. Hilflos steht sie hinter ihm und kommt sich grob vor, weil sie ihn ins Bad gezerrt hat, als er wieder würgte, damit er nicht noch einmal das Bett vollmacht. Das hat sie in der Nacht frisch bezogen und das verschmutzte Bettzeug auf den Balkon geworfen. Sie kann erst übermorgen an die Waschmaschine ran.

Am liebsten ginge sie über Mittag nach Hause, aber das würde sie mit Hin- und Rückweg eineinhalb Stunden kosten, und das kann sie sich nicht leisten, sie ist erst seit drei Wochen hier, noch in der Probezeit also, und sie hat bei der Anstellung gesagt, das mit der Kinderbetreuung sei gelöst, kein Problem. Und heute, wo Roland so nervös ist wegen dieser Inspektion, kann sie schon gar nicht für eineinhalb Stunden weg. Bis jetzt kennt sie noch keine Frau hier im Betrieb, die zu Hause auch Kinder hat, die sich nachts erbrechen und im Rechnen schlecht sind und aus irgendeinem Grund keinen Freund finden und sich Sonntage lang mit dem Bruder streiten. Hier im Betrieb ist so etwas kein Thema. Man eilt morgens herbei und leistet und liefert und eilt abends davon. Sie ist die nette Nadine Schoch, diplomierte Restaurateurin, und ist dafür da, dass die Gäste sich wohl fühlen, während Roland hinter den Kulissen für Ordnung sorgt und das Küchenteam oder die Lieferanten anschnauzt. Roland, der Mann mit Tempo und Motorboot. Kinder hat er nicht, er würde nicht verstehen, warum sie ihm erzählt, Juri zeichne neuerdings immer Leute mit Gewehren und Blut am Kopf. Sie hat ihm gesagt, sie renne jeden Morgen eine halbe Stunde, da hat er anerkennend genickt, er tut selber was für einen schönen Körper, isst kein Brot und bleicht die Zähne. Sie hat ihm nicht gesagt, dass sie nur in der Wohnung herumrennt, von Zimmer zu Zimmer, auf der Suche nach tausend Dingen und Argumenten. Jan, ich kann das Aufsatzblatt nicht finden, vielleicht hast du es in der Schule vergessen, wenn du dauernd etwas vergisst, kann ich dir kein Meerschwein kaufen, du würdest vergessen, es zu füttern. Noch bevor sie am Morgen aufsteht, fängt sie im Kopf an zu rennen und nimmt sich vor, alles einzuholen, was ihr davonläuft, damit das Leben so wird, wie es sein muss.

Der Inspektor ist ein freundlicher Mensch, er setzt sich mit Nadine und Roland an einen Tisch und erzählt von einer toten Ratte, die er kürzlich gefunden hat. Nadine sieht, dass Rolands Hand zittert, als er das Formular des Inspektors unterschreiben soll, dass er mit der Linken das rechte Handgelenk festhält, dann geht's. Wegen der Inspektion sind sie etwas spät dran mit dem Einrichten des Salatbuffets, und ausgerechnet jetzt kommt der CEO mit zwei Gästen an die Theke, aber sie gehen an den Salaten vorbei zum Menü 1, Siedfleisch mit Vinaigrette. Der CEO bildet sich etwas ein auf die neu umgebaute Kantine, von ihm stammt der Name: «Canto», aber niemand nennt sie so, außer Roland. Die Kantine heißt bei den meisten weiterhin Kantine, Nadine weiß es vom Hauswart, aber Roland will davon nichts hören. Roland ist ziemlich eitel und Nadine ziemlich schadenfreudig. Sie freut sich, dass der CEO zu Roland Herr Kuster statt Herr Kutter gesagt hat. Der Hirsesalat und der Thunfischsalat heute erinnern sie an das, was Juri auf die Bettdecke erbrochen hat, und obwohl bereits Hochbetrieb ist, verdrückt sie sich in die Küche, um Gabriela anzurufen. Gabriela nimmt nicht ab, wo steckt die bloß, die darf doch Juri nicht alleine lassen. So geht das nicht. Zehn Franken pro Stunde, von wegen. Endlich ist sie dran. Nein, Juri schlafe nicht, nein, Juri weine nicht, nein, Juri spiele nicht. «Wie geht's ihm denn!», ruft Nadine, noch immer wütend. Er habe einen heißen Kopf. Total heiß. «Ich komme», sagt Nadine. Es ist ein Uhr.

Paolo vom Küchenteam bringt den Topf mit frischer Fleischbrühe zur Theke und blickt verwundert hoch, als ihn Nadine am Arm fasst. «Wenn der Chef nach mir fragt», sagt sie, «ich bin für eine halbe Stunde weg», sagt sie, «im Personalbüro.»

Juri hat 38,3 Fieber. Gabriela hat ihm Tee gemacht, er hat die Tasse umgestoßen, sie hat ihm einen Butterzwieback gemacht, er hat ihn ihr aus der Hand gehauen. Juris Augen scheinen unter dem Glanz zu schwimmen. Er jault nicht auf, als ihm Nadine ein Zäpfchen einschiebt. Die kleinen Hoden sind rohseidene Lümpchen, die Bauchdecke ist hart und heiß.

Nadine legt sich neben Juri, Kopf an Kopf auf dem Kissen, sie spürt den Geruch seines Fiebers, schal und leicht faulig. «Schlafen», sagt sie. Gabriela steht eine Weile herum, dann verzieht sie sich Richtung Küche. Juri hat die Augen zu, blinzelt, die Ränder der Lider sind himbeerrot. «Schlafen», sagt Nadine. Schlaf ein, ich bitte dich, so richtig ohne Blinzeln, schlaf, damit ich gehen kann, schlaf, bis ich wieder da bin, ich bring dir ein Eis mit, mach dir vor dem Fernseher Fiebersocken, bitte. Ich muss den Einunddreißiger erwischen, sonst haben wir Schwierigkeiten, ich und du und Jan, verstehst du. Ich sing dir was vor, bis du schläfst, der Mond ist aufgegangen, das magst du doch immer noch, Juri, mein Heißer.

Sie singt und singt, ohne Ton. Seht ihr den Mond dort stehen, er ist nur halb zu sehen, und ist doch rund und schön. Und endlich springt sie an, die Schlafmaschine, ein, aus, ein, aus, ein leichtes Schleifen ganz hinten im Hals, Nadine rollt vorsichtig über die Bettkante zu Boden. Und jetzt nichts wie weg.

Als sie im Bus sitzt, hat sie immer noch den Mond im Kopf, der singt sich von alleine weiter, draußen ist Juni, sanftwarm, grün, Nadine sieht es erst jetzt. Gabriela hat versprochen, bis sechs Uhr zu bleiben, das hat schon mal geklappt, und Roland wird auch irgendwie zu besänftigen sein. «Es hat leider etwas länger gedauert», wird sie sagen, «tut mir leid.» Oder sie wird sich gar nicht erst entschuldigen, sie wird sagen: «Hast du gehört, wie der CEO den Wein gerühmt hat?» Das wird den eitlen Roland vergessen lassen, dass seine Stellvertreterin wie vom Erdboden verschwunden war. Schwindeln, flunkern, mogeln, bluffen – wenn sie das nicht könnte, dann hätte sie es nie geschafft mit der Arbeit und den Kindern und einem Mann, der ihr immer noch das Leben schwer macht, auch wenn er schon lange ausgezogen ist.

Sie rennt durch die Unterführung, jemand spielt auf einem Cello, schön klingt das, traurig, da unten, wo es keinen Juni gibt. Am Sonntag kann sie einen Ausflug ins Grüne machen, zum Park mit den jungen Wildschweinchen, und die Füße in den Fluss stecken, außer Juri ist immer noch krank und Jan dann auch und sie auch. Besser nicht dran denken, an gar nichts denken ist am besten. Pläne machen ist für die Katz. Ist schon jemals etwas so herausgekommen wie geplant? Nichts Wichtiges auf jeden Fall. Das Wichtige fällt vom Himmel, direkt auf den Kopf. Wenn's weich ist, hat man Glück.

Sie rennt von der Haltestelle zur NeoMedia, im Schatten der Häuser, damit sie nicht ins Schwitzen kommt, munter muss sie aussehen, stressfrei, als wäre sie nur rasch vor der Tür gewesen, als hätte sie nur rasch einen Blick auf den grünen Juni geworfen.

Roland ist gar nicht da.

Nur wenige Tische sind besetzt, die Mittagspause ist lange vorbei. Einer sitzt da, den Nadine kennt, Postino, der Postmann, er schaufelt das Menü 2 in sich hinein, Penne mit Broccoli. «Später Lunch?», sagt Nadine, und Postino schaut hoch, und weil er Augen macht, wie wenn die Welt gleich nach den Penne unterginge, holt sich Nadine einen Kaffee und setzt sich zu ihm an den Tisch. Postino ist ein hübscher Mensch, dunkles Haar und die Augen ebenso dunkel und tief in den Höhlen und unruhig, zwei Hilferufe von ganz weit, denkt Nadine. «Anstrengend heute?», sagt sie, worauf Postino den Mund zu einem Lachen verzieht, damit geht von der Hübschheit ein Stück weg, seine Zähne sind spitz und klein. «Anstrengend ist übertrieben», sagt er. «Aber ziemlich was los.» «Ist ja auch ein großer Laden», sagt Nadine, worauf Postino wieder nickt und mit der Zunge die Zähne putzt. «Haben Sie Familie?», fragt Nadine. Postino schüttelt den Kopf und macht weiter mit der Zunge. «Mein Sohn ist krank», sagt Nadine, «der kleinere», und dann erzählt sie alles, was heute ab vier Uhr morgens gelaufen ist, nur den Roland lässt sie aus. Postino hört ihr zu und macht ein Gesicht, als sei er fassungslos, dass Nadine so viel Aufregung überhaupt aushalten kann. Er habe gelesen, frischer Ingwer in heißem Wasser sei gut bei Übelkeit, aber vielleicht habe das Büblein so etwas nicht gern. «Das Büblein», sagt er noch einmal und hat wieder diese Augen wie zwei Hilferufe von ganz weit. Dann steht er auf, und Nadine sagt: «An die Arbeit», und Postino sagt: «Man muss froh sein, wenn man sie hat.»

Nadine arrangiert das Kuchenbuffet, vor vier Uhr kommen meistens erneut Gäste, NSZ-Redaktoren und andere, die bis spätabends arbeiten. Sie lässt alle Räume in Etappen gründlich lüften, damit vom Mittagessen nichts mehr zu riechen ist, sie lässt die bereits schlaffen Blumen von den Tischen räumen, und sie schickt den Lehrling zu einem Kontrollgang in die Toiletten. Dann fängt sie an, die Mittagsmenüs samt Getränken abzurechnen. Den Roland bräuchte es nicht, denkt sie.

Auch den Max braucht es nicht, schon lange nicht mehr, im Gegenteil, maxlos ist das Leben leichter. Auch Juri und Jan scheinen Vater Max nicht zu vermissen, und wenn sie das monatliche Besuchswochenende oder die zwei vereinbarten Sommerwochen mit ihm verbringen, kommen sie danach wenig begeistert und eher still nach Hause. Nadine wird wütend, wenn sie liest, Jungs müssten einen Vater haben, erst kürzlich war so ein Artikel in *Zuhause,* Nadine kennt die Redaktorin, eine ältere Blondine, die sich immer dieselben Salate vom Buffet holt und immer mit French Dressing. Blöde Gans, denkt Nadine, was sollen Jungs mit einem Vater, der nie weiß, was er will, der sich für nichts entscheiden kann, egal, ob es um ein Hemd, eine Abzweigung, einen Brotaufstrich oder eine gottverdammte Unterschrift geht, der minutenlang den Zucker im Tee verrührt, weil derweil Zeit vergeht, Zeit, die nichts von ihm will. Was sollen Jungs mit einem Umstandskrämer, der immer gerade mit sich selbst beschäftigt ist, wenn er ihnen beistehen sollte. Blöde Gans, hat wahrscheinlich selbst gar keine Kinder, oder wenn, dann ein niedliches nickendes Mädelchen, das immer dieselben Salate isst und immer mit French Dressing.

Ich muss Mutter anrufen, denkt Nadine, ich muss sie über mich ergehen lassen, Hauptsache, sie kommt morgen, ich werde ihr das Taxi zahlen, das kostet mich immer noch weniger als einen ganzen Tag Gabriela, und Gabriela ist überfordert. Mutter und Juri lieben sich, und auch mit Jan geht's. Bist mein Rüpelchen, hat sie letzthin zu ihm gesagt.

Dass Nadine neuerdings im Canto arbeitet, hat Mutter gefreut. Da kämen bestimmt interessante Gäste, hat sie gesagt. «Lach dir einen an.» Nadine weiß nicht genau, was Mutter meint mit interessant. Weniger lahm als Max vielleicht. Und etwas dümmer. «Ich glaube, er ist zu gescheit», hat Mutter gesagt, als sie Max zum ersten Mal gesehen hat.

Nadine kann es nicht lassen, das Paar zu beobachten, das sich Apfelkuchen geholt und an den Zweiertisch hinter der Säule gesetzt hat. Sie ist sicher, dass die beiden etwas verbindet, was man nicht sehen sollte, ein Streit oder eine Leidenschaft. Sie tun, als trinken sie lauen Tee, denkt Nadine, dabei verbrennen sie sich den Mund. Sie kommen immer nachmittags und bleiben nur kurz. Er hat immer etwas zum Schreiben dabei, einen Stift, einen Block, aber schreiben tut er nicht. Er ist ein Big Shot im Rechtsdienst, hat Roland gesagt, berät den CEO. Wer sie ist, hat Roland nicht gewusst. Sie hat perfekt geschnittenes

Schwedenhaar, eine perfekt geschnittene schmale Jacke, perfekt geschnittene Beine. Nadine ist neidisch auf die Unbekannte, nicht weil sie so gut aussieht, sondern weil sie wirkt, als habe sie etwas Aufregendes vor sich, weil sie wippt wie vor einem Sprung. Für Nadine liegen Sprünge nicht mehr drin.

In der Küche kracht etwas zu Boden, der Big Shot schaut kurz auf und dann gleich wieder zur Blonden, vielleicht versenkt er sich in ihre Augen. Ein Tablett mit Besteck war's, der Lehrling war's. Nichts kaputt. «Aufheben», sagt Nadine, «nochmals waschen.» Eigentlich sollte sie darauf bestehen, dass sich der Lehrling entschuldigt, aber so etwas macht sie ungern. Jemanden korrigieren macht ihr Mühe. Sie muss sich zwingen, Jan zu sagen, er solle die Ellbogen nicht aufstützen, die Adjektive schöner unterstreichen, die Kauflächen besser bürsten. Jan macht auch immer gleich so ein beleidigtes Gesicht. Juri ist robuster. Er nimmt ihr Geschimpfe nicht übel.

Roland hat ihr die Liste mit den Menüs für morgen bereitgelegt, er hat es ihr übertragen, sie auf die schwarze Tafel beim Eingang zu schreiben, schön und «mit Frauenhandschrift». Diesmal hat er *mediteran* und *Tagessuppe* getippt, und sie weiß wie immer nicht, ob sie das korrigieren soll. Denn wenn er merkt, dass sie ihn korrigiert, fühlt er sich gedemütigt und wird sich an ihr rächen, und das will sie nicht riskieren, sie braucht diesen Job, dringend und verdammt noch mal. Wenn sie seine Fehler aber auf die schwarze Tafel überträgt, wie macht sich das für die Kantine eines Medienunternehmens. Irgendwer wird irgendwann Roland darauf hinweisen, dass man *Saucison* anders schreibt, auch *Lasange* und *Limmetten*, und dann wird Roland ihr vorwerfen, sie mache zu viele Rechtschreibefehler, das schicke sich nicht für die Kantine eines Medienunternehmens. Sie beschließt, von jetzt an seine Menü-Listen zu sammeln, alle Beweise für seine Fehlleistungen müsste sie sammeln, zum Beispiel hat er viel zu viel Hackfleisch bestellt, man hat es schließlich weggeworfen, und die Pilzsauce hat er einfrieren lassen und will sie in Pastetchen wiederverwenden, das geht nicht. Sie wird sich hüten, etwas zu sagen, frühestens in einem Jahr wird die Zeit reif sein, sich um Rolands Stelle zu bewerben und ihn hinauszuekeln. Chefin, das wär's.

Bis dahin wird sie mit zugehaltener Nase alles gut finden, was Roland an Ideen einbringt, die frisch gepressten Gemüsesäfte, die sofort suppig riechen, die Wasserschälchen mit schwimmenden Dekoblüten, die zu leicht umkippen, die violetten T-Shirts fürs Personal, die eine ungut fahle Gesichtsfarbe bewirken. Und das Essen hat keine Linie, ist ein Durcheinander, bisschen Hausmannskost, bisschen Franzosencuisine, bisschen Falafeldunst. Kulinarisch gesehen ist Roland ein Ei, sagt sich Nadine, während sie die schwarze Tafel vollschreibt, und zwar ein verlorenes Ei.

Heute Abend wird sie Teigwaren kochen, für Juri mit ein bisschen Butter, für Jan mit viel gebratenen Zwiebeln, das liebt er, und ein klein bisschen Peperoncini-Schärfe. Sie werden vor dem Fernseher essen, «ausnahmsweise», wird sie sagen, dabei tun sie es oft. Sie wird mit Jan Rechenaufgaben machen und wird ganz sanft sein, und sie wird sich zu Juri ins Bett legen, wenn er das will. Eigentlich sollte sie sich die Haare nachfärben, die Farbe hat sie schon gekauft, aber das muss warten, Juri und Jan gehen vor, meine Buben, denkt sie, meine, das werden sie sein, bis ich tot bin.

Sie lässt sich nichts mehr nehmen, von niemandem, der Stolz, den sie an ihren ach so gescheiten Exmann verloren hat, ist mittlerweile ersetzt durch einen neuen Stolz von bester Qualität, hat ganz schön viel gekostet. Ihr Leben ist frisch möbliert, mit Wohnung, Arbeit, Kinderhort, wehe, jemand erlaubt sich eine Störung. Sie weiß sich inzwischen nicht nur zu wehren, sie weiß auch anzugreifen. Von Roland wird sie sich nichts gefallen lassen. Sie wird sich allenfalls beschweren beim Personalchef, wird sagen, Roland sei als Chef fraglich, er betatsche das Lehrmädchen oder manipuliere die Abrechnung.

Irgendeine Gemeinheit wird ihr rechtzeitig einfallen, blöd ist sie nicht, war sie nie. Von jetzt an hat man Nadine Schoch ernst zu nehmen.

Die Schwedenblonde hat dem Big Shot unter dem Tisch die Hand aufs Knie gelegt, Nadine kann es sehen, wenn sie sich vor der Kuchentheke bückt, um das Glas sauber zu wischen. Die Hand wandert beinaufwärts. Der Big Shot reibt sich die Nasenwurzel. Nadine hört die Glocke der nahen Kirche. Noch eine Stunde.

beten wär schön ~ wenn's noch ginge
~ so wie früher ~ lieber gott, mach,
dass ich auf dem schulweg den rolf
nicht antreffe ~ lieber gott, mach,
dass es aufhört zu donnern ~ lieber
gott, mach, dass ich nicht vorsingen
muss ~ hat geholfen, wenn auch
nichts genützt ~ jemand müsste mir
die daumen halten ~ aber wer, niemand da ~ und wofür, einfach so
~ dass ich gut durchs leben komme
~ irgend so was ~ dass mich herr
quindici maggio in ruh lässt ~ dass
ich endlich abteilung wechseln kann
~ jaja, weiß schon, volontariatsplatz
große chance ~ jaja, undankbar ~
aber freude ist verpufft ~ muss hier
immer bloß schreiben, was sonst niemand will ~ niemand will den bösen
buchsbaumzünsler ~ niemand will die
neuen tramgeleise ~ geleise ~ geh
leise ~ geh stille ~ geh stumm ~
geh einfach ~ geh

3

*Absoluter Komparativ.
Steig aufs Fensterbrett, spring!
Toter Ohrwurm*

LUCA LADURNER, NEWS-REDAKTION

Alle zugeschnitten auf fünfhundert Anschläge, so sollen die Kurznews jetzt daherkommen, dann werden sie wie Memory-Kärtchen neben- und übereinander angeordnet. Das neue Layout ist zwei Monate alt und gefällt immer noch niemandem. Luca ist ein Meister im Kürzen, es fällt ihm nicht schwer, er nagt die Texte ab bis auf das Knöchelchen. Manchmal kürzt er zum Spaß das Editorial des Chefs. Dann bleibt nur noch die Hälfte davon übrig. Und der Text wirkt keineswegs, als ob er friere.

Postino bringt die abonnierten Zeitungen, *Süddeutsche*, FAZ, klaubt sie aus der Folie, bevor er sie auf den Sitzungstisch legt. Man sagt, Postino sei ein Suizidler, habe es schon ein paarmal versucht, einmal auf dem Uetliberg, in einer Winternacht. Aber wer weiß, ob das stimmt. Man sagt vieles hier im Newsroom. Sicher ist, dass Postino ungewöhnliche Augen hat, zwei Augenlöcher voll Angst. Die Iris ist dunkelbraun, sag's genauer, Luca, also gut, sie hat die Farbe von Tannenhonig und rundum ein schwarzes Rändchen wie geschminkt. Die Postinoaugen gäben was her für ein Haiku, aber hier drin ist nicht dran zu denken. Hier drin gilt einer als krank, wenn er nach Lyrik riecht. Hier drin sind fünfhundert Anschläge gefragt.

Wanderer von Mutterkuh angegriffen
In Spilau ob Riemenstalden marschierte ein 56-jähriger Deutscher auf dem markierten Wanderweg durch eine Gruppe grasender Kühe mit ihren Kälbern. Dabei wurde er frontal und unversehens von einer Mutterkuh angegriffen und heftig vom Weg gedrängt. Die Verletzungen durch die Kuh waren unerheblich, aber der Wanderer stürzte so unglücklich über ein Felsstück, dass er sich ein Bein brach. Er blieb einige Stunden liegen, bis er gefunden und von der Rega abgeholt wurde.

Tankstellenkiosk überfallen
In Zürich-Albisrieden betrat um 23.55 Uhr ein maskierter und bewaffneter Mann den Kiosk der Shell-Tankstelle und verlangte den Inhalt der Kasse. Die beherzte Verkäuferin, die den Laden eben schließen wollte, rannte durch die Hintertür nach draußen. Es gelang ihr, den Mann im Kioskraum einzuschließen, wo er kurz danach verhaftet wurde. Es handelt sich um einen 23-jährigen Schweizer. Er gab an, mit dem Geld hätte er eine tansanische Missionsschule unterstützen wollen.

Luca hackt die Texte in die Tasten. Der Inhalt beschäftigt ihn wenig, nur der Umfang ist wichtig. Was er gar nicht mag: eine Mitteilung verlängern.

> Suizid eines Asylbewerbers. Im Auffangzentrum Rotmoos hat sich ein 18-jähriger sudanesischer Asylbewerber aus dem Fenster gestürzt. Abklärungen sind im Gange.

Hundertzweiundsechzig Anschläge. Was macht man damit. Das Auffangzentrum anrufen? Die Polizei? Der Textchef wird abwinken, wird sagen: Setz einfach ein bisschen Speck an. Speck. Google-Speck. Angenommen, Rotmoos ist im Berner Oberland und das Auffangzentrum ist kantonal und der Sudan ist eine Republik, dann bringt das höchstens rund fünfzig Anschläge mehr. Besser wär's, die Mitteilung im Papierkorb verschwinden zu lassen. Aber dann wird eine besorgte Migrationstante umgehend nachfragen, warum die NSZ solche Meldungen unterschlägt, und das ist dann an der Redaktionssitzung ein Thema mit Grundsatzdiskussion. Luca hasst Grundsatzdiskussionen. Die sind wie Wassergießen auf den Stein in der Gletschermühle. Der dreht sich und dreht sich und immer in der gleichen Richtung.

Es wäre ja so einfach, etwas zu erfinden:

Suizid eines Asylbewerbers
Im bernischen Auffangzentrum Rotmoos hat sich gestern früh ein 18-jähriger Sudanese aus dem Fenster gestürzt. Er fiel drei Stockwerke tief und prallte auf die Steinplatten im Spazierhof. Sein Zwillingsbruder musste den Tod mit ansehen. Die beiden jungen Männer waren als Bootsflüchtlinge in Lampedusa gelandet und später von Schleppern via grüne Grenze ins Unterengadin geschleust worden. Eltern und drei Schwestern sind einem Massaker der südsudanesischen Rebellen zum Opfer gefallen.

Suizid eines Asylbewerbers
Im Auffangzentrum Rotmoos hat sich gestern früh ein 18-jähriger Sudanese aus dem Fenster gestürzt. Die Mitbewohner erwachten, als er etwas aus dem Fenster rief, vermutlich ein Gebet, dann sprang er und schlug auf den Steinplatten auf. Er war barfuß, trug eine rote Trainingshose und ein rotes T-Shirt und eine grüne Strickmütze, in welche die Gehirnflüssigkeit sickerte. In seiner Gesäßtasche fand man ein Foto, das ihn und seinen Zwillingsbruder vor einer gelben Kühlerhaube zeigt.

Suizid eines Asylbewerbers
Im Auffangzentrum Rotmoos im Berner Oberland bedauert man den unerklärlichen Tod des 18-jährigen Ali

Akba. Fröhlich sei er gewesen, sportlich und ein guter Esser. Der Zentrumsarzt habe vorgängig keinerlei Anzeichen einer seelischen Verstimmung erkannt. Ali Akba und sein Bruder Ria hätten die Geranien des Zentrums betreut, prächtige Blütenreihen auf drei Stockwerken. Ferner hätten sie den Spazierhof sauber gehalten. Beschäftigung sei im Riethof ein wichtiger Faktor.

Luca erschrickt, schon Viertel nach zehn. Um elf muss er im Seefeld sein und die alte Frau interviewen. Hastig löscht er die Asylbewerber-Variationen und schickt die restlichen Kurznews ins Korrektorat, sieben Stück, das sollte reichen, im Layout haben sie noch welche im Vorrat. Er hört seinen Magen. Schon wieder ist er ohne Frühstück aus dem Haus gegangen, Sandra macht ihm immer was zurecht, und er setzt sich auch hin und trinkt ein paar Schlucke Kaffee, sieht, wie Sandras beängstigend großer Bauch an der Tischplatte anstößt, sieht, wie sie mit Daumen und Zeigefinger Milchfetzen aus der Tasse fischt, und dann bringt er einfach nichts runter. Aber das war schon immer so, schon seine Mutter hat vergeblich versucht, ihm am Morgen etwas zu verabreichen.

Das Kind kommt in acht Wochen. Seit acht Monaten ist er angestellter Redaktor. Für acht Tausender netto. Acht, acht, acht. Will er das eigentlich? Wollen ist ein großes Wort. Soll, muss, darf, mag er das eigentlich? Wollen, sollen, müssen, dürfen, mögen sind als Modalverben zu bewerten, wenn sie in Verbindung zu einem Infinitiv ohne *zu* stehen. Wozu hat er bloß so was Unnützes gelernt. Er wollte doch nur in den Sprachgarten eingelassen werden und ungestört mit den Wörtern spielen. Nun, statt mit den Wörtern wird er mit dem Kind spielen, auf dem Vierquadratmeterbalkon mit Seesicht. Was für ein Glück du hast, Luca, hat seine Mutter gesagt.

Was für ein Glück.

Immer, wenn der Kleeberger im Seefeld wieder ein Haus kauft, macht die NSZ einen Beitrag zur «Seefeldisierung». Das Quartier geht kaputt, alte Mieter werden rausgeworfen, Schickimickiläden und Luxuswohnungen nehmen überhand, der Kleeberger ist rücksichtslos. Luca überlegt sich im Tram, was er die alte Frau fragen wird. Mach's persönlich, hat der Textchef gesagt, so wie das KIS – Klaus Ivo Saner – so schön macht. KIS, die Edelfeder, liegt zur Zeit mit einer Schädelfraktur im Universitätsspital. Luca soll, muss, darf im Ressort Stadt für ihn einspringen. Mach's persönlich.

Wie lange, Frau Manz, leben Sie denn nun im Seefeld. Wie lange gedachten Sie noch zu bleiben. Wann beabsichtigten Sie zu sterben.

Hatten Sie mal einen Mann, Frau Manz. Hatten Sie mal einen Liebhaber, Frau Manz. Beabsichtigen Sie, sich nochmals einen Liebhaber zuzulegen, Frau Manz.

Sind Sie in dieser Wohnung zur Welt gekommen. Können Sie sich an Ihre Geburt erinnern. Gibt es überhaupt etwas, woran Sie sich erinnern.

Wie viel Stufen hat Ihre Treppe. Wie viel Miete zahlen Sie. Wie viel Sternlein stehen noch.

Die Mietervereinigung hat Frau Manz als Interviewpartnerin vorgeschlagen, hat gemailt, Frau Manz sei eine ältere Dame und im Seefeld tief verwurzelt. Seltsam, dass eine ältere Dame jünger ist als eine alte Dame, aber Luca weiß, dass älter ein absoluter Komparativ ist, das heißt, ein Komparativ, der implizit mit dem Gegenpol vergleicht. Wozu hat er bloß so was Unnützes gelernt. Was bringt man einer älteren Dame mit. Was einer alten Dame. Bringt ein Journalist überhaupt etwas mit. Wird ein Stück Johannisbeertorte schon als Bezahlung von Informationen angesehen.

Frau Manz wohnt im dritten Stock und hat vor der Tür einen Regenschirmständer, ein Schuhschränkchen und darauf eine Topfpflanze mit grün-weiß gemaserten Blättern sowie ein Paar Gesundheitssandaletten. Herrn Kleeberger würde das nicht gefallen. Luca klingelt, und noch während des Klingeltons macht sie schon die Tür auf. Bestimmt hat sie dahinter gewartet. Luca stellt sich vor, und Frau Manz sagt «Hä?», von einem Gespräch um elf

Uhr weiß sie nichts. Aber dann winkt sie ihn doch herein, weil in der Küche der Wasserkessel pfeift, und Luca folgt dem Geräusch ihrer Schlappen durch den dunklen Korridor. Er ist wütend auf die Neue im Sekretariat, wie heißt sie schon wieder, sie kann nicht sagen, «Frau Manz erwartet Sie», und die sagt dann «Hä?».

Im Wohnzimmer gibt es wieder diese grün-weißen Pflanzen auf braunen Möbeln und eine Sitzgruppe mit Salontisch, darauf zwei Gläser und eine Flasche Orangina und Kekse in einer Schale. Das sieht nun so aus, als habe Frau Manz doch jemanden erwartet. Luca lässt sich auf dem Sofa nieder und Frau Manz auf einem Lehnstuhl, wo sie höher sitzt und somit auf ihn herabschaut. «Bitte nehmen Sie», sagt sie und greift zu einem Keks, und auf Lucas Frage, seit wann sie denn schon in dieser schönen Wohnung lebe, sagt sie «fünfunfünzg» und speit Kekskrümel über den Tisch. Zwei bleiben auf Lucas Aufnahmegerät liegen, und er weiß nicht, ob der sie gleich wegwischen oder damit warten soll.

Frau Manz ist klein, weißhaarig und dünn, nur der Bauch ist dick, so als hätte sie einen Ball unter die Bluse geschoben. Sie war gelernte Fleischverkäuferin, der Mann Versicherungsfilialleiter, seit fünfzehn Jahren ist er tot, eines Morgens tot im Bett, da drüben, der Sohn lebt in Münsingen, geschieden, die war nichts wert, die Frau, früher hatten sie einen Opel Kadett, und der Mann hatte ein Terrarium mit Echsen. Luca sieht die Zehen von Frau Manz, gelb, krumm und rissig schauen sie vorne aus den Schlappen. Sie hat immer Ordnung gehabt in der Wohnung und das Treppenhaus geputzt, wenn sie an der Reihe war, jetzt zahlt sie dreißig Franken für die Reinigung, ein Portugiese macht das. Frau Manz steckt, während sie redet, immer wieder den Mittelfinger ins Ohr, schüttelt ihn und schaut ihn danach an. Sie schiebt die Schale mit den Keksen näher an Luca heran. «Wollen wir das Fenster ein bisschen öffnen», sagt Luca und atmet gierig die Stadtluft ein, den Duft nach Kerosin und warmem Asphalt, hier drin riecht's nach faulem Leben, und Frau Manz riecht nach Frau Manz. Plötzlich graust ihn alles so, dass er sich hastig verabschiedet und blindlings das vom Portugiesen geputzte Treppenhaus hinabstolpert.

Was ist das Leben für eine traurige Sache, alle diese Leben. Lohnt sich das Leben als Frau Manz? Lohnt sich das Leben als Echse von Herrn Manz?

«Wie war's?», fragt der Textchef. «Geht so», sagt Luca und macht sich ans Schreiben. Er hat in seinem Heißhunger viel zu hastig zu Mittag gegessen, dann noch der Weißwein, nun stößt ihm alles auf, er muss sich angewöhnen, maßvolle Mahlzeiten langsam einzunehmen. Einspeicheln, hat seine Mutter immer gesagt, der Mund von Frau Manz fällt ihm ein, die nassen Lippen voller Krümel.

> Ihre Augen glänzen, wie fiebrig vom langen Leben. Isabella Manz ist allein, der Mann schon lange gestorben, der Sohn schon lange weggezogen. Sie blicken aus den Fotorahmen auf der Kommode. Frau Manz ist achtzig Jahre alt, ist das, was man eine ältere Dame nennt, weißhaarig und zierlich. Und wenn sie auch nur einfache Kekse anbietet, ist sie doch ganz die aufmerksame Gastgeberin. Seit fünfundfünfzig Jahren lebt sie im Haus Maigasse 4 im Zürcher Seefeld, drei Zimmer, Küche, Bad. Als junge Frau ist sie hier eingezogen, und als alte Frau möchte sie hier sterben. «Ach», sagt sie, «wenn Sie wüssten, wie das

Was für ein braves Gelaber. Mach's persönlich, hat der Textchef gesagt.

Das Telefon klingelt, Margret ist dran, sie mache heute Nachmittag Fotos vom Haus Maigasse, ob er nochmals mitkomme. Nein, er hat genug gesehen. Ob sie, sagt Margret, auf irgendetwas Spezielles achten solle. Nein, ihm ist nichts aufgefallen. «Bis nachher», sagt er, «und nimm eine Nagelschere mit.»

Das Telefon klingelt erneut, Raimund vom Layout ist dran, er habe zwei Texte vom Suizid eines Asylanten erhalten, er habe jetzt nur den mit den Geranien verwendet, oder hätte er den mit dem Gebet nehmen sollen? «Keinen!», schreit Luca. «Bitte, wirf sie weg! Die stimmen beide nicht.» Warum er sie dann erhalten habe, fragt Raimund unfreundlich. Luca entschuldigt sich, «mein Fehler», sagt er, und ob er sich drauf verlassen könne, dass der Asylant nicht erscheine. «Ich sag's dem Kuno, der hat die Seite gemacht», sagt Raimund noch unfreundlicher.

Luca ist über sich selber entsetzt. Statt alle drei Texte zu löschen, hat er in der Eile nur einen gelöscht. Hoffentlich macht dieser Kuno, was Raimund ihm sagt, Luca kennt den Kuno nicht. Er legt die Hände vors Gesicht und seufzt tief. «Luca, ist was?», ruft eine Frauenstimme, Kristin von der Kultur. Luca versucht zu lachen und erzählt von den drei Texten über einen einzigen Asylanten. «Schreib noch einen vierten», sagt Kristin, «zum Abgewöhnen. Zum Beispiel auf Lyrisch.»

Suizid eines Asylbewerbers

Der Himmelsrand schon eingefärbt, der Tag noch neu, jetzt lassen sie zu Hause die Ziegen aus dem Kral, im Sudan, im Südan, im Süden, im Barfußland. Steig aufs Fensterbrett, spring! Im Auffangzentrum wirst du aufgefangen, der Tod streckt die Arme aus, geranienrot flattern seine Ärmel. Spring, dann darfst du bleiben, im Rotmoos, im blutroten Moos, weich wirst du liegen, immer 18 Jahre alt. Flieg! Die jungen Ziegen machen Kapriolen. Der Morgen ist warm dort unten.

Luca mailt den Text an Kristin, die sich umgehend bedankt und schreibt, sie gehe jetzt Kaffee trinken im Canto. Ist das eine Einladung? Soll er die Frau-Manz-Geschichte liegen lassen und der schönen Kristin nachrennen? Die Manz hat Zeit bis morgen Mittag, die Kristin nicht.

Sie sitzt bereits an einem Zweiertisch und lacht ihn an. «Ist hier noch frei», sagt Luca. «Schön, dein Suizid», sagt sie, «man möchte grad sterben.» So sieht sie allerdings nicht aus. Alles an ihr glänzt, die Augen, Lippen, Zähne und Hunderte von kleinen, hellen Locken. «Wie macht man solche Haare?», fragt Luca. «Man hat sie halt», sagt sie und schiebt Kuchen zwischen die Glanzzähne, und Luca schaut gebannt, ob sie beim Weiterreden Krümel speit. Aber nein. Sogar ihre Stimme hat einen Glanz, kommt ganz leicht und glatt daher. «Du könntest mich auch fragen, wie macht man solche Beine, solche dicken Waden, solche Fleischsäulen. Man hat sie halt.» Sie lacht, als Luca unter den Tisch schaut. «Nichts zu sehen», sagt sie, «nur Hosen», und dann will sie wissen, wie das ist im Newsroom, und wie Luca da hingeraten ist, wo er doch eigentlich ein Künstler sein möchte, oder sieht sie das falsch. Er hat doch Ambitionen, oder etwa nicht. «Hast du denn welche?», fragt Luca und möchte gerne mit allen Fingern in das helle Haargewuschel greifen. «Stimmt's, dass du verheiratet bist», fragt Kristin. Luca nickt, und Kristin sagt «schade». Aber Kaffee trinken dürfe er trotzdem, sagt Luca. «Und das», fragt Kristin, «darfst du das auch», und nimmt seine Hand, legt sie auf den Rücken und streicht langsam über die Innenfläche, vom Handgelenk bis zu den Fingerspitzen. «Noch mal», sagt Luca, und Kristin tut's noch mal, und Luca wundert sich, dass die Decke nicht einstürzt. Dann streckt sie die Hand aus, und er streicht drüber, einmal, zweimal. Die Decke stürzt noch immer nicht ein. *«Spring, dann darfst du bleiben»*, sagt Kristin.

Wieder vor dem Bildschirm, als Luca zum Schreiben ansetzt, merkt er, dass ihm Flügel gewachsen sind, alles fällt leichter, Frau Manz eilt in Schlurfschlappen über die Zeilen, und ein Abschnitt saugt den nächsten an.

> «Wenn ich hier rausmuss», sagt Isabella Manz, «muss ich ins Heim. Eine andere Wohnung, die ich bezahlen kann, finde ich nicht mehr.» Sie füllt dem Gast, ohne zu zittern, das Glas auf. «Und im Heim wäre ich viel alleiner. Ich weiß, wie ich aussehe, nämlich so, dass man nicht mehr mit mir redet. Aber das ist mir egal.» Sie sei nicht

auf andere Leute angewiesen, sie koche, sie räume auf, sie gieße die Topfpflanzen. Und sie pflege sich. Sie wolle nett aussehen, wenn sie ins Jenseits eintrete, wo der Mann auf sie warte. Sie hat noch immer die Terrarien, in denen der Mann Echsen hielt, jetzt hat sie Kunststoffblumen reingestellt. «Ich will kein anderes Leben», sagt sie, «ich brauche keine frische Luft.»

Laut der Immobilienfirma von Heinrich Kleeberger, der die Liegenschaft zu kaufen beabsichtigt, ist kein Abriss vorgesehen, es sind umfassende Renovationen geplant. Zu umfassend für Isabella Manz.

Wenn Luca nach Hause kommt, wird Sandra ihn ins Kinderzimmer führen, weil sie die Vorhänge fertig genäht hat, blaue mit gelben Pferdchen, passend zur Bettdecke und zum Kissen und zum Wärmeflaschenüberzug, sie wird sagen, was findest du, und dann wird sie ihm neue Vornamen vorlegen und wird sagen, was findest du. Vanessa, Filippa, Tess. Lars, Jens, Lionel. Was findest du. Aylin, Janna, Salome. Balz, Nils, Luzius. Was findest du.

Luca ist es leid, diese Namensucherei. Seit Monaten geht das so, und er ist so mürbe, dass er keinen Einwand mehr hätte gegen Brunhilde oder Exuperantius. Sie werden sich bei Gemüseeintopf gegenübersitzen, und Sandras Hände werden auf ihrem Bauch liegen wie Galileos Hände auf dem Erdball, und Luca wird von Frau Manz erzählen, von ihren Fußnägeln und dem nassen Fleck hinten auf ihrem Kleid und dem toten Ohrwurm zwischen den Keksen, wird aber nichts davon sagen, dass er dem Layouter aus Versehen erfundene Texte gemailt hat, und dass er mit allen Kräften hofft, dass sie nun endgültig gelöscht sind und dass nicht morgen doch noch einer davon auf der Seite 6 der NSZ erscheinen wird, und er wird sich mit dem Gemüseeintopf beeilen, damit er den Fernseher einschalten kann, weil er dann nicht mehr reden muss, sondern nur noch an Kristin denken darf.

angenommen, ich laufe hier weg, was
kann ich dann ~ servieren vielleicht
~ putzen ~ touristen in der stadt
rumschieben ~ da, schauen sie: die
chagallfenster, von da hat er sich in die
tiefe gestürzt ~ da, schauen sie: der
letzte raddampfer, wird ausschließlich mit eichenholz befeuert ~ da,
schauen sie: die augenklinik, weltweit
empfohlen für schlitzaugenkorrektur
~ will hier weg ~ ist öde ~ öde wie
eine passstraße im november ~ dann
also: der buchsbaumzünsler ~ seine
raupen raupen den buchsbaum aus, ja,
schon klar, blödeln geht nicht ~ in
allen gärten brennt's, der buchsbaumzünsler zünselt ~ ja, schon klar, nicht
lustig ~ und zünseln ist schweize-
risch ~ aber was, bitte sehr, stand in
chefredaktor zibungs politkolumne?
in kairos botschaft wird gezünselt! ~
man könnte ihn feuern, den zibung

4

Granatrote Dessous.
Absprungbereites Lachen.
Grüß Gott

JOSETTE MONTI, ASSISTENTIN HUMAN RESOURCES

Zuerst haben sie sich immer in der Pension Saint Phil getroffen. Erwin stand dort von Montag bis Freitag ein Zimmer zur Verfügung, damit er nicht täglich pendeln musste. Von Zürich nach Schaffhausen dauerte eine Zugfahrt immerhin rund fünfzig Minuten, dazu kamen mindestens zwanzig Minuten in Tram und Bus. Für den Chefredaktor der NSZ zu viel kostbare Zeit. Zeit, die er mit Josette verbringen wollte. Eine Stunde genügte. In einer Stunde brachten sie es hinter sich. Erwin versuchte, sich die Mittage möglichst von Geschäftsessen freizuhalten. Seine Sekretärin vermutete, dass er sich im Saint Phil ein Schläfchen leiste. Napping war ja jetzt in. Auch vom amerikanischen Präsidenten hieß es, er nappe.

Josette wiederum hatte in ihrer Abteilung bekannt gemacht, dass sie bei ihrer Schwester zu Mittag esse. Der gehe es zur Zeit nicht so gut, der Sohn mache Probleme.

Josette wartete vor dem Saint Phil auf Erwin, dann gingen sie zusammen hoch. Wenn er früher war, rief er sie vom Zimmer aus auf ihrem Handy an. Sie trug immer einen Ordner im Arm, um vor dem Concierge einen Geschäftsbesuch zu mimen. Der Concierge lächelte perfekt.

Seit kurzem hat Erwin nun eine Zweizimmerwohnung, hinter der Kaserne, an der Heergasse 5. Seine Frau hat sie eingerichtet. Zwei antike Kommoden, sonst alles Ikea, von Doppelbett bis WC-Bürsten. Sie sieht ein, sagt Erwin, dass das tägliche Pendeln für ihn, Erwin, zu viel ist. Er hat ihr ein bisschen Herzflimmern vorgespielt. Seine Frau stellt sich vor, dass sie und Erwin nach Schauspielhaus-Premieren hier übernachten und frühstücken. Champagnerfrühstück, hat sie gesagt. Die Kinder, der elfjährige Ambros und die dreizehnjährige Teresia, sind ganz gerne eine Nacht lang allein zu Hause, hat sie gesagt.

Josette spürt eine Faust im Magen, wenn Erwin erzählt, was seine Frau sagt und tut. Keine Angst, hat Erwin gesagt, ich gebe ihr keinen Wohnungsschlüssel. Kommt gar nicht in Frage, Honey.

Dass Erwin sie Honey nennt, findet Josette zu gewöhnlich, auch wenn Erwin sagt, es passe zu ihrem Haar. Kastanienhonig, Josette, my chestnut honey … Josette mag Kastanienhonig nicht besonders, aber das sagt sie Erwin nicht.

Seit Josette mit Erwin schläft, gibt sie für Unterwäsche ein Vermögen aus, feinste seidene Dinger, schwarz, pfirsichrosa, granatrot. Sie bekommt aus Frankreich Dessous-Prospekte zugeschickt, die studiert sie so aufmerksam, als wären es Kataloge von Auktionshäusern. Sie hat endlich das richtige französische Cup- und Unterbrustmaß herausgefunden, was nicht ganz einfach ist für eine zierliche Frau mit so großem Busen. Erwin sucht immer noch nach einem passenden Doppelnamen für ihre Brüste. Wenn er sie anfasst, wird er poetisch. Poetisch auf Französisch. Er hat mal ein halbes Jahr in Paris studiert, wo es ihn ärgerte, dass er Zibung hieß. Niemand wusste, wie man das aussprach. In der Redaktion der NSZ ist man froh um den Namen: Wenn der Chef an Texten mäkelt, heißt es: «Der Zi bungt mal wieder.» Wenn der Chef über Mittag verschwindet, heißt es neuerdings: «Der Zi bumst mal wieder.» Aber davon weiß Erich Zibung nichts.

«Und, was gab's?», fragt Assistentin Silvie, als Josette um zwei Uhr ins Büro zurückkommt. «Gemüsekroketten», sagt Josette. Silvie will immer wissen, was Josettes Schwester gekocht hat, und Josette muss sich dauernd etwas Neues einfallen lassen. «Reisbratlinge.» «Milkenpastete.» «Nudelauflauf.» Josette ist es leid. Das nächste Mal wird sie sagen, sie und ihre Schwester hätten eine vierwöchige Kartoffeldiät angefangen, Pellkartoffeln mit nichts. Das wird Silvie beeindrucken, Silvie ist zu dick und darum unglücklich. «Wie macht man Gemüsekroketten?», fragt sie. Ach, lass mich in Ruh mit dem ganzen Fressen, denkt Josette. Mach lieber deine Arbeit. Silvie und drei weitere Sachbearbeiterinnen sind Josette unterstellt. Darauf ist Josette zwar stolz, aber es macht ihr ziemliche Mühe. Sie weiß nie, wie viel Abstand sie markieren soll. Geht es die vier Frauen überhaupt was an, was ihre Vorgesetzte über Mittag macht? Was hat sie denn mit den vieren schon gemeinsam. Na ja, sie alle menstruieren, und das ist es auch schon. Sie, Josette Monti, ist attraktiv, ist gebildet, ist tough. Und sie liebt einen Chefredaktor, der wunderbare Dinge mit ihr macht.

Auf ihren Körper gibt sie acht wie auf ein teuer bezahltes Rassehündchen. Jeden Abend sorgfältige Fell- und Pfotenpflege, jeden Morgen vor dem Kaffee ein Antifettlauf. Vermutlich ist sie in ihrer Wohnsiedlung die Erste, die so früh auf den Beinen ist. In den schmucken weißen Backsteinhäusern rührt sich noch nichts. Im schönen Gefühl, dass ihr die ganze Welt gehört, ist sie heute Morgen um die Hausecke gerannt und mit Wucht gegen eine Frau geprallt. Beide taumelten, die beiden Tragetaschen der Frau schlitterten über den Boden. «Mein Fehler», sagte Josette und entschuldigte sich. Die Frau hielt sich die Hand und stöhnte ein bisschen. Sie macht ein Theater, dachte Josette, aber dann zeigte die Frau auf den Verband an ihrem Finger. Ein paar Exemplare der NSZ waren aus den Tragetaschen gerutscht. Josette sammelte sie ein, nahm sich ein Exemplar und bedankte sich bei der Verträgerin. Sie heiße Galli, sagte diese und schien nicht darauf zu warten, dass sich auch Josette vorstellte. Sie war von dieser müden verbrauchten Menschensorte, für die Josette nichts übrig hat. Seltsam, dass wir beide für die gleiche Firma arbeiten, dachte Josette. Dann war die Begegnung beendet.

Josette ist nicht eine, die sich im Betrieb hochgearbeitet hat, sie ist direkt in diesen Job hineingeflogen, tüchtig, fähig, mit besten Zeugnissen. Es stimmt allerdings, dass ihr Onkel Ernest sie dem Human Resources Director beim Golfspiel empfohlen hat. Aber dagegen ist nichts einzuwenden, es wird nun mal Golf gespielt, so what. Josette hat zwei Jahre Jus- und zwei Jahre Soziologiestudium hinter sich. Sie war zu ungeduldig, um irgendwo einen Abschluss zu machen. Sie war schon ungeduldig gewesen beim Lego-Spiel. Wenn der Lego-Bau zu einem Drittel stand, war klar, wie das Ganze aussehen würde, also stampfte sie das Drittel wieder ein. Diese Ungeduld spürt sie manchmal auch im Zusammensein mit Erwin. Wenn er einen Satz anfängt, ist sie ziemlich sicher zu wissen, wie er aufhören wird. Oft sieht sie auch seinem Gesicht an, was er jetzt dann gleich sagen wird. Im Bett hingegen kann er überraschen, da weiß sie nie, was auf sie zukommt. Sie lässt die Rollläden runter, bevor sie sich hinlegen, was Erwin nicht versteht. Aber Josette liebt die Dunkelheit. Den Reiz des Ungewissen, die Möglichkeit des Unmöglichen, die behagliche Vorstellung, dass die Dunkelheit eine Nacht sein könnte, aus der sie mit Erwin in einem neuen Leben erwacht.

Sie ruft sich gerne wieder in Erinnerung, wie es war, als sie Erwin kennenlernte. Sie versucht, es im Kopf zu wiederholen, weil es so schön war, so filmreif. Sie saßen im großen Sitzungszimmer, es ging um die Wiederverwertungsrechte von redaktionellen Beiträgen. Der CEO wollte keine Zweitvergütungen mehr auszahlen und das vertraglich abgesichert haben. Die Redaktion drohte mit Aufstand. Victor Ott, Human Resources Director, legte neue Vertragsentwürfe vor. Josette protokollierte. Und auf einmal spürte sie, dass etwas auf ihrem Gesicht Platz genommen hatte: Erwins Blick. Sie fühlte ihn wie eine Berührung. Erwin saß am anderen Tischende, und als Josette zu ihm hinsah, war sein Blick immer noch auf ihr, aufmerksam, als sei sie die Sonne, die in einer Sekunde im Meer versinken wird. Die Sitzung dauerte zwei Stunden, immer wieder flog Erwins

Blick zu ihr herüber und blieb auf ihrem Gesicht, eine kitzelnde Feder, auch wenn sie den Kopf senkte und das Protokoll in ihren kleinen PC eintippte.

Nach der Sitzung gaben sie sich kurz die Hand, und für Josette fühlten sich die Hände an, als hätten sie einander gerade eben losgelassen.

Noch am selben Nachmittag rief Erwin im Personalbüro an und verlangte Frau Monti. «Nein», sagte Frau Monti, «ich habe noch nichts vor heute Abend.» «Das trifft sich gut», sagte Erwin.

Es traf sich gut, sie merkten es bei der ersten Umarmung, sie passten so leicht ineinander wie ein Paar Reisepantoffeln.

Josette hat Zugang zu allen Mitarbeiterunterlagen des Konzerns. Sie kann jederzeit nachschauen, wer wie alt ist, ob geschieden, verwitwet oder ledige Mutter, sieht Universitätsabschlüsse, Arbeitslosengeldbezüge, HIV-Diagnosen. Was sie weiß, darf sie niemandem erzählen, nicht einmal Erwin, aber sie tut es doch. Erwin ist von einer unverschämten Neugier, und Josette füttert ihn regelmäßig. «Hast du gewusst, dass die neue Layouterin in Angola geboren ist?» «Echt? Darum diese Locken.» Dabei tut Erwin so, als sei er immun gegen Tratsch und höre nur mit halbem Ohr zu. «Hast du gewusst, dass Tino Turrini, genannt Postino, mal wegen Suizidversuchs beurlaubt war?» «Ach.» «Hast du gewusst, dass Gott zehn Jahre älter ist als du?» «Tatsächlich? Ich glaube, er geht ins Solarium.»

Gott ist der Human Resources Director Victor Ott, Josettes Chef. Dass man Ott Gott nenne, sei ziemlich billig, hat Josette zu ihrem Team gesagt, aber insgeheim freut sie sich, wenn sie es hört. Es ist wunderbar, wenn jemand das Chefbüro betritt und «Grüß Gott» sagt. Sie vermutet, dass Ott weiß, dass er Gott ist, das aber tunlichst verschweigt. Gott ist durch und durch humorlos, jedoch rasch, gescheit und korrekt, sie kann sich über ihren Chef nicht beklagen. Ihr gegenüber wirkt er stets leicht beleidigt, das kommt wohl daher, dass sie von Anfang an nicht auf seine Komplimente eingegangen ist. Sie will keine Komplimente von diesem strammen, gutgekleideten, weißgebissenen Mittfünfziger, die soll er sich für die Damen seines Golfclubs aufsparen. Eigentlich sieht Gott besser aus als Erwin, er käme durchaus in Frage als Senioren-Model für einen Herrenmodeprospekt, das muss sich Josette eingestehen. Erwin hat die Augen zu nah beieinander, ein Eckzahn steht schräg, und die Nase könnte etwas weniger fleischig sein. Josette weiß nicht genau, womit Erwin sie schwachmacht. Der fragende Blick vielleicht, das absprungbereite Lachen in der Oberlippe. Mein Erwin, denkt sie. Sie hat nicht die Absicht, ihn wieder loszulassen. Noch nie hatte sie eine heimliche Affäre und schon gar nicht eine heimliche Liebe. Aber die Heimlichkeit macht ihr nichts aus. Josette ist nicht der Typ, der Busenfreundinnen alles erzählen möchte. Sie hat immer mit einer leichten Verachtung auf die Mädchen geschaut, die einander das Herz offenlegten, sie, Josette, braucht keine Gehilfinnen fürs Dasein. Ihrer Mutter hätte sie nicht sagen können, dass sie jemanden liebt, der sie nicht heiraten wird. Ihre Mutter wartete immer darauf, dass Josette einen perfekten Ehemann einfange, aber das kann ihr jetzt egal sein, jetzt ist Mutter tot und Josette kein Kind mehr.

Einmal hat Josette von weitem gesehen, wie Erwin einer Frau kurz den Arm um die Schulter legte und mit ihr auf die Lifttür zuging, sie hatte sehr blondes kurzes Haar, und Josette weiß von einem Foto in Erwins Portemonnaie, dass seine Frau sehr kurzes blondes Haar hat. Sie hat nicht eifersüchtig zu sein auf diese Frau und ist es doch. Und sie malt sich aus, wie es sein wird, wenn sie sie kennenlernt, die Ingrid, auf einer Weihnachtsfeier oder so. Sie wird sie nicht mögen, sie mag sie schon jetzt nicht, wie hat sie ihre Kinder nur Teresia und Ambros taufen können, so was Affektiertes, und die Wohnungseinrichtung ist auch irgendwie affig, die schwarzen Plüschkissen, der türkis eingefärbte Fellteppich. Aber das macht ja nichts, Josette lässt ohnehin die Rollläden runter und sperrt die Ingrid für zwei Stunden aus. Es sind Josettes Hände, die wissen, wie der nackte Erwin aussieht, sie könnte ihn aus Ton modellieren, wüsste, wie rund die Schultern sind, welche Zehen höckrig, wie weit die Hüftknochen vorstehen, und wie tief die Falte unterm Nabel ist. Nur würde sich, verglichen mit Erwins Haut, der Ton zu kühl anfühlen. Sie hat mal für ihre Mutter zwei Bücherstützen modelliert, Pferde mit wehenden Mähnen, Josettchen, begabtes Kind.

Sie gehen, wenn die Liebe gemacht ist, selten zusammen aus dem Haus, Josette räumt noch ein bisschen auf, sorgt dafür, dass nichts von ihr rumliegt, auch ihre Zahnbürste packt sie wieder in die Handtasche, sie hinterlässt keine Spuren, so dass der nächste Liebesmittag so frisch sein wird wie der erste. Dann schließt sie die Wohnung mit dem Schlüssel, den sie hat und Ingrid nicht, und eilt zurück zu Gott und ihrer Arbeit.

Abends geht sie nicht in Erwins Wohnung, will nicht wie eine Hausfrau auf ihn warten, bis er spät von der Redaktion oder irgendwelchen Anlässen kommt. Sie geht in ihr eigenes plüschkissenfreies kühles Zuhause, legt sich in die Wanne, sieht, dass sie schön ist, setzt sich juniabendmäßig auf den kleinen Balkon, würde vielleicht singen, wenn man sie nicht links und rechts hörte.

Dann stürzt vom Glück ein Stück ein: An der Heergasse 5 gibt es im ersten Stock ein neues Türschild, provisorisch noch, auf Papier. *A. Caflisch.* Josette sieht es sofort, und der Name kommt ihr bekannt vor. In der PR-Abteilung gibt es einen Caflisch, einen eingebildeten Schwätzer, Josette hat ihm Unterlagen geliefert für das Jubiläumsbuch. Die NSZ wird hundert Jahre alt. Wenn dieser Schwätzer der neue Mieter an der Heergasse 5 ist, dann ist die Liebe am Mittag in Gefahr. Josette rennt ins Büro und sucht das Dossier Caflisch. Er heißt Arno. Alarmstufe eins, denkt Josette, aber bevor sie Erwin alarmiert, fragt sie beim Anwohnermeldeamt, wie viele A. Caflisch es in Zürich gibt. Es sind nebst Arno fünf, ein Armin, ein Alesch, eine Alma, eine Annamaria, eine Antonia. Josettes Angst schrumpft. Vielleicht ist ja eine ganz harmlose Antonia im ersten Stock eingezogen. Sie wird Erwin vorerst nichts sagen.

Auch als ein schwarzer Herrenregenschirm unter dem neuen Türschild steht, sagt sie nichts. Der kann Armin oder Alesch gehören, oder auch einer der Frauen, auch Frauen haben Männerregenschirme, oder sie haben Besuch von Männern mit Regenschirmen. Wenn sie die Wohnung nach Erwin verlässt, bleibt sie erst horchend stehen, prüft, ob das Treppenhaus leer ist, und geht auf Zehenspitzen runter, damit ihre Absätze auf den Steinstufen kein Geräusch machen.

Auf den Schirm folgt eine Stofftragetasche mit dem Aufdruck *NeoMedia*, die war mal ein Kundengeschenk für treue Abonnenten, davon gibt es in der Stadt Zürich bestimmt ein paar Tausend. Trotzdem, Josette erschrickt. Am folgenden Tag ist die Tasche weg. Weitere Tage vergehen. Josettes Angst bleibt. Und dann ist das provisorische Türschild weg, und auf dem neuen, korrekt gravierten steht: *Arno Caflisch*.

Zur Einweihung des neuen NeoMedia-Trakts sind auch der Human Resources Director und seine Assistentin eingeladen. So schreitet Josette an der Seite von Gott über den Bretterweg der Baustelle in den gläsernen Neubau, bekommt ein Glas Weißen in die Hand gedrückt und wartet auf die Ansprachen. Einer der Sprecher ist Erwin. Vor vier Stunden hat sie mit ihm im Bett gelegen. Vielleicht kann er mich an seinen Händen noch riechen, denkt sie, während er über die Faszination von Neubauten spricht, über den neuen Aufbau eines Redaktionskonzepts, das so viel Durchblick bieten müsse wie das gläserne Haus, in das die NSZ nun einzöge. Der Glanz und die Stabilität des neuen Hauses seien verpflichtend, auch eine Zeitung brauche diese Qualitäten, um die Leserschaft an sich zu binden. Er spricht gut, man hört ihm zu, seine Stichworte hat er auf A6-Karten notiert, die waren schon heute Mittag in der Innentasche seines Jacketts. Was ist das, hatte Josette gefragt. Ein paar Worte für heute Abend, hatte Erwin gesagt und kurz gestutzt, als Josette sagte, sie werde auch dabei sein. Warum er gestutzt hat, weiß sie nach Erwins Rede, als sie sieht, wie ihn eine Frau mit kurzem blonden Haar umarmt, Ingrid, die seine Frau ist und die Mutter von Teresia und Ambros und die Käuferin von schwarzen Plüschkissen und einem türkis eingefärbten Fellteppich. Josette stürzt ihren Wein hinunter und holt sich einen zweiten. Häppchen werden herumgereicht, Hände werden geschüttelt. Ich gehe, denkt Josette, manövriert sich sachte Richtung Ausgang und hat keine Möglichkeit auszuweichen, als plötzlich Erwin vor ihr steht und «Darf ich vorstellen» sagt.

Klar, dass er durfte. Wer hätte ihm das verbieten wollen. Erwins Abend, Erwins Redaktionsräume, Erwins Rede, Erwins Frau. Josette hätte es wissen müssen.

«Freut mich sehr», sagt Ingrid, sie hat diesen herzlichen Ton drauf, den Josette nicht zustande bringt, und wenn sie lächelt, bilden sich diese verständnisvoll wirkenden Fältchen um die Augen. Josette kommt sich vor wie aus Eis, trotz des warmen Juniabends ist ihre Haut kalt, wahrscheinlich hat Ingrid deshalb ihre Hand so rasch zurückgezogen. Josette schaut Erwin an und erfährt nichts aus seinem Gesicht, kein Bedauern, kein Unbehagen, auch keine Spur von geheimer Zärtlichkeit. «Das wird sicher ein schönes Arbeiten, wenn ihr hier mal eingerichtet seid», sagt Josette, und jetzt liest sie in seiner Miene so etwas wie Erleichterung: Danke, dass du nur Harmloses sagst. «Ja», sagt Erwin, «wir freuen uns auf den Umzug.»

Josette trinkt rasch noch ein Glas, dann verdrückt sie sich und fährt in großer Hast nach Hause, so als dürfe sie jemanden nicht warten lassen. Der Jemand ist sie selbst. Es hat mich nicht zu stören, denkt sie, ich habe gewusst, dass er verheiratet ist, dass ich die Mittagsfrau bin und abends nicht mehr existiere. Ich will nicht so blöd sein, mich zu bemitleiden, warum sollte ich, Erwin liebt mich. Er liebt mich mit Haut und Haar und Herz und Hirn und Hüften und Hintern. Es hat mich nicht zu stören, denkt sie, dass er heute Abend mit Ingrid zwischen den Betttüchern liegt, die ich heute Mittag stramm gezogen habe, es geht mich nichts an, was sie da machen. Mir tut nichts weh, rein gar nichts, erst morgen Mittag, wenn ich an der Heergasse 5 in den Schrank schaue, um zu prüfen, ob sie etwas Neues dagelassen hat, erst dann wird's weh tun, wird's der Mittagsfrau weh tun.

Mit zwei Pizzas fürs Mittagessen steuert sie auf die Heergasse zu, da sieht sie Arno Caflisch, er verschwindet gerade hinter der dunkelroten Haustür. Sie läuft am Haus vorbei, trägt die Pizzas vor sich her, bleibt vor einem Schaufenster stehen und merkt lange nicht, was sie hier anschaut, nämlich Herrenmode für große Größen. Sie wird warten, bis sie sicher sein kann, dass Caflisch nicht mehr im Treppenhaus anzutreffen ist. Sie werden die Pizza eben lauwarm essen oder auch kalt, falls sie die Liebe vorher machen. Sie ist aufgeregt, weiß nicht, ob sie auf den gestrigen Abend zurückkommen soll, auf die Begegnung mit Ingrid. Den ganzen Morgen über war sie aufgeregt, konnte nur denken, wie es sein würde, Erwin zu umarmen und zu erspüren, ob zwischen ihnen alles noch gleich war. Gott legte ihr drei Kündigungsschreiben auf den Tisch, in der Spedition wurden zwei Leute entlassen und einer in der Buchhaltung, Josette sollte sich um die Zeugnisse kümmern, und das bitte bis am selbigen Abend. «Und frag bitte nach, woher sie den Weißen von gestern bezogen haben, der war ganz ausgezeichnet», sagte Gott. Wenn er wüsste, dachte Josette, dass ich zu Hause gekotzt habe, den Weißen vorneweg.

«Nein», sagt Erwin, als er sieht, wie Josette fragend das Betttuch vom Kissen zieht, «Ingrid war nicht hier, sie ist gestern noch nach Hause gefahren, mit dem Neun-Uhr-Zug, Ambros kränkelt.» Er umarmt Josette so, wie er es immer tut, und sie spürt, wie die Ängste von ihr abrutschen, Stück um Stück.

Erst als sie die Rollläden wieder hochzieht und Erwin unter der Dusche steht, öffnet Josette die Schranktür. Sie sieht die neuen Sachen sofort: den sommerlichen Strohhut und darin eingerollt wie ein schlafendes Tierchen den seidenen Pyjama. Erwin hat gelogen.

«Ach», sagt Arno Caflisch, der im selben Moment die Wohnungstür öffnet, als Josette daran vorbeigeht. «Wir kennen uns doch, wohnen Sie etwa auch hier?» Josette ist sicher, dass er ihre Absätze gehört und hinter der Tür gewartet hat. «Nein», sagt Josette und ist schon eine halbe Treppe tiefer, «ich habe nur Herrn Zibung etwas vorbeigebracht.» Caflisch lehnt übers Geländer, Josette schaut hoch und sieht, wie Caflisch die leeren Pizzaschachteln unter ihrem Arm fixiert, und sie hört noch, wie er sagt: «Das nennt man Service.»

immer die beste im aufsatz, und jetzt
das, das geknorze mit wörtern, mit
sätzen ~ drehe ein wort so oft um,
bis es ganz fremd wird, dann kommt
stuhl von stehlen, und gestühle ist
gestohlenes ~ muss ladurner bei den
kurznews helfen: stühle sind im kirch-
gemeindehaus aufgeschlitzt worden
~ von vandalen ~ ach, herr van dal,
wie konnten sie nur ~ ach, ihr stühle,
warum seid ihr nicht davongerannt auf
allen vieren ~ und ach, warum darf
ich nicht über rennende stühle schreiben, über die weltweite stuhlflucht,
weil stühle nicht mehr ertragen, dass
sich hintern auf ihnen niederlassen ~
und ach, wie vernünftig hat man zu
sein bei der neo-media / medi-okria ~
dreht denn hier keiner mal durch?

5

Meine Damen und Herren.
Marilis Unterhose.
Stimmen im Kopf

WALTER ENDERLE, APPLIKATIONS-SUPPORT

Jetzt hört er es wieder, schon vor einer Stunde war es da, das mehrmalige Seufzen. Er hat es lokalisiert, es kommt zwischen der oberen und unteren Türangel hervor. «Was ist das», sagt er, als Postino ihm die Briefe auf den Tisch legt. «Die Post von heute», sagt Postino. Er meine das Geräusch, sagt Walter Enderle. Postino legt den Kopf schräg und horcht. «Ich höre nichts», sagt er, «schönen Tag noch.» Schönen Tag noch. Seit die Seufzer da sind, hat er keine schönen Tage mehr, und die Seufzer sind da, seit sein Bruder Louis ihn im Büro besucht hat. Er kann es genau zurückverfolgen, das war am Tag nach Fronleichnam. Louis hat etwas in seinem Büro hinterlassen, das diese Seufzer auslöst. Louis, der geschmähte Priester.

Heute Nachmittag wird Walter dem Kader im Sitzungszimmer B die neue Software für das Human Resources Managing vorlegen. Sekretärin Ramona wird assistieren bei der Power-Point-Präsentation. Die PPP ist so weit fertig, einige Abschnitte, bei denen er sich verhaspeln könnte, will er noch laut lesen. Wenn er wieder Syrengie statt Synergie sagt, werden sie lachen. Vielleicht schaut auch der CEO rein. Soll er.

Sie kennen die SMART-Formel: Specific-Measurable-Accepted-Realistic-Timely. Oder auf Deutsch: Spezifisch-Messbar-Akzeptiert-Realisierbar-Terminierbar. SMART in diesem Sinne müssen Personalentwicklungs-Module sein, um den Ansprüchen von NeoMedia zu genügen.

Was er denn eigentlich genau mache, wollte Louis wissen, als er Walter im Büro besuchte. Zu viel, hatte Walter gesagt. Jetzt sei er auch noch verantwortlich für den Applikationssupport. Und Louis, der Ex-Priester, sagte ziemlich leise: «Applikation gehörte auch zu meinem Amt.» Applikation, sagte er weiter, bedeute nach dem Kodex des Kanonischen Rechts «die Zuwendung der geistlichen Früchte durch einen katholischen Priester». «Früchte?», fragte Walter. Louis versuchte ein Lachen. «Zum Beispiel die Heilige Messe.» Diese der Gemeinde sonntags zu verabreichen, sei Applikationspflicht. «Hast du nicht gewusst, was?» Nein, Walter hat nie viel gewusst von Louis. Er war ein schweigsamer Bruder. Seit Louis hier war, denkt Walter wieder öfter an die Wolfhalde, an das kleine Haus oberhalb Stans, wo er mit Louis groß geworden ist. Scheune und Stall standen schon damals leer, Vater hatte Arbeit im Armeegeländ, Mutter war zu Hause mit dem behinderten Marili, dann starb sie, und Marili kam ins Heim. Danach fing der Spuk an. Inzwischen ist auch Marili tot, ist Vater tot, die lassen beide nichts mehr von sich hören. Es ist Mutter, die immer noch seufzt, das nimmt Walter jetzt mal an.

Im Personalentwicklungsmodul zeigt der individuelle Vergleich von Ist- und Soll-Profilen den persönlichen Entwicklungsbedarf der einzelnen Mitarbeiter auf. Ein etwas umständlicher Satz für eine PPP, aber Ramona wird sich weigern, jetzt noch Änderungen anzubringen. Sie ist tüchtig, aber so tüchtig auch wieder nicht. *Eine unternehmensweite Analyse erlaubt es, strukturelle Probleme rechtzeitig zu sichten und die geeigneten Maßnahmen in die Wege zu leiten.* Zum Gähnen ist das, irgendein Späßchen müsste hier eingebaut werden. Aber für so was ist Ramona keine Hilfe. Sie ist völlig humorlos. Walter würde sie nicht mehr einstellen. Prophylaktisch schiebt er ein Xanax rein. Nun fängt das mit den Tabletten auch im Büro an, bis jetzt hat er sich damit zurückgehalten. Zu Hause geht es nicht mehr ohne, die Stimmen machen ihn verrückt. Und nun hat Louis das Gespuke auch noch hier ins Büro geschleppt, hat es wie eine Schweißfahne hinter sich hergezogen. Er ist wütend auf Louis, und weiß doch, dass Louis nichts dafür kann. Er und Louis sind nun mal Gezeichnete, und seit Louis wegen seiner Affäre mit einer Frau kein Priester mehr sein darf, ist er wohl noch übler dran. Diese Frau, sagt Louis, die Agnes, behaupte, sie bekomme ein Kind. Wenn das Kind behindert sei, sagt Louis, bringe er sich um.

Mutter hat sich im Aa-Tobel umgebracht, ist von der hohen Brücke gesprungen. Vergangenen März hat sich Walter wieder mal zum Aa-Tobel aufgemacht, das war Louis' Wunsch. «Jetzt ist es dreißig Jahre her, jetzt feiern wir den Dreißigsten», sagte er. Das mache man in der Kirche immer noch, wenn auch nicht dreißig Jahre, sondern dreißig Tage nach einem Todesfall. Auf der kleinen Straße lag in den schattigen Kurven noch Schnee, an den sonnigen Rändern blühten Schlüsselblumen und Huflattich, Walter hatte die falschen Schuhe an, seine Socken wurden nass. Die Wolfhalde war abgerissen worden, jetzt stand dort ein senfbraunes Zweifamilienhaus, sie machten einen großen Bogen drum herum. Louis sagte wenig, ein schweigsamer Bruder. Er schwieg auch, als sie auf der Brücke standen, aber Walter merkte, dass er ein Gebet sprach. Die Aa machte ein Geräusch wie Gewittergrollen, sah gelb und dreckig aus. «Wenn du dich umbringst», sagte Walter, «machst du es dann hier?» Louis kletterte auf das Geländer und grinste. «Nur wenn du in dreißig Jahren wieder herkommst und ein Gebet sprichst.» «Ich bete nie», sagte Walter.

Vor dem Kapellchen, das grad groß genug war, um bei einem Regenguss unterzustehen, setzten sie sich in die Sonne und blickten hinunter auf die Dächer von Stans, die Brüder, die hier zusammen in die Schule gerannt und dann wieder nach Hause hochgekeucht waren, in der Hoffnung, die Mutter sei guter Stimmung und das Marili lache. Nur ein Jahr waren sie auseinander, und weil der Louis so gescheit war, saß er in derselben

Klasse wie Walter. Jetzt war der Walter dick um die Hüften und hatte pralle Hände, der Louis war immer noch mager, und er sah in seinem Anzug erbärmlich aus. In der Soutane hatte er besser gewirkt. Walter schreckte hoch, als im Kapellchen etwas raschelte. «Es ist noch da», sagte Louis, er sagte es beinahe zufrieden. «Als man die Wolfhalde abriss, ist es zwischen die nächstbesten Mauern geflohen.»

Louis schien es nichts auszumachen, dass er im Kopf einen Störsender hatte. Walter beneidete ihn um seine Ruhe.

Im Canto setzt sich Walter nicht neben Ramona, er sucht einen Tisch für sich. Die Neue am Buffet, Rolands rechte Hand, empfiehlt ihm die Penne mit Salbei, sie ist freundlich, wirkt aber irgendwie gehetzt. *Das Modul Personalentwicklung erfasst positive und negative Charakterzüge und gewährleistet einen angepassten Umgang mit denselben.* Ein Schatten senkt sich auf die Penne, jemand sagt: «Noch frei hier?» Es ist Elvira Thalmann, auch sie mit einem Teller Penne. Ausgerechnet die Thalmann, jetzt kann sie ihn bearbeiten, weil die Probleme im Abo-Dienst immer noch nicht behoben sind. Das neu applizierte Programm stürzt dauernd ab. «Voll, heute», sagt sie, was wohl heißt, dass sie sich nur unfreiwillig neben einen wie Walter setzt. Sie sieht besser aus als das Bild, das er von ihr hatte, vielleicht weil er sie jetzt von nahem sieht, sie hat einen schön geschwungenen Mund und hinter der Brille sanft umschattete Augen und über den Ohren feine Härchen, die sich aus der Frisur davongemacht haben. Unauffällig schiebt er seine Knie aus dem Weg. «Kommst du auch zu der Präsentation heute», sagt Walter und weiß, dass sie gleich «Nein, leider nicht» sagt. «Nein, leider nicht», sagt die Thalmann. Sie habe zu viele Probleme in der Bude, eine Reklamationsflut, dazu zwei unfähige Leute, und dann stürzen dauernd die Kisten ab. Walter wundert sich, dass sie Bude sagt und Kisten, irgendwie passt es nicht zum schön geschwungenen Mund und zur schneeweißen Bluse. «Tut mir leid», sagt Walter, «ich schicke morgen noch mal die beiden Informatiker vorbei.» «Die beiden Idiotiker», sagt die Thalmann. «Hast du nichts Besseres zu bieten?» Es seien immerhin Experten, wendet Walter ein. Vielleicht auf anderem Gebiet, sagt die Thalmann, vielleicht seien sie gute Liebhaber. Walter weiß nicht, was sich Witziges drauf antworten ließe, er ist froh um die Penne, die er sich in den Mund schieben kann.

Diese Frauen. Heute ist Walter so weit, dass er nicht mal wüsste, wie die Frau sein sollte, die er gerne hätte.

Es muss etwas mit Marili gewesen sein. Als sie damals von der Schule nach Hause kamen, saß das Marili vor dem Haus, nur in der Unterhose, obwohl es März war und kalt. Es hatte einen blau verschmierten Mund, wahrscheinlich von einem Tintenstift. Sie sahen, dass das Marili schon kleine Brüste hatte. Walter rief nach der Mutter, und Louis scheuchte das Marili ins Haus. Als es dunkel wurde, war Mutter noch immer nicht da, als Vater nach Hause kam, auch nicht. Sie aßen aufgewärmte Brotsuppe. Vater sagte, Mutters Gummistiefel seien nicht da. Die Stiefel fand man am nächsten Tag auf der Brücke. Mutter war ohne Stiefel gesprungen. Das Marili sagte von da an nichts mehr. Es muss etwas mit Marili gewesen sein, bevor Mutter zur Brücke ging.

«Wie geht es eigentlich der Bernadette», hatte Louis gefragt bei seinem Besuch in Walters Büro. «Warum», sagte Walter. Sie sei doch immerhin mal Walters Frau gewesen. «Du kannst mich genauso gut nach meinen Skischuhen aus dem Jahr 1990 fragen», sagte Walter. Bernadette war genau sieben Monate Walters Frau gewesen. Von einem Tag auf den andern zog sie aus, sie nahm nicht mal ihre Kleider mit. Er sei kein Mensch, mit dem man leben könne. Walter sagte, er habe nichts getan, und sie sagte, eben. «Es ist mir egal, wie es Bernadette geht», sagte Walter, «sie hat drei Kinder und einen Mann und lebt in Rio.» Woher er das wisse, fragte Louis und lachte. «Keine Ahnung», sagte Walter, «vielleicht hab ich's geträumt.»

Im Sitzungszimmer B steht Kaffee bereit und stilles Wasser. Der CEO trinkt nur stilles Wasser. Der Kantinen-Lehrling hat alles auf einem Wägelchen vorbeigebracht, hat Friandises auf kleinen Tellern arrangiert, mit bloßen Händen. Ob er das nicht mit Handschuhen machen müsse, hat Walter gesagt, und der Lehrling ist rot geworden. Die Jalousien sind schon zu, die Lampen sind an, Ramona testet den Beamer, Walter setzt sich, schließt die Augen und versucht, sich zu sammeln. Er muss das Kader heute vom Nutzen der neuen Software überzeugen. *Sie installiert endlich die kontrollierte Vernetzung und bringt umfassende Mitarbeiterzufriedenheit* und so weiter und so weiter und *erleichtert den Führungskräften das koordinierte Planen und Entscheiden* und so weiter und so weiter. *Die Software-Firma Agitil ist führend auf diesem Gebiet und garantiert permanenten Support* und so weiter und so weiter. «Herr Enderle», sagt Ramona, «alles gut?» «Warum nicht», sagt Walter und öffnet die Augen. «Ich dachte nur», sagt Ramona. «Denken schadet nicht», sagt Walter. Jetzt ist sie wohl beleidigt. Er seufzt. Wen hat er sich da nur umgeschnallt. «*Vereinfachen und vereinheitlichen Sie den Zielvereinbarungsprozess für das gesamte Unternehmen*, aber was macht man mit all den Ramonas. Er weiß nicht, ob er die Jacke zuknöpfen soll, man sieht dann den Bauch über dem Gürtel nicht, aber vielleicht wirkt geschlossene Jacke plus Krawatte zu ernst. Und draußen ist immerhin ein heller Junitag. Der Anzug ist neu und für seinen zunehmenden Umfang perfekt geschnitten, er hat noch nie so viel Geld für Kleidung ausgegeben. Wenn Louis wüsste, wie viel.

Grab uns aus, die Erde ist zu schwer.
Die Stimmen. Jetzt sind sie auch hier.
Bitte nicht.
Grab!

Wenn er zu Hause fernsieht, setzt er Kopfhörer auf. Dröhnt sich zu, meistens mit Spielshows und mit amerikanischen Serien. Seltsamerweise hört er die Stimmen nicht, wenn er die Kopfhörer aufhat. Obwohl sie aus seinem eigenen Kopf kommen, das weiß er. Er hat wie Louis einen Störsender im Kopf, das weiß er. Aber Louis glaubt an Geister. Walter hat beschlossen, nicht an Geister zu glauben. Und er hält sich daran. Leicht fällt es ihm aber nicht. Es ist, wie wenn jemand beschlossen hat, keine Süßigkeiten zu essen, aber dann dauernd daran denken muss. Die Stimmen kommen, sobald die Eindrücke vom Fernsehen verebbt sind. Es sind zwei verschiedene Stimmen, mal spricht die hohe, mal die tiefere. Ob es Männer- oder Frauenstimmen sind, weiß er nicht. Die hohe wirkt etwas bedrohlicher.

Geh hinter die Scheune, hol den Spaten.
Lass mich in Ruhe, sagt Walter stumm.
Kill die Kaninchen.
Ich höre dich nicht.
Getrau dich, Walter.
Hör auf, ich habe dir nichts getan.

Manchmal nennt ihn die Stimme auch «Walt». Als Kind war er der Walt. Später hat ihn niemand mehr so genannt, auch Louis nicht. Warum weiß die Stimme, dass er mal ein Walt war? Im Badezimmer sind die Stimmen besonders laut. Vielleicht hat das mit den Wasserleitungen zu tun. Walter nimmt nach dem Zähneputzen immer ein Schlafmittel. Dann schläft er wie ein Toter. Ob es Tote sind, die seinen Störsender bedienen?

Walter, du bist in Gefahr.
Ich höre dich nicht.
Mach Schluss mit denen.
Ich habe niemandem was getan.

Um vierzehn Uhr zehn schließt Ramona die Tür, alle haben Platz genommen, es sind weniger, als sich Walter erhofft hat. Immerhin sind die von Human Resources zu fünft erschienen. Der CEO ist nicht gekommen. Walter hat ihm noch nicht gesagt, dass mit dem Ankauf der neuen Software das Budget um zwanzig Prozent überzogen wird. Das wird noch schwierig werden. *Meine Damen und Herren, liebe Kollegen.* Seine Stimme klingt, als sei die Luftröhre verrostet. *Ich freue mich, Ihnen ein Instrument vorzustellen, das für den ganzen Konzern eine rasante Modernisierung und für die Mitarbeitenden erfreuliche Erleichterungen bringt.* Dieser Satz ist von ihm. Sonst hat er das meiste aus den Werbebroschüren übernommen. Ramona reicht den Teller mit den Friandises herum. Das stört. Er würde sie gerne zurechtweisen. *Kostensenkungsmaßnahmen wie Entlassungen, Restrukturierungen und Einstellungsstopps sind eine bedauerliche Realität in wirtschaftlich schwierigen Zeiten.* Er sieht die Silhouetten der gereckten Köpfe und erschrickt fast, dass man ihm zuhört. Das Sprechen fällt ihm heute schwer. Er muss jeden Satz wie eine zu große Ladung über Zunge und Lippen schieben.

Sag niemandem was.
Die Stimme!
Sonst will man dir Böses.
Lass mich in Ruh.
Ramona am Beamer reagiert zu langsam. Es gibt Pausen im Vortrag, das macht sich schlecht. Er müsste rasanter sein in seinem Sales-Talk. Und die Stimme nützt die Pausen aus. Es ist die hohe Stimme.

Hör auf!, sagt Walter. Und weiß nicht, ob er das nun laut gesagt hat. Das wäre eine Katastrophe. Die Silhouetten der Köpfe haben ihre Stellung leicht verändert. *Manager benötigen schnelle Reaktionsfähigkeit und große Entschlusskraft, um sich den notwendigen Änderungen für das Unternehmen zu stellen. Die neue Software garantiert die umfassende Übersicht.*

Etwas fällt zu Boden, Schuhe scharren, ein Lacher wird unterdrückt.

Schau zur Jungfrau Maria, Walter.
Hör endlich auf!
Sie hat Marilis Unterhose an.

Als die Rollläden hochsurren, das Tageslicht ins Zimmer fällt und die Leute stühlerückend aufstehen, ist Walters Hemd

nass geschwitzt. Zum Glück hat er die Jacke an. Fragen werden nicht gestellt. «Sehr interessant», sagt Victor. Immerhin der Leiter von Human Resources. Personalchef will er nicht genannt werden, man sei nun mal im einundzwanzigsten Jahrhundert. Wenn Victor die neue Software gutheißt, ist der Deal schon fast geritzt. «Sehr interessant», sagt Victor wieder. «Aber eine große Kiste.» Mal abgesehen vom Preis – bis das nur umgesetzt sei, in allen Abteilungen und quer durchs gesamte Unternehmen. Und ob Walter auch die Sicherheit geprüft habe. Gerade in großen Kisten sei mit Lecks zu rechnen. «Selbstverständlich», sagt Walter, «Sicherheit steht an erster Stelle.» Seine Stimme hört sich wieder rostig an. «Wie geht es dir eigentlich persönlich», sagt Victor und schaut so eindringlich, als müsste er sich den Verlauf von Walters Augenbrauen merken. Er frage, sagt Victor, weil Walter in seinem Vortrag ein wenig, nun ja, unkonzentriert gewirkt habe. «Mir geht es ausgezeichnet, danke», sagt Walter.
Nimm dich in Acht vor dem.
Wieder die Stimme.
Der hat Jauche im Schlauch.
Lass mich. Geh.
«Ja, dann», sagt Viktor. «Schöner Anzug, übrigens. Bis später.»
Walter schüttelt noch ein paar Hände, dann flüchtet er sich ins Freie und fängt an zu rennen. Er rennt durch die Grünanlage, am Pavillon vorbei, wo die Alkis lagern, rennt über den Sportplatz und weiß, dass er hier seltsam wirkt in seinem ~~Maßanzug.~~ Dann hört er die Sihl rauschen, das tut wohl. Er geht so nah ans Rauschen, wie er kann, setzt sich beim kleinen Flusswehr ans Ufer, füllt die Ohren randvoll mit Rauschen, will keine Stimmen mehr hören, nie mehr.
Man findet ihn seltsam. Das kann er nicht mehr korrigieren. Das ist Fakt. Mit dem Enderle stimme was nicht, wird der Victor dem CEO sagen. Und die Kuh Ramona wird herumerzählen, er habe mit sich selbst geredet. Inzwischen ist er sicher, dass er

der Stimme das eine oder andere Mal laut geantwortet hat. Darum die prüfenden, fragenden Blicke der Händeschüttler vorhin. Was jetzt? Ins Büro geht er heute nicht mehr. Und nach Hause mag er auch nicht, was soll er da. Sich mitten am Nachmittag die Kopfhörer aufsetzen? Sich bei einem Psychiater anmelden? Der wird ihn krankschreiben, und das wird das Ende sein bei NeoMedia, Enderles Ende.

Erst jetzt sieht er, dass ein paar Meter weiter noch jemand am Ufer sitzt. Ein Mann. Einer, den er kennt. Der Postbringer, genannt Postino. Walter hebt die Hand. Postino steht auf und lässt sich neben Walter nieder, mit der Respektdistanz von einem Meter. Walter ist ein Kadermann und Postino ein Angestellter von der untersten Kategorie, vier Wochen Ferien und dreizehnter Monatslohn. Für seine Aufgabe wirkt er irgendwie verkleidet; mit dem Pferdeschwanz, der randlosen Brille und den verblichenen Jeans, die ihm um die dünnen Beine schlottern, würde er besser zu den PR-Fritzen oder Redaktoren passen. Neben Postino kommt sich Walter dick vor. Und der Anzug hat hier draußen einen unnatürlichen Glanz. «Schöner Platz», sagt Postino. Weil Walter ihn nur fragend anschaut, sagt er es nochmals, jetzt rufend. Zu laut ist das Rauschen des Wassers. Und obwohl sie einander anschreien müssen, um sich zu verstehen, erfährt Walter, dass Postino oft nach der Arbeit hier sitzt, dass er mit seiner Arbeit um vier Uhr fertig ist, und dass er Angst hat um seine Arbeit, wegen den *anfallenden Kostensenkungsmaßnahmen.* Walter wundert sich über den Begriff aus Postinos Mund. Es ist, als hätte er vorhin in Walters Präsentation gesessen. «Stimmt es», schreit Postino, «dass zweihundert Stellen abgebaut werden?» «Wer sagt denn so was?», schreit Walter zurück. Was sie sagen, wird vom Rauschen sofort hinweggetragen. So als wäre das Gesagte nie gesagt worden. Walter möchte für immer hier sitzen bleiben, in dieser unendlich lauten Ruhe.

Feigling.

Also auch hier, die Stimme.

Hörst du? Feigling!
Lass mich.
Getraust du dich etwa, ins Wasser zu gehen?
Ich will nicht ins Wasser!
Feigling.

Postino hat ihn verständnislos angeschaut, hat sich mit schrägem Lächeln und kurzem Winken entfernt. Von Postino ist nichts zu befürchten. Ist Angestellter der untersten Kategorie. Und wird wahrscheinlich ohnehin von der Lohnliste gestrichen, demnächst.

Der Tag ist immer noch warm, Juni vom Feinsten, weiße Blütenblättchen landen auf seinem Anzug, vom Weißdorn vielleicht. Walter fröstelt ein bisschen. Was würde er wollen, wenn er wollen könnte?

nur schon die schuhe ~ diese vernunft
an den füßen ~ man weiß gleich, wie
die typen wohnen, wie sie leben, wie
sie ins bett steigen, nämlich ordentlich
~ was von der ordnung abweicht, ist
allenfalls thema für zeitungsartikel:
das drama der übergroßen gabel in der
besteckschublade ~ oder: vom leid
einer leinenen hose in der zerknitte-
rung ~ oder: erneut brutale moos-
attacke im hausrasen ~ wetten, dass
hier niemand einen knick in der vita
hat ~ wetten, dass hier niemand sein
eigenes hirn sehen möchte, weil es so
gewunden ausschaut, so durcheinander und so gar nicht geradeaus ~ und
alles soll, bitte schön, geschmackvoll
sein, am besten lauter brauntöne bis
zirka hellbeige ~ und lachen immer
schön mit maß ~ möchte mal jemanden so richtig fett lachen hören, eine
volle lachsalve wie ein jaucheguss, das
wär schön ~ weil doch das leben so
ungemein lustig ist

6

Pink und hellgrün.
Der tote Lauscher.
Seltsame Sache

FABIAN RAUSCH, FIRMENBROSCHÜRE «100 JAHRE NSZ»

Man hat ihn schon wieder verschoben, jetzt ist er in der Deppi, so wird die Dependance an der Melchtalstraße genannt. Diesmal ist er zufrieden, denn er hat ein eigenes Büro, wenn auch nur provisorisch eingerichtet mit Ramsch aus dem Möbellager, mit einem Schreibtisch aus Pseudoteak, einem orangeroten Ergonomie-Stuhl und zwei dunkelbraunen Drehsesseln für die Besucher. Computer, Drucker, Kopiergerät funktionieren tadellos. Er hat seine Visitenkarte draußen an den Türrahmen geklebt. Fabian Rausch, lic. phil., Historiker. Wer kommt, klopft an. Zum Beispiel Mariella aus dem Nachbarbüro, Ansprechfrau für die Pensionierten. Oder Postino aus dem Haupthaus, der bringt und holt die Post zweimal am Tag. Wenn Eddie vorbeikommt, können sie sich ungestört küssen, Eddie hat sogar sein T-Shirt ausgezogen.

Fabians Vertrag läuft in vier Monaten aus, dann muss die Broschüre fertig sein. «Hundert Jahre Neue Schweizer Zeitung». Er ist zufrieden mit sich, was er bis jetzt verfasst hat, liest sich gut, und die erste Hälfte der Broschüre ist von der Geschäftsleitung schon mal abgesegnet. Heikel war der Rückblick auf die dreißiger und vierziger Jahre. Das Wort «deutschfreundlich» musste er streichen, aber immerhin gestattet wurde die Abbildung der Frontseite von 1931 mit dem Artikel «Was wollen wir Nationalsozialisten». Autor: Adolf Hitler. Daneben der Bericht über den Giftmordprozess im Emmental. Gemordet wird immer. Wenn Fabian sagt, die Welt habe sich nicht verändert, dann lacht Eddie: «Und was sagst du zu uns zwei?» Er hat ja recht. 1931 standen schwule Liebespaare nicht eng umschlungen im Foyer eines Kinos, so wie sie zwei gestern. Und sie haben sich nicht auf dem Sprungturm im Schwimmbad geküsst, so wie sie zwei vorgestern. Den ganzen herrlichen Juni über treffen sie sich abends am See und trocknen sich nach dem Schwimmen gegenseitig sanft und lange ab. Wann Fabian endlich bei ihm einziehe, will Eddie wissen. Er hat in seiner herrschaftlichen Vierzimmerwohnung schon lange ein Zimmer für Fabian freigeräumt, hat dort den Stuck an der Decke pink und hellgrün bemalt, weil Fabian einmal gesagt hat, das sei eine Farbkombination, die ihn entzücke. Fabian trödelt mit dem Einziehen, er sucht Ausreden. Seine Eltern wissen noch nicht, dass er einen Mann liebt, und Eddie weiß nicht, dass sie es nicht wissen. Jetzt gerade ist es ungünstig, sie zu informieren, weil sein Vater einen Herzanfall erlitten und seine Schwester ein Kind bekommen hat, von dem Mutter sagt, es sei herzig, aber Fabians Kinder würden bestimmt nicht weniger herzig sein. Zum Teufel mit herzigen Kindern.

Es klopft, und herein kommt Wolf, ein Layouter der Neo-Media-PR-Abteilung. Er ist so jung, dass er noch Akne hat. Fabian lacht, als ihm Wolf den Entwurf des Covers vorlegt: die Nofretete aus Zeitungspapier. «Das soll wohl ein Witz sein», sagt Fabian. Wolf wird rot. Nein, sagt er, sie hätten ein Sujet aus dem Erscheinungsmonat der NSZ Nummer 1 gesucht. Außer der Nofretete, die man damals gefunden habe, gebe der Dezember 1912 bildlich nicht viel her. Das stimmt. Die *Prawda* hat damals den Monat ihrer Ersterscheinung besser gewählt: Nur gerade zwanzig Tage vor der Nummer 1 ist die *Titanic* gesunken. Wolf zieht noch einen zweiten Entwurf hervor: eine Collage aus Jungfraubahn, Kaiser Wilhelm, *Titanic* und einer alten Adler-Schreibmaschine. Fabian seufzt, was haben die ihm bloß für ein Ei gelegt, mit so einem wie Wolf kann er nicht arbeiten.

Die Entwürfe seien etwas überraschend, sagt er, er wolle darüber nachdenken. Wolf will wissen, ob die Broschüre zwei- oder vierfarbig werden soll. «Vierfarbig!», sagt Fabian, «das wisst ihr doch, steht doch alles in meinem Paper.» «Was für ein Paper?», sagt Wolf.

Um elf Uhr hat Fabian ein Interview mit dem Chefredaktor. Er wird ihm sagen, dass die *Prawda* – zu Deutsch «Wahrheit» – auch 1912 erschienen ist, und ihn fragen, wie er damit umginge, wenn die NSZ ab sofort «Wahrheit» hieße. Er muss einen guten Eindruck machen bei Erwin Zibung, denn er würde sich gerne für nächstes Jahr bei der NSZ als Redaktor bewerben, wenn dieser Job hier vorbei ist, braucht er etwas Neues. Auf keinen Fall will er Eddie auf der Tasche liegen, auch wenn Eddie als Geschäftsleiter bei Mobilia ganz schön verdient. Eddie ist verwöhnt, ist auch ausgesprochen geschmackssicher, so wie er daherkommt und wie er seine Wohnung einrichtet, mit salopper Eleganz, das macht ihm so schnell keiner nach. Manchmal, wenn Fabian etwas vorschlägt, sagt Eddie: «Nette Idee», dann weiß Fabian sofort, dass die Sache für Eddie überhaupt nicht in Frage kommt. Mal sehen, ob er nette Idee sagt, wenn er ihm heute Abend eine *Prawda*-Seite zeigt und vorschlägt, die kyrillische Schrift als Stoffmuster zu verwenden.

Er ist gerade aufgestanden, um sich einen Kaffee zu holen, da klingelt das Telefon. Frau Kelterborn ist dran, Frau Kelterborn wohnt neben seinem Elternhaus, das heißt: Etwas ist passiert. «Können Sie kommen, Herr Rausch? Ihr Vater hat, Ihr Vater ist ...» Das heißt: Er ist tot. Frau Kelterborn kann es nicht so ohne weiteres sagen. Sie braucht noch ein paar Sätze. «Ihre Mutter hat ihn gefunden.» Wo finden Mütter Väter? Im Bett, am Boden, in der Badewanne? «Ich komme sofort», sagt Fabian. Er fährt den Computer herunter, schließt das Fenster, ruft im Sekretariat des Chefredaktors an: Bin um elf Uhr leider verhindert wegen eines Todesfalls.

Nun sitzt er im Taxi und hasst sich. Er sei verhindert wegen eines Todesfalls, hat er gesagt. Warum die Phrase? Warum hat er nicht einfach gesagt «Mein Vater ist tot»? Vater ist immerhin Vater. Ist seit über siebenundzwanzig Jahren sein Vater. Hat ihn immer umarmt, zur Begrüßung, zum Abschied. Vor allen Leuten oder allein. Auch nachdem sie gestritten haben. «Verhindert wegen eines Todesfalls.» Seit wann ist er so verlogen? Der Taxifahrer findet die Herrmannstraße nicht auf Anhieb. Als er endlich in sie einbiegt, fliegen weiße Blütenflocken hoch, es schneit aufwärts, verkehrte Welt, Frau Kelterborn kommt aus dem Haus, hat einen geschminkten Mund, der ist irgendwie zu rot.

«Der Arzt ist gleich da», sagt sie. «Ich dachte», sagt Fabian. «Ja», sagt Frau Kelterborn, «da ist nichts mehr zu machen.» Mutter steht an der Schlafzimmertür und sagt «Da bist du ja», und Vater liegt auf dem Bett und hat die Lederpantoffeln an. Mutter nimmt Fabians Arm, sie treten gemeinsam vor den Toten. Er ist sehr tot.

Wer weint zuerst. Frau Kelterborn.

Nachdem der Arzt da war und den Tod bestätigt hat – ein erneuter ischämischer Schlaganfall –, sitzt Fabian eine Stunde neben dem Toten, um zu weinen und ihn mit guten Gedanken einzudecken, aber die Tränen kommen nicht, auch nicht die richtigen Gedanken, was ihm einfällt, ist die Firmenbroschüre, das Manöver-Frühstück beim Kaiserbesuch 1912, es gab Kapaun, Ochsenrücken und als Wein Neuenburger Stadtgewächs. Der Arzt sagt, du habest nicht gelitten. 1912 hat Benn ein Gedicht geschrieben: «Kleine Aster», da wird ein ertrunkener Bierfahrer seziert, und der Arzt pflanzt die kleine Aster, die jemand dem Bierfahrer zwischen die Zähne gesteckt hat, mit Holzwolle in die Brusthöhle, das war ein Skandal, das Gedicht, da hast du noch nicht gelebt, Vater. Wärst du damals geboren, hättest du Karl, Walter, Hans oder Herbert geheißen, das waren die beliebtesten männlichen Vornamen, aber du bist erst vierzig Jahre später zur Welt gekommen, und jetzt haust du schon wieder ab und lässt Mutter sitzen. Das war kein langes Leben,

Vater, auch kein wildes, ein Leben halt, wie man es so lebt an der Herrmannstraße, es würde mich wundern, wenn jetzt dann noch ein anderes Leben von dir zum Vorschein käme, ein heimliches, ein verbotenes, das du hast verbergen können vor unseren gehorsamen Augen. Hättest du mit deinem Schlaganfall noch ein bisschen gewartet, säße ich jetzt beim Chefredaktor und würde mich so benehmen, als interessiere mich die Vergangenheit der *Neuen Schweizer Zeitung* ganz außerordentlich. Ich darf nicht vergessen, ihn zu fragen, wo er in den achtziger Jahren eigentlich war, während der «Zürcher Bewegung», als gegen die Fassaden der NSZ die Steine flogen und die sogenannten Chaoten eine Redaktionssitzung sprengten. Waren Sie da einfach ein artiger Student, Herr Zibung, oder haben Sie sich am Aufbruch einer neuen Gesellschaft irgendwie beteiligt? Du hast mich damals gefilmt, wie ich nackt auf dem Wickeltisch lag, und plötzlich habe ich dich angepinkelt, das Objektiv wurde nass, es war ein Film, der immer wieder gerne angeschaut wurde, seht mal, so war er, der kleine Fabian. Ich müsste mich bei dir für mein Leben bedanken, aber dass du es mir gegeben hast, das war wohl ein Zufall wie das wenige Andere, das uns verbunden hat, etwa die Abneigung gegen Sellerie oder die Lust an kaltem Wasser. Jetzt kommen dann die vom Bestattungsinstitut und holen dich ab.

Manchmal schaut er von seinem Stuhl hinüber in das stille Gesicht, das ihm zuzuhören scheint, die Haut ist ein bisschen gelber geworden. Wärme kommt durchs offene Fenster, der halb gezogene orange Vorhang macht aus der Helle des Sommertags eine sanfte Festbeleuchtung. Lasset uns feiern.

Jetzt, in der Stille der Herrmannstraße 14, in der Todesruhe des Schlafzimmers, wird ihm klar, warum er nicht bei Eddie einziehen will. Nicht weil er seinen Eltern nie gesagt hat, dass er Männer liebt. Sondern weil er Eddie gar nicht so liebt, wie er das gemeint hat. Weil ihm die Shows, die Eddie abzieht, eigentlich gar nicht so gefallen, wie er vorgibt. Bei Eddie hat er eine Rolle zu spielen, so wie er bei Vater eine Rolle zu spielen hatte. Theaterstück eins, Theaterstück zwei. Jetzt, in dieser Stille, wird ihm klar, dass er vom Rollenspielen genug hat.

Er wartet mit Mutter im Wohnzimmer, während die beiden Bestatter den Toten im Sarg zurechtmachen, Frau Kelterborn hat Suppe gekocht, sie wird auf dem Salontisch kalt. Mutter sitzt neben ihm auf dem Sofa, legt ihm die Hand in den Schoß, er nimmt sie, sie ist wie gefroren. Sie sagt: «Was wird jetzt.» Sagt: «Er lag neben dem Bett.» Sagt: «Er hat sich nach dem Frühstück noch mal hingelegt.» Sagt: «Er hat nicht nach mir gerufen.» Die Sätze kommen in Abständen, der nächste kommt erst, wenn der letzte schon über alle Berge ist. Vielleicht weint sie dazwischen, aber man sieht und hört nichts davon, sie weint subkutan. Fabian erschrickt, als sie vor den Sarg treten. Die Männer haben aus dem toten Vater einen noch toteren gemacht. Sie haben seine Finger so ineinander verknotet, dass sie nach Gebet aussehen, sie haben eine Plastikstütze unters Kinn gezwängt, damit der Mund nicht aufklappt, dadurch hat sich das Gesicht verändert, Vater hat jetzt eine strenge Maske auf, ist nicht mehr der tote Lauscher von vorhin. Mutter zieht die weiße Decke etwas nach unten, dass man Vaters Füße nicht mehr sieht. Dann küsst sie ihn auf die Stirn, das kann Fabian nicht, er berührt nur die verknoteten Finger. Mutters Hand vorhin war kälter.

Er setzt sich auf die Terrasse und wartet darauf, dass Mutters Schwester vorbeikommt. Dann wird er nochmals für ein, zwei Stunden ins Büro gehen, er muss unbedingt die ersten sechs Kapitel samt Bildmaterial schon mal ans Layout liefern, die warten drauf, es gibt noch Korrekturen zu machen, und die Interview-Anfrage an den vorvormaligen Chefredaktor muss dringend raus, den muss er erwischen, solange er noch reden kann, es heißt, er habe Parkinson. Für morgen muss er sich freinehmen, muss mit Mutter aufs Amt und all diese Dinge erledigen, die auf dem Merkblatt des Bestattungsinstituts stehen, und dann wird er hier übernachten, in seinem alten Kinderzimmer, er kann ja

Mutter nicht gut allein lassen, und sie kann Frau Kelterborn nicht länger ertragen. Morgen Abend wird seine Schwester aus Schottland eintreffen. Mit dem vielgerühmten herzigen Kind. Wieder fliegen diese weißen Blütenflocken, von einem Baum in der Nachbarschaft, den hat er früher nicht wahrgenommen, aber sonst ist in dem Stück Grün vor dem Haus noch alles gleich, die alte Bank für zwei Personen, die Buche, an der die Schaukel hing, die dicken Blütenköpfe der Pfingstrosen, wenn Pfingsten schon lange vorbei ist, die Glyzinie an der Veranda, die riecht wie ein Haarspray. Das ist der Garten von Herrn Rechtsanwalt Peter Rausch, den er nicht mehr betreten wird. Wie der Briefkasten mit der Gravur Dr. P. R. wird auch die Erinnerung an Dr. P. R. in absehbarer Zeit verschwunden sein. Nichts ist so wichtig, dass es unentbehrlich wäre, das wissen nicht nur Historiker. Fabian stellt sich vor, die NeoMedia hätte morgen einen Schlaganfall und würde von einem Tag auf den anderen aufhören zu existieren. Hundert Jahre hat sie durchgehalten, ein arbeitsteiliges Gefüge, ein schwerfälliges Energon, eine Kolonie voneinander abhängiger Organismen, ein Multiwesen wie die Staatsqualle namens Portugiesische Galeere. Hundert Jahre ist sie im Meer der Zeit geschaukelt, hat Jahr für Jahr ihre Energiebilanz registriert. Jetzt ist sie plötzlich hinüber, was nun? Rund tausendfünfhundert Einzelorganismen müssen anderswo andocken, das wird nicht allen gelingen. Ein mittelmäßiges Lokalradio sendet nicht mehr. Eine langweilige Frauenzeitschrift verschwindet. Ein paar Lokalblättchen gehen unter und tauchen verändert wieder auf. Die große Tageszeitung ist nicht wiederbelebbar, die Leser werden sie ein paar Wochen vermissen, weil es ein schönes Ritual war, sie morgens aus dem Briefkasten zu holen, aber orientiert über das Stadt- und Weltgeschehen sind sie trotzdem, sie steigen einfach auf andere mediale Fahrzeuge um. Also keine Katastrophe. Von den tausendfünfhundert Einzelorganismen beginnen tausend ein anregendes neues Leben, was für eine Chance, und die restlichen fünfhundert treffen sich alle Jahre mal und jammern über

Renten und Abfindungen und rühmen den Kartoffelsalat und die Würstchen. Eine Broschüre zum Gedenken – so wie die aktuelle zum Geburtstag – gibt's nicht mehr, weil sie niemand mehr zahlt. Das ist dann doch etwas traurig.

«Traurig», sagt jemand hinter ihm, es ist Vroni, Mutters Schwester, die auf die Terrasse tritt. «Ich hätte gerne Adieu gesagt.» Fabian umarmt Vroni, spürt, wie der Büstenhalter ihr in den fetten Rücken schneidet, und sagt: «Ja, traurig.» Vroni sagt, sie verstehe nicht, warum sie den Peter so rasch haben abholen lassen. «Hat es euch gegraust, oder was?» Nein, es hat ihm nicht gegraust, eigentlich nicht, es war Mutter, die das so haben wollte, sie hat ein Leben lang immer alles sofort erledigt. Ferienbilder wurden sofort eingeklebt und Flecken umgehend weggeputzt, der Christbaum verschwand nach drei Tagen, und einen unschön eingesunkenen Schneemann hätte Mutter am liebsten gleich weggeschaufelt.

Während Vroni und Mutter in der Küche weinen, will Fabian noch einmal einen Blick ins Schlafzimmer werfen, die Tür ist zugesperrt, das war Mutter, aber der Schlüssel steckt. Der orange Vorhang ist zurückgezogen, beide Fensterflügel stehen offen, das Licht fällt ungebremst ins Zimmer, auf die leere Matratze. Betttücher, Decke und Kissen sind weg. Mutter war schnell. Fabian stellt sich ans Fenster, die Glyzinie ist zu riechen, jetzt ein Friedhofsgeruch. Er sieht das schmale Stück See, es berechtigte Vater zu sagen, sein Haus habe Seesicht. Aus dem Nachbarhaus kommt Gelächter, jemand scheint etwas Lustiges zu erzählen. Fabian kennt die Leute nicht, die sind eingezogen, als er nicht mehr hier wohnte, er hat sich ein Zimmer in der Stadt gesucht sofort nach der Matura. Und mit dem Zimmer fand er auch gleich seine erste Liebe, Alex, Wand an Wand in der Wohngemeinschaft. Als Alex auszog, zog die Verzweiflung ein und blieb fast ein Jahr.

Auf dem Nachttisch liegen noch Bücher und Brille und ein Schreibstift. Und unter dem Bett sehr ordentlich nebeneinander die Lederpantoffeln. Die machen, dass Fabian weint.

Mutter nickt, als Fabian sagt, er müsse dringend noch mal ins Büro. Pflichtbewusstsein ist eine gute Sache, sagt ihr Gesicht. Vroni wird bleiben, bis er zurückkommt. Sie werden ihm sein Bett zurechtmachen. Und Vroni wird eine Siedfleischsuppe kochen, die er sich aufwärmen kann. «Geh nur», sagt Mutter, «es ist alles unter Kontrolle.»

Es ist alles unter Kontrolle, außer das Leben. Das kommt und geht, wie es will. An der Melchtalstraße ist niemand mehr am Arbeiten, zu schön, dieser Sommerabend. Fabian fährt den Computer hoch, drei Mails von Eddie, Fabian antwortet nicht. Er gibt in seinem Broschürentext die Korrekturen ein, entfernt die Fußnoten von den Seiten und fasst sie als Anhang zusammen, erstellt ein provisorisches Inhaltsverzeichnis und ordnet die Quellenangaben alphabetisch. Jetzt ist das Ganze so weit fertig zum Senden, aber etwas stimmt nicht mit der Mailadresse des Cheflayouters, das Senden klappt erst nach langem Probieren. Nun fällt ihm ein, dass Vater tot ist, und dass er Vroni nicht zu lange warten lassen darf. Hastig stapelt er das Bildmaterial aufeinander, es ist so viel, dass er eine Schachtel braucht, und die hat er nicht. Auf Schachtelsuche trifft er im Korridor Herrn Ehrenherr. «Ja, bestimmt finden wir eine Schachtel», sagt er und fährt mit Fabian im Lift in den Keller. «Achtung, Stufe», sagt Ehrenherr. Als die NSZ die Liegenschaft Melchtalstraße 3 kaufte und aus den Wohnungen Büros machte, konnte Ehrenherr unterm Dach wohnen bleiben und das Amt des Hauswarts übernehmen. Er ist, inzwischen vierundsechzig, gelernter Elektriker. Seit über zwanzig Jahren wohnt er hier. Er erzählt das, während Fabian nach einer Schachtel sucht, verschwindet kurz und kommt mit zwei Flaschen Bier wieder.

Es ist eigenartig, auf der Treppenstufe zu sitzen, vor der er vorhin gewarnt wurde, zusammen mit dem alten Hauswart, dessen Bier zu trinken und dessen Geschichte zu erfahren, nach der er gar nicht gefragt hat. Er sollte zurück an die Herrmannstraße, zum Todesfall, stattdessen bleibt er an Ehrenherrs

Seite und hört zu. Die kleine Wohnung unterm Dach war gerade richtig für Ehrenherr, er wollte von Frauenfeld weg damals, und zwei Zimmer reichten, seine Frau konnte nicht mit. «Warum», fragt Fabian. «Sie, äh», sagt Ehrenherr und dann nichts mehr. Nach einem lautlosen Schluck Bier sagt er: «Sie war im Gefängnis.» «Warum», fragt Fabian wieder. «Sie hat ihren Vater erschlagen.» «Ach so», sagt Fabian, und das klingt genau richtig. Ehrenherr scheint zufrieden mit Fabians Reaktion. «Inzwischen ist sie tot, Schlaganfall», sagt er, «trotzdem, behalten Sie's für sich.» Fabian nickt. «Mein Vater hatte auch einen», sagt er. «Aha», sagt Ehrenherr und stellt die leeren Flaschen zur Seite. «Heute Morgen», sagt Fabian. Ehrenherr hält sich die Hand vor den Mund, es sieht aus, als wolle er ein Gelächter unterdrücken.

Draußen ist es noch hell. Der schimmernde See: eine Porzellanplatte mit aufgemalten Schiffen. Das sich tummelnde Volk: aufgeschrecktes Ungeziefer. Unwirklich, das alles. Das Gespräch von eben kann ich nirgendwo erzählen, denkt Fabian. Es wirkt wie erfunden. Was für ein seltsamer Moment, dort unten auf der Stufe. Was für eine seltsame Sache, dieses Leben.

die jüngerinnen kants hießen kantinen,
gewusst? sage ich, kristin sagt: wirklich? niemand lacht ~ kantine riecht
heute nach wurst oder nach wasser, in
dem wurst gekocht wurde, auch nach
rosenkohl, nach männern ~ musst
die penne versuchen, sind gut hier,
sagt kristin, schüttelt den haarbusch,
der riecht auch ~ wieder diese übelkeit, ginge gern raus, kann nicht, muss
helfen bei zibungs geburtstagsfeier,
alle redenedeneden, zibungungung,
mir ist schlechtechtecht ~ schulhaussanierung dietikon, muss nochmals
dran, dreihundertachtzehn zeichen zu
langangang ~ in den penne ist was
schwarzes, eine verkohlte rosmarinnadel ~ schreib achthundertsechzig
zeilen über eine verkohlte rosmarinnadel, ist doch keine hexerei ~ was
weißt du von kant, sagt ladurner mit
penne im mund ~ ehepaaren gestand
er den wechselseitigen genuss der
geschlechtsteile zu, sage ich ~ wirke
eingebildet, bin's ja, mir egal

7

*Rassistenheinis.
Punktierte Eierstöcke.
Jede Menge Sommer*

LILLI STUTZ, REDAKTIONSSEKRETARIAT NSZ

Beschwingt setzt sich Lilli ans Pult, heute ist ein guter Tag, sie hat Manuel beim Frühstück so weit gebracht, dass er nicht nein sagte zu einem Bulgarenbaby. «Lilli, nimm bitte die Briefe der Rassistenheinis mit zur Sitzung», sagt der Chefredaktor. Lilli könnte singen wegen heute Morgen. «Klar, Chef», sagt sie. Eigentlich könnte sie Erwin zu ihm sagen, aber die meisten nennen ihn Chef, er hört's nicht ungern.

Manuel hat sich sechs Jahre lang gegen eine Adoption gewehrt, «es klappt schon noch», hat er immer gesagt. Dann, eines Abends im Sommer, als von draußen Kindergelächter zu hören war, schaute er Lilli über den Zeitungsrand an und sagte: «Dann bestell halt die Papiere.» Und als sie schon im Bett lagen, sagte er ins Dunkle: «Aber eins aus dem Ausland kommt nicht in Frage.» Lilli wusste nicht, was den Umschwung ausgelöst hatte, vielleicht das Gelächter im Sommerabend, vielleicht eine Notiz in der Zeitung, es war die NSZ. Lilli sah sie am nächsten Tag Seite um Seite durch, aber sie fand nichts über Adoptionen oder Heimkinder oder künstliche Befruchtung. Einzig im Kulturteil hieß es von Thomas Bernhard, er sei in Heimen aufgewachsen. Es war unwahrscheinlich, dass Manuel das gelesen hatte, er hatte nichts am Hut mit Literatur, schon gar nicht mit dem modernen kaputten Zeug, wie er es nannte. Das letzte Gedicht, hat er einmal gesagt, habe er in der Schule gelesen.

Erwin eröffnet die Sitzung mit einem Hinweis auf die Verschlechterung des Gesundheitszustands von KIS – Klaus Ivo Saner. Die Tischrunde markiert Betroffenheit. «Lilli, kannst du Blumen schicken», sagt Erwin, und als Lilli sagt, KIS sei aber nicht bei Bewusstsein, sagt er «Trotzdem, es gehört sich», und das klingt wie Schelte. Lilli ist es egal, sie kann heute alles ertragen, jetzt, wo Manuel nicht nein gesagt hat zu einem kleinen Bulgaren. Manuel ist allergisch gegen Ausländer, nicht erst als Ortsleiter der Helvetisch-Liberalen. Lilli zuckt nicht mehr zusammen, wenn er von Pack spricht. Das macht er nur zu Hause.

Erstes Traktandum der Sitzung ist der wiederholte Vorwurf, die NSZ verhalte sich zu asylantenfreundlich, wo doch die Situation durch die Fremdbevölkerung unerträglich werde. Der Chef zitiert aus den Briefen an die Redaktion:

Lasst sie doch in euren eigenen Betten schlafen, aus euren eigenen Kühlschränken essen, aus euren eigenen Portemonnaies klauen. Walter Kammer, Adliswil

Sie besetzen unsere Jobs, Wohnungen, Kindergartenplätze, Parkhäuser, Eisenbahnsitze und demnächst auch unsere Sprache. Muss ich jetzt auf Hochdeutsch einkaufen? Bitte etwas kritischer, liebe NSZ! Maria Wirth, Aarau

Hört endlich auf, vor Abstimmungen die Schweizer Leserschaft zu manipulieren. Man weiß inzwischen, was die NSZ will, eine Multikultilotter- und Schlottergesellschaft. Fritz Reber, Landquart

«Die unter der Gürtellinie lese ich nicht vor. Die könnt ihr euch vorstellen. Wir hatten in den letzten drei Monaten dreiundsiebzig Abo-Kündigungen, weil zu links. Ich bitte um Kommentare.»

Lilli sieht, dass der Chef seinen Buttergipfel auseinanderreißt, als wäre im Teig irgendetwas zu finden. So ist er seit Wochen, unkontrollierter, unberechenbarer, schaut einem ins Gesicht und scheint etwas anderes zu sehen. Es wird gemunkelt, er habe eine Geliebte. Lilli glaubt das nicht. Einer, der so liebevoll mit seiner Frau am Telefon spricht, hat keine Geliebte. Sie hätte es gerne, wenn Manuel so mit ihr sprechen würde. Aber Manuel ist schon recht, wie er ist. Sie kann sich nicht beklagen. Wenn sie ihn nicht gernhätte, würde sie nicht mit ihm ein Kind adoptieren wollen. Manchmal denkt sie, wie viel einfacher alles wäre, wenn sie es damals in Tamariu ein paarmal mit Antonio getrieben hätte, draußen am Hang hinter dem Haus, auf dem warmen Föhrennadelboden. Antonio hätte ihr bestimmt ein Kind gemacht, so kräftig und ungestüm, wie er war, schon wenn er sie in der Küche küsste, hatte sie das Gefühl, er breche sie auseinander und steige in sie hinein. Er hätte ihr ein Kind gemacht, eins mit dunklen Augen, die hat Manuel auch. Und nach zwei Jahren hätten sie dieselben Zimmer in Tamariu wieder mieten können, und während Manuel mit dem ersten Kind im Sand spielte, hätte sie sich von Antonio auf dem Föhrennadelboden ein zweites machen lassen können. Es wäre für sie ein abgrundtiefes Vergnügen gewesen. Manuel hatte nie etwas von den Küchenküssen gemerkt, hatte Antonio mit leiser Verachtung einen Prachtgockel genannt, hatte über das spanische Essen und das spanische Fernsehen und das spanische Bier die Nase gerümpft. «Aber eins muss man ihnen lassen», sagte er, als sie wieder zu Hause waren, «das Meer ist in Ordnung.» Wäre sie Antonio doch gefolgt, als er den Arm um sie legte und sie zum Hinterausgang zog, wo gleich nach ein paar Hühnerställen der Föhrenwald anfing, dann hätte sie sich die ganzen Inseminations- und Implantationstorturen ersparen können, und es wären jetzt zwei Kinder im Haus, zwei dunkeläugige.

«Man könnte in der Berichterstattung schon etwas zurückhaltender sein», sagt Bundes-Bernie, der Berner Korrespondent aus dem Bundeshaus. «Muss zum Beispiel jeder Suizid in den Auffangzentren rapportiert werden?» Bundes-Bernie meint, solche Meldungen heizten die Emotionen unnötig an. Einerseits würden die Linken aufschreien über die menschenverachtenden Unterkünfte, anderseits würden die Rechten jammern über die ewigen Scherereien mit den Asylanten und ihre Undankbarkeit. «Jetzt aber halt mal!», ruft am anderen Tischende Petra vom Kulturteil, und Erwin erteilt ihr im Nachhinein mit einem Fingerzeig das Wort. «Immer diese Linken und diese Rechten. Wenn wir beiden gefallen wollen, worüber schreiben wir dann noch? Über die Geranienpracht?» «Warum nicht», sagt Erwin. «Geranien als altes Schweizer Markenzeichen. Früher zu Hochleistungen gedüngt mit Bäuerinnenurin, heute mit Hilfe der Pharmakonzerne. Wer übernimmt das?» «Ich nicht», ruft Petra, und Bundes-Bernie lacht.

Lilli mag diese Momente, überhaupt mag sie ihre Arbeit. Sie sind zu dritt im NSZ-Sekretariat und nur mäßig eifersüchtig aufeinander, Überstunden gibt's selten, Kritik auch. Neun Jahre ist sie schon hier, und hat in den neun Jahren diese ganzen schmerzhaften, demütigenden, angstmachenden In-vitro-Fertilisationen überstanden, ist mit punktierten Eierstöcken zur Arbeit erschienen, die schwollen auf Orangengröße an und taten so weh, dass sie mitten im Schreiben die Augen schließen und den Atem anhalten musste. Gott, wie ihr schlecht war, und sie durfte es niemandem sagen, nicht mal Manuel, sonst hätte er gesagt: «Von mir aus kannst du damit aufhören.» Ein Kind, ein Kind, ein Kind. Rundum kamen Kinder zur Welt, kamen einfach hervor wie Hummeln aus der Glockenblume, nur sie durfte keins haben und musste wegschauen, wenn sie schwangere Bäuche oder Kinderwagen sah oder Väter mit schlafenden Kleinen auf den Schultern. Als sie sich für die Punktion eine Woche krankschreiben ließ, gab sie vereiterte Kiefer an. Was für eine hässliche Umschreibung für ihre verletzlichen Hoffnungen.

«War irgendwas Wichtiges?» will Sara wissen, als Lilli zurück ins Büro kommt. «Irgendein schönes Skandälchen?», fragt Susann. «Nichts», sagt Lilli und erzählt von Bundes-Bernies

Kritik und Petras Aufschrei. «Bundes-Bernie ist ein kleiner Rassist», sagt Sara. «Der hat mich mal gefragt, warum ich Sara heiße, der Name sei doch für Juden reserviert.»

Ein kleiner Rassist, denkt Lilli. Ob man das von Manuel auch sagen könnte? «Neger sind fauler», hat er kürzlich gesagt. Vielleicht wollte er sie einfach reizen, indem er «Neger» sagte. Manchmal lacht er sie aus, wenn sie ihn korrigiert, wenn sie ihm sagt, «Jugo» sei abschätzig. «Und wenn dir ein Jugo die Tasche klaut, was sagst du dann? Ein Herr aus der ehemaligen Sozialistischen Föderativen Republik Jugoslawien hat sich meiner Tasche angenommen?» So ist er, ihr Manuel. Umso dankbarer muss sie sein, dass er nichts mehr gegen einen kleinen Bulgaren hätte. Dass der kleine Rassist einen kleinen Bulgaren liebgewinnen könnte.

«Punkt zwölf», sagt Susann, «und der Chef geht. Immer Punkt zwölf. Ich möchte zu gern wissen, wen er nicht warten lassen will.» Er habe eine Wohnung in der Nähe, sagt Sara, hinter der Kaserne, da würde sie auch gern wohnen, aber eine kleine Wohnung zu finden in der Innenstadt, das werde immer schwieriger, sie habe gelesen, dass … Sara wird meist langatmig und etwas langweilig, Lilli hört nicht weiter hin. Sie denkt lieber an ihre neue Freude. Noch heute Abend wird sie das Antragsformular ausfüllen.

Vor zwei Jahren hatten sie die Papiere für eine Inlandsadoption eingereicht, hatten dann den Vorbereitungskurs besucht, alle Gespräche absolviert, den Hausbesuch der Adoptionsbeamten überstanden, hatten gewartet, gehofft, das Kinderzimmer eingerichtet und endlich einen kleinen Jungen zugesagt bekommen, der gerade geboren war. «Frisch ab Presse», hatte Manuel gesagt. Die leibliche Mutter nannte den Neugeborenen Yannick, und nach knapp sechs Wochen widerrief sie die Adoptionsabsichten.

Lilli stopfte die neue Babybettwäsche in den Müllsack.

Sie bleibt über Mittag im Büro, schreibt das Sitzungsprotokoll. Die Frauen der Redaktion haben ein Protestpapier eingereicht, zweiunddreißig Unterschriften, sie wehren sich gegen den Wortlaut der neuen NSZ-Werbekampagne. *Was ist Fakt? Was ist Meinung? NSZ, die präzise Information für jedermann.* Die Frauen beanstanden den Ausdruck «jedermann». Er sei diskriminierend und veraltet und ein weiterer Beweis, dass die Werbeagentur nichts wert sei. Man solle sie endlich wechseln. Dass man Lilli nicht um ihre Unterschrift gefragt hat, weil sie Sekretärin und nicht Redaktorin ist, findet sie mindestens ebenso diskriminierend. Aber sie lässt sich heute durch gar nichts ärgern. Wer weiß, vielleicht sitzt sie in einem Jahr schon nicht mehr an diesem Pult, sondern auf einem Spielplatz in der Sonne, zwischen anderen Müttern. Dann wird das Getue der Redaktorinnen so weit weg sein wie die Knallerei des Schützenvereins auf der anderen Talseite.

Trotzdem, sie wird die Arbeit hier vermissen. Auch die Leute, zum Beispiel Postino, der jetzt fragend den Kopf hereinstreckt. «Nein, noch keine Briefe zum Mitnehmen», sagt sie, «aber komm, setz dich doch, nimm ein paar Kirschen.» Postino setzt sich auf die Stuhlkante und legt sich den Pferdeschwanz gerade. Er nimmt eine Handvoll Kirschen, Lilli zeigt auf den Papierkorb und lacht, als Postino die Kirschensteine direkt vom Stuhl in den Korb spuckt. «Hast du Kinder?», fragt sie. «Nein, warum», sagt Postino. «Ich auch nicht», sagt Lilli. «Ich war mal eins», sagt Postino. «Du lachst», sagt Lilli, «ich auch.»

Dr. Fabian Stroegl ist nicht Privatdozent, sondern ordentlicher Professor für Neurowissenschaften in Leipzig, und Lilli muss sich bei ihm für die unkorrekten Angaben in der NSZ entschuldigen sowie ein Korrigendum für die Redaktion formulieren. Als sie Stroegls Artikel heraussucht, erschrickt sie. «Bleibendes Leid» ist die Überschrift, und ein Schwarzweißbild zeigt zwei Kinder in einem bulgarischen Waisenhaus. Sie sitzen zusammen in einem Gitterbett, die Haare geschoren, die Augen übergroß, das Lächeln verloren in einer beklemmenden Traurigkeit. Dass sie das ausgerechnet heute sehen muss. Als der Beitrag vor vier Tagen erschien, hat sie ihn nicht beachtet. Und was schreibt Professor Stroegl? Bei vernachlässigten Kindern würde das Immunsystem dauerhaft geschädigt. Das Hirnwachstum sei eingeschränkt. Die sozialen und sprachlichen Fähigkeiten seien verkümmert, es komme häufig zu Verhaltensauffälligkeiten.

Lilli dreht ihren Denkhahn zu. Sie kann das gut. Will ich das wissen, fragt sie sich, will ich da noch weiter drüber nachdenken? Nein. Ich lass mich in Ruh damit. Was in meinen Kopf soll, bestimme immer noch ich. Sie stellt sich vor, wie sie zu Hause den kleinen Bulgaren aus dem Bettchen hebt, seinen Wärme, seinen leichten Atem spürt, wie sie seinen kleinen Kopf auf ihre Schulter bettet und sich mit ihm ans offene Fenster stellt, die beiden Ulmen, die Silhouette der Stadt und die blauen Hügel sieht – und sie denkt, das alles werde ich dir zeigen.

«Warst du gar nicht essen?», fragt Sara und zieht ein Stück Zahnseide straff. «In der Kantine gibt es Spargel, den ganz späten, ich glaube, aus Holland.» Spargel sei extrem gesund, Kalium und so, aber ihr Gerd dürfe keinen essen wegen seiner Nierensteine, am besten sei der Elsässer ... und während Sara weiterquasselt, stellt sich Lilli mit dem kleinen Bulgaren wieder ans Fenster, diesmal nachts, vor die Lichter der Stadt und des Himmels.

Nach sechs Monaten im Waisenhaus ist der kleine Bulgare durch Ausländer adoptierbar, wenn sich bis dahin keine bulgarischen Eltern für ihn gefunden haben. Mit sechs Monaten ist er zwar kein süßer Säugling mehr, er kann bald sitzen, aber bestimmt trinkt er noch gern aus der Flasche. Sie hat gelesen, dass das ganze Adoptionsprozedere in Bulgarien vier Jahre dauern kann. Auch da hat sie gleich den Denkhahn zugedreht. Diese Information geht sie nichts an. Sie und Manuel haben bestimmt

Glück, und alles wird laufen wie geschmiert. Manuel möchte einen Jungen, das weiß sie, auch wenn er es nie zugegeben hat, und sie wird sich dafür einsetzen, dass sein Wunsch erfüllt wird. Sie hat bei den aussortierten Büchern in der Redaktion einen Bildband über Bulgarien gefunden, den wird sie zu Hause rumliegen lassen, und irgendwann wird Manuel ihn zur Hand nehmen und sehen, was Bulgarien für ein wunderbares Land ist, diese Felsformationen, Seen, Mineralquellen und Skipisten, und dann die Donau ... Die Römer waren dort, auch die Thraker, von denen hat sie bislang gar nichts gewusst.

Ende Monat wird die erste *NSZ am Sonntag* erscheinen, dann wird das Adoptionsverfahren schon am Laufen sein. Lilli tippt die Vereinbarung zwischen der NSZ und der *NSZ am Sonntag*, in der sich die beiden Chefs absichern, dass die Synergien optimal genutzt werden und die Überschneidungen in einem erträglichen Rahmen bleiben. Chef Erwin ist nicht erfreut über die kommende Konkurrenz, ist aber wohl oder übel gezwungen, den Verwaltungsratsentscheid mitzutragen. Er legt Wert auf die Klausel, dass die beiden Zeitungen sich nicht gegenseitig Redaktionspersonal abwerben dürfen. Lilli weiß nicht, ob sie zum Redaktionspersonal zählt, und wieder denkt sie, was geht mich das an, in einem Jahr sitze ich vielleicht nicht mehr hier.

Manuel wird es recht sein. Sein Zahntechnikstudio läuft. Gerade eben hat er den siebten Mitarbeiter eingestellt, Lilli könnte sich in seine Buchhaltung einarbeiten, sich dahintersetzen in den Stunden, wenn der Kleine schläft. Manuel wird sich freuen, wenn sie morgens nicht schon vor ihm aus dem Haus läuft und wenn sie abends mit einem richtigen Essen auf ihn wartet. Und wenn er danach zur Parteiversammlung geht, wird sie sich nicht schlafen legen, sondern aufbleiben, bis er zurück ist, und sich mit ihm über das Bettchen im Kinderzimmer beugen. Es ist wichtig, dass er den Namen des Kleinen bestimmt, das wird die Bindung verstärken, sie hofft bloß, dass er sich nicht für den Namen seines verstorbenen Vaters entscheidet, der hieß

Alfons. Jakob würde ihr gefallen. Der neue Redaktionsvolontär heißt Jakob, und er sieht so aus, wie sie sich ihren Sohn in zwanzig Jahren wünscht: schlaksige Gestalt, gut geschnittenes freundliches Gesicht, schmale kräftige Hände, Jakob.

Am Nachmittag fällt ein Schatten auf ihre glückliche Stimmung, Susann ist damit herausgerückt, dass sie schwanger ist, zwölfte Woche. Ob man schon was sehe, sagt sie, steht auf, zieht die Bluse hoch, streckt den Bauch vor. Lilli spürt sofort die leichte Säure, die sich bei solchen Anblicken in ihr freisetzt, es ist, als hätte sie eine Drüse, die bei der Zufuhr von Gebärmutterneid alarmiert wird, auf jede andere Art von Neid reagiert sie nicht. Schönheit, Erfolg, Reichtum sind der Drüse egal. «Wie schön», sagt Lilli, «das freut mich für dich.» Worauf Susann sagt, eigentlich komme ihr die Schwangerschaft nicht unbedingt gelegen und ihrem Freund auch nicht. Aber eben, passiert sei passiert. Etwas später blickt Susann plötzlich von der Arbeit hoch und sagt: «Und ihr?» Sara weiß sofort, was gemeint ist, und sagt, sie und Gerd wollten noch etwas warten mit einem Kind. Der Gerd hat ja schon Nierensteine, denkt Lilli böse, ist doch auch was. Und zu Susann sagt sie locker: «Mach uns doch erst mal vor, wie's geht.»

Luca Ladurner steht im Korridor am offenen Fenster. Er steht so da, als beobachte er etwas. «Was gibt's?», sagt Lilli im Vorbeigehen. «Jede Menge Sommer», sagt Luca, worauf sich Lilli auch ans Fenster stellt. Von den Bäumen her kommt ein unbekannter Duft, süßbitter, und zwischen den Ästen glitzert etwas, der Fluss. Lilli sieht von der Seite Lucas besorgtes Gesicht. So sieht also ein werdender Vater aus. Seine hochschwangere Frau hat ihn gestern abgeholt. «Wird schon gutgehen», sagt sie. Luca schaut sie fragend an. «Ach so», sagt er dann, «du meinst das Kind.» Klar meint sie das Kind. Woran sollte er denn denken, wenn nicht an sein Kind, das in ein paar Tagen auf die Erde rutscht, in diesen Sommer hinein. Aber Luca scheint an was anderes gedacht zu haben. «Erst muss mal die Zeitung von morgen erscheinen», sagt er, «ohne dass ich gerüffelt werde.» Jetzt ist es Lilli, die fragend schaut. Aber Luca sagt weiter nichts mehr. Er zeigt nach unten, wo sich im Hof ein Hund mit Floh im Schwanz wütend um die eigene Achse dreht. Beide lachen.

«Ich glaube, ich gehe heute etwas früher», sagt Lilli, zurück im Büro. «Draußen gibt es jede Menge Sommer.» Zuerst druckt sie noch die fertig getippte Vereinbarung zwischen der NSZ und der *NSZ am Sonntag* aus, vier Exemplare zu einundzwanzig Seiten, und legt sie nebeneinander auf ihren aufgeräumten Schreibtisch. Gleich auf der ersten Seite sieht sie einen Fehler: *beschlosen* heißt es da. Das geht so nicht, das kann sie dem Chef nicht vorlegen. Morgen wird sie das noch in Ordnung bringen, aber jetzt geht sie hinaus in jede Menge Sommer.

Auf der anderen Straßenseite dreht sie sich um und schaut sich ihren Arbeitsplatz von außen an, so als wäre sie schon morgen nicht mehr da. NeoMedia steht seit einigen Jahren auf dem mittleren Gebäude, einem unschönen Bau aus den vierziger Jahren mit fünf Stockwerken, früher stand da einfach NSZ. Aber jetzt ist aus der Zeitung ein Konzern gewachsen, mit Zeitschriften, einem Radiosender, diversen lokalen Blättern und digitalen Unternehmungen, und ans ursprüngliche Haus wurde in Etappen angebaut, ein senfgelber Block westlich, ein weißer Backsteinkubus östlich, und jetzt noch der Glaspalast, der demnächst bezogen wird. Das Gebüsch rund ums Hauptportal ist mager und staubig, trotzdem hört man es da drin oft zwitschern. Und im Winter hängt der Hauswart ein paar Meisenkugeln zwischen die Äste. Lillis Büro ist im senfgelben Block zuoberst, der Rollladen ist halb herabgelassen, sie stellt sich die Licht- und Schattenstreifen auf ihrem Tisch vor, darauf die vier Kopien mit dem Wort *beschlosen* auf der ersten Seite, dahinter der violette ergonomische Stuhl und das lila Blumenbild an der Wand, das Manuel ihr geschenkt hat. Er hat es eines Abends selber vorbeigebracht, hat Susann und Sara begrüßt, die sagten anderntags, er sei sehr nett und so ein richtiger Mann. Es war das einzige Mal, dass Manuel die Räume der NSZ betrat, Lilli weiß, dass ihm dabei nicht wohl war. Er nennt die NSZ linksgrünes Blättchen, wenn er gut gelaunt ist, oder aber Lügenblatt, wenn er sauer ist. Lilli hört dann einfach nicht hin, sie nimmt seine Stimmungen entgegen wie Wetterlagen, das funktioniert gut. Denn – wie Susann und Sara sagen – Manuel ist sehr nett und so ein richtiger Mann.

noch zehn jahre, dann fertig papier-
zeitung ~ dann alle news digital ~ so
was sagt hier niemand ~ man leiert
die alten gebete herunter ~ unser täg-
liches blatt gib uns heute ~ auf dass
wir darin unser gemüse einwickeln und
damit unsere schuhe entfeuchten und
daraus schiffe und hüte falten ~ und
erlöse uns von der zukunft, amen ~
digital? ist gut genug zum naserümpfen ~ gilt als fast food ~ gilt als
billigware ~ noch zehn jahre, dann
fertig jobs für alle wichtigtuer auf
papier ~ und ich, blödfrau, ich lern
das auch noch, zeitungmachen ~ ist,
als lernte ich holzlöffelschnitzen ~
alle mal herhören ~ hier spricht die
volontärin ~ niemand da ~ totenstill
~ bloß zartes pochen ~ ist vielleicht
ein embryoherz ~ oder der poesie-
drang einer journalistenseele ~ gelte
wohl wirklich als hochnäsig ~ werd's
überleben

8

*Ein Stoffknäuel, geblümt.
Hiob ist dran.
Magst du ein Stück Zopf?*

HANS STEMMLER, STELLENANZEIGER

Er hat heute in der Früh den ausgesäten Pflücksalat ausgedünnt, hat bei den Tomaten die Achseltriebe entfernt und mit der neuen Brause alles tüchtig gegossen. Im Sommer steht er um fünf Uhr auf, das hat er immer gemacht, auch als Roswitha noch lebte. Wegen ihr hat er diesen Garten, dieses Haus, wegen ihr sind sie seinerzeit aufs Land gezogen. Die Stadt mache sie dumm, hat sie gesagt, die Gedanken gingen immer im Kreis rum statt geradeaus.

Das ist zwanzig Jahre her, die kleine Hilde war gerade mal zehn. Seither ist aus dem Stückchen Land, das nur eine holprige Wiese war, ein üppiger Garten geworden, aus Roswithas Blumenbeet ein Blütenwald und aus Hans Stemmler einer mit einem grünen Hirn.

Den Garten bezahlt er mit einer einstündigen Autofahrt am Morgen und am Abend. Er hat sich längst daran gewöhnt, regt sich nicht mehr auf, wenn er im Stau steht, wenn ihm ein Platzregen die Sicht nimmt, wenn man ihm den Finger zeigt. Und den Parkplatz in der Sammelgarage der NeoMedia hat er für sicher. Er hat darum gekämpft, als ginge es um seine Ehre, bis vor den CEO ist er mit seinem Antrag gegangen. Damals hieß der noch Konzernchef.

Die Fenster sind offen für den warmen Frühsommerwind, locker hält er das Lenkrad, pfeift. An seinen Fingern kann er noch die Tomatenstauden riechen. Heute wird die neue Strategie für die Verarbeitung der E-Mail-Anzeigen ausgearbeitet. Er hat seine Vorschläge rechtzeitig eingereicht, und er glaubt, dass sie brauchbar sind. Einunddreißig Jahre ist er nun in der Bude und weiß, worauf es ankommt. Der Stellenanzeiger ist der Fiebermesser des Konzerns. Ist er dick, geht's der NeoMedia und der Wirtschaft gut. Wird er dünner, fängt's überall an zu kränkeln.

Er fährt durch Stalden, Grossdorf und Hohmatt. Die Geschäfte sind noch geschlossen, Schulkinder sind unterwegs. In Hohmatt läuten die Kirchenglocken, was kann in der Kirche so früh schon los sein, er weiß es nicht, war nie ein Kirchgänger. Die vollen Klänge an diesem neuen Tag bewirken ein festliches Gefühl in ihm, Hans Stemmler. Das Leben ist gut so. In sieben Minuten wird er auf der Autobahn sein, wird die Fenster schließen und das Radio andrehen, er mag die Frühmorgenmoderatorin, ihre Stimme erinnert ihn an Roswitha.

Der Stoß ist nicht heftig, ist ein ungewöhnlicher Ruck vorne rechts, mehr nicht, trotzdem sticht ihm der Horror eiskalt in die Schläfe, es ist klar, er hat etwas angefahren, etwas ist ihm ins Auto geprallt. Beim Bremsen quietscht es nicht, es heult. Er sieht, dass der Mann von der Tankstelle gelaufen kommt, noch einen Lappen in der Hand, dass eine Frau auf dem Gehsteig die Hände vors Gesicht geschlagen hat, dass vorne etwas Blaues über den Asphalt rollt, ein schlaffer Ballon. Als er aussteigt, läuten immer noch die Kirchenglocken.

Ein Mädchen, ein Kleidchen, ein Stoffknäuel, geblümt, ein Fuß mit Flipflop, ein Fuß nackt. Das alles liegt dicht an seinem Vorderreifen. Der nackte Fuß zuckt, zuckt noch mal, als wolle er etwas wegstoßen, lasst mich, macht der Fuß.

Er sinkt in die Knie.

Was hat die Ambulanz für eine Nummer.

Gott im Himmel.

Der Fuß zuckt nicht mehr.

Er streicht über die helle Wade.

Jemand zieht ihn hoch, zieht ihn weg, der Mann von der Tankstelle. Plötzlich stehen Leute da, wo vorher niemand war, aus dem Asphalt gewachsen.

Heute Abend wollte er Stecklinge schneiden vom Rosmarin. Aber damit ist Schluss. Schuld steigt an ihm hoch und füllt Augen und Ohren. So muss es sein, wenn man ertrinkt.

Von der Polizeidienststelle ruft er im Büro an, meldet sich ab für heute und vermutlich für morgen und übermorgen. Er habe Fieber und was mit dem Magen. Die Kollegin Trudi Jäger, bereits am Pult, wünscht gute Besserung. «Drüben in der Buchhaltung», sagt sie, «haben sie auch so was.» «Ja», sagt er, «ich habe etwas erwischt.»

Er hat ein Mädchen erwischt.

Luna, elf Jahre alt. Fünfte Klasse, Schulhaus Hohmatt.
Kind von Roland Wanner, Landwirt.
Regionalspital Winterthur. Koma.
«Halten Sie sich zur Verfügung», hat der verhörende Beamte gesagt. Er hat die drei Telefonnummern notiert, die Arbeitszeiten, den Vorgesetzten, die Wohnadresse, die Mail-Adresse, die Anschrift von Tochter Hilde in Stuttgart. Das Auto haben sie behalten, zur Spurensicherung, den Führerschein, die Versicherungspapiere. Ob er einen Anwalt habe. Ob er Medikamente nehme. Ob er getrunken habe. Was die Blutprobe ergibt, wird man ihm mitteilen.

Halten Sie sich zur Verfügung.
Vielleicht ist er ein Mörder.
Er hat nur eine Ovomaltine getrunken, kalt aus dem Schüttelbecher, um sechs Uhr dreißig. Das war noch im anderen Leben. Als es passierte, hat er an die Radiostimme gedacht und an Roswitha. Vielleicht hat er deswegen nicht aufgepasst. Vielleicht ist er zu schnell gefahren. Beim Dorfausgang gilt immer noch Tempo fünfzig.

Um elf Uhr steht er vor dem Spitaleingang.

Es ist warm, er friert, vielleicht hat er wirklich Fieber. Wo, bitte, liegt Luna Wanner, heute früh per Notfall eingeliefert? Nein, er ist nicht der Vater. Nein, er ist kein Verwandter. Andere Besucher sind nicht zugelassen, tut uns leid. «Ich bin der Unfallverursacher», sagt er. Seine Stimme klingt wie die heulende Bremse. Ich bin das Monster, das sagt er nicht. Die Dame am Empfang schaut ihn mitleidig an, und das Mitleid ist schlimmer als eine Ohrfeige.

Mit Bahn und Bus fährt er nach Hause, schaut nicht auf, damit er nicht plötzlich jemandem ins Gesicht blickt, den er kennt. Im Bahnhof Winterthur hat er für den Ticketautomaten Kleingeld gebraucht, ist zum Geldwechseln zum Kiosk gegangen, hat Frau Schneider gesehen, die an derselben Straße wohnt wie er. Dass Frau Schneider Kioskverkäuferin ist, hat er nicht gewusst, er weiß wenig von denen im Dorf, er geht immer gleich nach Hause, wo ihn niemand stören kann.

«Hallo, Herr Stemmler», hat Frau Schneider gesagt, «endlich Sommer, nicht?»

Endlich Sommer, ja. Die ersten Schwertlilien sind aufgegangen, und der Holunder blüht. Er hat die Vorhänge zugezogen, liegt auf dem Bett, auf dem Gesicht ein nasser Lappen, neben sich das Telefon. Luna liegt im Koma. Wenn sie stirbt, ist sein Leben kaputt. Wenn sie gelähmt sein wird, auch. Wenn sie einen Hirnschaden hat, auch. Koma ist die dreizehnte Fee, Koma belegt Luna mit Fluch.

Am Abend muss er die Familie anrufen, die Wanners, vielleicht nimmt niemand ab, dann hat er nochmals zwölf Stunden Zeit, um sein Zittern in den Griff zu kriegen. Wenn das Mädchen stirbt, muss er mit zur Beerdigung, etwas so abgrundtief Furchtbares hat er sich noch nie vorgestellt. Das Telefon läutet, er setzt sich auf und glaubt, sich übergeben zu müssen. Es ist eine Firma, die sich für einbruchsichere Fenster empfiehlt.

Wanners Nummer hat er bereits herausgesucht.

Um sieben Uhr abends greift er zum Hörer.

Er muss ihn mit beiden Händen halten.
Niemand nimmt ab.

Als es dunkel wird, setzt er sich in den Garten. Er stellt sich den Stuhl vor die Nachtkerzen, schaut zu, wie sie aufgehen, schon nach ein paar Minuten sind sie offen, die Blüten leuchten, der Duft strömt, die Falter kommen. Schon hundertmal hat er das gesehen, diesmal bleibt er davor sitzen bis Mitternacht. Woran auch immer er denkt, an seinen Bürotisch, auf dem das Bild seines sechsjährigen Enkels steht, an den vielen Rhabarber, mit dem er nichts anzufangen weiß, an den Prostata-Bluttest, den er dauernd hinausschiebt – jeder angefangene Gedanke schnellt wie ein Gummiband umgehend zurück und macht Platz für Luna. Luna an seinem Vorderreifen.

Wenn er die Falter an den Nachtkerzenblüten stört, reißen sie die Flügel auseinander, und die gelben Hinterflügel werden sichtbar.

Er wird die Wanners morgen früh anrufen, um acht, dann ist ein Landwirt längst auf. Er probt halblaut, was er sagen wird, ich bin Hans Stemmler, ich bin der, der Ihre Tochter angefahren hat, es tut mir ganz furchtbar leid. Ich möchte mich erkundigen, wie es ihr geht und ob ich sie im Spital besuchen darf. Wie schlecht das klingt, denkt er, wie dünn. Ich würde gleich aufhängen, wenn ich Wanner wäre. Vielleicht sollte er besser aufschreiben, was zu sagen ist. Er hat noch die ganze Nacht Zeit, passende Sätze zu suchen. Schlafen kann er ohnehin nicht, und die Schlafpillen hat er weggeworfen, als Roswitha starb.

Er ist der brave Hans. Er hat einunddreißig Jahre beim Stellenanzeiger gearbeitet. Man hat ihm nie etwas vorgeworfen. Er ist nur selten zu spät gekommen, trotz des weiten Wegs. Er hat Kredite aufgenommen, um das Haus zu kaufen, um Hildes Studium zu finanzieren, um Roswithas Pflegerin zu entlöhnen, er hat alles zurückbezahlt. Er schuldet niemandem was. Dass Roswitha starb, dass sie diesen Darmkrebs hatte, ist nicht seine Schuld. Sie haben immer gesund gelebt, er hat an ihrer Rohkostküche nie etwas ausgesetzt. Den Darmkrebs hat sie der Familie ihres Vaters zu verdanken, dort wird an Darmkrebs gestorben.

Er hat tagsüber eine Pflegerin eingestellt, und nachts war er für Roswitha da. Er war der brave Hans. Roswitha hat sich bei ihm bedankt, das hat die Pflegerin gesagt, er war nicht dabei, als sie starb, morgens um elf, es war Juni wie jetzt. Als die Pflegerin im Büro anrief, sagte der Siegenthaler, der Chef: Nehmen Sie Urlaub, Stemmler, eine tote Frau hat man nicht alle Tage. Inzwischen ist auch der Siegenthaler tot. Auf ihn folgte der Durrer und dann der Küttel. Er selber ist nie Chef geworden und wird es auch nicht mehr werden, es bleiben ihm noch vier Jahre, dann wird er pensioniert, man wird ihm bestimmt etwas Nettes für den Garten schenken. Der Garten war immer sein Glück. Hätte ich den Garten nicht, hat er oft gedacht, müsste ich mich bald einmal aufhängen. Und jetzt ist das Schreckliche eingetroffen, dass ihm auch der Garten kein Glück mehr verspricht. Es ist, als wäre alles Grün mit einem Schlag verdorrt.

Er weiß, dass die im Büro längst seinen Namen verdreht haben. Sie nennen den Stemmler den Stammler. Es ist nun mal so, er spricht nicht gerne. Manchmal hört er fassungslos zu, wie jemand am Radio oder Fernsehen pausenlos referieren kann, egal ob über Hühnerhaltung oder über Eifersucht am Arbeitsplatz. Er selber schafft nicht mehr als fünf Sätze hintereinander. Dann reißt ihm der Faden im Hals. Es war immer Roswitha, die das Reden übernommen hat. Aus ihr strömte es ganz selbstverständlich heraus. Schon als sie sich das erste Mal trafen, war das so. Da war er noch in der Firma Maggi, Anzeigenverwaltung, und Roswitha suchte gerade eine neue Stelle. Was sie denn gerne machen würde, fragte er sie vorsichtig, und sie redete drauflos, es war wie ein angenehmes Plätschern aus einem Gartenschlauch. Das und ihr Lachen gefielen ihm von allem Anfang an.

Guten Morgen, Herr Wanner. / Entschuldigen Sie die frühe Störung. / Ich bin Hans Stemmler. / Ich bin der, der Ihre Tochter angefahren hat. / Es tut mir ganz furchtbar leid. / Ich wollte fragen, wie es ihr geht. / Und ob ich sie im Spital besuchen darf.

Was er danach sagen soll, kann er nicht vorbereiten. Vielleicht schreit der Wanner ihn an. Vielleicht ist die Frau dran und weint. Vielleicht ist das Mädchen schon tot. Er weiß, dass er keine Sätze finden wird. Es wird sehr still werden am Telefon.

Wenn er das Auto hätte, könnte er hinfahren und klingeln. Guten Morgen, Herr Wanner. / Entschuldigen Sie die frühe Störung. / Ich bin Hans Stemmler. / Ich bin der, der Ihre Tochter angefahren hat. / Es tut mir ganz furchtbar leid. / Ich wollte fragen, wie es ihr geht. / Und ob ich sie im Spital besuchen darf.

Dann könnten sie ihn gleich vor der Tür erschlagen. Das wäre das Beste. Er müsste nie mehr etwas sagen.

Auch am Morgen nimmt bei den Wanners niemand ab. Er ruft die Polizei an. Der Beamte Stämpfli, der ihn gestern vernommen hat, sagt, er wisse nichts Neues aus dem Spital. Die Blutprobe auf Alkohol und Drogen sei übrigens negativ. Er solle sich weiterhin zur Verfügung halten. Im Spital heißt es, sie seien nicht befugt, Außenstehenden Auskünfte zu erteilen. Nach diesen drei Telefonaten ist er so erschöpft, dass er sich wieder ins Bett legt. Er erwacht, weil das Telefon klingelt, es ist halb elf. Hiob ist dran.

Nein, es ist Trudi Jäger. Wie es gehe. Ob er zurechtkomme. Die in der Buchhaltung sagten, diese Darmgrippe sei ganz schön giftig, drei Tage liege man flach. Also nichts überstürzen, der Laden laufe auch ohne ihn. Nichts Neues unter der Sonne. Und am besten viel Schwarztee.

Er zieht seine Gartenhose an, beschließt, das neue Beet zu graben, von der Wiese ein Stück abzuzwacken, da wo die Morgensonne lange hinfällt. Ein Kartoffelbeet soll's werden. Er hat einen Sack Spätkartoffeln gekauft, die kann er Mitte Oktober ernten, dann ist das Mädchen vielleicht schon lange tot und liegt in einem Beet auf dem Friedhof. Er hätte das Umgraben im letzten Herbst machen sollen, um dann die Schollen dem Frost zu überlassen, aber er will den Versuch jetzt trotzdem wagen. Eigene Kartoffeln zu essen, diese festen, ovalen, was für ein Luxus. Roswitha war immer gegen eigene Kartoffeln. Überlass das den Bauern, hat sie gesagt.

Bauern wie Wanner.

Der Boden ist härter, als er gedacht hat, er gräbt ihn spatentief um, kommt nur langsam voran. Der Schweiß läuft ihm in die Augen. Er holt im Haus seinen alten Hut und stellt auch gleich das Telefon vor die offene Verandatür. So kann er es von der Wiese aus hören. Kaum macht er eine Pause und stützt sich auf den Spaten, bricht der gestrige Tag wieder über ihn herein. Darum arbeitet er verbissen, schichtet die Grassoden auf, karrt Kompost heran, mischt, wühlt, hackt, zerkrümelt die großen Klumpen von Hand, und manchmal deckt die viele Erde ganz kurz zu, woran er qualvoll denken müsste.

Gegen Abend zieht er die Furchen, legt die Saatkartoffeln hinein, alle dreißig Zentimeter eine, jede wird Kinder machen, wundersam identische Kinder, und er merkt, dass in seinem Unglück für das Staunen kein Platz mehr ist.

«Wanner?»

Zum Glück hat der Mann abgenommen, vor der Frau, vor ihrem Weinen, hat er sich noch mehr gefürchtet. Er sagt alles auf, was er sich auf dem Zettel notiert hat ... «und ob ich sie im Spital besuchen darf», und zum Schluss ist eine furchtbare Stille da. Aber Wanner hängt nicht auf, das nicht. Sein schwerer Atem ist zu hören. Endlich sagt er: «Nein, Besuch geht nicht. Sie liegt im Koma.» «Kann ich wieder anrufen?» Wieder dieser Atem. Dann wird aufgehängt.

Die Schule Hohmatt hat eine Website: *Herzlich willkommen in unserem schönen Schulhaus. Wir sind sechs Klassen und zehn Lehrpersonen. Unser Motto: Fröhliche Schulzeit!* Er klickt alles an. Vielleicht findet er etwas über Luna. *So halten wir die Schulanlage ordentlich: Abfälle werfe ich in den Papierkorb. Meine Jacke hänge ich an der Garderobe auf. In der Pause verwende ich nur Softbälle.* Vom Hauswart gibt es ein Bild, von den Lehrpersonen nicht. Die Lehrerin der fünften Klasse heißt *Maja Studer*. Die ergänzenden Angebote sind *Logopädie, Psychomotorik, Deutsch als Zweitsprache*. Er klickt und klickt, hat noch Erde unter den Fingernägeln. Die letzten Events waren der *Impftag*, die *Lesenacht*, die *Klassenlager*. Die fünfte Klasse war auf den Eggbergen und hat Bilder gemacht: *Frau Studer erzählt von Wilhelm Tell. Kartenlesen will gelernt sein. Luna und Sandro mit dem Frühstückszopf!*

Da ist sie. Dunkle Locken, Schirmmütze. Sie lacht. Sie schaut ihm ins Gesicht. Magst du ein Stück Zopf, Hans Stemmler?

Schon um sechs Uhr hat er sich auf den Weg gemacht, der Bus fährt nur jede halbe Stunde, und in Winterthur hat er nicht gleich Anschluss, er muss trödeln und weiß nicht mehr, wie man das macht. Der Kiosk, wo Frau Schneider arbeitet, ist noch geschlossen. Die Mauer, an die er sich lehnt, ist bereits warm von der Morgensonne. Er versucht, an die Kartoffeln zu denken, die in drei schnurgeraden Reihen liegen, an ihre glatte Haut, unter der sich demnächst etwas tut.

In der Eingangshalle trifft er auf einen bleichen Postino. Vielleicht hat er diese Darmgrippe. Nein, Postino ist immer bleich, ist tief innen ein Unglücklicher.

Jetzt gehört er auch zu denen.

Er ist der Erste im Büro. Auf seinem Tisch liegt ein Protokoll der Sitzung, die er verpasst hat. *Antrag Suter: Die Rubriken sollen bereinigt, Chemie und Gesundheitswesen sowie Verkauf und Marketing sollen zusammengelegt werden. Frischknecht plädiert für Beibehaltung der bestehenden Rubriken, jedoch sollen sie mit markanteren Balken hervorgehoben werden. Kundert wird entsprechenden Vorschlag unterbreiten. Frischknecht plädiert für die personelle Aufstockung des Internet-Stellenanzeigers um eine Vierzig-Prozent-Stelle. Der Geschäftsleitung ist klarzumachen, dass die Qualität sonst nicht garantiert ist. Nochmals Antrag Suter: In den Anzeiger zu integrieren ist eine Übersicht neuer Aus- und Weiterbildungsmöglichkeiten.*

Einwand Frischknecht: Das muss erst mit der allgemeinen Inserateabteilung abgesprochen werden. Hans Stemmler soll das übernehmen. Protokoll: Trudi Jäger.
Hans Stemmler ist rot markiert.
Hans Stemmler ist dran.

«Schon wieder gesund?», sagt Trudi Jäger. «Steck mich bloß nicht an. Ich will am Wochenende wi-wa-wandern gehen.» Was für eine Munterkeit – sprühend wie Multivitaminbrause. Er weiß nicht, wie er in dieser Munterluft einen ganzen Morgen und einen ganzen Nachmittag überstehen soll.
Er ist markiert.
Er ist dran.
Am Abend wird er ins Spital gehen.
Im Oktober wird er Kartoffeln essen.

«Du musst was essen», sagt Frischknecht, «bist bleich um die Nase.» Er möchte nicht mit Frischknecht in die Kantine, «ich weiß nicht, mein Magen …», aber Frischknecht lässt nicht locker. Sie finden einen freien Tisch am Fenster, Kundert kommt noch dazu, sie essen alle Lasagne, Frischknecht ist zuerst fertig und holt eine zweite Portion. «Habt ihr gewusst», sagt er, «dass der Martaler einen behinderten Sohn hat? Der war letzthin bei ihm in der Portiersloge.» «Oha», sagt Kundert.

Die Lasagne schmeckt etwas seltsam, nach Gemüsedünger irgendwie, das vom Martaler hat er nicht gewusst. Der Martaler ist bestimmt schon so lange in der Firma wie er, aber das hat er nicht gewusst. Es tut ihm leid, dass der Martaler einen behinderten Sohn hat, und er ist beschämt, dass er das nicht gewusst hat, es zeigt ihm einmal mehr, dass er zu wenig Anteil nimmt an dem, was um ihn herum vorgeht. Er hofft, dass Frischknecht nicht weiter davon spricht. «Der Sohn», sagt Frischknecht, «ist schon achtundzwanzig, aber grinst so blöd wie Kind, Entschuldigung, dass ich das so sage, aber wenn ihr ihn gesehen hättet, wüsstet ihr, warum.» «Oha», sagt Kundert wieder. Frischknecht kaut eine Weile, dann sagt er: «Als der Martaler gesagt hat, wie der Sohn heißt, bin ich beinah erschrocken, Robert, wie ich. Herrgott, das ist ein Anblick: Auf einer Seite ist er lahm, und auf der anderen Seite zittert er, als wäre er an einem Presslufthammer.»

«Und bei euch?», fragt Nadine, die Kantinen-Vize, die an den Tisch tritt, «alles in Ordnung?» Kundert nickt. «Bestens. Gute Lasagne.» Und als Nadine einen Tisch weiter ist, sagt er noch «Gute Stute».

«Iss auf, Hans, sei ein Braver», sagt Frischknecht. «Ich weiß nicht», sagt Hans, «mein Magen.»

Die Lasagne riecht immer stärker, und er muss an die Portiersloge denken, an den, der Robert heißt. «Wie wird man so?», fragt er. «Wie dieser Robert?» «Der war ein ganz normales Kind», sagt Frischknecht, «gut in der Schule und alles, und dann hatte er einen Unfall, ich weiß nicht, was für einen, und jetzt wohnt er zu Hause beim Martaler und ist achtundzwanzig, und die Mutter zieht ihn jeden Tag an, und er hat so eine Art Helm auf dem Kopf, denn manchmal fällt er um.»

lege brust auf schreibtisch ~ fühlt
sich schwer an ~ zwei beutel sand ~
heiß draußen, juniheiß, juniper, was ist
das schon wieder, ah ja, wacholder ~
soll gut sein gegen übelkeit ~ möchte
auch kopf auf schreibtisch legen, einen
sack sand ~ wach-holder, das bräuchte ich jetzt ~ fünfhundert zeichen mit
leerschlag für kurznews ~ knappe
schreibe ist schwierig ~ fünfhundert
anschläge reichen nicht ~ in london
gibt's vielleicht anschläge, ende juli,
olympische spiele ~ london wappnet
sich ~ das muss auf frontseite, sagt
zibung, überhaupt, sagt er, frontseite
soll neu überdacht werden, tägliche
karikatur nicht mehr das richtige,
ist provinziell, sagt er, und die nsz
schließlich kein bilderbuch ~ nehme
brust vom schreibtisch, nehme mich in
die arme, nehmen ist seliger denn genommen werden ~ ab mittag bin ich
beim blatt, *yours* sagt hier niemand,
nur blatt ~ zur abwechslung mal online, nix papier

9

*Warmes Brot, blutige Spiele.
Solidaritätsgedudel.
Horch, es ist Sommer*

SVEN SCHACKE, CR «YOURS»

Sommerwetter. Draußen zu warm, drinnen zu kühl, schimpfen die anderen. Gespräche über Temperaturen findet er überflüssig. Er kommt aus Hof, der kältesten Stadt Deutschlands, aus bayrisch Sibirien. Aber das sagt er nicht, wenn er nicht muss. Dass er Deutscher ist, hört man ja ohnehin. Am Anfang hat er mal mitgekriegt, wie jemand sagte, der Schacke sei ein Schnorri. Und er verstand nicht, warum er ein Schnorrer sein sollte. Inzwischen weiß er, was Schweizer Schimpfwörter bedeuten.

Seine Mutter hat mal das Fenster aufgemacht und gesagt: «Horch, es ist Sommer.» Er kann die Fenster hier nicht öffnen, die Frischluft kommt aus der Röhre. Der NeoMedia-Altbau ist umfassend renoviert, vor vier Monaten ist *Yours* hier eingezogen, und die Leute beklagen sich. Die Luft, die Räume, die Treppe, das Licht – alles schlecht gelöst, heißt es. Ihm gefällt's. Ein so schönes Büro hatte er noch nie.

Nach dem Umzug stand in *Yours*: «Wir haben die Redaktion gezügelt.» Erst musste er lachen, und dann fand er, nein, so geht das nicht, und machte den Satz in der Redaktionssitzung zum Thema. Es heißt nicht zügeln, sondern umziehen. «Zügelt eure helvetischen Sprachgelüste», sagte er. Das fand niemand lustig. Egal, er ist der Chef, und er will kein Provinzblatt, er will eine gut geschnittene urbane Gratiszeitung. Er weiß schon, dass man den Schacke Zacke nennt, besonders nach solchen Sitzungen. Was soll's. Zwanzig Prozent Auflagesteigerung in zwei Jahren. Das soll ihm einer nachmachen. Der Zibung zum Beispiel. Seine NSZ verliert stetig Abos und Leser. Aber der Zibung labert einfach was von Umwälzungen in den Medien und neuen Lesegewohnheiten der jungen Generation. Doch bald ist er dann dran. Bald kommt das große Stellen-Streichkonzert. Nicht bei *Yours*, im Gegenteil, zwei neue Positionen sind bereits bewilligt: für das Online-Party-Deck und für die People-Seite. Und er weiß auch schon, wen er als People-Macher will: Vito Strauß. Noch einen Deutschen! Na und?

Um zehn Uhr ist Blattkritik und um fünfzehn Uhr Redaktionssitzung. «Blakri» und «Resi» heißt das hier, einfach lächerlich. Er hat sich trotz der vier Jahre in der Schweiz noch immer nicht an diesen Ton gewöhnt. Er achtet strikt darauf, dass beide Sitzungen jeweils nur eine Stunde dauern und nicht in lockeres Geschwätz ausarten. Am liebsten würde er auch die Kaffeepausen pro Person zeitlich festlegen, aber das geht hier nicht, hier gehört Lockerheit sozusagen zum Dekor. Die Redaktoren sehen sich als kreative Journalisten und glauben, sie arbeiten in einem Kunstbetrieb. Leute, würde er gerne sagen, ihr seid keine Journalisten, ihr seid Blattarbeiter, und unser Blatt ist kein literarisches Ereignis, es ist ein Medienprodukt, und es muss Kohle bringen, obwohl es gratis verteilt wird, und zwar viel Kohle. Er mag den Geruch von Kohle, bisschen giftig, bisschen gasig. Als die Mauer fiel, hat er die Großmutter jenseits der Grenze besucht, da war er neunzehn, und hat den Kohlehaufen vor dem Haus in den Keller geschaufelt. Jetzt lebt sie nicht mehr, und in ihrem Dorf wird nicht mehr mit Kohle geheizt. Vor ein paar Jahren auf der Fahrt nach Berlin hat er mal einen Umweg gemacht und ist durch Großmutters Dorf gefahren. Ihr Haus gab's nicht mehr, da stand jetzt eine Imbissbude, und es roch nach Frittieröl. Nun ja, überall riecht's irgendwie nach irgendwas und irgendwann nach irgendwas anderem. Er, Sven Schacke, ist nicht sentimental, die Großmutter hatte ihr Leben, und er hat seins.

Schlagersängerin Francine Jordi hat bekannt gegeben, Liebhaber Florian Ast habe sie betrogen. Das ist bester *Yours*-Stoff.

Da machen sie zwei Seiten draus. Und zwei Seiten mit Prinzessin Kate, von der es heißt, sie sei bereits schwanger, das lässt sich so groß aufblasen wie ein Neun-Monate-Bauch.

Seine Bürotür ist immer offen, er hört, wenn und wie lange im Korridor geredet wird. Frauenlachen ist besonders penetrant, hört nie auf. Postino kommt herein, sagt «Morgen», platziert ein Bündel Post auf der Schreibtischecke und dreht gleich wieder ab. Postino ist eine Wohltat, weil er «Morgen» sagt und nicht «Mörgeli».

Er wird sich zurückhalten heute an der Blattkritik, war die letzten Male zu heftig, der Widerstand war spürbar wie ein Wetterumschwung. Vor Gewittern schwollen Großmutter die Füße an. Er weiß nicht, warum sie ihm schon wieder in den Sinn kommt. Üblicherweise sind jene Jahre an der deutsch-deutschen Grenze so weit weg wie die babylonische Epoche. Er wird sich also zurückhalten, aber die schwangere Wetterfee wird er zur Sprache bringen, wie hieß sie noch mal, Bettina Fluri. Ihr so viel Platz einzuräumen, war einfach fahrlässig. Nicht mal hübsch ist sie. Und die Sache mit dem Tropenholz. Der WWF hat in Kinderbüchern Tropenholz gefunden. Hat der nichts Besseres zu tun, als Kinderbücher auseinanderzunehmen? Das geht den *Yours*-Lesern und Leserinnen nun wirklich am Arsch vorbei. «Arsch» sagt man nicht. Schon wieder die Großmutter. Oma, lass mich jetzt arbeiten. Also die Fluri und das Tropenholz waren daneben. Oder man hätte es kombinieren können: Kinderhändchen weg von Bilderbüchern mit Tropenholz, sagt Bettina Fluri.

Horch, es ist Sommer. Eva möchte nächstes Wochenende eine Klettertour machen, aber am Freitag findet die Taufe der *NSZ am Sonntag* statt, die will er keinesfalls verpassen, und es wird spät werden. Am Samstag wird er ausschlafen wollen, den Stress beim Klettern mag er ohnehin nicht, am Abend in der Hotelbar zittern ihm die Beine, und Eva zelebriert ihre Überlegenheit. Dabei ist Klettern nun wirklich das Einzige, was sie besser kann als er. Und Schweizerdeutsch natürlich. Aber er hat nicht die Absicht, sich das Swiss Krächzing jemals anzueignen. Wegen

Eva hat er beim *Stuttgarter Abendblatt* aufgehört und bei *Yours* angefangen. Sie hat das Inserat gesehen und gesagt, versuch's doch, Zürich ist schön. Du mit deiner Boulevard-Erfahrung und deinem PhD in Communications, du hast beste Chancen. Und so war's dann. Eine Hundertprozent-Anstellung, erst im Bereich People, dann als Vize. Seit zwei Jahren ist er Chef. Ich hab's doch gesagt, meint Eva. Sie hat das Gefühl, die Ursache seines Erfolgs zu sein. Sie hat ihn zu dem gemacht, was er ist, meint sie. Sie meint und meint und meint. Meinen genügt ihr. Was wirklich ist und war, will sie gar nicht wissen. Sie kommt ganz gut durchs Leben so. Sie liebt ihn, und sie meint, er liebe sie ebenso. Er wird ihr beibringen müssen, dass das nicht mehr exakt so ist. Muss ja nicht gleich sein. Erst muss er sich auf das Konkurrenzblatt *Subito* konzentrieren. Die haben, seit er *Yours* leitet, die Hälfte der Auflage verloren, richtig abgestürzt sind die, und wenn er weiterhin alles richtig macht, gibt *Subito* in einem halben Jahr auf, und für ihn gibt's Lorbeeren von oberster Stelle und eine neue Sprosse in der Erfolgsleiter der NeoMedia.

«Sven, kommst du? Wir warten auf dich.» Sophie steht in der Tür. Um zehn ist Blattkritik, und er ist zu spät, peinlich. «Der Schacke mag's pünktlich», hat er gesagt, als er die Redaktion zum ersten Mal als Chef begrüßte. Sophie schaut fragend. Nein, er wird ihr für sein Verspäten keine Erklärung abgeben. Eigentlich ist es ganz gut, die anderen warten zu lassen.

Die Sitzung verläuft zahm, das war zu erwarten, montags ist das meistens so, nach dem *Yours*-freien Sonntag sind die Emotionen erlahmt. Aber dann meldet sich noch Sophie, hebt artig den Finger wie ein Schulmädchen und legt los. «Wir werden langsam, aber sicher ein Sex-und-Crime-Blatt. Entschuldigt bitte, wenn ich mich gleich übergebe.» Sie habe über die letzten sechs Ausgaben eine Statistik erstellt. 3 Triebtäter, 3 Suizide, 1 Amokschütze, 1 Halbkannibale, 2 Geschlechtsumwandlungen, 2 entsorgte Babys, 11 scheiternde Ehen im Promi-Bereich und daselbst 2 Tötungen, 11 Überfälle, 23 Einbrüche, 1 Tierquäler, 1 Säureanschlag, 7 mutmaßliche Kopulierungen im Halbpromi-

Bereich, die dreiteilige Serie über Swinger-Clubs und die fortlaufende Serie über die Sexwünsche der Generation unter zwanzig. Es klingt wie das Memorieren einer Einkaufsliste. Kaum hat sie geendet, lacht der neue Layouter laut auf, so als hätte er endlich einen Witz begriffen. Die andern sind merkwürdig ruhig.

«Alle mal herhören», sagt Sven, «es scheint, dass noch nicht alle kapiert haben, dass sie hier nicht als Schöngeister arbeiten. Wir haben Brot und Spiele zu liefern, panem et circenses, und das Brot muss noch warm und die Spiele müssen blutig sein. Was willst du denn, Sophie? Prinzessinnen? Kannst du morgen haben, die Kate ist möglicherweise schwanger. Aber wenn du nur das willst, bist du hier falsch am Platz. Wir zeigen Scheußlichkeiten und Katastrophen und Tragödien, bitte recht schamlos, und damit schenken wir den Lesern – und den Leserinnen! – Freude und Erleichterung, nämlich die Freude, dass sie Mitleid empfinden, und die Erleichterung, dass sie selber bislang verschont worden sind.» Das sitzt, er merkt es, das ist ihm gelungen. Manchmal, sagt Eva, kannst du so donnernd reden wie ein Evangelist. Ja, kann er, und er merkt, wie der Blutdruck hochschießt. Sophie packt ihre Papiere und geht wortlos aus dem Sitzungszimmer. Wahrscheinlich verschwindet sie in der Toilette und heult. Hoffentlich.

Punkt elf steht er auf. «Bis morgen», sagt er und hört beim Gehen, wie jemand sagt: «Bis morgen, same place, same shit.»

«Good news», ruft Massimo Santi schon in der Tür. Santi, seit zwei Monaten Anzeigenleiter, ist etwas laut, aber tüchtig. «Coop hat angebissen, täglich ganzseitig, aber nicht weiter hinten als Seite vier, das ist die Bedingung.» «Und wofür inserieren sie?» «Sie nennen es ‹Aktion Extrafrisch›». Das hieße dann: Erdbeeren und Leberkäs auf Seite vier neben dem Tagesgespräch auf Seite fünf. Das geht nicht. Das Tagesgespräch ist die unantastbare Alibi-Seite für Seriosität. Hat er selber zu diesem Zweck geschaffen. «Gut gemacht, Santi, aber ich will keinen Mix von Hühnerbeinen, Fleischvögeln und Geranien neben dem Tagesgespräch. Verstehen Sie, Santi, das ist stillos.» Santi soll noch einmal reden mit Coop.

«Es ist fertig geredet», sagt Santi, jetzt hochdeutsch. «Das sind harte Verhandler. Sie wissen nicht, wie lange ich da geweibelt habe.» Weibeln, wieder so ein Eidgenossenwort. Sven versucht, nicht zu lachen. Wenn er sich Santi beim Weibeln vorstellt, sieht er ihn zwischen weiblichen Wesen, denen er an den Po oder in den Ausschnitt greift. «Übrigens», sagt Santi, «die Hühnerbeine und die Fleischvögel werden nicht nackt daherkommen, sondern stecken in einer losen Tüte aus Zeitungspapier, voll gestylt, verstehen Sie? Ein extrafrisches Produkt in einer extrafrischen Zeitung.» Das klingt schon besser. «Ich geh gleich», sagt Santi, «und maile Ihnen den Entwurf. Sie werden schon sehen ...»

Kaum ist Santi weg, steht Made da. Made ist das Kürzel von Madeleine Debrunner, Verantwortliche bei Lifestyle. Sie legt ihm ein Papier auf den Tisch, «schau's mal an», sagt sie, «bissoguet». Er hat wochenlang nicht verstanden, was mit «bisso» gemeint ist. Eva hat ihn dann mal lachend aufgeklärt: «bis so guet» heißt «sei so gut» und wird anstelle von bitte verwendet. Meistens grammatikalisch falsch, stellt er fest, wenn sich bissoguet nämlich an Leute richtet, die man siezt. Postino zum Beispiel sagt: Können Sie da noch unterschreiben, Herr Schacke, bissoguet? Dann zuckt Sven Schacke – ein Deutscher, deutscher geht's nicht – immer ein bisschen zusammen.

Das Papier, das ihm Made hingelegt hat, ist eine Aufforderung der NeoMedia-Redaktorinnen, die Frauenquote zu erhöhen und zu fixieren. Nein, danke, so was unterschreibt er sicher nicht. Frauen ja, aber nicht weil sie Frauen sind. Immer diese Menschenrecht-Fuzzis und diese Sozialtrantüten. Er will keine Quotentanten in seinem Betrieb. Punkt. Er wird Mades Unterschriftenbogen einfach in einen Umschlag stecken und an die *NSZ am Sonntag*-Redaktion weiterschicken. Und wenn ihn Made drauf anspricht? «Quoten sind Kreativitätshemmer», wird er sagen, «und das schießt mich an, verstehst du?» *Anscheißen*, das ist wohl das einzige Wort, das er im Schweizerdeutschen gelten lässt. Es klingt wie «anschießen», und irgendwie gefällt ihm das Bild, es passt zum Sturmgewehr, das jeder Schweizer Wehrmann zu Hause griffbereit hat.

Jetzt lebt er schon vier Jahre in diesem Land und weiß immer noch nicht, ob er hierherpasst. Eva findet: ja. Aber Eva ist für ihn von Tag zu Tag weniger maßgebend. Ein Leben ohne Eva fiele ihm einfacher. Aber sie meint nun mal, sie habe ihm Glück gebracht.

Kurz vor dem Mittagessen, er hat sich schon mit Eau Sauvage eingesprayt, kommt das tiefe Erschrecken via Newsticker: Der designierte Kantonsspital-Direktor hat einen falschen Doktortitel, gekauft bei der University of Berkley.

Auch in Svens Papieren, die im Personal-Management der NeoMedia lagern, steht «University of Berkley». Dass diesem Berkley ein E fehlt, ist bislang noch niemandem aufgefallen. «UC Berkeley» müsste es heißen, wenn's die richtige Universität in Kalifornien wäre und nicht die Titelmühle in Michigan, wo der Doctor of Communications knapp viertausend Dollar kostet. Die Lust aufs Mittagessen ist ihm vergangen, aber er wird trotzdem gehen, immer montags treffen sich die Chefs in der Kantine, da will er nicht fehlen. Überhaupt, was soll's, jetzt ist er vier Jahre in diesem Betrieb, da wird niemand auf die Idee kommen, seine Papiere auszugraben. Kein Grund zur Besorgnis, Schacke, hörst du? Kommt dazu, dass er da und dort von Berkeley, Kalifornien, erzählt hat, von den Straßenhändlern in der Telegraph Avenue und den Fishing Trips in der Bay, oder wie es ist, bei Sonnenuntergang vom Campanile der Universität Richtung Golden Gate Bridge zu blicken. Dass er nur zwei Wochen in Berkeley gewesen war, gerade lange genug für das Prozedere des Einschreibens, das weiß hier keiner.

Am sogenannten Montagstisch im Canto sitzen schon zwei: Ralph von Radio Fünf und Georg, der designierte CR der *NSZ am Sonntag*. Auch das pinke Täschchen von *Zuhause*-Chefin Iris hängt bereits über einem Stuhl. «Hoi», grüßt Georg, und

Sven erinnert sich, wie er zu Beginn bei Hoi an Heu und an Alpstimmung dachte. «Tägli», sagt Iris, die mit einem vollen Teller von der Salattheke kommt. «Tägli», sagt Sven. Nach vier Jahren darf er sich ein bisschen Anpassung leisten.

«Zibung fällt aus», sagt Georg, «wegen Weisheitszahn.» «Ach, darum», sagt Ralph und zeigt mit dem Kinn zum Nachbartisch, «sie isst sonst nie hier.» «Ja», sagt Iris, «die zeigen sich nie zusammen.» «Kann mich jemand aufklären?», fragt Sven. «Es ist so», sagt Ralph und dämpft die Stimme, «Erwin Zibung von der NSZ und Josette Monti vom Personal-Management machen Liebe über Mittag, in seiner Zweitwohnung hier in der Nähe. Täglich außer Samstag, Sonntag, Montag.» «Liebe am Arbeitsplatz», sagt Iris, «wär doch ein Thema für *Yours*, oder nicht?» Sven blickt verstohlen hinüber zu Josette Monti. Sie könnte publik machen, was in seinen Papieren steht. Vielleicht erinnert sie sich, darin etwas von Berkley oder Berkeley gelesen zu haben. Sie könnte Erwin Zibung informieren, wenn sie mit ihm über Mittag im Bett liegt. «Elegante Frau», sagt er, worauf Iris sagt, Josettes Busen sei zu groß und die Haarfarbe nicht echt. «Trotzdem», sagt Sven. Dann kommt Georg auf die Gerüchte über eine Entlassungswelle zu sprechen. «Und ausgerechnet jetzt», sagt er zu Iris, «kommt ihr mit eurer Petition zur Frauenquote. Schlechtes Timing.» «Nein», sagt Iris, «man kann nämlich nicht nur mehr Frauen einstellen, man kann genauso gut weniger Frauen entlassen.» Sven will nicht über die Petition sprechen, sein Entschluss steht fest: Er wird sie nicht unterschreiben. Und über drohende Entlassungen mag er auch nicht reden, mag nicht mitsingen in diesem Solidaritätsgedudel, *Yours* ist nicht betroffen, *Yours* braucht niemanden zu entlassen, *Yours* kann zwei Leute mehr einstellen, *Yours* ist erfolgreich. «Schmeckt die Lasagne, Ralph?», fragt er. Ralph hebt die Schultern. «Ich hab immer etwas Mühe mit Lasagne», sagt Sven, «ich hatte mal eine Haarspange drin.» «Igitt», sagt Iris, und Sven blickt wieder hinüber zum Nachbartisch. Sie hat wirklich einen großen Busen, diese Josette.

In der Redaktionssitzung um drei gibt er Norbert den Vorsitz. Das hat er im letzten Weiterbildungsseminar gelernt. Delegieren Sie die Sitzungsleitung! Damit manifestieren Sie Ihre Souveränität. Norbert vom Sport stottert leicht und bemüht sich deswegen um kurze Sätze. Sven ist immer fasziniert, wenn er Norbert zuhören kann. Es ist, als tanze er am Abgrund und könne jederzeit abstürzen ins Chaos von Silben und Lauten. Heute ist Norbert gut drauf, er macht gekonnte Pausen und füllt sie sogar mit einem Lächeln. Einzig für den Begriff Ingeborg-Bachmann-Preis braucht er zwei Anläufe. Sven schaltet sich ein. «Den Bachmann-Preis können wir vergessen. Das interessiert ein viertel Prozent unserer Leserschaft. Und allein die Bewerber alle aufzuzählen, kostet schon zu viel Platz. Wo ist eigentlich Sophie?» Niemand weiß es. Wahrscheinlich sitzt sie immer noch in der Toilette und heult.

Francine Jordi und Prinzessin Kate sind von der Tischrunde erwartungsgemäß eingeplant worden. Im großen Ganzen wird das Blatt von morgen okay, aber, sagt Sven, «es fehlt noch ein bisschen Vaginageruch». Made verdreht die Augen, Norbert will was sagen, aber er bringt's nicht raus. «*Bauer sucht Frau* ...», sagt Rita von der TV-Seite, aber Sven fällt ihr gleich ins Wort, «nein, danke, das hatten wir schon». «So nicht», sagt Rita, «*Bauer sucht Frau* war diesmal ‹Bauer sucht Mann›. Zwei Schwule im Stall, und es hat nicht gegeigt.» Geigen heißt klappen, das weiß Sven und findet's immer noch komisch. «Okay, das riecht gut», sagt er, «bitte mach das, Rita», und dann gibt er Norbert ein Zeichen, damit er die Sitzung beende.

Zurück in seinem Büro, stellt er sich erst mal ans Fenster, um zu horchen. Uschi vom Sekretariat klopft an die offene Tür. «Sie sollen bitte Herrn Ott anrufen.» Ott, der Personalchef, der Human Resources Director! Jetzt, denkt Sven, jetzt flieg ich auf. «Worum geht's», sagt er. «Um einen Herrn Strauß», sagt Uschi, «und seine Arbeitsbewilligung.»

Horch, es ist Sommer.

schreib's so, dass man's sieht ~ was
sieht? ~ schacke grinst ~ was sieht
man bei einem exhibi?, sagt schacke,
nicht so schwierig, oder? auch schon
gesehen, oder? ~ nein, hätt ich sagen
müssen, nein, zeig mal her, hätt ich
sagen müssen, herr chefredaktor,
volontärin hat recht auf unterricht,
auf anschauungsunterricht ~ oder
lass mich in ruhe, schacke, mit solchen
aufträgen ~ exhibitionist-am-züri-
horn-frau-unter-schock ~ hab frau
eruiert ~ hab frau getroffen ~ hab
frau überredet ~ hab frau ausgefragt
~ das sollte reichen, schacke ~ wenn
nicht genug, dann platzier einen penis
auf titelseite ~ am besten deinen, los,
schacke, knüppelausdemsacke

10

*Habseligkeiten.
Milchkaffeefarbiges Monster.
Alles bestens*

ROLF LUTZ, EHEMALS HAUSDIENSTE

Es gibt ihn noch, den Schuppen für die Zeitungswagen der Verträger. Jetzt geht da niemand mehr rein, außer Lutz. Er hat das rostige Vorlegeschloss schon längst geknackt und ein neues angebracht. Den Schlüssel dazu hat nur er. Mit einer Wand lehnt sich der Schuppen etwas schief gegen den alten NSZ-Trakt auf der Flussseite, und die Buchsbäume und Eibenbüsche rundum hat schon lange niemand mehr geschnitten. Der Zugangsweg ist unter Dreck und Laubschichten verschwunden. Nicht mal Hunde laufen hier vorbei, sie müssten erst über den Drahtzaun steigen, so wie Lutz das macht. Obwohl der einsame Streifen Grünzone mitten in der Stadt nicht mehr betreten wird, ist er voller Zigarettenstummel. Die stammen von oben, werden aus den Fenstern geworfen, seit man in den Räumlichkeiten der NSZ nicht mehr rauchen darf.

Von den Zeitungswagen, den rechteckigen Karren aus Korbgeflecht, standen noch drei im Schuppen, als Lutz ihn in Besitz nahm. Er stapelte zwei aufeinander, um für sein Lager Platz zu schaffen, den dritten benutzte er mit Hilfe eines Bretts als Tisch und verstaute im Innern, was er nicht dauernd mit sich herumschleppen wollte. Habseligkeiten. Ein Wort, das er schön findet, der Pfarrer hat es mal gesagt, der Pfarrer, der Schwätzer.

Nachts, wenn die Stadt still ist, kann er von seinem Lager den Fluss hören, ein stetiges freundliches Rauschen. Er hat von der Wand ein Brett gelöst, da, wo sein Kopf liegt, da kommt der

Sommer rein. Wenn er weggeht, macht er die Öffnung wieder ordentlich zu. Sechs Jahre ist es her, dass er bei der NSZ aufgehört hat, schon damals hat er den Schuppen gesehen und sich gewundert, warum er nicht gebraucht wird. Es war seine letzte richtige Arbeitsstelle, nachher hat man ihn nirgendwo gewollt, er hat mal da, mal dort gejobbt, ist abgestürzt und aufgetaucht und wieder abgestürzt. Daran ist der Stadler schuld, der hat ihm ein schlechtes Zeugnis ausgestellt, als er ihn entließ. Such mal eine Stelle mit so einem Zeugnis. Den Stadler hat's inzwischen auch erwischt, die Abteilung «Hausdienst» gibt es nicht mehr, NSZ oder NeoMedia, wie das Ganze jetzt heißt, sourcen alles out. Dabei war der Hausdienst in sämtlichen Büros beliebt, stand immer zur Verfügung, wenn eine Wand zu übermalen war, ein Rollladen zu flicken, ein Kabel zu verlegen, ein kaputtes Möbel zu entsorgen, ein Stück Spannteppich zu erneuern. Lutz konnte alles, hatte mal Maler gelernt, die Lehre zwar nicht abgeschlossen, aber Lutz konnte man brauchen. Danke, Lutz, hieß es immer, Rolf nannte ihn niemand.

Es war keine schlechte Zeit bei der NSZ, er denkt nicht ungern daran zurück, außer an diese Sache mit dem Diebstahl, aber das Beste an der NSZ ist die Tatsache, dass er nun seine eigene Bude hat im Schuppen am Fluss, und keiner weiß davon. Tagsüber ist er unterwegs, holt sich, was zu holen ist, und setzt sich zu den Kumpels drüben im alten Musikpavillon. Von da kann er über Mittag die Typen von der NSZ beobachten, die sich entweder mit Laufen abstrampeln oder allein auf einer Bank ihr Essen verdrücken. Er, Lutz, möchte keiner von ihnen sein, besten Dank auch.

Klar hat er Probleme, die sie nicht kennen, zum Beispiel hat er seit Wochen diesen lockeren Zahn unten rechts, darauf darf er nichts mehr kauen, sonst kippt der noch ganz um. Wenn er ihn mit Rotwein spült, geht der Schmerz für eine Weile in den Untergrund, ähnlich wie Lutz.

Im Pavillon, da ist einer, der war mal in einer Bank ein ziemlich hohes Tier, der hatte mal eine Eigentumswohnung irgendwo am See, mit einer Frau drin, und drei Garagen, mit Autos drin, und jetzt pennt er sich durchs Leben wie Lutz, holt sich Bares bei der Sozialhilfe und Kleider beim Pfarrer. Lutz wundert sich, wie das ist, wenn man mal viel hatte und jetzt nichts, aber das Banktier, Jules heißt er, mag nicht sprechen vom Leben früher. Wenn man ihn fragt, sagt er: «Hab's vergessen.» Lutz glaubt es ihm nicht, er hat gesehen, dass das Banktier Fotos in einer Brieftasche hat und sie manchmal anschaut. Lutz hat nie eine Eigentumswohnung gehabt, nicht mal eine eigene Mietwohnung, nur eine halbe. Er hat mit einem Kollegen zusammengewohnt, ein Freund war es nicht, aber immerhin hat die Wohngemeinschaft acht Jahre gehalten, und das Zimmer war groß genug, dass ab und zu auch mal eine Freundin einziehen konnte, zum Beispiel Viola. Das mit Viola wäre etwas geworden, wenn da nicht diese Diebstahlgeschichte bei der NSZ gewesen wäre. Damals hat sich Viola zurückgezogen, jetzt hat sie eine Familie und wohnt in Regensdorf, und sehen will sie ihn nicht mehr. Er hat sie im Januar mal angerufen, hat an ihren Geburtstag gedacht.

Ich brauche niemanden, das sagt er sich und seinen Kumpels, trotzdem schmerzt es manchmal, dass niemand mehr etwas von ihm wissen will, am wenigsten Brigit, seine Ex. Tochter Tina muss jetzt zwölf sein, er hat sie zum letzten Mal gesehen, als sie sechs war, zufällig, im Coop. Sie und Brigit standen in der Kosmetikabteilung, Tina strich Brigit Lippenstift auf die Hand, und Brigit wandte sofort den Kopf ab, als sie Lutz erblickte. Er fasste sie an der Schulter und sagte: «Was ist, schämst du dich mit mir.» «Ja», sagte sie, und Tina fragte: «Wer ist das.»

Kürzlich hat er auf der Straße Postino getroffen, der ist immer noch bei der NSZ und sieht immer noch gleich aus. Mit Postino hatte er es gut damals, der war auf seiner Seite, als es drauf ankam. «Lutz, hallo», sagte er, zog ein schräges Lächeln hoch und war so freundlich, nicht zu fragen, wie es gehe. Lutz hatte gerade einen seiner ungewaschenen Tage, aber Postino schien das nicht bemerken zu wollen, und als Lutz fragte, ob Postino für ihn etwas auf dem Computer nachschauen könnte, sagte er: «Komm doch gleich selber mit.» Und so betrat Lutz zum ersten Mal seit sechs Jahren wieder das NSZ-Haus, und Postino führte ihn in Hansemanns Büro. «Da, schau her, Postino», sagte Hansemann und zeigte auf den Bildschirm, «Kellerasseln. Weißt du, wie die sich paaren?» Hansemann war neu für Lutz, sie gaben einander die Hand. Das Händegeben war für Lutz eine Seltenheit geworden. Es kam ihm fast vor wie eine heilige Handlung.

Er würde gerne wissen, wo seine Exfrau mit seiner Tochter jetzt wohne, sagte Lutz, vielleicht lasse sich das auf dem Computer herausfinden. Sie heiße Brigit Ramsacher. Nein, er wolle keinen Kontakt mit ihr aufnehmen, weil sie das nicht wünsche, er würde sich einfach gerne vorstellen, wo seine Tochter denn nun aufwachse. Hansemann nickte und ließ die Kellerasseln verschwinden. Das Büro war winzig, Lutz hatte das ungute Gefühl, man rieche seine Kleider. «Kein Festnetzanschluss für Ramsacher», sagte Hansemann und ließ seine langen bleichen Finger auf der Tastatur weitertanzen, Postino setzte sich, und Lutz presste die Arme an den Körper, um nicht zu stinken. Endlich sagte Hansemann: «Nail-Studio, kann das sein?» Ja, das war sie, sie hatte nach ihrer Coiffeurlehre noch einen Kurs für Nagelpflege absolviert, das musste sie sein, Brigit Ramsacher, Nail-Studio Liestal. Das sei keine Hexerei gewesen, sagte Hansemann, als Lutz sich mehrmals bedankte, so viele Ramsachers gebe es nicht auf der Welt. Wie denn die Tochter heiße. «Tina», sagte Lutz, und Hansemann sagte «Schöner Name», worauf Postino lachte und sagte, er heiße Tino, aber das wisse niemand. Hansemann füllte den Bildschirm wieder mit Kellerasseln. «Sie paaren sich Bauch an Bauch, sieht richtig kuschlig aus.» Lutz sah Postino fragend an, und der hob die Schultern.

Liestal also. Irgendwann wollte er hinfahren und sich das Kaff ansehen, in dem sein Fleisch und Blut heranwuchs. Wahrscheinlich hatte ein zwölfjähriges Mädchen schon recht viel Fleisch und Blut. Er wusste es nicht. Er kannte keine Kinder. Und Tina war ihm so fremd wie ein Erzbischof.

Vorsichtig schloss er Hansemanns Tür hinter sich, die Kellerasseln sollten nicht erschrecken. Er ging die Treppen hoch bis in den vierten Stock, und dann schritt er die Korridore ab, blickte verstohlen in offene Büros, las die neuen Namensschilder, studierte die Anschläge am Schwarzen Brett. Ein «Car Hifi Subwoofer» war zu verkaufen, ein «Alaje-Seminar» wurde angeboten, Lutz wusste von beidem nicht, was es war.

War es möglich, dass er aus der Welt fiel?

Das Hämmern von Absätzen kam näher, eine junge Frau blieb kurz stehen und sagte «Suchen Sie etwas», Lutz schüttelte den Kopf, dann setzte sich das Hämmern fort. Falls ich etwas suche, dachte Lutz, dann weiß ich nicht, was. Eigentlich hab ich's nie gewusst. Und who knows, ob ich das, was ich suche, überhaupt finden möchte.

Er kam am Büro vorbei, in das ihn der Hausdienstleiter Stadler seinerzeit zitiert hatte. Jetzt stand *Honorarbuchhaltung* an der Tür. Damals war das ein Sitzungszimmer gewesen, brauner Tisch, braune Stühle, braune Brieftasche, die lag in der Tischmitte, so leer, wie Lutz sie in der Herrentoilette gefunden hatte. Es war die Brieftasche von Stemmler, das hatte man schnell herausgefunden, nachdem sie Lutz beim Portier abgegeben hatte. Stemmler vom Stellenanzeiger hatte sie als vermisst gemeldet. Und in Stemmlers Büro hatte Lutz zu jenem Zeitpunkt eine neue Wandleiste für die Computerkabel verlegt. Am Tisch saßen Stemmler, Stadler, der Personalchef und der Portier. «Gib's einfach zu», sagte Stadler, noch bevor Lutz sich gesetzt hatte. «Wir wollen kein langes Theater veranstalten.» «Ich saß auf dem Klo, und da lag sie, die Brieftasche, und zuzugeben habe ich gar nichts», sagte Lutz. Und dann sagte er noch und wusste gleich, dass es falsch war: «Man wird in diesem Haus doch wohl noch mal scheißen dürfen.»

Drei Wochen später hat er das Entlassungspapier bekommen. Was für ein Knall wegen dreihundertzehn Franken. Die hatten keinerlei Beweise. Null mal null Beweise. Noch zwei Monate lang durfte er weiterarbeiten, durfte erfahren, wie die

Kollegen vom Hausdienst nichts mehr von ihm wissen wollten. Der Heinu, der Werni, der Töbu, der Zoltan. Die hatten wahrscheinlich Angst, sie kämen demnächst auch dran. Die machten vor dem Stadler alle in die Hose. Trotzdem: Er kam sich vor wie ein dreckiger leerer Teller, der immer noch auf der Theke stand.

Der Stemmler, der war erstaunlich, als er ihn im Korridor traf. Blieb stehen und sagte, die Geschichte sei blöd gelaufen, es tue ihm leid, das mit der Entlassung. Das kam so unerwartet, dass Lutz beinahe erschrak. Was er denn nun mache, wollte Stemmler wissen. «Ein Zimmer suchen», sagte Lutz, «das hat man mir nämlich auch gekündigt.» Worauf Stemmler sagte, Lutz könne bei ihm wohnen, bis er ein neues Zimmer habe. Einfach so. Das hätte Lutz dem Stemmler niemals zugetraut. Und so zog denn Lutz zu Stemmler, für drei Tage, länger ging es nicht, dem Lutz war das alles zu nett und zu ordentlich, dort draußen im Grünen, im hellblauen Zimmer, das mal Stemmlers Tochter gehört hatte und wo ein gerahmtes Bild von Stemmlers verstorbener Frau auf der Kommode stand. Die Ovomaltine am Morgen in Stemmlers Rustikalküche brachte er nicht leicht runter.

Er liegt in seinem Privatschuppen und lauscht auf den Fluss, es ist Morgen, und bereits kommt eine schöne Wärme durch die Lücke, eine federleichte Junimorgenwärme, Lutz streckt sich aus und überlegt, wo er heute hinsoll, an den See vielleicht, oder rauf in den Buchenwald, wo die Kumpels neuerdings lagern und wo es immer ein paar Biere gibt, er hat selber neulich zwei Tragetaschen voll mitgebracht. Sicher wird er zuerst noch beim Pavillon vorbeigehen und das Badetuch holen, das er dort in eine Nische geklemmt hat. Lutz streckt sich und stellt sich vor, wie neben ihm auf allen Stockwerken die NeoMedia-Leute jetzt ihren Hintern auf den scheußlichen gesunden Stühlen für den Tag zurechtrücken, um es die vier Stunden bis zum Kantinenmenü auszuhalten. Sogar ein Falter kommt durch die Lücke und ein Duft nach Lilien oder so was. Der Stemmler hat Lilien in seinem Garten, Königslilien nennt er sie, weißrosa Trompeten, die duften so, dass es einen umhaut. Sie waren voll in Blüte, und der Duft war schon fast Gestank, als Stemmler und Lutz draußen saßen und ein biologisches Bier tranken. «Glaubst du, dass ich es war, der die Brieftasche genommen hat?», sagte Lutz. Im Halbdunkeln sah er, wie Stemmler die Hände anhob und wieder fallen ließ. «Willst du es wissen?», fragte Lutz. «Nein», sagte Stemmler.

So einen wie Stemmler hätte er früher kennen müssen. Stemmler hat Sätze gesagt, die Lutz heute noch weiß.

«Glück gibt es nicht im Multipack.»

«Der eingerollte Farn sieht aus wie ein Spiralnebel.»

«Auf keinem Grabstein steht was von Umsatzsteigerung.»

Lutz hat sich nie mehr bei Stemmler gezeigt. Einmal hat er ihn von weitem gesehen und ist in eine Seitengasse ausgewichen, er weiß auch nicht, warum. Er denkt immer mal wieder an den Aufenthalt bei Stemmler, besonders an den Abend, als sie die Pflanzen gossen, Lutz mit dem Schlauch und Stemmler mit der Kanne, und sich Stemmler dann vors Gemüsebeet stellte und sagte: «Bitte sehr, gern geschehen.»

Im Pavillon sitzt ein einziger Kumpel und salbt sich sein schorfiges Bein. Ein Hündchen ist noch da und springt wedelnd an Lutz hoch, Lutz hat es noch nie gesehen. Es gehöre Jules, sagt das Schorfbein, Jules habe einen Anfall gehabt, drüben in der Unterführung, wohl was mit dem Herz, man habe ihn eingeliefert. Jetzt sei der Hund seit zwei Tagen da, und keiner wolle ihn, und der Jules komme wohl nicht wieder, so wie der ausgesehen habe, drüben in der Unterführung. «Wenn du mich fragst», sagt das Schorfbein, «der Jules ist definitiv abgehauen.» Er hört mit Salben auf, zieht ein trockenes Weißbrot aus der Tüte, um es einzuspeicheln und abzuknabbern, und scheucht den Hund weg. Das bleiche Brot sieht ähnlich aus wie das bleiche Bein. «Guten Appetit», sagt Lutz, bevor er geht. Nach ein paar Metern merkt er, dass ihm der Hund folgt. «Geh zurück», sagt er, und der Hund wedelt und rückt von hinten an seine Seite. «Hau ab», sagt Lutz, und der Hund wedelt wieder. «Verschwinde», schreit Lutz, worauf der Hund in kleinen Sprüngen ein Stück vorausläuft und sich dann wartend setzt. Bei der roten Ampel bleibt er neben Lutz stehen und trabt dann eng an Lutz' Beinen mit ihm über die Straße. Er folgt ihm auch in den Bus, beide fahren sie schwarz bis zum Stadtrand. «Jetzt hör mir mal zu», sagt Lutz. Sie liegen unter einem Baum, es ist eine Linde, so eine stand bei Großmutter vor dem Haus, sie blüht, aber man riecht nichts. «Ich will keinen Hund. Verstehst du?» Der Hund klopft mit dem Schwanz leicht auf den Boden. Zu allem, was Lutz sagt, gibt er klopfend Antwort. Als Lutz ihn anfasst, zwischen den Ohren, und mit der Hand über Hals und Rücken fährt, rührt er sich nicht, auch nicht, als Lutz erneut über das kurze warme Fell streicht. Es ist, als lausche der Hund, woher die Hand kommt und wohin sie geht. Und als die Hand mitten auf dem Rücken liegen bleibt, ist irgendetwas beschlossene Sache. Irgendetwas fängt an.

Oben im Buchenwald vor der Forsthütte lagern bereits zwei Kumpels, schon ziemlich geladen. Ohrenschlenkernd und hinternwackelnd tanzt der Hund auf sie zu. «Was kommt denn da für ein Monster», ruft der eine, und damit hat der Hund einen Namen. «Monster beißt, passt auf», sagt Lutz, worauf Monster fragend zu ihm aufschaut und Lutz ihn auf den Arm nimmt und an Monsters Stirn die Nase reibt. «Was ist das für eine Marke?», fragt der andere. «Monster, was bist du für eine Marke?», fragt Lutz. Monster ist milchkaffeefarbig, hat schlaffe Ohren, wie aus einem Brillenputztuch zugeschnitten, und einen katzenmäßigen Schwanz, der nach unten hängt, wenn er nicht wedelt. Der Bauch ist weich und heller als der Rest, ein Kinderbauch. Lutz stellt ihn wieder hin. Stehend reicht ihm Monster bis zum Knie. «Jules hat auch so einen», sagt der eine Kumpel. «Nicht mehr», sagt Lutz. Dass Jules im Spital oder tot sei, haben die beiden noch nicht gehört. «Wir leben noch», sagt der andere Kumpel und schraubt eine Zwei-Liter-Rotweinflasche auf. «Wie heißt ihr schon wieder», fragt Lutz. «Dick und Doof», sagt der mit dem Wein, «nein, war nur ein Spaß. Ich bin Charles, und er ist Lady Di.» Das löst beim anderen, also bei Lady Di, ein krächzendes Gelächter aus, das nicht enden will und dann übergeht in einen beängstigenden Hustenanfall, und danach sind alle still, auch Monster.

Lutz hat schon lange niemanden mehr gestreichelt. Monster hält still, entweder schläft er ,oder er tut nur so. Sein Fell ist wie dünner Stoff, man spürt die warme Haut darunter. Lutz schiebt seinen Zeigefinger wie einen Fiebermesser in Monsters weiche Achselhöhle und lässt ihn da. Dann wühlt Lady Di in seinem Rucksack und zieht ein knisterndes Papier heraus. Monster riecht Wurst und springt auf. Erst jetzt fällt Lutz ein, dass er für Futter sorgen muss, jetzt, wo Monster sein Hund ist. Ab sofort ist Lutz nicht mehr allein.

Wie das alles gehen soll, keine Ahnung. Bislang hat er ab und zu ein paar Tage hier und ein paar Tage dort gejobbt, auf einer Baustelle, bei einem Putzdienst. Wo bleibt dann Monster so lange. Eine Sorge um die andere tut sich auf wie ein Abgrund. Was tun, wenn Monster im NSZ-Schuppen nicht ruhig bleibt und Lutz' Versteck auffliegt. Wie schmuggelt er Monster im Winter zum Pfarrer in die Schlafstelle. Wer zahlt den Tierarzt, wenn Monster krank ist. Wo werden sie sein, er und der Hund, in zehn Jahren. Lutz streckt sich aus im trockenen Buchenlaub vom letzten Jahr und schaut hoch ins neue hellgrüne Blätterdach. Plötzlich wüsste er gern, wo er hingehört. Plötzlich hätte er gern einen festen Platz in diesem verdammten Leben. Charles und Lady Di sind ihm fremd. Richtige Freunde wie damals im Dorf hat er schon lange nicht mehr. Für seine Tochter, die irgendwie heranwächst, ist er ein Nichts. Was er braucht, ist ein leeres Gärtnerhaus für sich und Monster und am anderen Ende des Gartens eine Villa, in der ein reicher alter Mensch im Schaukelstuhl sitzt und ihm einen richtigen Lohn zahlt und dankbar ist, dass Lutz so eine gute Arbeit macht. Er wird Rasen mähen, Bäume schneiden, Blumen wässern, Kies harken und dafür sorgen, dass der Alte in der Villa stets schüsselweise Himbeeren hat, die er zahnlos verdrücken kann, und Monster wird im Garten herumtollen, und der Alte wird sagen: «Süßer Kerl, den Sie da haben, Herr Lutz.»

Seine Großmutter, bei der er lebte, nachdem seine Mutter abgehauen war, hätte immer gern einen Garten gehabt, aber sie hat es nur zu einem Küchenbalkon mit Blumentöpfen gebracht, saß dort auf einem Küchenhocker und ließ die Sonne aufs dünne Haar scheinen, und als sie einmal im Erholungsheim war, ließ Lutz alle Pflanzen verdorren, danach wollte sie nie mehr etwas Grünes haben, und Lutz zog bald danach aus.

«Geht's gut?», fragte sie, wenn er mal anrief. «Alles bestens», sagte er immer.

Jahre her, das.

könnte sein ~ fünfzehnter mai plus
fünf wochen ~ das wäre jetzt ~ wär
möglich zu wissen, wenn ich's wissen wollte ~ will's nicht wissen ~
habe zeit ~ zwölf wochen kann man
warten ~ jakob geht vorbei ~ nein
~ bleibt stehen ~ was rechnest du?
– warum? – siehst aus wie jemand, der
rechnet ~ wie der jakob wohl schaute, wenn er wüsst', was ich rechne ~
jakob, der fleißige volontär ~ der so
ist, wie ich sein sollte ~ ich rechne
honorare aus. zwei tage honorarbuchhaltung, hast du das hinter dir, jakob?
– nein – dann pass auf dich auf, gibt
da eine wunderschöne azubi ~ jakob
wird rot ~ jakob mit der gründlichen
nackenrasur ~ azubi klingt nach tausendundeinernacht ~ azubi legte sich
zu harun aufs seidene laken ~ aufs
fell der weißen hindin ~ aufs lager
aus rosenblättern ~ und dann fing
azubi an zu rechnen ~ bruttolohn
abzgl. AHV/IV/EO/ALV sowie abzgl.
berufl. vorsorge und inbegr. kinderzul
~ ach shit

11

Zwei Prinzen.
Der Störfaktor.
Schmetterlingswetter

ANNAKATHARINA HIRSBRUNNER,
HONORARBUCHHALTUNG

Es trifft sich schlecht, dass die Chefin heute fehlt. Aber natürlich kann sie nichts dafür, dass ihr Mann gestorben ist. Annakatharina hat Gerlind Schwallers Mann nie gesehen. Er soll schon lange krank gewesen sein. Gerlind Schwaller spricht nie über Privates. Sie mag es auch nicht, wenn die Mitarbeiterinnen endlos quatschen. Aber eigentlich ist der Umgangston in der Honorarbuchhaltung ganz locker. Das hat Annakatharina gleich gefallen. «Gibt es keine Abkürzung für deinen Namen?», hat Gerlind gefragt. Annakatharina zögerte, bevor sie «Anka» sagte. Der kleine Bruder hat mit Anka angefangen, soll sie jetzt als Anka Karriere machen? «Anka ist sehr gut», hat Gerlind gesagt und hat ihr das Vertragsformular für freie Autoren in die Hand gedrückt. «Lies das einfach mal durch.» Anka hat gelesen und kein Wort verstanden. Inzwischen arbeitet sie zehn Monate hier und fühlt sich ziemlich wohl. Drei Jahre wird die Lehre dauern, und das wird auszuhalten sein. Nur schade, dass sie die Aufnahmeprüfung in die Berufsmittelschule nicht bestanden hat. Das ist ihr großer Ärger. Und die Eltern sind enttäuscht, zwar geben sie sich munter, aber Anka weiß, dass sie enttäuscht sind. Und dass sie sich damit trösten, dass der kleine Bruder mal studieren wird. «Kauffrau Kommunikation mit E-Profil ist eine prima Ausbildung», hat Mutter gesagt. Sie hat geklungen, als würde sie sagen: «Auch wenn man einen dicken Hintern hat, kann man sich hübsch kleiden.»

Anka hat keinen dicken Hintern. Sie ist bildhübsch und schlank. Alle schauen ihr nach.

Wenn sie sich freinehmen will, muss sie die Chefin fragen, aber nun geht das eben nicht. Die Chefin muss ihren Mann begraben. Ihr geliebter Mann sei verschieden, steht in der Todesanzeige. Ist doch meistens so, dass der Mann von der Frau verschieden ist, denkt Anka. Ich würde das anders schreiben. Egal. Den Termin beim Frauenarzt heute um vierzehn Uhr kann Anka nicht verschieben. Da muss sie hin, auch wenn die Chefin fehlt. Ab zehn Uhr darf sie nichts mehr essen, um zwölf Uhr muss sie die beiden Tabletten in die Scheide stecken. Sie machen den Gebärmutterhals weich.

Postino kommt herein, legt die Post auf den Tisch, die Umschläge der Größe nach zu Häufchen geordnet. Ein eingeschriebener Brief ist dabei, Postino fragt nach Gerlind, und als Anka sagt, Gerlinds Mann sei tot, macht er ein erschrockenes Gesicht. «Sie war doch eben noch in der Kantine», sagt er, und dann lachen beide. Es ist ja gar nicht sie, die tot ist. Er habe nicht gewusst, dass sie einen Mann habe, sagt Postino, aber man könne ja nicht alles wissen. «Nein, kann man nicht», sagt Anka, «ich weiß ja auch nicht, ob du eine Frau hast.» Das sei ihm nie gelungen, sagt Postino. «Aber du hast bestimmt einen Freund?» Anka nickt. Sie nickt zweimal, für jeden Freund ein Nicken. Postino will noch eine Unterschrift für den Eingeschriebenen. Annakatharina Hirsbrunner, der Name passt ganz knapp auf die Zeile. Sobald Postino draußen ist, setzt sich Anka an den Tisch und übt schmissige Unterschriften. Dann verzieht sie sich mit den beiden Tabletten in die Toilette.

Niemand weiß es. Zu Hause niemand, im Büro niemand. Und Claudio und Jürgen auch nicht. Die siebenhundert Franken Anzahlung hat sie gestern abgehoben. Das ist grad knapp der Monatslohn vom ersten Lehrjahr und wird ihr von der Krankenkasse rückerstattet. Das Geld ist kein Problem, nur der Rest.

Allmählich spürt sie die angekündigte leichte Übelkeit, aber sie ist auszuhalten. Zum Glück hat sie in diesen Tagen eine kinderleichte Arbeit. Den Freien ist in den letzten zwei Monaten zu wenig ausbezahlt worden. Schuld daran ist nicht die Honorarabteilung, sondern die fehlerhafte neue Software, die man ihr appliziert hat. Fotograf Hannes Glättli war der Erste, der protestierte. «Geht's eigentlich noch?», sagte er am Telefon. «Mickrige Honorare, und dann muss man noch kämpfen drum.» Gerlind trug Anka auf, einen entschuldigenden Brief aufzusetzen, sozusagen als Übung. Aber außer «Mit freundlichen Grüßen» übernahm sie von Ankas Entwurf sozusagen nichts. Und Anka muss zugeben, dass das, was Gerlind schrieb, hundertmal besser ist. Jetzt soll Anka den Brief einhundertdreimal mit den genauen Personalien und Honorarzahlen ausdrucken und per Post verschicken. «So etwas kannst du nicht als E-Mail senden», hat Gerlind gesagt. «Das wäre rechtlich nicht korrekt und überhaupt unanständig.» Gerlind verwendet den Ausdruck «Anstand» ziemlich oft. Anka hat sich schon gefragt, ob sie unanständig wirke, aber das kann eigentlich nicht sein, auch ihre Eltern haben entsprechend auf sie eingeredet, schon immer. Sag «wie bitte» statt «hä». Steh auf, wenn ein Gast kommt. Warte nicht mit Dankesagen. Das hat jetzt zur Folge, dass Claudio findet, sie tue zu fein. Claudio flucht. Claudio furzt laut und lacht dann. Sie hat Claudio nie zu sich nach Hause mitgenommen. Dabei kennt sie ihn, seit sie fünfzehn ist, das sind jetzt eineinhalb Jahre. Am ersten August, Nationalfeiertag, hat sie mit ihm zum ersten Mal geschlafen. Feuerwerksraketen knallten, Claudio malte ihr mit rotem Permanent Marker eine Schweizer Flagge auf den Bauch, das ging lange nicht mehr weg. Claudio fallen immer irgendwelche Späße ein. «Scheiden tun weh», hat er gesagt, als sie Periodenschmerzen hatte. Ach, wenn sie nur wieder welche hätte. Ihre Mutter hat immer geglaubt, die kleine Anka sei mit ihren Freundinnen beim Shoppen, wenn sie nicht zum Abendessen kam. Aber die kleine Anka fährt nach Büroschluss hinaus an den Stadtrand, wo Claudios Vater seine schlecht verkäuflichen Gebrauchtwagen abstellt, ganz hinten stehen drei Lieferwagen, und Claudio hat die Schlüssel dazu. «Fickkisten» nennt er sie. In der hintersten Fickkiste können sie's tun, so lange und laut sie wollen, hier läuft nie ein Mensch vorbei, der sich wundern könnte über das Schaukeln des verlassenen Lieferwagens. Claudio hat eine Schaumstoffmatte organisiert, und er hat immer Bier da. Anka schaut etwas fassungslos, wenn Claudio die leeren Flaschen einfach ins Gebüsch neben der Fickkiste wirft, aber das ist halt Claudio. In einem Jahr wird er seine Lehre als Automechaniker fertig haben, dann will er mit Anka in einer Fickkiste ans Meer fahren. Am schönsten ist es, bei offener Wagentür mit Claudio still auf der Schaumstoffmatte zu liegen und sich vorzustellen, die Geräusche der Autobahn jenseits der Büsche seien donnernde Mereeswogen, und das Hupen sei das Tuten eines Kahns. Das hat ihr Claudio beigebracht, Claudio kann fantasieren wie kein Zweiter.

Sehr geehrter Herr Ramsauer, leider wurde Ihnen aufgrund eines Software-Fehlers zu wenig Honorar ausbezahlt: für den Monat April Fr. 14.80 und für den Monat Mai Fr. 38.–. Wir bedauern das sehr und bitten Sie um Entschuldigung. Die beiden Beträge werden Ihnen in der nächsten Honorarabrechnung gutgeschrieben. Wir hoffen, Sie sind damit einverstanden. Mit freundlichen Grüßen, Annakatharina Hirsbrunner. Die leichte Übelkeit ist immer noch da. Anka holt einen Papierbecher und spuckt den vielen Speichel hinein. Immer wieder kommt neuer nach. Ein Herr Enderle vom Applikationssupport hat sich angemeldet. Anka hat ihm gesagt, dass Gerlind nicht da ist, aber Enderle kommt trotzdem. Er will auf einem der zwölf Computer von Büro A und Büro B einen kurzen Kontrolllauf durchführen. Anka möchte nicht, dass er kommt, sie muss doch um halb zwei weg, das fällt vielleicht auf, wenn dieser Enderle da ist. Und jetzt ruft auch noch die Monti vom Personalbüro an. Etwas in Ankas Lehrvertrag ist unklar. Macht sie nun die Ausbildung mit E-Profil oder E-Profil mit Berufsmatura? «Am besten, Sie kommen kurz vorbei, Frau Hirsbrunner.» Anka fragt, ob sie auch morgen kommen kann. So ein Stress, Anka spuckt in den Becher, als Enderle mit Schwung die Tür öffnet. «Das haben wir gleich», sagt er, und Anka hofft, dass der Arzt heute Nachmittag etwas Ähnliches sagen wird. Enderle setzt sich an einen freien Computer und taucht mit ein paar Griffen in seine Eingeweide, dann sitzt er einfach nur noch da und schaut über den Rand des Bildschirms an die Wand. Wieder wird die Tür geöffnet, diese Monti ist da mit irgendeinem Papier in der Hand. «Ach, Herr Enderle», sagt sie, «Sie sind auch da?» «Hau endlich ab», sagt Enderle, der immer noch zur Wand schaut, und Anka und die Monti blicken sich fragend an. Enderle zischt so etwas wie «fromme Schlampe». «Herr Enderle?», sagt die Monti und fasst ihn an der Schulter. «Ach, Sie sind's», sagt Enderle und steht formvollendet auf. Er streicht sich etwas von der Stirn, das wohl Schweiß ist, und streift es an der Hose ab. Anka spuckt heimlich in den Becher. «Das trifft sich gut», sagt die Monti, «ich wollte nachher noch zu Ihnen, haben Sie Zeit?» Aus Büro B kommt brausendes Gelächter. «Wozu», sagt Enderle. «Ich habe gedacht, ein Gespräch wäre vielleicht mal gut.» Enderle sagt, danke schön, aber er sei ziemlich beschäftigt, diese Software sei nichts wert, er setzt sich wieder und wühlt erneut in den digitalen Eingeweiden, Anka spuckt, und dann soll sie der Monti erklären, warum es mit der Aufnahmeprüfung in die Berufsmittelschule nicht geklappt hat, und warum sie das der Monti nicht gemeldet hat. So was gehöre korrekterweise in ihre Vertragsunterlagen. Enderle zischt wieder etwas.

Am Samstag ist Anka verabredet mit Jürgen, zum Flohmarkt gehen, sich Ohrringe suchen, sich einen schönen Tag machen bei Jürgen, seine Eltern werden weg sein wie jedes Wochenende, in ihrem kleinen schicken Badehaus am Bodensee. Jürgen fährt da nicht mehr mit, Jürgen ist zwanzig und ein Student, der machen kann, was er will. Aber nun wird er nicht machen können, was er will, mindestens drei Wochen lang, Anka wird

Ausreden suchen müssen, sie wird am Samstagmorgen anrufen und sagen, sie fühle sich nicht gut. Könnte ja sein.

Lassen Sie in den nächsten drei Wochen nichts in die Scheide eindringen. «Es tut mir leid», sagt Anka zur Monti, und denkt, blöde Kuh. «Danke, dass Sie extra vorbeigekommen sind.» Als die Monti draußen ist, schaut sie auf die Uhr. Fast zwölf. Sie würde gern ein, zwei trockene Brötchen essen, um ihren Hals von dieser Übelkeit zu entstopfen. Der Enderle schaut wieder zur Wand.

Sehr geehrte Frau Croce, leider wurde Ihnen aufgrund eines Software-Fehlers zu wenig Honorar ausbezahlt: für den Monat April Fr. 75.– und für den Monat Mai Fr. 27.80. Wir bedauern das sehr und bitten Sie um Entschuldigung. Die beiden Beträge werden … Es ist immer schön mit Jürgen, wenn auch etwas langweiliger als mit Claudio, sie liegen auf der Dachterrasse und trinken interessante Flüssigkeiten aus der Hausbar, und Jürgen kennt die Sternbilder und will sie Anka beibringen, aber sie kann sie sich einfach nicht merken, und Jürgen ist ganz versessen darauf, Anka zwischen den Beinen mit Fingern und Zunge zu erkunden wie ein zweites Universum.

Die drei anderen Honorarfrauen rumoren hinter ihren Stellwänden und Ficuspflanzen und machen sich zurecht für die Mittagspause. In Ankas Augen sehen sie alle gleich aus, Wesen von jenseits der Glanzzone. Anka versteht nicht, wozu sie noch Lippenstift auflegen und an ihren Blüschen zupfen. Die Wesen fragen Anka nicht, ob sie auch mitkomme in die Kantine. Anka nimmt es ihnen nicht übel, das wär, als wollten sich drei Schnitten Graubrot mit Licht bestreichen. Anka ist ganz zufrieden damit, dass man sie zurücklässt. Sie darf ja ohnehin nichts essen. Enderle sieht bleich aus, käsig. Anka möchte ihn nicht anfassen. Ob er gerne etwas trinken würde, fragt Anka. Sie muss es zweimal sagen. Dann schrickt er hoch und sagt: «Ja, gern, danke schön, ein Wasser, das wäre sehr freundlich.» Er ist ein wohlerzogener Mensch, und sein Anzug sieht teuer aus. Beim Reden singt er. Wahrscheinlich kommt er aus der Innerschweiz wie Claudio. Als sie ihm das Wasser hinstellt, zieht er eine Packung Tabletten aus der Brusttasche des weiß-blau gestreiften Hemds und knistert drei Stück heraus. «Sind Sie die Lehrtochter?» Den Ausdruck braucht heute niemand mehr. Es waren mal eine Lehrtochter und eine Königstochter. Die eine war brav und fleißig, die andere schön und böse. Ich bin die andere, denkt Anka und spuckt diskret in den Becher. Und ich habe zwei Prinzen.

«Kommen Sie aus der Innerschweiz?», fragt Anka. Aber Enderle spricht nicht mehr mit ihr, sondern scheint jemand anderem etwas zu sagen, weit weg irgendwo.

Sehr geehrter Herr Junker, leider wurde Ihnen aufgrund eines Software-Fehlers zu wenig Honorar ausbezahlt: für den Monat April Fr. 104.30 und für den Monat Mai Fr. 6.75.

Falsch. Es sind nur Fr. 6.35. Beim Drücken der Delete-Taste sieht Anka, dass am Ringfinger der Nagellack abgesplittert ist. Das macht sich nicht gut heute beim Arzt. Mutter sagt, abgesplitterter Lack und abgetretene Absätze wirken sofort ungepflegt, da kannst du dich noch so schön zurechtgemacht haben. Anka weiß nicht, wo sie auf der Liege im Behandlungszimmer die Hände hinzulegen hat. Plötzlich hat sie Angst, ich bin so allein, denkt sie. Sie würde sich sogar von Enderle tröstend umarmen und festhalten lassen. Der ist aufgestanden und wischt sich wieder den Schweiß weg. «Der Störfaktor ist entfernt», sagt er. Er werde den Software-Lieferanten für die Umtriebe belangen. «Dann machen Sie mal fröhlich weiter.» Enderle streckt ihr die Hand entgegen. Sie ist kühl, fast kalt. Sonderbar, denkt Anka, wo er doch so schwitzt. Seltsamer Mann. Noch eine halbe Stunde, dann geht sie. Sie lässt im Becher ihre Spucke schwappen. So viel in so kurzer Zeit. Als Kind hätte sie die Spucke vielleicht tiefgefroren und dann ihren Bruder raten lassen, was das ist. Wann war sie ein Kind? Vor sieben Jahren, mit neuneinhalb, da hat sie aus ihrem Etagenbett Hütten und Schlösser und Iglus und Schiffe gebaut, hat Vampire darin eingesperrt oder mit dem Bruder und dem Meerschwein Wirbelstürme und Lawinen und Geisterattacken überlebt. Vor sieben Jahren wusste sie noch gar nichts von der Witwe Gerlind, von ausgebliebenen Monatsblutungen, Altersvorsorgebeiträgen und Krümeln zwischen den Computertasten. Sie lebt jetzt auf einem anderen Planeten. Manchmal blickt sie verwundert zurück auf die runde blaue Kinderwelt.

Das wird sie mal sein: Kauffrau für Kommunikation. Sie hat ein Flair für Zahlen, sagte der Lehrer. Sie hat die nötige Neugier, sagte der Berufsberater. Ihr stehen damit alle Wege offen, sagte Mutter. Kauffrau also. Anka mag das Wort nicht besonders. Eine Kauffrau ist eine Frau, die kauft. Oder eine Frau, die gekauft wird. Klingt beides nicht sonderlich sympathisch. Eine Traumfrau, das möchte sie sein. Davon abgesehen weiß sie nicht, was sie werden will. Was sie macht, macht sie, weil man es ihr gesagt hat. Außer das heute Nachmittag. Das hat sie allein und niemand sonst beschlossen.

Claudios Leute sind katholisch, und soviel sie weiß, machen Katholiken so was nicht. Trotzdem, wenn alles gutgegangen und vorbei ist, könnte sie es Claudio vielleicht sagen, wenn da nicht Jürgen wäre. Das ist das Furchtbarste am Ganzen, dass sie nicht weiß, wo das furchtbare Ding in ihrem Bauch überhaupt herkommt. Jürgen, nein, dem könnte sie das nie erzählen.

Wie hat Enderle vorhin gesagt?

«Der Störfaktor ist entfernt.»

«Dann machen Sie mal fröhlich weiter.»

Sie legt die Entschuldigungsbriefe auf Gerlinds Tisch, fünfzehn hat sie geschafft. Zwölf sind noch zu schreiben. Morgen. Falls Sie etwas Milchfluss haben, verwenden Sie einen besonders festen BH, oder binden Sie die Brüste mit einem Tuch. Ach, wie wird das nur werden. Wer tut ihr das alles an. Das kann doch nicht einfach ihre Schuld sein. Herr Jesus im Himmel, warum habt ihr für die Frauen nichts Besseres erfunden.

Postino ist wieder da. «Frau Katharina Hirsbrunner», sagt er. «Nochmals Post für die Honoratioren der Honorarabteilung.»

Anka versucht, freundlich den Mund zu verziehen. «Ach», sagt Postino, und er macht ein Gesicht, das etwa besagt: Sie sehen gar nicht gut aus. Kann ich Ihnen helfen? Nein, ich weiß schon, ich kann nicht. Ach, Annakatharina Hirsbrunner. Dass die Welt furchtbar ist, weiß ich auch.

Die drei anderen Honorarfrauen sind noch nicht zurück. Anka beschließt, sich einfach mit einem Zettel zu verabschieden. Bin beim Arzt. Nein, das geht die nichts an. Bin am Verbluten. Könnte ja sein. Bin gegangen. Das sehen die auch so. Bin für heute Nachmittag abgemeldet. Ja, das klingt richtig. Sie schreibt es in großen schönen Buchstaben und legt den Zettel auf ihren Tisch. Schließt die Riemchen ihrer Sandaletten, nimmt ihre Strohtasche, geht. Fast hat sie vergessen, dass draußen Sommer ist, so richtig warmes heiteres Schmetterlingswetter. Im Tram schleckt ein kleiner Hund an ihrem nackten Bein. Anka lacht, der Hundemann lacht zurück. Vier Stationen hat sie zu fahren. Bei jeder möchte sie aussteigen, nur nicht bei der vierten. Sie öffnet die Strohtasche und riecht am grünen Seidentuch, Claudio hat ihr das Tuch und Jürgen hat ihr den Duft geschenkt: Eau Parfumée Verveine. Als das Tram über die Seebrücke fährt, sieht sie einen jungen Mann vom Geländer springen, sie stellt sich vor, wie er in die kühle grüne Tiefe taucht und wieder zum Licht aufsteigt und dann die Freunde klatschen sieht.

In den nächsten drei Wochen können Sie duschen, aber nehmen Sie kein Vollbad.

Sie hat Jürgen einmal ihren Eltern vorgeführt, und Mutter tat so herzlich, dass es Anka fast peinlich war. Anka kennt von Jürgens Eltern nur die Wohnung, die Dachterrasse, die Hausbar. Jürgen hat ihr noch nie gesagt, sie könnten mal zusammen in die Ferien fahren, so wie Claudio das vorgeschlagen hat: Mit der Fickkiste ans Meer. Jürgen hat ausgerechnet, dass er wahrscheinlich ein Auslandssemester in Cambridge macht, wenn Anka ihre Lehre abschließt. Er hat nicht gesagt, sie könnte ihn in Cambridge besuchen.

«Sie haben nichts gegessen, Frau Hirsbrunner, nicht wahr», sagt die Arztgehilfin. Anka schüttelt den Kopf, und ihr fällt ein, dass sie den Becher voll Spucke auf dem Schreibtisch hat stehen lassen. «Dann dürfen Sie jetzt noch Wasser lassen», sagt die Arztgehilfin. Das war auch eine Option bei der Lehrstellensuche – Medizinische Praxisassistentin. Der Berufsberater hatte Anka die Informationsblätter mitgegeben. Unter Anforderungen stand da: Verschwiegenheit. Mutter machte ein Ausrufezeichen daneben. Anka verlässt sich darauf, dass niemand erfahren wird, was sie hier und heute macht. Sie lässt ihr Wasser laufen und bleibt eine Weile sitzen. Dann nimmt sie ihr Handy aus der Strohtasche und schaltet es aus.

fertig *yours*, gottodersonstwemseidank
wieder bei nsz ~ sein text sei zu
dünn, hat zibung zu jakob gesagt ~
in der sitzung ~ vor allen ~ schadenfreude ~ jakob ist rot geworden
~ er muss nochmals dran: goldküstengemeinden stoppen hilfsgelder ~
das reicht mir nicht, die paar passan-
tenstimmen, hat zibung gesagt, ich
will gemeindepräsidenten, hat zibung
gesagt, nicht bloß geplänkel, wir sind
die nsz, kein gratisblatt, also noch mal,
jakob ~ ein schuss schadenfreude ist
so gut wie orgasmus ~ könnte mich
interviewen, der jakob, bin goldküs-
tenkind, hab immer gespendet für negerlein, vom taschengeld ~ lern ein-
teilen, kind, hat's geheißen ~ könnte
jetzt alles verputzen, den ganzen
volontärslohn ~ könnte gucci-tasche
kaufen und dann hungern ~ will nie
dick werden ~ dick sei ordinär, hat
quindici maggio gesagt

12

Was für ein Flöten. Kruzi.
Sakra. Die saufende Kiste.
Der klopfende Finger

ERNA GALLI, VERTRÄGERIN

Heute ist sie von alleine wach geworden, kurz vor halb vier, sie zieht das Handy aus dem Fellpantoffel, wo es gleich gedämpft klingeln würde. Max soll nicht wach werden. Um vier Uhr muss sie im Depot sein, Kaffee liegt nicht drin, ein Brot hat sie sich gestern zurechtgemacht. Anziehen geht schnell jetzt im Sommer, aber der Winter macht ihr Angst, klamme Finger und Eis auf der Straße und ein Auto, das nicht anspringt. Das tut bereits jetzt, was es will. Seit neun Wochen erst ist sie Verträgerin, und schon erwacht sie von alleine um halb vier, brave Erna, gewöhnt sich stets gleich an alles. Der Finger, der tut allerdings immer noch weh, sie hat ihn gestern Abend nochmals dick eingebunden, und jetzt zieht sie einen Skihandschuh drüber. Max hat sie angeschrien, als sie sich geschnitten hat, kannst du nicht aufpassen, Fuchtel, damische, hat er gesagt. Sie hätte am liebsten geweint, aber diese Freude hat sie Max nicht machen wollen. Sie hat nicht gewusst, dass Max die Messer geschliffen hat, sie weiß ja ohnehin nicht, was er die ganze Zeit macht, wenn er zu Hause sitzt.

Es ist noch dunkel draußen und kühl. Das Auto springt gleich an, das ist wie ein Geschenk. Der Renault ist jetzt sechzehn Jahre gefahren, schade, dass er kein Radio hat, Musik wäre schön zum Wachwerden. Aber die Stille ist eigentlich auch schön. Erna öffnet das Fenster und lauscht. Ein Moped, dann nichts, das Wasserrauschen vom Wehr, dann nichts, zwei Angetrunkene auf dem Heimweg, dann nichts. Der Eingang beim Depot ist hell erleuchtet, Erna hält an und lädt die zweihundertfünfzig Exemplare NSZ auf den Hintersitz. «Motor abstellen», schreit jemand. «Jaja», sagt Erna. Motorabstellen kann sie sich nicht leisten. Wenn er nicht gleich wieder anspringt, verliert sie zu viel Zeit. Sie beeilt sich mit Einladen und versucht, so gut wie möglich zu verbergen, dass sie hinkt. Geht niemanden was an. Max hat sie die Treppe runtergestoßen. Manchmal übertreibt er es mit der Sauferei. Kann sie ja verstehen. Seit fünfzehn Monaten keine Arbeit mehr, und vorher einen beschissenen Job nach dem anderen. Seit sie Max kennt, ist er nie gern zur Arbeit gegangen, das macht einen schon fertig, so was. Warum man Max nirgendwo behalten wollte, das weiß sie inzwischen, sie hat es ihm auch gesagt. «Max», hat sie gesagt, «die Leute wollen nicht hören, was du denkst. Halt einfach mal still.» Aber Max findet, dass ihm niemand was zu sagen hat, auch Erna nicht. Trotzdem hat sie es ihm wieder gesagt. «Du bist zu laut, Max, die mögen es nicht, wenn du dauernd das Maul aufmachst, verstehst du.»

Sie fährt durch die leere Stadt ins Eigerquartier. Die Ampeln sind noch nicht an. Sie hat bis halb sieben Zeit, die Zeitungen abzuliefern. Wenn sie das nicht schafft, kann es Reklamationen an die Firma geben, und damit weniger Bonuspunkte für Erna, nur noch den nackten Lohn. Für übernächste Woche ist ein Streik geplant, vor der NSZ und anschließend vor der NZZ, mit Megafon der Gewerkschaft und alles. Erna weiß noch nicht, ob sie teilnehmen soll, sie will den Job auf keinen Fall verlieren. Mit drei Stunden in der Kantinenküche über Mittag und den drei Stunden Putzdienst am Nachmittag reicht das Geld für sie und Max fürs Allernötigste. Und sie wird die Müdigkeit einfach nicht los, zieht sie nach wie eine Schleppe. Das Beste am Tag ist diese Fahrt durch die Leere, durch die Stille, durch zehn Minuten Morgen, die allein ihr gehören. Nicht mal die Vögel sind an.

Im Depot hat Erna sieben Mitteilungen in ihr Routenheft übertragen. Es gibt zwei Neuabonnenten, vier Ferienmeldungen, jemand will die Zeitung nicht im Briefkasten, wo sie geklaut werde, sondern im Treppenhaus. Mit der Eigerstraße 4 fängt die Arbeit an, Sonderegger, Meyer, Blocher. Zum ersten Mal heute schaut sich Erna die NSZ-Titelseite an. Goldküstengemeinden stoppen Hilfsgelder, ein Bild mit Negerlein. Hauseigentümerverband wehrt sich, ein Bild mit Bonze. Erna beißt die Zähne zusammen, der Finger schmerzt stärker, als sie gedacht hat, fürs Öffnen des Briefkastens muss sie die andere Hand nehmen, die Zeitungen rutschen zu Boden. Jetzt die Amsel! Jetzt zwei! Fast tut's weh, was für ein Flöten. *Blackbird singing in the dead of night*. Max mag ihn nicht, den Song. Er mag Musik überhaupt nicht sonderlich. Wenn, dann Märsche. Erna, stell leiser. Kruzi. Sakra. Max schimpft immer noch österreichisch. Sein Schimpfen klingt fast nett.

Der Nachtvorhang wird aufgezogen, Licht erscheint über den Hügeln, Sonnenaufgang fünf Uhr dreißig. Krämer, Tanner, Sieber. Nein, Sieber eben nicht. Der ist in den Ferien. Dass einer mit so einem Haus überhaupt in die Ferien fährt. Erna redet sich ein, dass sie nicht neidisch ist. Nein, sie möchte nie ein Bonze sein, hat sie nie sein wollen. Bonzen sind krank im Kopf, haben alles verdrängt, was an ein schlechtes Gewissen erinnern könnte. Erna hat den Sieber nie gesehen, nur seine Einfahrt, seinen geharkten Kies, seine Garagentore, seine Buchsbaumkugeln, seine dunkelblauen Jalousien, seine schmiedeeiserne Pforte mit Durchblick auf einen samtgrünen Park.

Es sind mehrheitlich Einfamilienhäuser, die Erna zu beliefern hat, sie hält an, greift sich die Zeitung, öffnet die Tür, hinkt zum Briefkasten, der Motor läuft, Erna zieht die Tür wieder knallfrei zu, fährt ein paar Meter weiter. Vor der schicken Siedlung aus weißem Backstein kann sie den Motor nicht laufen lassen. Sie dreht den Schlüssel und fleht um späteres Wiederanspringen. Heiliger Autonius, bitt für uns. Einunddreißig NSZ sind hier zu verteilen, Erna zieht mit zwei Tragetaschen los und hofft, dass er heute nicht da ist. Aber kaum hat sie das erste Treppchen hinter sich, taucht er aus dem Gebüsch auf, ein Fuchs, ein hübscher Kerl, den Kopf leicht schräg, als frage er und horche er, ob sie ihm etwas zu sagen hat. Er macht ihr immer noch Angst, was ist, wenn er sie anfällt, wenn er sie beißt. Tollwut gibt's nicht mehr in diesen Gegenden, aber andere Scheußlichkeiten, Fuchsbandwürmer zum Beispiel, das hat Max ihr gesagt. «Jag ihn einfach weg. Sei ka Hosnprunzer.» Max hat gut reden, liegt im Bett, der schläft noch, wenn sie wiederkommt. Der Fuchs läuft ihr nach, sie sieht's, wenn sie über die Schulter späht, er wartet, wenn sie sich an den Briefkästen zu schaffen macht, setzt sich gar, den Kopf immer leicht schräg. Hier würde sie gerne wohnen, mit einem Stückchen Garten und einem hellgelben Sonnenschirm und einem Extrazimmer für Annette, vielleicht käme sie dann mal, mit ihrem Fränzli, sie hat das Fränzli noch nie gesehen, dabei ist es schon vierzehn Monate alt.

Erna merkt, dass sie stärker hinkt als gestern, jetzt tut's genau in der Hüfte weh, es sticht beim Gehen. Vielleicht kann sie rasch beim Arzt vorbei, heute gegen Abend, sich auch gleich den Finger richtig verbinden lassen, zwar hat sie bereits zwei Mahnungen von der Krankenkasse, aber davon wird der Arzt wohl nichts wissen. Der Fuchs folgt ihr treppauf, treppab durch die Siedlung, vielleicht hat er Hunger, vielleicht kriegt er was von den Menschen, die hier wohnen, die machen sich einen Spaß draus und füttern ihn und filmen ihn und mailen den Film an ihre schicken Freunde, schaut mal, was für ein hübsches Hündchen wir haben. Nein, eigentlich möchte sie doch nicht hier wohnen, sie passt nicht hierher, wo alles geschmackvoll sein muss, sogar das Gehäuse für die Abfalleimer ist mit Efeu begrünt, eigentlich mag sie Leute wie diese nicht, sie gehört nicht dazu, nicht mehr.

Unversehens kommt eine Frau um die Hausecke und rennt in Emma hinein, eine goldgelb gedresste Joggerin, schlank wie eine Wespe. Sie sagt «Oh, entschuldigen Sie vielmals», was klingt wie «Blöde Kuh, was stehst du mir im Weg». Erna starrt auf das makellose Gesicht unter dem goldgelben Stirnband, und statt richtig schön zu fluchen, sagt sie ihren Namen: Erna Galli von der NSZ. Blöder geht's nicht, denkt Emma, immer sag ich das Falsche. Hoffentlich wird der Fuchs die Gelbe in die Wade beißen.

Pro Autokilometer werden ihr fünfundsechzig Rappen gutgeschrieben, das ist auch nicht gerade fett, findet Max. Wo doch die alte Kiste so viel säuft. Max schaut sich gern seitenweise Autoangebote an und liest Erna die Schnäppchen vor, aber Erna kann nur den Kopf schütteln, woher sollen sie tausendsiebenhundert Franken nehmen, wenn nicht per Kredit wie früher schon. Schulden haben sie genug. Es ist nicht einfach mit Max, und Erna versteht im Nachhinein nicht mehr, warum sie ihn hat bei sich einziehen lassen, er war doch nur der lustige Österreicher aus dem Samariterkurs, und mehr hätte gar nicht draus werden sollen. Annette hat sie gleich gefragt, was willst du mit dem, ist dir Ernst mit dem? Aber Annette zog damals ja ohnehin aus, da war sie neunzehn und trat ihre erste Stelle als Coiffeuse an, in einem Kaff im Jura. Und jetzt hat Annette einen Jurassier und hat das Fränzli, und es scheint, dass ihr Erna samt Max egal ist. Ja, ein Lustiger war er, der Max, ist es immer noch, die Sprüche, die er beim Fernsehen macht, hört sie immer noch gern. Wenn nur der ganze Rest nicht wäre.

Die Dämmerung ist weg, taghell ist es jetzt, Erna könnte jetzt auf der Titelseite mühelos den ganzen Text lesen, aber dazu ist keine Zeit, und die Hilfsgelder gehen sie nichts an, sie bekommt eh nie welche. Die Amseln sind etwas weniger laut, dafür steigt ein fiebriger, flirriger Zwitschersound aus allem, was Laub und Zweige hat. Als Erna zurück zum Auto geht, dreht der Fuchs ab und verzieht sich. Vor dem bangen Versuch, das Auto wieder in Gang zu bringen, setzt sie sich mit geschlossenen Augen hinters Steuerrad und gönnt sich eine Pause. Inzwischen spürt sie im verletzten Finger ein Pochen. Plötzlich fällt ihr ein, dass nachts um zwei, als sie sich einen Schluck Wasser geholt hat, Max am Küchentisch gesessen und ihr Routenheft angeschaut hat. Kann nicht schlafen, hat er gesagt. Aber warum das Routenheft? Das hatte sie doch schon in die Tasche gesteckt, zusammen mit dem Käsebrot, bereit für den Aufbruch um halb vier. Erna ist aufgeregt, obwohl das Auto schon beim zweiten Versuch anspringt, hat sie Herzklopfen. Oder ist das der Finger, der klopft?

Erna hat beim NSZ-Auslieferdienst einen Vertrag unterschrieben, da drin gibt es eine Klausel mit dem Titel «Geheimhaltung», irgendwas von Personendaten und Abonnentenadressen steht da, Erna kann sich nicht mehr genau erinnern. Heißt das vielleicht, dass sie Max nicht sagen soll, wer die NSZ abonniert hat? Aber das ist Max doch egal, ihn kümmert's doch nicht, wer was liest.

Wenn alles so reibungslos weiterläuft, wird sie heute schon etwas früher fertig sein. Sie packt ihr Brot aus und isst es bei abgestelltem Motor und in schöner Ruhe, schaut sich die blühende Rosskastanie in einem ummauerten Garten an, hellrote Blütenkerzen zwischen hellgrünem Laub. Erna weiß nicht, wie alt Bäume werden, der hier sieht aus, als stünde er schon hundert Jahre da. Das Haus daneben ist wohl das, was man eine alte Villa nennt, hat sogar ein Türmchen. Nun tauchen ein paar erste Gestalten auf, laufen an Ernas Auto vorbei, merken nicht, dass drin jemand sitzt, sie beobachtet, sie beneidet, weil sie aus schönen Häusern kommen, zu einer angenehmen Arbeit eilen oder in eine angesehene Schule, aus der sie gut abgesichert in ein erfolgreiches Leben fliegen. He du, sagt sie lautlos zu einem sportlichen, wohl mit teurem Gel geduschten, weißhemdigen Mittvierziger mit heller Ledertasche, in einer halben Stunde werde ich durch mein graues Quartier kurven und für die Rostkarre einen Platz suchen und drei Treppen hochsteigen und ungeduscht ins ungemachte Bett kriechen, möglichst leise, damit nicht ein Mann namens Max Rüdels im Nebenbett erwacht und mir den Morgen vermiest. He du, sagt sie lautlos zu einer Mittzwanzigerin mit Sonnenbrille auf Glanzhaar, gebräunten Beinen und schnellen Sandalettenfüßen, ich weiß, dass du erschrecken würdest, wenn ich dir aus dem offenen Fenster die Hand mit dem verbundenen Finger und dem Käsebrot entgegenstrecken würde, keine Angst, ich tu's nicht, ich wünsch dir nicht mal was Böses.

Letzte Woche, als der NSZ-Mann ein Stück mitgefahren ist, hat es die ganze Zeit heftig geregnet, die Zeitungen waren feucht, das Auto sprang nicht an, und der Mann zog seine guten Schuhe aus und rannte barfuß zu den Briefkästen. Ein netter junger Mann, Volontär aus der Redaktion. Er hat den Auftrag, eine Serie über die NSZ-Verträger zu schreiben: «Unterwegs für uns». Als alle Zeitungen verteilt waren, haben sie in der Rostkarre gesessen, und Erna sollte ihm ihr Leben erzählen, und das ist ihr ganz leichtgefallen. Der junge Mann, Jakob und irgendwie, hatte das Aufnahmegerät auf den Knien. Wenn Erna innehielt und nachdachte, sagte dieser Jakob nichts, das Aufnahmegerät lief und nahm den Regen auf, Prasseln aufs Dach. Erna hörte ihre Ich-Sätze mit wachsender Befriedigung. Ich bin aufgewachsen, ich habe Bauzeichnerin gelernt, ich habe in Belgien gelebt, ich habe Landhockey gespielt, ich habe einen Mann verloren, ich habe eine Tochter bekommen.

Ich, ich, ich. Ich, Erna Galli.

Die Zeitungen, hat sie gesagt, trägt sie aus, weil das ein schöner Start ist in den Tag, diese frische Luft, wissen Sie, die Bewegung im Freien, die Begegnung mit netten Frühaufstehern, wissen Sie, im Sommer die vielen Vögel, im Winter alles so schön weiß, darauf freut sie sich. Und den zusätzlichen Verdienst spart sie fürs Enkelkind.

Ja, natürlich liest sie die NSZ, vor allem das Lokale und den Kulturteil, ohne Zeitung wär's kein richtiges Leben irgendwie. Der Jakob hat genickt. Er ist ein netter Mensch. Trotzdem braucht er nicht zu wissen, dass sie in der NSZ nur die Todesanzeigen und das Fernsehprogramm anschaut.

Zum Schluss haben sie ein Foto gemacht, unter dem Vordach eines schmucken Hauses, Erna sollte so tun, als stecke sie die Zeitung in den Briefkasten, «aber die lesen, soviel ich weiß, die NZZ», sagte sie, doch der Jakob fand, das mache nichts, und Erna sehe gut aus mit ihrem Wildwest-Regenhut.

Es ist mir egal, wenn Max das alles liest, denkt Erna, und Annette wird die Zeitung nicht zu Gesicht bekommen. Und außer diesen beiden weiß niemand viel über ihr Leben. Sie hätte noch allerlei mehr daherflunkern können.

Diesmal will und will das Auto nicht anspringen, jemand öffnet das Fenster neben dem Rosskastanienbaum und schaut vorwurfsvoll heraus. Die Zeit wird knapp, aber Erna schafft es auch heute. Um halb sieben rutscht die letzte Zeitung bei Paul und Rita Flückiger-Ambühl in den roten Kasten mit den weißen Kotspritzern von vermutlich Amseln.

Schon als Erna die Wohnungstür aufmacht, riecht sie den Kaffee. Max schläft also nicht mehr. Er sitzt im Wohnzimmer und telefoniert, Erna sieht seinen Hinterkopf, eine graue Kugel über der Sofalehne. Sie bleibt im Korridor stehen und hört zu. Nein, nichts scheint passiert zu sein mit Annette oder so. Was hat denn Max so früh schon zu besprechen. Sie merkt lange nicht, wer dran ist. Vor allem am anderen Ende des Telefons wird geredet, Max sagt «Ja» und «Klar» und «Wenn du meinst». Zweimal sagt er «Du kennst mich doch». Und einmal lacht er wiehernd. Erna steht und rührt sich nicht. Das Bein tut auch im Stehen weh. Als Max endlich sagt «Dann um neun im Steinbock», weiß sie, wer dran ist: Miklos. Miklos und diese Typen sind immer im Steinbock, hängen da herum, Arbeitslose wie Max. «Um halb zehn wird's dunkel», sagt Max noch, dann hängt er auf. Erna verzieht sich leise ins Schlafzimmer, legt sich aufs Bett, zieht ein Laken über den Kopf, steht noch einmal auf, holt ihre Tasche vom Stuhl, nimmt sie mit unters Laken. Sie weiß nicht, warum sie das tut, sie hat einfach ein ganz schlechtes Gefühl, in ihrem Leben stimmt nichts mehr. Wahrscheinlich kommt nicht mal mehr der gnädige Schlaf vorbei.

Als sie erwacht, blitzt die Sonne durch die Rollladenritzen, und von draußen riecht es nach Teer. Die sind dran, die aufgerissene Straße wieder zuzumachen. Max hat auch mal bei so einem Bautrupp gearbeitet. Ging aber nicht lange. Sind alles Idioten, hat er gesagt. Erna horcht, von Max ist nichts zu hören, wahrscheinlich ist er weg.

Die Stunde Schlaf hat gutgetan. Wenn sie sich beeilt, schafft sie es noch zum Arzt, bevor sie um elf in der Kantine anfängt.

Ein Zettel liegt auf dem Küchentisch. *Bin unterwegs.* Und der Autoschlüssel ist weg. Das reicht schon, dass Erna spürt, wie Hoffnung einfließt, das fühlt sich ähnlich gut an, wie wenn Kopfschmerz abfließt. Dass Max im Auto unterwegs ist, kann heißen, er ist auf Arbeitssuche. Erna schaut nach, ob die Sektflasche noch im Kleiderschrank ist, ja, sie liegt unter den Winterjacken. Erna hat sie schon lange gekauft. Wenn Max mal heimkommt und ihr mit der Hand durchs Haar streicht und Baunzerl sagt, weil's geklappt hat mit einem Job, dann wird sie die Flasche aus dem Schrank holen. Baunzerl ist laut Max ein kleines Gebäck, wie es schmeckt, weiß sie nicht.

Es hat nicht viel geholfen, zum Arzt zu gehen, freundlich war er nicht, er hat es eilig gehabt, weil das Wartezimmer voll war, sie muss noch mal hin, um das Bein zu röntgen. Als sie gesagt hat, sie sei die Treppe runtergestürzt, hat er sie etwas zu lange angeschaut und «Aha» gesagt. Immerhin ist ihr Finger jetzt frisch verbunden, mit einem festsitzenden Schutzgummi gegen Nässe.

Sie freut sich, als sie Tino sieht vor der Kantine, Postino nennen sie ihn hier, Tino freut sich auch, das sieht sie ihm an. Sie sind im selben Haus aufgewachsen, draußen in Schwamendingen, sie ist sechs Jahre älter als er, sie hat ihm Übungen vorgemacht an der Teppichstange und ihm die alten Comic-Hefte geschenkt. Er sieht immer noch jung aus mit seinem Brillchen und seinem Pferdeschwänzchen und dünn wie ein Kasper. Sie ist eine Matrone geworden, dick um die Hüften, schlaff am Hals, sie weiß es, sie hat es längst aufgegeben, sich schön zu machen. Tino sagt «Na ja», als sie fragt, wie das Leben so sei. Es wäre genau das, was sie sagen würde, wenn er sie fragte. «Hast du gewusst, dass es immer weniger Teppichstangen gibt?», sagt er.

Max hat gekocht, es gibt Teigwaren und zwei Beutel Béchamel-Sauce, die mag Max so gern, dass er sie wie Suppe isst. Er hat auch Bier gekauft und die leeren Flaschen weggebracht. Erna ist erschöpft, lässt sich auf den Küchenstuhl fallen, möchte keinen Finger mehr rühren. Das Fenster ist weit offen für den Sommerabend, eine Taube landet auf dem Sims, Max scheucht sie weg. «Die nächste fang ich», sagt er. «Miklos sagt, Tauben schmecken besser als Huhn.»

Er brauche das Auto heute Abend, sagt Max, er habe Miklos versprochen, ihm bei einem kleinen Transport zu helfen. Der Miklos zahle einen Fünfziger fürs Benzin. Erna ist ganz froh, dass sie ihre Ruh haben wird. «Vergiss beim Heimkommen nicht, mir einen Zettel zu schreiben, wo du die Karre geparkt hast.» Max trinkt stehend sein Bier aus. «Hast du gehört?», sagt Erna. «Ja», sagt Max, «einen Zettel.»

Sie liegt im Bett und wartet aufs Dunkelwerden. Die gepackte Tasche steht neben dem Nachttisch. Bein und Finger hat sie so platziert, dass sie nicht schmerzen. Wenn sie jetzt grad einschliefe, hätte sie sechseinhalb Stunden Schlaf, aber das klappt nie. Erst muss sie noch den ganzen Nachdenkmarathon über sich ergehen lassen. Um halb zehn wird's dunkel. Warum hat Max das zu Miklos gesagt?

text kürzen von ernährungsbera-
tungstante ~ pflaumen für stuhlgang,
bananen gegen stuhlgang, die besten
brotaufstriche für erste, zweite und
dritte zähne, eichelkaffee und fettfrei
schlemmen ~ hier im haus wird auch
abgespeckt ~ das tv-heft muss als
erstes weg ~ im dezember wär ich
dort eingeplant, wird nichts draus, mir
auch recht ~ wichtig sind ungesättigte
fettsäuren und das gründliche einspeicheln, auch von rohkost ~ freitag ist
großes fest, einweihung der neuen *nsz
am sonntag* ~ alle werden dort sein,
große versammlung der pappkartonfi-
guren ~ nichts aufregendes ~ doch,
vorhin im lift hab ich einen gesehen,
der so ausschaut, als wär er am leben
~ grauer leinenanzug, zerknittert,
dunkelblaues hemd, teure schuhe,
schmaler kopf und augen zum versinken ~ hat mir nachgeschaut ~ hab's
gemerkt

13

Fünfsternlaken.
Ein Tamarindenbaum.
Gutsein ist unbrauchbar

ALBERT LOUVILLE, VERWALTUNGSRAT

Mit so einem Schädel kann er nicht an der Sitzung teilnehmen. Der würde nach dem ersten Votum platzen, und sein Hirn würde über die Palisandertischplatte spritzen. Er muss sofort zwei Ponstan schlucken, vielleicht vergeht dann der Schmerz noch rechtzeitig. Er weiß nicht, was ihn geweckt hat, der unangenehme Traum oder der Schmerz. Während er sich aufsetzt, presst er die eine Hand an die Stirn, mit der andern sucht er zitternd das Handy. 2.13 Uhr. Einfach nicht an die Sitzung denken. Einfach nicht an die Sitzung denken. Einfach etwas anderes denken. An den Strand in der Maremma, die Pinien, den warmen Sand, vielleicht funktioniert das. Aber sobald seine Füße den Hotelteppich berühren, ist die Illusion von warmem Sand weg. Ausgerechnet heute wird der CEO dabei sein, zumindest in den ersten zwei Stunden. Er kann diesen Mann nicht ausstehen, ihm wird schlecht, wenn er nur an das verlogene Lächeln denkt. Es ist ihm schleierhaft, wie die anderen sieben ganz selbstverständlich mit diesem Menschen verhandeln können. Das Ponstan ist nicht in seiner Reisetasche, in seiner wunderbaren alten ledernen Reisetasche. Seine Mutter hat ihm damals, als er zwanzig war, die teuerste Tasche gekauft, die es überhaupt zu kaufen gab. Damit du noch an mich denkst, sagte sie lachend, wenn ich tot bin. Das tut er nun. Vielleicht sollte er den Kopf für den Rest der Nacht in die Tasche stecken.

Er findet das Ponstan im Badezimmer, stimmt, er hat schon gestern Abend eine Tablette genommen, bevor er noch ganz betrunken war. Obwohl das Badezimmerlicht recht freundlich ist, sieht er im Spiegel aus wie ein todkranker Fremdling. Du, sagt er und sieht, wie der Fremdling seinen freudlosen Mund bewegt, wie lange willst du das noch machen, das alles. Das, was du schon lange nicht mehr willst, weil es nicht zu dir passt, noch nie zu dir gepasst hat. Wie lange willst du dich noch zudröhnen, damit du es aushalten kannst, das alles, das ganze Theater. Er spuckt ein paar Mal ins schwarze Marmorbecken, drückt einen der schneeweißen, flauschigen Waschlappen in heißem Wasser aus, nimmt ihn mit ins Bett und legt ihn auf die Augen. Im Liegen wird ihm schlecht, das Zimmer schwankt, er muss sitzend schlafen heute Nacht. Er hat noch sechs Stunden.

Seine Mutter hat sich immer lustig gemacht über die Schweizer Verwandtschaft, über die braven Schweizis, die sich entsetzt haben, dass sie einen ostdeutschen Schreiner geheiratet hat. Der war ja nicht mal Ostdeutscher, weil er musste, sondern war seinerzeit extra aus dem Elsass nach Ostberlin gezogen. Auch als es der Schreiner mit ein paar Designerstühlen ins Museum schaffte, blieb er für die Schweizis zu unfein. Und jetzt sitzt er, Albert Louville, Sohn des unfeinen Schreiners, im Verwaltungsrat der NeoMedia AG, als ob es den bedauerlichen Heiratsausflug seiner Mutter nie gegeben hätte. Als die Anfrage kam, in der man Dr. phil. Albert Louville sehr höflich einen Verwaltungsratssitz im Familienunternehmen offerierte, lachte seine Mutter plötzlich nicht mehr über die Schweizis und sagte, mach das. Du hast schon längst ein Recht darauf. Und nun liegt er da, zwischen den seidenen Fünfsternlaken und spürt, wie der Schmerz, der aus der Stirn kommt, sich in Windeseile über sein ganzes Leben legt und sich an allen Lebensrändern festkrallt.

Um sechs Uhr wird er wieder wach, er hat wieder von dem übergroßen Schaf geträumt, es hat ihn an einen Zaun gedrückt, und er hat seinen schlechten Atem gespürt. Der Kopfschmerz hat sich zusammengezurrt, er sitzt jetzt wie ein Faschingshütchen über der linken Schläfe. Eine liebevolle Hand müsste das Hütchen wegreißen und sich auf seine heiße Kopfhaut legen, aber er hat es in seinen neunundvierzig Jahren nicht geschafft zu einer liebevollen Hand an seinem Kopf. Die Hände sind nicht geblieben, haben sich nach kurzem Streicheln wieder davongemacht. Warum hast du bloß keine Frau, du netter Mensch, hat seine Mutter gesagt. Etwas machst du falsch. Er macht nicht nur etwas falsch, das weiß er wohl, er macht alles falsch, sein Leben ist eine einzige Fehlleistung. Zwölfmal im Jahr reist er nach Zürich und zieht seine Show ab, mimt den kultivierten Ethnologen, Stifter und kunsthistorischen Leiter der deutschen Afrikagalerien. Und niemand hier in Zürich weiß, dass er für die Galerien schon lange keinen Finger mehr rührt, sondern alles seinen Stellvertreter machen lässt. Er tut nichts anderes mehr als Geld haben.

Das viele Geld seiner Mutter, das nach ihrem Tod zum Vorschein kam, sozusagen unter der Matratze ihres Sterbebetts lag, hat ihn nicht froh gemacht. Er war nie frohes Kind, er war nie froher Mann, er weiß nicht, was er tun muss, um froh zu werden. Vielleicht klappt's beim Sterben.

Wie nett sie sind, die Schweizis, seine Verwandten, wie freundlich sie ihn einladen, immer wieder, in ihren schönen Häusern soll er übernachten, wenn er zur monatlichen Sitzung in die Schweiz fährt. Aber er kriecht ins Hotelbett, deckt sich mit fünf Sternen zu, träumt vom Schaf mit dem schlechten Atem und erwacht mit der Angst, sich in der Sitzung falsch zu benehmen, nämlich die Wahrheit zu sagen. Dem Sohn des Schreiners hat man beigebracht, gut zu sein. Aber solches Gutsein ist was Unbrauchbares, ja Lächerliches heutzutage, der Schreiner würde sich wundern, er, der vom Elsass nach Ostdeutschland gewandert ist, weil er im Kopf ein Ideal hatte wie eine Hirnanhangdrüse.

Heute wird der CEO seine Strategie zur Personalbereinigung vorlegen, das hat er in seinem Briefing angekündigt. Neben den sogenannten natürlichen Abgängen wird mit nackten Kündigungen zu rechnen sein. Er will das *Zürcherland* und die TV-Beilage einstellen. Die anderen Produkte müssen ebenso eine

Mindestrentabilität garantieren. Die NeoMedia entschlacken und auf Vordermann bringen! Das ist der Wortlaut im Briefing für den Verwaltungsrat. Vordermann! Was für ein unsäglicher Ausdruck. Wer, bitte, soll das sein, dieser Vordermann. War Alexander der Große ein Vordermann? War Lorenzo de' Medici ein Vordermann? Ist der CEO Erich Breuer ein Vordermann?

Er hat damals bei der Wahl gegen Breuer gestimmt, nicht nur weil er den lächelnden Ehrgeizling nicht mochte, sondern weil er prinzipiell dagegen war, einen Hardliner zu mobilisieren. Die NeoMedia als kulturelles Unternehmen brauche eine Geistesgröße, keinen eisernen Besen, hat er damals in der Sitzung gesagt, auf die er sich gründlich und ohne Besäufnis vorbereitet hatte. Nun, man hat das Votum des netten deutschen Verwandten Louville höflich registriert und vom Tisch gewischt. Inzwischen hat sich das interne Kürzel *EB* für Erich Breuer längst als Kürzel für *Eiserner Besen* etabliert.

Es ist taghell draußen, er steht auf, wieder Hand auf der Stirn, zieht die schweren dunkelroten Vorhänge zu, macht sich im Bad noch einen heißen feuchten Lappen und vermeidet es, in den Spiegel zu sehen. Noch einmal zwei Stunden Schlaf und Vergessen. Und schon heute Abend ist er wieder zu Hause.

Zur Entspannung wickelt er einen seiner schönen Momente aus dem Erinnerungspapier, diesmal den Morgen in Ouagadougou am blauen Blechtisch, Wind, Staub, Hitze, ein Tamarindenbaum-Krüppel gibt etwas Schatten, vor ihm steht ein Glas Hibiskustee, der leuchtet rot wie eine Ampel. Stopp, hierbleiben, hierleben, durch die knisternde Plastiktüte hindurch die dreiköpfige Bateba-Figur spüren, die er dem alten Mann mit den ledrigen Fingern für zehn Dollar abgekauft hat. Von der Straße her der Lärm des Morgenmarkts, der Geruch nach Maisbrei und Hühnchen, der bleiche Hund unter dem Baum steht auf, dreht sich zweimal und legt sich genau gleich wieder hin, hierbleiben, hierleben. Die Bateba-Figur ist kaum größer als seine Hand, ist aus grauem Holz und abgewetzt und bannt die Geister. Der alte Mann mit den ledrigen Fingern hat es angedeutet. Albert Louville ist einundzwanzig und Ethnologiestudent und sieht am blauen Blechtisch plötzlich deutlich, was das Thema seiner Zukunft ist: die Kultur Westafrikas und ihre magischen Objekte.

Er hat es geschafft, noch mal einzuschlafen, und als der Handywecker losgeht, schwingt er sich pflichtbewusst aus dem Bett, das Faschingshütchen ist etwas verrutscht, von der Übelkeit ist nicht mehr viel da, er wird versuchen, sie heiß wegzuduschen. Vorsichtig zieht er die Vorhänge auf und blinzelt. Das Licht ist auszuhalten, Juni, grün-weiß gemustert. Er wählt das dunkelblaue Hemd zum grauen Leinenanzug. Möglichst wenig wird er sagen in der Sitzung, zurückhalten wird er sich, wird sich nachher bei Jecklin die neue CD von Brad Mehldau kaufen, wird sie auf der Heimfahrt im leise schnurrenden, ledrig duftenden alten Alfa laut laufen lassen, wird wieder frei sein für ganze vier Wochen und sich in seiner gut designten Höhle vergraben. Zum grauen Leinenanzug passt die sandfarbene Krawatte. Sie gibt einen weiteren schönen Moment her, den er aus dem Erinnerungspapier wickeln kann, aber dazu hat er nicht mehr Zeit, er muss frühstücken gehen, muss sich in die verlangte Ordnung bringen.

Nein, danke schön, kein Ei, auch gebratenen Speck möchte er nicht, nur viel schwarzen Kaffee, bitte, dazu Toast und Orangenmarmelade. Im Frühstücksraum ist es still wie in einer Morgenandacht, zu hören ist, wie die Dame am Nebentisch vorsichtig kaut und wie der Deckel eines Teekännchens zuklappt. Während er seinen Toast buttert, merkt er, wie er anfängt, dem CEO Dinge an den Kopf zu werfen, lauter Dinge, die er ihm nachher nicht sagen wird. Dann zupft er die Papierrondelle zwischen Tasse und Untertasse hervor und notiert, was er alles nicht sagen wird, er braucht die Vorder- und die Rückseite. Der aufmerksame Kellner legt ihm ein paar Blätter hoteleigenes Briefpapier auf den Tisch, und jetzt hört Herr Verwaltungsrat Albert Louville auf zu essen und listet wie im Fieber ein Stichwort nach dem anderen auf, in der schönen klaren

Schrift, die er sich als Student zugelegt und beibehalten hat. Der Frühstücksraum leert sich, nur er sitzt noch da und hält eine Rede vor der Orchidee auf dem Fensterbrett, er bewegt nur die Lippen, die Orchidee hört reglos zu, sie würde sich ducken, wenn sie könnte, es ist allerhand, was er ihr an den Kopf wirft. Breuer, NeoMedia-Boss, jetzt hör mir mal zu.

Es ist also beschlossen, er wird heute das Wort ergreifen, er wird so etwas wie eine Rede halten, und vor lauter Aufregung über seinen Entschluss wird ihm beinah wieder so schlecht wie in der Nacht. Zu Fuß geht er durch die sommerliche Stadt, durch Lindenblütengeruch, auch das ist etwas, was er aus einem Erinnerungspapier wickeln kann, wenn er dringend einen schönen Moment zum Zurückdenken braucht: entschwundene Examensangst / Lindenblüten / Marions kühle Finger an seinem warmen Hals. Fast läuft er in ein Fahrrad, tut einen erschreckten Sprung rückwärts, der Fahrer lacht und ruft guten Morgen. Beim Eingang zur NeoMedia ist großes Gezwitscher im Gange, der Spatzenschwarm steckt im Gebüsch, ist nicht zu sehen. Martaler, der Portier, kommt mit ausgestreckter Hand auf ihn zu. Martaler ist einer der wenigen, die er hier im Hause mit Namen kennt, über die anderen weiß er so wenig wie über die zwitschernden Spatzen. Als er das erste Mal herkam, führte ihn Martaler hinauf zum Sitzungsraum, es war noch niemand da, er war eine Stunde zu früh gekommen, Martaler brachte ihm Kaffee und ein paar Zeitungen und kam ins Erzählen, stehend unter der Tür, er war frisch von den Ferien zurück, die er mit seinem behinderten Sohn am Thunersee verbracht hatte, dort gab es ein Erholungsheim für Behinderte und Angehörige, der Sohn, Robert, fünfundzwanzig, wollte immer ins Wasser, aber unbeaufsichtigt ging das nicht, weil er sofort Beinkrämpfe bekam, und im Ruderboot war's auch gefährlich, weil der Sohn diese unkontrollierten Zuckungen hat und sich dann nicht festhalten kann, trotzdem, er würd's wieder machen, zwar war der Thunersee extrem kalt, aber der Spazierweg war schön, permanent dieser Blick auf die Berner Alpen, das war schon großartig und das

Essen voll in Ordnung, gut kaubar und all das. Und seine Frau, die sei dann mal eine Zeitlang entlastet, das ist nicht einfach mit dem Sohn, wissen Sie. Dann sagte Martaler, die Pflicht rufe, und schloss äußerst leise die Tür hinter sich zu, als wäre er, Louville, ein Behinderter, der nicht erschreckt werden darf.

Das war vor drei Jahren. Er nimmt Martalers ausgestreckte Hand, und im gleichen Moment fällt ihm ein, wie der Sohn heißt. «Wie geht's Robert», sagt er, und Martaler, fassungslos angesichts solch detaillierter Anteilnahme, sagt verlegen, Robert habe jetzt ein Tattoo auf der Schulter, einen Drachen, und es ist ihm anzusehen, dass er sich ärgert, weil ihm spontan nichts Wesentlicheres zu Robert einfällt. Ein dünner Mann mit Pferdeschwänzchen kommt ihnen entgegen und verlangsamt seinen Gang, als wolle er stehen bleiben, tut es aber erst, als Martaler ruft «Postino, komm». Der Mann schiebt die Brille zurecht. «Jetzt siehst du mal einen Verwaltungsrat», sagt Martaler und stellt ihn formvollendet als Tino Turrini vor. «Louville», entgegnet Louville und reicht Turrini die Hand. «Wie geht's Ihnen so in unserem Haus?» «Ich, äh, ich weiß nicht», sagt Turrini erschrocken. «Es heißt, äh, sie streichen Stellen. Zweihundert.» «Wer sagt so was?» «Der Bättig Kurt.»

Louville steht im Lift und spürt, wie mit dem Lift auch seine Wut steigt. Zweihundert Stellen, sagt der Bättig Kurt. Er hat vergessen zu fragen, wer der Bättig Kurt ist. Einer, der Angst in die Korridore streut. Er wird den Bättig Kurt in seine Rede einbauen.

Wieder ist er der Erste im Sitzungsraum. Die Fensterflügel sind weit geöffnet. Er tritt hinaus auf den schmalen Balkon. Wer von hier in die Tiefe springt, landet in einer Baumkrone. Die vorbeirauschende Limmat ist zu hören. Auf dem schmalen Streifen zwischen Haus und Fluss steht ein Bretterverschlag, aus dem gerade ein Mann herauskommt und sich bewegt, als wolle er nicht gesehen werden. Kein Lindengeruch hier oben. Schon wird es heiß, er muss hinein ins Kühle, ja keine Schweißflecken jetzt. «Albert! Wie schön!» Das ist Editha, Editha Preisig, seine leibhaftige Cousine, die sich neben ihn auf den Balkon stellt. «Chic, wie immer», sagt sie. «Danke gleichfalls», sagt er und meint, rot zu werden. Das Lügen hat schon angefangen. Editha sieht ziemlich unmöglich aus, zu dick für das glänzende lila Kostüm, zu faltig für die doppelte Perlenkette, zu alt für die künstliche Sonnenbräune. Und die weißblonde Föhnfrisur sieht aus wie eine Perücke. Irgendwie rührt es ihn, sie hätte haufenweise Geld, sich stylen zu lassen. «Hast du gut gefrühstückt», sagt sie, er nickt, aber da fällt ihm ein, dass er kaum was gegessen hat, weil er mit seiner Rede beschäftigt war. «Frühstück ist die Mahlzeit der Götter», sagt Editha, sie gibt dauernd Plattitüden von sich. Wahrscheinlich ist sie dumm, aber dafür kann sie nichts, sie ist einfach ein Erbstück, die Enkelin des seinerzeitigen Zeitungsgründers. Als er anfing, gab es diesen Balkon und die fünf Stockwerke darunter noch nicht, die Bäume waren klein, nur das Rauschen der Limmat war wohl schon so. «Kennst du einen Kurt Bättig?», fragt er. «Bättig?», sagt Editha. «Meinst du den vom Opernhaus, heißt der Kurt? Seine Frau hat neuerdings eine Galerie an der Storchengasse.»

Er würde sie gerne packen und übers Geländer werfen.

Der Verwaltungsrat ist nicht vollzählig am Tisch, zwei haben sich abgemeldet, der eine wegen eines Nierensteins, der andere wegen eines Scheidungstermins. Louville beneidet die beiden. Er schluckt noch an den vorhin ausgetauschten Freundlichkeiten, sie stoßen auf wie Fettgebackenes. Am Tischende sitzt protokollierend Generalsekretär Claudio Trepp, die personifizierte Verschwiegenheit. Als die Fenster geschlossen werden, scheint der Sitzungsraum wie eine Kapsel von den Niederungen abzuheben, die Leinwand leuchtet auf, und Erich Breuer legt los. Bei allen Produkten seien die Quartalszahlen schlechter als vermutet, wenn nicht katastrophal. «Jetzt muss herausgeschnitten werden, was faul ist», sagt Breuer, «sonst werden wir krank.» Sein Haar ist noch duschfeucht, er kommt mit dem Fahrrad zur Arbeit, das weiß man, sein Antrag auf Dusche mit Ankleideraum neben seinem Büro ist bewilligt worden, gleich als er antrat. Einer mit Härte und Selbstdisziplin, das war, was man brauchte. Sehr gerade sitzt er da, den Kopf aufrecht, wie wenn er einen Gipskragen umhätte, er wirkt größer als vorhin im Stehen. Er spricht – bestens vorbereitet, denkt Louville, das muss man ihm lassen – über neue Lesegewohnheiten und Lebensmodelle und Konsumkanäle und über neue Chancen, welche die NeoMedia geradezu konsequent verpasse. «Das *Zürcherland* gibt gar nichts mehr her», sagt er freundlich, «und die TV-Beilage ist nur noch hinausgeworfenes Geld. Siebzehn eingesparte Saläre, das ist doch schon mal ganz angenehm.» Rundum wird genickt, die Stunde der nickenden Glockenblümchen, denkt Louville, gleich hoppelt ein niedliches Häschen über den Tisch. «Aber», sagt Breuer so freundlich wie eben, «siebzehn Salärchen, das reicht nicht, Freunde.» Guter Dreh, denkt Louville, «Freunde» zu sagen, genau dann, wenn die Stimme schneidend wird. Sie hätten nun monatelang gerechnet, und es sei klar: um zweiundsiebzig Kündigungen komme man nicht herum, zweiundsiebzig nackte Kündigungen, wohlverstanden, Freunde, sogenannte natürliche Abgänge nicht eingerechnet, und zwar verteilt auf Druck, Vertrieb und Redaktion. Und für die NSZ sei die Schonzeit vorbei. «Ich möchte, dass Ihnen und euch das klar ist.»

Es kann nicht ruhiger geworden sein am Tisch, es war schon vorher ruhig. Vielleicht hat man aufgehört zu atmen. Nein, Verwaltungsrätin Editha macht ein Geräusch, so bläst man Kerzen aus.

«Es gibt in dieser Firma Angestellte, die dümpeln wie Müll auf der Oberfläche und bringen gar nichts. Ihre Abteilungen sind strukturell veraltet und müssen neu definiert werden. Etwa die Hauspost oder die Mobiliarverwaltung. Änderungen, wie wir sie dort vornehmen, gibt es in jedem modernen Betrieb. Etwas komplizierter verhält es sich im redaktionellen Bereich, besonders im Rahmen der *Neuen Schweizer Zeitung*. Was wir dazu beschließen, wird von der Öffentlichkeit wahrgenommen. Entsprechend fundiert muss unser Beschluss daherkommen.» Erich Breuer steht auf, auf der Leinwand erscheint ein Diagramm und eine Zahlenkolonne. «Nochmals, Freunde, ich möchte, dass Ihnen und euch das klar ist. Unsere Rendite muss beatmet werden.»

Louville weiß nicht, wer vom CEO geduzt wird und wer nicht. Üblicherweise übt der Verwaltungsrat in solchen Dingen Zurückhaltung. Es ist nicht mal so selbstverständlich, dass sich die Mitglieder gegenseitig duzen, aber es geht wohl nicht anders, wo doch fünf von den acht miteinander verwandt sind. Dass die in Lila verpackte Editha seine Cousine ist, daran muss sich Louville immer noch gewöhnen. Und dass er noch mit drei anderen am Tisch irgendwelche Vorfahren teilt, findet er nach wie vor seltsam. Er hat so gar nichts mit ihnen gemeinsam, nicht mal die Lust an Rendite. Es klopft, eine adrette junge Frau schiebt den Kaffeewagen herein, ob sie so eine ist, die auf der Oberfläche dümpelt? Der CEO erhält ein Glas dunklen Saft, «Granatapfel», sagt er. Kaffee trinke er nicht mehr, Kaffee sei falsche Energie. Sein Statement löst eine leichte Andacht aus. Der Mann schießt mit Granaten.

Louville hat beschlossen, die Fähre über den Bodensee zu nehmen, ist von der Autobahn ausgeschert, fährt über Land. Ich dümple auf grüner Oberfläche, denkt er, ich gehöre zu nichts und niemandem. Ein leichter Wind wirbelt durch eine blühende Hecke, Blütenblätter fliegen hoch. Louville fühlt sich so leicht wie der Wind, wie die Blätter, er könnte aus dem Auto steigen und abheben, himmelwärts. Die anderen sitzen jetzt beim Mittagessen, er hat sich abgemeldet. Sie würden sich gern über ihn die Mäuler zerreißen, aber das tun sie nicht, zerrissene Mäuler sehen nicht gut aus. Sie loben die delikate Vorspeise und den vom Vorsitzenden ausgewählten weißen Burgunder, sie loben Erich Breuers gründliche Arbeit und sein Plädoyer. Wer den Mut zur Veränderung aufbringt, hat er gesagt, der hat die Moral auf seiner Seite. Editha wird zur Serviette greifen und den Lippenstift vom Weinglas wischen und wird anstoßen auf irgendetwas.

Louville hat gesagt, was er sagen wollte. Herr Breuer, hat er gesagt, vergessen Sie nicht, dass die Zahlen, die Sie hier vorlegen, lebendige Menschen sind. Ich nehme an, Sie kennen Kurt Bättig? Ich kenne ihn nicht. Ich weiß nur, dass er auf der NSZ-Oberfläche dümpelt und wahrscheinlich hofft, dass er nicht als Müll deklariert wird. Was Sie als Personalbereinigung bezeichnen, Herr Breuer, ist eine Entsorgungsaktion. Das entspricht nicht der traditionellen Haltung unseres Hauses. Hier hat man nicht *ent*sorgt, nein, man hat *ge*sorgt, für das mentale und finanzielle Wohlergehen der Mitarbeitenden. Passen Sie auf mit Ihrem Besen, Herr Breuer, wischen sie nicht einfach weg, was nicht umgehend Rendite bringt. Dass Sie auch die NSZ von Ihren Säuberungsaktionen nicht ausnehmen wollen, ist besonders gefährlich. Ich habe eine Zeitlang in Burkina Faso gelebt, Herr Breuer. Die Stammesleute dort, die Wara von Niansogoni, haben ein Speisetabu. Sie jagen und essen den Büffel nicht, denn der Büffel hat ihr Land begehbar gemacht. Die NSZ ist unser Büffel, Herr Breuer.

Louville sagt noch einmal alles auf, was er vor dem Verwaltungsrat gesagt hat. Er weiß noch jeden Satz. Im Stehen hat er gesprochen, die Hände in den Taschen des Jacketts, damit nicht zu sehen war, wie sie zitterten. «Ich möchte, dass Ihnen und euch das klar ist», hat er zum Schluss gesagt. Das war die perfekte Ohrfeige auf die glattrasierte Wange von Erich Breuer.

Am Bodensee muss er eine halbe Stunde warten, dichter Dunst liegt über dem Wasser und macht aus dem See ein Meer. Noch immer fühlt sich Louville federleicht, er ist losgeworden, was er loswerden wollte. Er hat ein bisschen was für die Bättigs getan. Wer weiß, was nun aus ihnen wird.

Was aus ihm wird, auf der anderen Seite des Meers und des Lebens, das ist ihm eigentlich egal.

wenn's doch den fünfzehnten mai
nicht gäbe ~ wenn's doch der fünf-
unddreißigste wäre, wie bei kästner
~ das große ausweichmanöver hat bis
jetzt geklappt ~ ist jetzt vorbei ~
quindici maggio wird dort sein ~ was
soll ich ihm sagen ~ soll ich sagen,
dass ~ ist ja nicht sicher ~ nichts ist
sicher ~ werde mich schön machen ~
wird heiß sein ~ das weiße ärmello-
se ~ und das weiße garbo-hütchen ~
und den schwarzen lippenstift ~ nein,
den nicht ~ keine kette, keine reifen
~ nur haut ~ und ja kein besäufnis ~
wozu braucht's eine *nsz am Sonntag* ~
schon die nsz hat tuberkulose ~ hustet aus allen löchern ~ warum machen
die noch ein papierblatt mehr ~ weil
sie meinen, digital sei ein schimpfwort
~ digital banal anal ~ und die volontärin hält den mund ~ dabei bestimmt
der geist die materie und nicht die materie den geist, hat mal jemand irgendwo gesagt

14

Schau, wie's glänzt.
Törtchen und Zeitungspapier.
Der Hund ist ruhig

EIN FEST

Es war Josette Montis Idee gewesen, die leere Schiffswerft zu mieten. «Genialer Einfall», sagte der CEO, «wollen Sie nicht in die PR-Abteilung wechseln?» Nur das nicht, dachte Josette. Dort wäre ich unter der Dauerbeobachtung von Arno Caflisch, der würde hämisch grinsen, wenn ich mittags aus dem Haus ginge, um meinen Liebhaber zu treffen. Aber der CEO hat schon recht, um Ideen ist sie nicht verlegen. Als sich zeigte, dass der Freitag ein makelloser heißer Sommertag würde, hat sie vorgeschlagen, die ersten *NSZ am Sonntag*-Exemplare vom See her per Schiff anzuliefern. Auch diese Idee ist übernommen worden. Punkt sieben Uhr wird ein Ledischiff erwartet, die Band wird einen Tusch spielen.

Walter Enderle steht an der Bar und bestellt einen zweiten Weißen. Das Bier ist frei heute Abend, aber Wein und Schnäpse sind zu bezahlen. Enderle weiß, dass er einen Fehler macht. Er hat heute schon insgesamt drei Tabletten geschluckt, und das verträgt sich nicht mit Alkohol. Er nimmt das Glas nach draußen und sucht sich einen Platz am Wasser. Der Zürichsee glänzt so, dass man eine Sonnenbrille bräuchte. Seeaufwärts verschwinden die Hügel in glitzriger Gaze, diese Weite macht Enderle ein bisschen schwindlig. Er hat in Kinderjahren die grasgrünen Hängebäuche und die dunklen Steilrücken der Berge vor den Augen gehabt, ganz nah, aber dann ist er ausgebrochen aus dem ewigen Himmelwärts der Innerschweiz, hat sich befreit, hat lange geglaubt, sich befreit zu haben. Doch sie kommen wieder, die Geister von damals, sie hocken sich in seine Ohren, sie klammern sich an seine Schultern.

Walter, schau, wie's glänzt, geh endlich, lass dich sinken.
Lasst mich.

«Enderle, komm!», ruft jemand, «es gibt Ansprachen!» In der Werfthalle setzen sich die Gäste an die langen Tische. Enderle findet einen Platz neben Pfammatter vom Abo-Dienst. Zum Knabbern gibt's gesalzene Erdnüsse.

«Ist das ein Fest oder eine Sparübung?», brummt Pfammatter.

«Wenn das Schiff kommt, gibt's Würste», sagt Nadine Schoch, «und zwar keine schlechten.» Sie hat zusammen mit dem Kantinenchef Roland Kutter die Cateringfirma ausgesucht und hat auf Bio-Fleisch bestanden. «Sonst kratzen uns ein paar von der Redaktion die Augen aus.»

Wer an der Taufe der *NSZ am Sonntag* teilnehmen wollte, musste sich anmelden. «Wie im Militär», brummt Pfammatter, «und das wegen einer Wurst.»

«Gerade Sie würden bestimmt motzen, wenn wir zu wenig Würste hätten», lacht Nadine. «Wir kennen die Motzer. Und wenn's zu viele Würste gäbe, würden die von der Redaktion motzen, das sei Verschwendung – und in Afrika hungern sie.»

Enderle überlegt krampfhaft, was er Witziges dazu sagen könnte, aber da ertönt die Stimme aus dem Lautsprecher.

«Schönen guten Abend …»

Das ist der CEO. Pfammatter spürt einen Stich in der Region Zwerchfell.

«… liebe Mitarbeiterinnen und Mitarbeiter. Ich darf Sie zu diesem besonderen Anlass herzlich begrüßen.»

Darf er das? Ja, der Boss darf das. Er ist unser Hirte, und wir sind seine Schafe. Wir versammeln uns am Seeufer und sehen zu, wie er übers Wasser läuft. Pfammatter rülpst. Nadine gibt ihm einen Stoß mit dem Ellbogen. Die beiden Kinder, die hinter ihr stehen, lachen.

«Ihre?», fragt Pfammatter.

Nadine nickt, strahlt. Pfammatter ist neidisch, auf jede und jeden. Erst seit kurzem ist das so, seit der CEO ihn übergangen hat. Wie ein zweiter Schatten ist immer der Neid da. Pfammatter rülpst noch mal. Nadine klatscht. Der CEO ist fertig. Pfammatter klatscht nicht. Nadine schaut ihn fragend von der Seite an.

Nach dem CEO ist der NSZ-Chefredaktor dran, Erwin Zibung. Er nimmt ein paar Karten aus der Westentasche. Das gibt dann wohl eine längere Rede. Arno Caflisch zwängt sich auf die Bank zwischen Enderle und Nadine.

«Der hat was mit der Monti Josette», sagt Caflisch, «habt ihr das gewusst?»

«Wer ist Monti Josette?», fragt Pfammatter.

«Die am vordersten Tisch.»

«Die mit dem weißen Hütchen?»

«Nein, die im grünen Kleid.»

«Und wer sind Sie?»

«Arno Caflisch, PR. Ich wohne im gleichen Haus, in dem Zibung mit der Monti, äh, was hat.»

Nun starren alle zum vordersten Tisch. Pfammatter muss sich dazu umdrehen. Dabei verrutscht sein Hemd und gibt ein Stück Bauch frei. «Herr Pfammatter, Ihr Bauch», sagt Nadine. Pfammatter hört nichts. Er blickt mal auf den redenden Zibung, mal auf den aufrechten Rücken von Josette Monti im grünen, engen Kleid, auf ihren nackten Arm. Der Zibung hat's geschafft, denkt er. Einer mehr, der's geschafft hat. Nur ich drehe mich immer am Ort. Und je länger ich mich drehe, desto öder wird der Ort und desto tiefer das Loch. Halleluja, danket dem Herrn.

Der Zibung spricht gut, denkt Enderle, der hat überhaupt keine Ängste, so möchte ich auch sein.

«Der Zibung spricht gut», sagt Enderle und merkt an den Blicken der anderen, dass sie Zibungs Rede gar nicht gefolgt sind.

«Er sieht auch gut aus», sagt Nadine.

«Finden Sie?», sagt Caflisch.

«Wollen wir uns nicht duzen?», sagt Nadine, «ich bin Nadine.»

Gerade als sie die Biergläser heben zum Anstoßen, bekommt Zibung seinen Applaus. Pfammatter schaut wieder zu Josette Monti rüber. Sie ist zum Klatschen aufgestanden. Was für eine schöne Frau. Eine mit Busen.

«Walter», sagt Enderle.

«Heinz», sagt Pfammatter.

«Freut mich», sagt Caflisch.

«Freutmich ist ein seltener Vorname», sagt Nadine.

Fabian Rausch ist extra früh gekommen, hat versucht, am Tisch des Chefredaktors einen Platz zu finden. Das ist ihm nicht gelungen, aber immerhin sitzt er zwischen Luca Ladurner und Lilli Stutz, die sind beide von der NSZ, wenngleich Lilli lediglich Redaktionssekretärin ist. Aber wer weiß, vielleicht kann auch sie ihm demnächst nützlich sein. Er will in diese Redaktion rein, unbedingt, und zwar gleich im Herbst, wenn er mit der Broschüre endlich fertig ist.

«Ach, Sie sind das», sagt Ladurner, «der geheimnisvolle Verfasser von ‹Hundert Jahre NSZ›.»

«Hier duzt man sich», sagt Lilli, «prost.»

«Fabian», sagt Fabian und versteht nicht, warum die andern so verdutzte Gesichter machen.

«Es ist so», lacht Luca, «dass ich soeben einen Fabian bekommen habe.»

«Einen Fabian?», fragt Fabian. «Was ist das? Ein Journalistenpreis oder so was?»

«Das ist ein Kind», sagt Lilli. «Ist das nicht wunderbar?»

«Vier Kilogramm», sagt Luca. «Gestern früh.»

Ach, so ist das. Ein Kind. Alles will sie wissen, diese Lilli, alles über Nachgeburt und Milchfluss. Dazu macht sie ein richtig verklärtes Gesicht. Erst als der allgemeine Gesprächslärm abflaut, weil die nächste Rede angekündigt wird, hört Lilli mit ihrer Fragerei auf. Fabian atmet erleichtert auf. Der Chefredaktor der neuen *NSZ am Sonntag*, Georg Hirschmann, sieht lächerlich jung aus. Kann der das, was er sollte?

«Ich begrüße Sie zur Feier unseres neu erschienenen Kindes», sagt Georg Hirschmann.

Schon wieder Kind, denkt Fabian.

«Gleich werden Sie alle ein Exemplar in den Händen haben», sagt Hirschmann. «Sie werden sehen, es ist ein strammer Kerl.»

Von den Tischen kommt gerauntes Lachen. Luca sieht so aus, als möchte er gleich den Kopf auf den Tisch legen. Müder Vater, denkt Lilli. Hübscher Mensch, denkt Fabian. «Eine Missgeburt», sagt Luca, «ihr werdet sehen.» Sowohl Fabian wie Lilli zucken zusammen. Aber Luca hat nicht sein neues Kind gemeint, sondern die neue Zeitung. Er habe die Null-Nummer gesehen. Kein Konzept, keine Philosophie, keine Strategie, außer eine kommerzielle. Enttäuschend. «Ihr werdet sehen.» Jetzt wird geklatscht. Hirschmann scheint irgendetwas Vielversprechendes gesagt zu haben.

«Hier noch frei?», sagt Postino und setzt sich zu ihnen.

«Wo hast du die Post?», sagt Lilli.

«In den See geworfen», sagt Postino.

«Das ist brav», sagt Luca.

«Was weiß man von Hirschmann?», fragt Fabian.

«Er ist schwul», sagt Postino.

«Gar nicht wahr», sagt Lilli, «er hat eine Frau, und die Frau hat Geld, Bier-Dynastie.»

«Aber er sieht schwul aus», sagt Postino. «Bier hin oder her.»

Fabian möchte aufstehen und den Tisch wechseln. Aber er müsste umständlich die Beine unter dem Tisch hervorholen, eines ums andere über die Bank hieven, während entweder Lilli oder Luca zur Seite rutscht. Nein, er muss lernen, die Leute auszuhalten. Es sind Leute, mit denen er zu tun haben wird als Redaktor.

Der Applaus für Georg Hirschmann ist verhalten. Eine Frau betritt die Bühne.

«Wer ist das?», fragt Luca.
«Die Chefredaktorin der *NSZ am Samstag*», sagt Lilli.
«Echt?», sagt Fabian.
«Nein, erfunden.»
«Wirf sie in den See, Postino», sagt Luca.
«Die Frau ist vom Verwaltungsrat», sagt Lilli. «Editha Preisig.»
«Sieht aus wie ein Himbeertörtchen», sagt Fabian.
Postino lacht, Luca sagt: «Still, das Törtchen hält eine Rede.»
«Liebe NeoMedia-Familie», sagt Frau Preisig.
«Hilfe», sagt Luca.
Frau Preisig spricht ihren Dank aus, allen Mitgliedern der großen Familie, also allen Mitarbeiterinnen und Mitarbeitern aller Abteilungen und aller Produkte und aller Standorte, den Internen und Externen, den Jungen und Alten.
«Den Schönen und Hässlichen», sagt Postino.
«Den Gescheiten und Dummen», sagt Lilli.
«Den Lebendigen und Toten», sagt Luca.
Das Törtchen lächelt. Die Musik spielt den lang erwarteten Tusch, das heißt, das Schiff mit den druckfrischen Exemplaren ist in Sicht. Alle drängen ins Freie, auf die große Wiese.

Er hätte lieber nicht teilgenommen an dieser Zeitungstaufe, aber im Büro haben sie gesagt: Hans Stemmler, kneif nicht. Also ist er heute Abend da, damit er nicht auffällt als einer, dem es schlecht geht. Nur das nicht. Er hat wieder angerufen bei Wanners, Luna liegt noch immer im Koma, sagt Vater Wanner, die Mutter geht nicht ans Telefon. Stemmler kann zusehen, wie seine Schuld wächst, so wie er im Garten seinen Zucchini zusieht, sie sind abends sichtbar größer. Dabei ist seine Schuld noch gar nicht offiziell deklariert. Luna ist ihm ins Auto gelaufen, ist dem Ballon hinterhergerannt, und ob sein Tempo zu hoch war, ist noch nicht geklärt.
Er steht am Ufer und hört, wie drinnen applaudiert wird, mal mehr, mal weniger. Ein Mann steigt über den Zaun und biegt dann die Drähte auseinander, damit auch der Hund Ein-

lass findet. Der Mann ist Lutz, er kommt direkt auf Stemmler zu. «Was machst du denn hier?», will Stemmler sagen, aber dann kann er's noch umwandeln in «Hallo, wie geht's?»

«Bin oft hier mit dem Hund», sagt Lutz, «und da hab ich dich von weitem gesehen.»

Seltsam, denkt Stemmler, er antwortet auf das, was ich fast gesagt hätte. «Immer noch keine Arbeit?»

Lutz schüttelt den Kopf. «Aber einen Hund.»

«Nettes Tier.»

«Monster.»

«Sieht nicht so aus.»

«Nein, heißt nur so.»

Von drinnen ist wieder Applaus zu hören, dann Musik. Die Leute strömen heraus.

«Was wird denn hier gefeiert?»

«Die Taufe der *NSZ am Sonntag*.» Stemmler zeigt hinaus auf den See. «Siehst du das Ledischiff? Das bringt die ersten Exemplare. Nachher gibt's Würste.»

«Da komm ich ja gerade recht.»

«Vielleicht nimmst du dein Monster besser an die Leine.»

«Das haben wir nicht. Wir leben ohne Leine, ich und Monster.»

Postino kommt dazu. Sagt «Lutz, auch da?», und dann winkt er einer Frau, die einen leicht verzweifelten Suchblick hat, weil sie niemanden kennt. «Erna, komm her!» Erna Galli, die Verträgerin, hat sich schön gemacht, trägt ein Sommerkleid, geblümt, und weiße Sandaletten. Postino stellt sie den andern vor: «Erna, mein Sandkastenschatz.» Gott, ist sie alt geworden, denkt Postino und blickt verwundert auf die weißen, schlaffen Oberarme, die wie zwei Teigrollen neben dem Blumenkleid baumeln. So alt bin ich auch etwa, denkt er, oder fünf, sechs Jährchen jünger. Was haben wir aus unseren Jahren gemacht, Erna? Nicht das, was wir mal dachten.

Das Schiff ist jetzt so nahe, dass man den weiß-blauen Schriftzug auf der Flagge lesen kann: *NSZ am Sonntag*. Die

Gäste stehen auf der Ufermauer und klatschen. Erna sieht, wie eine elegante junge Frau auf den Schiffssteg tritt und eine Flasche schwenkt. Sie erkennt die Frau wieder, es ist die Joggerin, die kürzlich in sie hineingerannt ist. Ziemlich schroff war die, hat ihr zwar geholfen, die Zeitungen aufzuheben, hat sich aber nicht vorgestellt, so wie Erna das gemacht hat. Und siehe da, sie arbeitet auch für die NSZ und steht nun wie ein schimmerndes Galionsweib auf dem Steg. «Wer ist das?», fragt Erna.

«Josette Monti», sagt Postino. «Soll Zibungs Geliebte sein.»

«Nähm ich auch», sagt Lutz.

Stemmler riecht, dass Lutz eine Dusche bräuchte. Wahrscheinlich hat er nicht nur keine Arbeit, sondern auch keine Bleibe. Aber er kann ihm jetzt kein Zimmer offerieren, in seinem Haus ist Todeskälte, auch wenn es rundum im Sommergarten aufs Herrlichste wuchert, Kosmeen und Wicken sind schön wie nie, doch er wird sich wohl nie mehr richtig dran freuen können.

Anka Hirsbrunner steht neben Gerlind, ihrer Chefin. Der Zufall hat sie dahin geschoben. Anka hat ihr eigentlich ausweichen wollen, sie weiß nicht, was sie zu jemandem mit verstorbenem Ehemann sagen soll. So, hatten Sie eine angenehme Beerdigung? Aber Gerlind schaut nicht aus wie eine verweinte Witwe. «Was für ein herrlicher Abend», sagt sie. Anka fragt sich, ob man so kurz nach einem Todesfall einen Abend herrlich finden darf. «Ein Schwumm jetzt, das wär's», sagt Gerlind, und Anka fällt ein, dass ihre Mutter ihr das Wort «Schwumm» aus einem Aufsatz gestrichen hat, «Schwumm» sei für deutsche Ohren zum Lachen. Mutter hat deutsche Ohren. Mutter hat Perlen in den deutschen Ohren. «Hast du ein Badekleid dabei?», fragt Gerlind. Anka schüttelt den Kopf. Sie sei etwas erkältet, sie warte besser noch mit Schwimmen. «Vernünftig», sagt Gerlind. Jetzt zerschlägt Josette Monti die Flasche am Schiffsrumpf, es gelingt ihr erst nach einigen Anläufen, erneut spielt die Musik den Tusch, die Stapel der frischen Zeitungen werden an Land gebracht, und bald stehen die Gäste in Grüppchen auf der Wiese, blätternd und lesend.

«Und, Herr Schacke, gefällt sie Ihnen?», fragt Josette Monti.
«Wen meinen Sie?», sagt Schacke.
«Ich meine die *NSZ am Sonntag*.»
«Ach so, die. Nun, Sie gefallen mir besser. Viel besser. Nur schon die Frontseite. In Ihnen möchte man blättern.»

Nadine Schoch geht von Gruppe zu Gruppe, auf der Suche nach kräftigen Männern, die mit anpacken, um Tische ins Freie zu tragen. Niemand mag sich in dieser Sommerabendstimmung hinein ins Werftgebäude setzen, also raus mit den Tischen und Bänken, die Wiese ist groß genug. Nadine sieht ihre beiden Jungs, sie sitzen auf einem Baum und schießen mit irgendwelchen kugeligen Blüten auf die Gäste. Sie muss gleich hingehen und ihnen das verbieten, aber da springen die beiden schon herunter und rennen einem jungen Hund nach, wer weiß, wem der gehört.

Nadine erhält viel Lob für die Würste, sie gibt es weiter an Roland Kutter, ihren Vorgesetzten, der höchstpersönlich in weißer Schürze das Buffet kontrolliert. Nadine blickt hinauf in eine Platane und gelobt: Heute in einem Jahr ist Roland weg, und ich bin Chefin. Hörst du, Baum, ich schwör's.

Die Würste finden mehr Gefallen als die *NSZ am Sonntag*, viel Zeitungspapier liegt bereits auf dem Rasen. Niemand liest, man redet. Wie friedlich das aussieht, denkt Lilli Stutz. Aber wenn es eine Kamera gäbe, die Emotionen festhielte, könnte man bestimmt die wildesten Gewitterbilder machen, mit Blitzen aus Neid, Groll, Eifersucht und Unbehagen, zickzack, grün und blau und schwefelgelb. «Ich höre, die Idee mit der Taufe stammt von Ihnen ...», sagt Zibungs blonde freundliche Frau anerkennend zu Josette Monti, und Lilli Stutz sieht, wie diese ein Lächeln montiert, es sieht aus, als mache sie es mit zwei Bügeln an den Ohren fest. Lilli schlendert über die Wiese, will noch lange nicht nach Hause gehen, denn zu Hause wartet Manuel und will über die Adoptionspapiere streiten. Er ist wieder mal in einer ablehnenden Phase, ganz schlimm, Lilli wünscht sich, die folgende Woche wär schon vorbei. «Lilli», ruft jemand, «komm, setz dich zu uns.» Und bevor sie sieht, wer gerufen hat, merkt sie, dass sich alle Köpfe nach ihr umdrehen, nein, nicht nach ihr, zum Wasser schaut man, dort läuft jemand in den See hinein. Es ist eine breitschultrige Gestalt in dunklen Kleidern, geht langsam vorwärts, schiebt das Wasser beiseite, wie eine Menschenmenge, die im Weg ist. Das sieht aus wie der Schluss eines Films, gleich kommt der Abspann: NeoMedia Productions.

«Enderle», rufen ein paar Leute und kommen ans Ufer gerannt. «Enderle, spinnst du?» Enderle dreht sich nicht um. Er ist schon so weit draußen, dass er so klein ausschaut wie ein schwarzer Schaukelschwan. «Walter!», schreit einer, das ist Pfammatter. «Walter! Mach keinen Blödsinn!» Jetzt reden alle durcheinander. Zu dumm, dass das Schiff schon weg ist. Er war in letzter Zeit komisch, der Enderle. Das hat jeder gemerkt. Der hat mit sich selber geredet. Konfus war der. Ruft die Polizei.

Jetzt rennt einer auf den Schiffssteg, strampelt sich aus den Kleidern, springt in der Unterhose ins Wasser und schwimmt auf Enderle zu. Auf dem Steg bellt ein Hund wie verrückt, wohl der Hund des Schwimmers.

«Wer schwimmt da?», fragt Pfammatter.

«Das ist Lutz», sagt Stemmler. «War mal im Hausdienst, vor Jahren.»

«Und der ist hier eingeladen?», fragt Josette Monti.

«Ist doch egal, verdammt», sagt Stemmler.

Und dann, plötzlich, ist Enderle verschwunden, versunken.

Der Schwimmer dreht um.

Der Hund ist ruhig.

Teil zwei

DEZEMBER

schnee, fällt, fällt, fällt ~ und angst
ist schnee von gestern ~ weit weg der
sommer, das fest, die letzte begegnung
mit quindici, die wie eine entlassung
war, wie ein dank für die geleisteten
dienste ~ sein «bleibt unter uns» war
eine frage ~ hab genickt ~ obwohl:
ayna hat's gewusst, ayna hab ich alles
gesagt, immer ~ aber ayna ist nicht
mehr da ~ ayna, freundin ~ wie er
aussehe, wollte sie immer wissen ~
mal abgesehen von den dicken ober-
schenkeln ~ kein thema mehr ~ jetzt
ist rara dran ~ radio-ralph ~ hat
schon angerufen wegen schnee, will
auf üetliberg, mit schlitten ~ ralph,
sage ich, ein zentimeter schnee und
darauf willst du schlitteln ~ wir können auch, sagt er, auf meinem weißen
teppich schlitteln ~ wenn ich hier
fertig bin, ist frühling ~ schön, dran
zu denken

15

Jetzt brennt's.
Adrienne gibt zu tun.
Stärbe, stürbe, sterben täte

RENÉ HERREN, NSZ RESSORT
OSTSCHWEIZ

Lass dir nicht alles gefallen, hat sein Vater gesagt, als René noch in der Primarschule war und später immer mal wieder. Aber René hat sich nicht daran gehalten. Erst hat er sich von seinen Lehrern alles gefallen lassen, dann von seiner Ehefrau. Nach fünf Jahren Feinterror ist er ihr davongelaufen, fertig, hat er gedacht, nie mehr lass ich mir etwas gefallen. Und jetzt ist es doch wieder passiert. Man hat ihn ins Ressort Ostschweiz versetzt. Und das war nichts anderes als ein Abschieben. Bislang hat er über die politischen Belange von Stadt und Region geschrieben, über Wahlkämpfe und Abstimmungen, Parteien und Intrigen. Er weiß, er hat das gut gemacht, war nie langweilig und doch genau. Und dann hieß es: Wir brauchen mehr Farbe in den Ostschweizer Beiträgen, Herr Herren. Sie sind dafür der Richtige, Herr Herren. Zum Glück haben wir Sie, Herr Herren. Ab sofort übergeben wir Ihnen die Ostschweizer Korrespondenz.

Also schreibt er jetzt über eine neue Kindergartenkultur in Waltalingen. Über Früh- und Spätobst aus dem Thurgau. Über eine abgebrannte Pfadfinderhütte in Romanshorn. Er ist weg von der Politik, er hat sich rauswerfen lassen, er hat es sich gefallen lassen. Er schreibt über die neue Dekoration des Straßenkreisels in Frauenfeld Ost und denkt: Für das habe ich ein Studium in Geschichte und Politikwissenschaften durchgestanden. Vater hat sich damals gefreut und ist gleich danach gestorben.

Lass dir nicht alles gefallen, hätte er gesagt, als der Chefredaktor die Versetzung vornahm. Vermutlich muss sich Vater nichts mehr gefallen lassen, drüben bei den Toten.

Und nun ist plötzlich Feuer im Dach. Es hat geschwelt seit dem Sommer, jetzt lodert es. Letzte Woche gab es in der Redaktionskonferenz zwei Traktanden, erst das neue Titelkonzept und danach das neue Sparprogramm. Die NSZ sei nun doch gezwungen, Stellen abzubauen, sagte der Chefredaktor, und zwar insgesamt vierunddreißig. Weitere vierundzwanzig Stellen würden in den übrigen Redaktionen sowie in Vertrieb und Druckerei eingespart. Nach dieser Ankündigung war es für etwa zwei Sekunden tödlich still, bevor die Empörung sich laut machte. Der Textchef sagte: Achtung, jetzt brennt's.

Er sitzt an seinem Arbeitsplatz im neuen Glashaus, es ist drinnen still und draußen still, Schneeflocken fallen dick und stetig und ohne zu tanzen vor den bodenhohen Fenstern. Das Licht ist leicht grünlich, die Luft leicht säuerlich. Ließen sich die Fenster öffnen, müsste er sie jetzt aufreißen und eine Mitteilung aus der Ostschweiz in die Welt hinausrufen. Alle mal herhören. Frau Kiefer in Mett-Oberschlatt züchtet Kaschmirziegen.

Seit vier Jahren ist er Präsident der Personalkommission. So richtig gebrannt in der Firma hat es bislang nicht. Im vergangenen Jahr hat er sich für ein besseres Spesenreglement und einen korrekten Teuerungsausgleich eingesetzt, wenn auch ohne Erfolg und ohne Echo. Doch niemand machte ihm Vorwürfe, und das Räuchlein seiner Enttäuschung verzog sich rasch. Aber jetzt ist er dran, jetzt brennt's, hat der Textchef gesagt.

Heute um fünf ist Peko-Sitzung. Er wird als Erstes eine Unterschriftensammlung vorschlagen. Aber vorher muss er noch das Mittagessen mit Adrienne würdig überstehen. Er hat heute Morgen genau überlegt, was er anziehen soll, Krawatte oder nicht, Winterstiefel oder nicht. Und auf dem Arbeitsweg ist er in diesen wilden Schneeregen geraten, jetzt sind die teuren

Halbschuhe durchweicht, der Pullikragen ist nass und ausgeleiert, die Hose feucht und vom Sitzen zerknittert. Und Adrienne wird wie immer schön und makellos das Lokal betreten. Dass sie so ein ungleiches Paar sind, scheint sie weniger zu stören als ihn. Sie macht ganz ultrakonservative Äußerungen und merkt nicht, dass er zusammenzuckt. Sie bestellt ganz selbstverständlich den teuren Wein, den er nie bestellen würde. Wenn sie Pizza von Hand essen muss, tut sie es lächelnd und mit restloser Vollendung. Dass sie ihm gefällt, obwohl sie so anders ist als er, ist ihm ein Rätsel.

Statt endlich den Artikel über den ungenügenden Winterdienst im Appenzellischen zu schreiben, entwirft er Schlagzeilen für die Unterschriftensammlung:

Lasst die NSZ nicht sterben.
Magere Lohnsumme, fette Gewinne?
Geht aus Einfalt die Vielfalt zugrunde?
Eine Zeitung von Menschen für Menschen.

Es fällt ihm nichts Überzeugendes ein, das Brainstorming heute in der Sitzung wird Besseres bringen. Er freut sich darauf, er mag die vier anderen Kommissionsmitglieder, Pius: dampfend, Diana: arglos, Albert: ernst, Joe: sarkastisch. Auf ganz verschlungenen Denkpfaden finden sie immer irgendwie zueinander. Der Schnee fällt jetzt so dicht, dass man nicht bis zu den anderen Dächern sieht. Er tastet seine mit zerknüllter NSZ ausgestopften Schuhe ab, sie sind noch genau gleich feucht.

Zuerst muss die Unterschriftensammlung raus, dann eine Demo geplant werden, und gleichzeitig müssen sie Einsprachen gegen die Kündigungen ausarbeiten und mit der Gewerkschaft schon mal prophylaktisch einen Sozialplan entwerfen. Wenn er das Adrienne erzählt, wird sie mit aufgerissenen Bernsteinaugen zuhören. Das Prinzip der Wirtschaftlichkeit, wird sie sagen, gilt eben auch in einem Medienbetrieb. Ich bin Ökonomin, wird sie sagen, ich sehe das alles mit etwas anderen Augen, und sie wird ihre wunderschönen langen Wimpern über ihre anderen Augen senken.

Die neue NSZ soll näher an den Leser ran, hat der Chefredaktor gesagt, einen prägnanteren Auftritt haben, nicht ausufern in Selbstgefälligkeit. Mit weniger Ressorts und weniger Leuten zurückfinden zu journalistischer Schlagkraft.

Ein Schwätzer, der Zibung, ein Verräter. Wenn man jemanden entlassen müsste, dann ihn.

«Bist du's?», sagt Adrienne am Telefon. «Du klingst so anders.» «Wie denn?» «Energisch, irgendwie.» Sie kann nicht kommen heute Mittag, sie fliegt kurzfristig nach Bukarest, ja, mit dem Chef, es gibt Probleme mit ausländischen Guthaben. Die Reservierung im Loire hat sie schon gecancelt, schade, sie hätten Austern heute. «Ach ja, die magst du ja gar nicht. Also dann, vergiss mich nicht.» Er nimmt sich nichts vor: Weder will er sie vergessen, noch will er sie nicht vergessen. Auf jeden Fall ist es jetzt egal, dass er zerknitterte Hosen hat.

Seit dem Sommer zirkulierten Gerüchte über eine Massenentlassung. Die Peko muss sich nichts vorwerfen, sie hat rasch gehandelt, hat die Basis informiert, hat der Geschäftsleitung Vorschläge übermittelt. Wie Kündigungen zu vermeiden seien. Wie sich die Anzahl Kündigungen senken ließe. Wie die Folgen von Kündigungen zu mildern wären. Inzwischen kann er das Wort «Kündigung» fast nicht mehr hören. Es ist so ein richtig unschönes Deutschwort. Dieses *gung!* ist wie ein Fausthieb. Bis jetzt hat alles nichts genützt, was sie sich in der Peko ausgedacht haben. Er ist plötzlich müde. Möchte sich unter den fallenden Schnee legen. Möchte sich alles gefallen lassen. Möchte ein Kind sein. Bald ist Weihnachten. Der Engel kommt und sagt, denn siehe, ich verkündige euch große Freude, kündige, kündige, kündige. Die Demo muss noch vor Weihnachten stattfinden, muss die christliche Stimmung nutzen, liebe deinen Nächsten wie dich selbst, stoß ihn nicht ins kalte Wasser, lass ihn nicht ertrinken im Meer der Hoffnungslosen. Advent, Advent, der Aufstand brennt. Die Peko muss Parolen liefern, besteht aus den fünf Weisen aus dem Morgenlande.

Adrienne hat recht, er hat Austern nicht gern. Vergiss mich nicht, hat sie gesagt. Was heißt das? Dass es zu Ende ist? Hat sie eine Kündigung ausgesprochen? Aber so einfach lässt er sich das nicht gefallen. Er wird sie am Flughafen zur Rede stellen. «Haust du ab, Adrienne?» Er googelt die Flüge nach Bukarest. Es gibt zwei Direktflüge, einer war frühmorgens, der andere ist um vier. Das heißt, er hat noch alle Zeit, um zum Flughafen zu fahren und sie vor der Passkontrolle abzufangen. Bei dem vielen Schnee werden die Flüge ohnehin verspätet starten. Warum eigentlich Bukarest? Werden da russische Gelder gewaschen? Ach, René, wird Adrienne sagen, was heißt denn schon waschen. Geld ist Geld, non olet, schon die alten Römer, du weißt doch. Ihren Chef hat er noch nie gesehen. Und Adrienne spricht auch fast nie über ihn. Sie ist so diskret wie ihr Make-up. Wahrscheinlich werden sie den Abend in Bukarest gemeinsam verbringen. Was soll Adrienne sonst allein abends in Bukarest. Vielleicht dinieren sie mit dem Problemkunden. Mit dem Vorsitzenden der Geldwaschanstalt.

«Was gibt's», sagt er zu Postino, der sich einen dicken Schal umgeschlungen hat. «Schnee und Schnodder», sagt Postino. «Die ganze NeoMedia niest.» Postino wird wohl einer der Ersten sein, der die Kündigung im Kasten hat. Eine Hauspost leistet sich heute niemand mehr.

Lauter unwichtiges Zeug, was ihm Postino auf den Tisch gelegt hat. Das Bodensee-Tourismus-Magazin. Der Herisauer Veranstaltungskalender. Museumsführer rund um den Säntis. Seine Arbeit ödet ihn an. So deutlich wie heute Morgen hat er sich das noch nie eingestanden. Eigentlich müsste er froh sein, wenn er entlassen würde. Aber das wird er nicht, den Präsidenten einer Personalkommission entlässt man nicht.

Nie ist das Appenzellerland schöner, als wenn der Schnee seine sanften Formen noch sanfter macht. Auf dem weißen Kleid wirken die Dörfer wie filigrane Broschen.

Ha, der Anfang ist gemacht.

Wenn er um zwei zum Flughafen fährt, ist er rechtzeitig zurück für die Peko-Sitzung um fünf. Die dauert bestimmt bis spätnachts. Was für ein Glück, dass zu Hause niemand auf ihn wartet. Was für ein Unglück. Wenn er nicht blindlings aus seiner Ehe davongelaufen wäre, wenn er noch eine Weile länger ausgehalten und gekämpft hätte, dann würde jetzt zu Hause vielleicht Moritz auf ihn warten, Moritz, sein Sohn, der damals gekräht und gestrampelt und die Windel vollgemacht hat und nicht wusste, dass der weinende Mann, der ihn zum letzten Mal auf die Arme nahm, sein Vater war. Moritz, jetzt dreizehn, säße zu Hause vor dem Fernseher und würde hallo rufen, hallo, im Backofen ist noch Lasagne. Und der Vater würde endlich die feuchten Socken ausziehen, würde ein sorgenvolles Gesicht überstreifen und sagen: «Immer noch auf? Hast du nicht morgen eine Geografieprüfung, und was schaust du da überhaupt?» Und er würde sich zu Moritz aufs Sofa setzen und seinen Arm um ihn legen.

Von der Redaktion weiß niemand, dass er einmal im Monat einen Sohn hat. Wann sieht er ihn wieder? Am zweiten Weihnachtstag. Denn siehe, ich verkündige dir große Freude, hier hast du das neueste iPhone.

Aber der Schnee im Appenzellerland verschönert nicht nur, er verärgert vor allem. Die Winterräumung ist hoffnungslos überfordert. Zu wenig Fahrzeuge, zu wenig Fahrleute. Eine Katastrophe, sagt Bauer Fehr vom Altbadhof, die Milch wird uns sauer, der Bub ist viel zu spät in der Schule, und der Doktor kommt nicht durch, die alte Frau in der Sennmatt wartet schon seit Tagen, die hustet wie ein Vorkriegsmotor.

Nicht schlecht. Nicht gerade wie von der Edelfeder. Aber nicht schlecht. Er mag die Edelfeder nicht, es ist ihm egal, dass sie seit Monaten in der Reha liegt, von ihm aus braucht sie nicht zurückzukommen, die NSZ wird auch ohne Edelfeder geschrieben. Der Edelfeder wird die Stelle wohl auf unbestimmte Zeit freigehalten. Einem Klaus Ivo Saner – kurz KIS – kündigt man nicht.

Einmal hat er KIS einen Text vorgelegt, an dem er lange gefeilt hatte und den er für rundum gelungen hielt. Es ging um die herbeigequälte Feststimmung auf dem Parteitag der Freisinnigen. «Kannst du mal reinschauen?», hatte er zu KIS gesagt. Der nahm den Text an sich und ließ dann nichts mehr von sich hören. Als es Zeit wurde, den Text abzugeben, ging er bei KIS vorbei und sagte: «Und?» «Okay», sagte KIS. «Bisschen viel Dekor, aber okay.» Und dann sagte er noch, er selber halte sich gern an das Akronym seines Kürzels: KIS – Keep It Simple.

Von da an hatte er genug von der Edelfeder und las ihre Texte nicht mehr.

Er könnte, er müsste Adrienne etwas zum Flughafen mitbringen, aber was. Süßes isst sie nicht, und wenn, dann strikt nur einen Mundvoll. Aber ein einziges Praliné kann er ihr nicht gut geben. Und nichts, was duftet. Sie erträgt nur Düfte, die sie selber ausgesucht hat. Eine weiße Rose würde ihr gefallen, aber die darf sie nicht mit ins Flugzeug nehmen, und überhaupt, was soll sie mit einer Rose in Bukarest. Ein Taschenbuch vielleicht, eins, das in ihrer Handtasche nicht aufträgt. So ein gelbes Reclam-Bändchen, Alfred Andersch, Erzählungen, damit kann er nichts falsch machen. Das heißt, er muss noch in die Buchhandlung vorher, und mit dem Appenzeller Text wird heute nichts mehr.

«Kommst du essen?», fragt Albert am Telefon, und dann niest er so gewaltig, dass der Hörer zu zittern scheint. «Nein, ich muss zum Flughafen.» «Arbeit?», fragt Albert und niest noch einmal.

Ja, Arbeit. Adrienne gibt zu tun.

Er ist zu früh im Flughafen. Er kauft sich Socken und zieht sie noch im Laden an, und die Verkäuferin lacht, als er die alten feuchten Dinger in den Abfalleimer wirft. Dann setzt er sich vor das Café mit Sicht auf die Passkontrolle, isst ein bleiches Schinkenkäsetoast und denkt sich aus, was er zu Adrienne sagen könnte. Kein Arrest in Bukarest! Happy Rest at Bukarest!

Hast du gewusst, dass es in Bukarest die meisten Weihnachtsmänner gibt? Steht im *Guinness-Buch der Rekorde*. Und die längste Wurst haben sie auch gemacht. Ach, Adrienne. Bringst du mir ein bisschen Kuttelsuppe mit?

Dann kommt sie. Nein, natürlich sieht sie ihn nicht. Wieso sollte sie zum Café hinüberschauen. Sie hat einen Mann an ihrer Seite, damit war zu rechnen. Das muss der Banker sein. Die beiden bleiben stehen, und der Mann drückt ihr etwas Langes in die Hand, ein Futteral oder so etwas. Er streicht ihr Haare aus der Stirn. Damit war nicht zu rechnen. Dann dreht er um und geht zurück. Doch nicht der Banker?

«Adrienne!» Niemand lächelt schöner als Adrienne.

Sie küsst ihn links, rechts, links, und er klaubt das Reclam-Bändchen aus der Manteltasche. «Wie süß von dir.» Niemand sagt «süß» süßer als Adrienne. Was hat sie denn hier in diesem Futteral? Ein Gewehr? Nein, das ist das Fagott des Chefs. Nimmt er immer mit. Kennt überall Musiker. Er spielt auch mit dem CEO der NeoMedia. Der spielt Kontrabass. «Hast du das gewusst?» Nein, das hat er nicht gewusst. «Dafür weiß ich, dass man in Bukarest die längste Wurst gemacht hat.» Adrienne lacht. Sie muss annehmen, dass er gesehen hat, wie ihr der Banker Haar aus der Stirn gestrichen hat. Wo ist er überhaupt? Er komme gleich wieder, sagt Adrienne, er habe vergessen, die *Financial Times* zu kaufen. Sie werde ihn gleich vorstellen ...

Nein, nein, nicht nötig. Er muss jetzt gehen, muss den Zug erwischen, viel Arbeit, du weißt ja, der CEO spielt nicht nur Kontrabass. Das war's dann.

War's das dann?

Er wird jetzt irgendwo ein Glas Wein trinken und dann entspannt zurück in die Stadt fahren. Aber dann schleicht sich das ungute Gefühl an, er bekomme zu wenig Luft in diesem Flughafen. Einen kühlen kleinen Wind bräuchte er jetzt, nicht den Dunst von Thai-Food und winterfeuchtem Mensch. Weg hier, denkt er, nichts wie weg. Er stolpert hinaus auf die Rampe, wo die Taxis vorfahren, spürt einen Schwindel und setzt sich auf einen Gepäckwagen. Er weiß, dass es schneidend kalt ist, er sieht es an den Daunenjacken der Japaner, die ins Taxi verschwinden wie verpuppte Wesen in ein Erdloch. Ihm ist heiß, er möchte Mantel und Pullover loswerden, aber irgendwie sind seine Arme zu lahm, um Befehle auszuführen. Ruhig atmen, denkt er, ein, aus, das kann ich doch, ein, aus, Augen offen halten und den Horizont fixieren, wie man das auf Schiffen macht, damit einem nicht schlecht wird. Und plötzlich kommt eine Dunkelheit auf ihn zu.

«Besser?», sagt jemand, ganz nah an seinem Gesicht, ganz freundlich, so dass es wohltut, ein junger Mann, wasserhelle Augen, pickelige Stirn. «Schön liegen bleiben», sagt der junge Mann, «kleine Ohnmacht, das wird gleich wieder.» Er trägt eine orange Weste, Sanitäterlook. «Können Sie reden? Wie heißen Sie?»

Ich heiße René Herren, liege auf dem Boden, spüre kalten Asphalt unter den Händen und sehe meine Beine, sie zeigen nach oben, jemand hält sie fest. Muss ich mir das gefallen lassen? Ist wohl schon richtig so. Ich heiße René Herren und bin kurz mal von dieser Welt abgehauen.

Lieber Moritz
Heute habe ich mir überlegt, wie das wäre, wenn ich jetzt stärbe, stürbe, sterben täte. Ich wäre ziemlich aufgeregt, weil mir einfiele, wie wenig wir miteinander gesprochen haben, wie wenig wir voneinander wissen. Ich habe gedacht: René Herren, wie konntest du bloß. Wie konntest du dreizehn Jahre und vier Monate lang einen Sohn haben, ohne dass dieser weiß, was sein Vater vom Leben so hält. Also, ich schreib's für dich auf:
Ich halte viel vom Leben. Ich fände es schade, wenn ich es nicht bekommen hätte. Ich weiß nicht, wem ich dafür danken soll, vielleicht meinen Eltern, aber die haben sich kaum vorgestellt, dass sie mir mit dem Leben ein Geschenk machen. Für sie war das Leben nicht unbedingt ein Geschenk. Zu viel Schmerz

für meine Mutter, zu viel Enttäuschung für meinen Vater. Nein, ich glaube, für das Leben muss ich ihnen nicht danken, aber allenfalls für die Gebrauchsanleitung. Hätte man sie aufgeschrieben, hätte sie etwa so gelautet:

Das Leben ist ungerecht. Anderen geht's beschissner als dir. Sei für sie da.

Das Leben ist wunderschön. Man merkt's nicht automatisch. Mach die Augen auf.

Das Leben ist gefährlich. Bleib trotzdem neugierig.

Das Leben ist schnell. Pack die Augenblicke. Die sind unwiederbringlich.

Das Leben ist kompliziert. Vor allem der Mensch. Versuch, ihn zu verstehen.

Das Leben ist ruppig. Lass dir nicht alles gefallen.

In diesem ungerechten, wunderschönen, gefährlichen, schnellen, komplizierten, ruppigen Leben sind Freunde das Wichtigste.

Lieber Moritz, kann ich dein Freund sein?

Kommt das für dich, nur mal so theoretisch, in Betracht?

Ab sofort werde ich dir Briefe schreiben, ohne sie abzuschicken.

Dein Vater, der noch lange nicht stirbt.

so öde sind sie doch nicht, die neomedia-wesen ~ im sommer fand ich sie zum gähnen, aber inzwischen ~ hab ich mich geändert? ~ nein, ja, vielleicht ~ jedenfalls gibt's hier ein paar, die könnte man glatt porträtieren ~ und dann alles als film oder buch verhökern ~ hab acht monate gebraucht, um's zu merken ~ wüsste endlich geschichten für ayna, die schlürfnudel ~ heute steht rené, der peko-mann, in den socken am kaffeeautomaten, sagt, er habe seine feuchten schuhe mit der aktuellen nsz ausgestopft, sagt, er gehe nachher ein neues i-phone kaufen ~ schon wieder, sagt jemand ~ ist für meinen sohn, sagt der peko-mann ~ was, du hast einen sohn, sagt ein anderer, und warum erzählst du das erst jetzt? kann der schon telefonnummern eintippen? ~ er ist dreizehn, sagt der peko-mann ~ mehr sagt er nicht ~ sieht aus, als sei er erschrocken, dass er so viel gesagt hat ~ schlurft in den socken davon

16

Leichtes Fieber.
Das Böse mit viel Fleisch drum.
Schauerliches Märchen

FANNY FRANKE, GERICHTSREPORTERIN

Es ist bislang der schwierigste Prozess, über den sie schreiben soll. Sie hat es immer geschafft, in ihren Reportagen zumindest einen Funken Sympathie für den Täter einzubringen. Aber eine Frau, die ihre zwei Kinder tötet, weil sie ihr lästig sind, ist schlicht eine Hexe.

Seit zwei Jahren schreibt sie monatlich eine Gerichtsreportage, sie weiß, dass man sie um diesen Auftrag beneidet, der Chef hat es ihr angedeutet. Und er will, dass sie weitermacht. Sie ist gut, und sie wird alles dafür tun, dass sie gut bleibt. Was sie Monat für Monat abliefert, ist Qualitätsware. Das kann sie daran erkennen, dass von den Kollegen keiner ein Lob von sich gibt. Man lobt nicht in diesen Gefilden. Wer lobt, muss riskieren, selber unter die Lupe genommen zu werden.

Die Haare der Kindermörderin Maria Gradinger sind links und rechts vom Scheitel je zehn Zentimeter dunkel und dann blond bis auf die Schulter. Einen Zentimeter wächst das Haar pro Monat. Seit zehn Monaten sitzt die Maria in Untersuchungshaft. Sie ist dick, ist wohl in der Haft noch dicker geworden, hat weißes Fleisch, eine Termitenkönigin. Trotz alldem schafft sie diesen sexy Auftritt, diesen Männer-dreht-euch-um-Auftritt.

Von einer dicken, sexgetränkten Kindsmörderin also handelt die neue Reportage, und irgendwie ist der Stoff zu tragisch, um eine coole Schreibe draus zu machen. Erst mal steht nur der Titel fest:

Mutter Maria.

Wenn sich Fanny vor dem Schlafengehen nochmals ins Kinderzimmer schleicht, um Dina richtig zuzudecken, bleibt sie eine Weile stehen und zwingt sich zur Vorstellung, sie sei Mutter Maria, sie müsse jetzt das Kissen packen und auf das kleine Gesicht drücken. Die schlafende Dina sieht nicht hingegossen aus, sondern macht eine fast energische Miene, als müsste sie im Traum etwas Kompliziertes organisieren. Die Bettdecke hat sie wie immer weggestrampelt, die Decke sei zehn Kilometer heiß, hat sie gesagt, als sie klein war. Und jetzt geht sie schon in die dritte Klasse und rechnet Kilometer in Meter um. Ist schon zu groß, um einfach unter einem Kissen zu ersticken. Die Kinder der Mutter Maria waren vier und sechs Jahre alt.

Vorsichtig streichelt Fanny Dinas stramme kleine Waden, legt die Decke so sachte über Dina, als wär sie ein Wölkchen, setzt den Plüschhund richtig hin, zieht die Luft ein, um laut zu seufzen, seufzt dann nicht, sondern macht sich schweren Herzens davon, weiß nun, wie sich das anfühlt, was sie in ihrem Bericht schreiben wird: schweren Herzens.

«Na, Frau Berichterstatterin», sagt Luca Ladurner, «suhlst du dich in der menschlichen Bosheit?» Luca ist einer von denen, die gerne Fannys Job hätten. Und er ist zutiefst entsetzt über die Tat von Mutter Maria, fast wie eine Frau, denkt Fanny. Das liegt wohl daran, dass er seit etwa einem halben Jahr ein Kind hat. Das Kind hat einen Herzfehler und muss so sorgsam angefasst werden wie ein Falter, der nicht wegfliegen darf. «Ja», sagt Fanny. «Böse Welt. Oder weißt du was Besseres?» «Ja. Das Hänschen wird nach Weihnachten operiert. Und dann sei alles in Ordnung, sagen sie.» «Was für ein Glück», sagt Fanny. «Warum heißt er eigentlich Hans?» Er hätte Fabian heißen sollen, sagt Luca, aber dann habe er sich für Hans entschieden. Es sei besser, gewöhnlich zu heißen und ungewöhnlich zu werden als umgekehrt, sagt Luca, und es wirkt, als habe er das Argument immer griffbereit. Gewöhnlich heißen und ungewöhnlich werden, das würde auch zu Mutter Maria passen, denkt Fanny.

Sie sei anders geworden, hat Bob gesagt, Fannys Mann. Seit diesen ganzen Prozessen. Wie denn, hat sie gefragt. Aber Bob weiß es nicht genau. Einfach anders, sagt er, sie schaue ihn manchmal an, als habe er heimlich etwas verbrochen. «Ich bin doch nur ein einfacher Beamter.» Das soll ein Späßchen sein, Bob ist Chef des Tiefbauamts. Aber es stimmt, er ist Beamter, und es stimmt, er ist einfach, er ist immer gleich, immer gleich fad, immer gleich nett, Fanny hat sich dran gewöhnt. Seit elf Jahren steht Bob in ihrem Leben herum und ist immer gleich zu lesen, von rechts und von links. B-O-B.

Seit sie zum ersten Mal zu einer Gerichtsverhandlung gegangen ist, hat sie eine wunderbare stete Aufregung in ihrem Leben, ein leichtes Fieber, und ihr Alltag ist Kulisse geworden für ihre Fantasien. Sie stellt sich Böses vor, und das weiß niemand. Alle möglichen Personen in ihrem Umkreis müssen herhalten als mögliche Verbrecher oder Kleinkriminelle. Nur Dina kommt nicht vor in diesen Hirngespinsten. Dina darf nichts passieren, nie. Sie hat Dina in diese Welt geholt, und sie wird dafür sorgen, dass ihr niemand etwas antut, sonst wehe.

Zur Zeit ist Fanny dran, ihren Bürokollegen Werner in einen Täter zu verwandeln: Sie stellt sich vor, er verschicke Umschläge mit einem weißen Pulver an Prominente in leitender Funktion. Gestern eben ging ein Umschlag weg an den Direktor des staatlichen Fernsehens, und deswegen kommt Werner wieder so bleich und übernächtig zur Arbeit. Es scheint Fanny, Werner habe Gewicht verloren, die Aufregung nimmt ihn wohl mit. Von hinten sieht er fast aus wie Postino, so mager und zerknittert. Als sie sich Kaffee holt, füllt sie auch eine Tasse für Werner, stellt sie vor ihn hin und wischt dann mit einem Papiertaschentuch seine Tischecke sauber. «Was ist», fragt Werner, «was putzt du da weg?» «Ach, nichts», sagt Fanny, «bloß ein bisschen weißen Staub. Wie geht's dir denn heute?» Werner seufzt. Er habe schlecht geschlafen, er komme nicht voran mit seiner Serie über die jungen Kleinunternehmer, und dann dieser plötzliche Winter, das viele Weiß. Er ertrage den Winter nur schlecht. Ich würde an deiner Stelle auch schlecht schlafen, denkt Fanny. Jetzt werden sie im Fernsehstudio die Morgenpost durch die Korridore tragen, Fanny kennt diese Räumlichkeiten, ihre Freundin Anita arbeitet in der News-Redaktion. Sie werden der Chefsekretärin die neuen Briefe aufs Pult legen. Der Pulverbrief ist an den Direktor persönlich adressiert, handschriftlich, mit einem vornehmen Absender, *Dr. F. G., Zollikon* oder so etwas. In gut einer Stunde wird die Aufregung losgehen. Fanny ist sich nicht sicher, ob Werner einfach Backpulver oder richtiges Rizin in den Umschlag getan hat. Irgendwie passt so hochtoxisches Zeug nicht zum bleichen, harmlosen Werner. Und Fanny ist auch zu faul, sich auszudenken, wie Werner das Pulver aus einem zigfach geschützten Chemielabor entwendet hat. Nein, einfaches Backpulver ist schon okay, es genügt für eine kleinere Massenhysterie, die wird allgemeine Übelkeit auslösen, und man wird in den Toiletten des Fernsehstudios lauthals kotzen. Eigentlich ist dieser Fernsehdirektor ja ganz nett, zumindest behauptet das ihre Freundin Anita.

Gestern war der erste Tag im Prozess gegen Mutter Maria. Fanny sucht nach einem griffigen Anfang für ihren Bericht. *Ich könnte das nie tun*, sagt Maria G. Ja, das ist gut, so fängt sie an. Und plötzlich läuft das Formulieren fast von alleine: *«Ich könnte das nie tun», sagt Maria G. «Ich habe meine Kinder nicht umgebracht.» Sie hat eine dunkle Stimme, wirkt ruhig und gefasst, hat die Hände unter dem üppigen Busen gefaltet, rosa Bluse, weiße Hose – Babyfarben –, alles sitzt prall und knapp. Doch was sexy sein soll, löst auf den Gesichtern im Zuschauerraum nur Bedauern aus. Laut Anklageschrift tötete Maria G. den vierjährigen Joel und die sechsjährige Odette, indem sie einen weichen Gegenstand, ein Kissen oder eine Decke, mit massiver Gewalt auf Oberkörper, Hals und Atemwege drückte. Sie entriegelte die Hintertür, die von der Waschküche in den Garten führt, und brachte im Korridor ein paar Gegenstände durcheinander, was einen Einbruch vortäuschen sollte. Danach legte sie sich im oberen Stock, wo ihr Mann bereits schlief, zu Bett.*

Der Mann fand die toten Kinder am Morgen und alarmierte die Polizei. Während die Anklageschrift verlesen wird, rührt sich Maria G. nur einmal, um die Perlenkette, die sich gelöst hat und in den Ausschnitt gerutscht ist, neu umzulegen. Als der Richter sagt, dass keinerlei echte Indizien auf einen Einbruch hindeuten, nimmt sie das reglos zur Kenntnis. Inzwischen hat sie ja selber von der Möglichkeit eines Einbruchs Abstand genommen und in der Untersuchungshaft zu Protokoll gegeben, ihr Mann sei der Mörder. Er habe sie mit dem Tod der Kinder bestrafen wollen, weil sie damals mit einem seiner Kunden ein sexuelles Verhältnis gehabt habe. Wenn sie von ihrem Mann spricht, sagt sie «Herr G.». Sie sagt, Herr G. habe sie von Anfang an gequält.

«Also schreib schön», sagt Werner, «ich geh dann.» Warum, ob was passiert sei, fragt Fanny. Nein, warum, nichts sei passiert, er habe bloß einen Zahnarzttermin. Aha, denkt Fanny, Zahnarzttermine sind immer gut, wenn man nicht sagen will, was man vorhat. Wahrscheinlich fährt er ins Fernsehstudio, um an Ort und Stelle zu sehen, was sein weißes Pulver auslöst, so wie Pyromanen dabei sein wollen, wenn der Brand lodert, den sie gelegt haben.

Bob ruft an, er ist schon in Valbella und hat mit dem Heizungsmonteur gesprochen. Für diesen Winter lässt sich die Heizung noch in Ordnung bringen, aber nächstes Jahr muss definitiv eine neue installiert werden. Vielleicht Gas. Oder Holzschnitzel. «Es riecht ganz seltsam hier», sagt Bob, «schon wenn man zur Haustür reinkommt.» Wie denn? Faulig irgendwie, ziemlich penetrant. Er hat in der Wohnung nachgesehen und überall im Keller, aber nichts Stinkendes gefunden, keinen Abfallsack oder so. Also muss in der Wohnung von Mürners oder Russis etwas sein. Der Monteur hat's auch gerochen. «Wann kommst du nach Hause?», fragt Fanny. «Jetzt», sagt Bob, «ich hab die Nase voll.» «Kannst du Dina abholen, bitte?» «Wann, wo?» «Um fünf, vom Ballett.» Bob seufzt.

Das Ferienhaus in Valbella hat drei Wohnungen, Bob hat es von den Eltern geerbt. Es ist mindestens fünfzig Jahre alt.

Die Mürners und die Russis waren von Anfang an Mieter, jetzt sind es meist ihre Kinder, die da Ferien machen. Was, wenn es eine Leiche wäre, die da so stinkt. Fanny denkt mit Schaudern an den vorletzten Prozess, an die Leiche im Mehrfamilienhaus in Altstetten. Die Polizei musste die Wohnungstür aufbrechen und fand die Tote neben der Badewanne. Erwürgt. «Sie hat gemacht lustig für mir», hatte der Totschläger gesagt und entschuldigend die Handflächen nach oben gedreht.

Maria G. ist in einem Baselbieter Dorf aufgewachsen, der Vater, ein erfolgloser Handwerker, war Alkoholiker. Sie seien vom Vater oft geschlagen worden, sie und ihre Schwester, sagt Maria G. Die beiden großen Halbbrüder, die sporadisch noch nach Hause kamen, hätten sie sexuell geplagt. Worin das Plagen bestand, wollte Maria G. nicht genauer sagen. Ihre Mutter, meist außer Haus bei der Arbeit als Verkäuferin, sei keine Hilfe gewesen, sie habe immer so getan, als sehe sie nichts. Ihren Mann, den «Herrn G.», habe sie bei einem Turnfest in Délémont kennengelernt, wo sie im Bierzelt servierte. Da war er die große Liebe. Maria G. ist über hundert Kilogramm schwer, sie hat sich überlegt, eine Magenbandoperation machen zu lassen. Nach der Geburt des zweiten Kindes habe sie nur noch gefressen. «Ich habe immer gewusst, dass aus meinem Leben nichts wird.» Auf die Fragen des Gerichtspräsidenten gibt sie ruhig Antwort, und sie wirkt konzentriert, als müsste sie in einem Quiz möglichst viele Punkte erzielen. Einzig, als sie schildern soll, wie ihre Tochter am Morgen tot im Bettchen lag, das Plüschäffchen noch im Arm, fängt sie an zu schluchzen.

Fanny kommt es plötzlich vor, als sei der Geruch des Valbella-Hauses in ihrer Nase, als sei er durch den Telefonhörer zu ihrem Pult gedrungen. Typisch Bob, dass er, ohne etwas zu unternehmen, einfach gegangen ist. Schulterzuckend. Ist halt so. Man muss die Mürners und die Russis informieren. Die Mürners vor allem. Der Jüngste, Tomei, ist seit jeher ein Zweifler am Sinn des Lebens und neigt zur Schwermut. Das weiß Fanny von seiner Schwester. Die Eltern Mürner haben nie so was gesagt. Nur dass er der Intelligenteste der Familie ist. Die Mürners sind alle etwas seltsam, aber Tomei übertrifft sie um Längen. Er hat diesen Schau-mich-nicht-an-Blick. Vielleicht hängt er jetzt am Zierbalken in der Mürnerschen Ferienstube mit den Arvenmöbeln.

«Fanny, kommst du essen?» Kristin von der Kultur steht in der Tür, schüttelt ihre Lockenkringelmähne wie einen nassen Schirm. Stimmt, essen muss man ja auch noch. «Nun, wen hast du denn jetzt gerade im Visier?», fragt Fanny, als sie in der übervollen Kantine einen Platz erobert haben. Kristin testet immer wieder mal ein männliches Redaktionsmitglied auf Herz und andere Körperteile, und Fanny ist die, der sie's erzählt. «Immer noch Luca. Luca, der wär's», sagt Kristin, während sie so sorgsam eine Weißwurst häutet, als seziere sie eine Labormaus, «obwohl.» «Obwohl?» Da sei im Moment nichts zu machen, sagt Kristin, von wegen krankes Kind und so. Wenn immer sie gerade bei Luca am Pult stehe, rufe die Ehefrau an, ziemliche Zicke, das. Na ja, bei Sorgen werde man vielleicht halt so. Allerdings habe sie eine Nachbarin mit Brustkrebs und einem Diabeteskind, die lache immer. Wenn man die nur schon im Treppenhaus höre, tue das wohl. «Und dann muss sie noch Waltrud heißen.» «Das Kind wird gesund», sagt Fanny. «Warum? Kennst du die Waltrud?» «Nein, das Kind von Luca. Es wird operiert und dann gesund. Hat er heute Morgen gesagt.» Kristin hat die Wurst gehäutet, jetzt legt sie Gabel und Messer hin, und statt zu essen, sagt sie «so was» und fängt an nachzudenken. Fanny lacht. «Und wie geht's bei euch so?», fragt Kristin endlich. Fanny erzählt ein bisschen von Bobs letzter Darmgrippe, von verdorbenen Muscheln und heilsamer Hafersuppe, erzählt, dass Dina jetzt einen Freund hat, zehn Jahre alt wie sie, mit dunklen Portugiesenlocken und einem hübschen Portugiesenakzent. «Sie machen zusammen einen Fantasy-Comic.» Als Kristin sagt, sie beneide Fanny ein bisschen, sagt Fanny: «Sei froh, dass du kein Ferienhaus hast mit einer Leiche drin.» Sie schildert den Geruch, anschaulicher, als Bob das getan hat, und die Mürners und den Haken am Zierbalken, wo sonst ein rot-weiß karierter Lampenschirm hängt. Sie kennt die Wohnung genau, schließlich mache sie schon seit elf Jahren Ferien in Valbella, und die Mürners hätten sie schon mehr als einmal zu Raclette eingeladen. «Der Jüngste, der Tomei, war schon immer seltsam. Der hat als Junge Käfer gesucht, gekillt und gesammelt, ganze Gurkengläser voll.» Vielleicht hat er mit Killen weitergemacht, denkt Fanny. «Und jetzt glaubst du, der hat sich umgebracht?», fragt Kristin. Fanny zieht werweißend Augenbrauen und Schultern hoch.

Noch ein zweites Mal an dieser Verhandlung bricht Maria G. in Tränen aus, als der Leiter für Forensische Medizin der Universität Zürich, Emil Großmann, anhand von Fotos erklärt, wie die Kinder gestorben sind. Als die Bilder der aufgeschnittenen kleinen Leichname auf der Leinwand erscheinen, hört man das heisere Schluchzen von Maria G. Exakt erläutert Großmann, was die punktuellen Blutungen bei den Augen, der Magensaft in der Lunge und die Druckspuren am Rücken bedeuten: Ersticken durch massive mechanische Einwirkung. Viele Zuschauer im Gerichtssaal halten sich die Hände vor Augen oder Mund, bis die Bilder endlich von der Leinwand verschwinden. Als Großmann sagt, dass das Mädchen, Odette, zudem gewürgt worden sei, weil ihre Halsmuskulatur Verletzungen aufweise, ist Maria G. wieder still, ihr breiter Rücken wieder reglos.

Sie war's, denkt Fanny. Sie muss es gewesen sein. Den Vater hat man ja gleich aus der Untersuchungshaft wieder entlassen. Mutter Maria hat sich mit ihrem enormen Hintern auf die schlafenden Kinder gesetzt und ihnen ein Kissen aufs Gesicht gedrückt. Die kleine Odette hat sich wahrscheinlich gewehrt, hat gezappelt, so dass Mutter Maria sie noch gründlich gewürgt hat. Um ihr die Hände um den Hals zu legen, musste sie das Kissen wohl beiseiteschieben. Ob Odette sah, dass es ihre Mutter war, die sie würgte? Fanny stellt sich vor, wie es wäre, sich auf Dina zu setzen, ihr die Hände um den Hals zu legen und Dinas entsetzte Augen zu erahnen. Es war eine Septembernacht, als es geschah, noch hell also, ob Vollmond war, ließe sich herausfinden. Warum, Mutter Maria? Entweder hast du ein todkrankes Hirn, oder du bist das Böse. Das Böse mit sehr viel Fleisch drum, in weißer Hose und rosa Bluse. Fanny kann's nicht verstehen und sucht in allen Ecken vergeblich nach einem Fetzelchen Mitleid.

Der Staatsanwalt, Wilhelm Knapp, klagt auf mehrfachen Mord. Die Plädoyers der Parteien sind am Freitag, 7. Dezember, vorgesehen. Das Urteil wird voraussichtlich am Mittwoch, 12. März, eröffnet.

Werner ist zurück, noch bleicher. Der Zahnarzt hat ihm mitgeteilt, er brauche unten rechts eine Brücke. «Ich bin sechsunddreißig», sagt Werner. «Mit fünfzig werde ich eine Vollprothese haben.» «Ach wo», sagt Fanny, «das gibt's doch gar nicht mehr heutzutage.» Werner stöhnt. Fünftausend, schätzungsweise, für die verdammte Brücke. «Tut mir leid», sagt Fanny, «und wie war's im Fernsehstudio?» Werner schaut sie verständnislos an.

Was sie bislang geschrieben hat, gefällt ihr nicht. Sträflich schlecht für Fanny Franke. Vor den hohen Fenstern wirbeln Flocken, popcorngroß. Sie will versuchen, vor Bob und Dina zu Hause zu sein. Will mit ihnen Winter feiern, die dicken Socken bereitlegen, die großen Kerzen anzünden, aus Kartoffelpüree einen Schneemann machen, nein, das geht wohl nicht, aber aus Grießpudding. Bob mag Grießpudding, macht so ein dämliches Frohgesicht, wenn er ihn isst. Und einen steifen Drink will sie ihm mixen, keine Bloody Mary, genug bloody und genug Mary für heute, und sie will sich mit Dina ins Bett legen und ihr ein schauerliches Märchen erzählen, das wunderbar endet.

schon wieder story am kaffeeautomaten: zwei von den sekretärinnen führen
eine statistik, die heißt: zi bumst ~
zi ist zibung, der große häuptling ~
wenn er mittags punkt zwölf geht,
dann trifft er seine geliebte ~ seit
frühsommer neunundfünfzig mal ~
eine vom haus, riesenbusen und vize
irgendwas ~ trifft sie in einer bums-
wohnung hier in der nähe ~ aber:
das letzte mal war vor dreizehn tagen
~ sekretärin susann sagt, es ist aus ~
nein, er ist krank, sagt sekretärin sara,
und überhaupt sei ihr die statistik ver-
leidet ~ zibung wär nichts für mich,
nein danke ~ und rara ist es eigentlich
auch nicht ~ müsste mir einen neuen
anlachen ~ wüsste auch, wen ~ hab
ihn nicht mehr gesehen seit sommer

17

Der gute Geruch nach nichts.
Rote Boxhandschuhe.
Sternsplitter

MARKUS MEYER, NSZ RESSORT REISEN

Das Hotel ist ein Fehlgriff, es liegt in einer Tram-Endschlaufe. Morgens um sechs fangen die Wagen an zu quietschen. Heute wird er sich was anderes suchen. Seit gestern früh ist er dabei, eine drohende Migräne zu vertreiben. Er hat nur drei Tage in Berlin und kann sich keine Migräne leisten. *Glitzerndes Berlin* soll die Reportage heißen. Am liebsten würde er sich in der Dunkelheit des Zimmers einschließen. Aber das geht nicht, er muss hinaus in die Helligkeit. Licht und Lärm ginge noch, was ihm Angst macht, sind die Gerüche, Gerüche an jeder Straßenecke. Er wird seinen Wollschal ums Gesicht wickeln, das fällt nicht auf bei null Grad. Schade, dass es nicht schneit, Schnee kann Gerüche und Geräusche killen. Zuerst will er nach Wedding fahren, Wedding soll jetzt *in* sein. Und dann zu Nofretete ins Neue Museum, die machen um zehn Uhr auf. Oder nein, zum Botanischen Garten. Ins Tropenhaus, das ist gut, das passt in eine Reportage über ein kaltes Berlin. Und dann, hat er gelesen, blüht dort auch noch der Rote Puderquastenstrauch, das gibt einen netten Titel für *Zuhause*, das kränkelnde Frauen- und Familienblatt, dort soll der Beitrag ja ebenfalls erscheinen. Synergie, Synergie! so lautet die neuste Devise in der NeoMedia. Das heißt für ihn: Die NSZ bezahlt sein Salär, und von *Zuhause* bekommt er nur gerade noch fünfzehn Prozent eines regulären Honorars. Die Personalkommission hat angekündigt, dagegen zu protestieren. Nützen wird es nichts. Peko-Chef

René Herren ist ein alter Hase, aber ein müder alter Hase, mit abgewetzten Hinterläufen.

Er darf nicht vergessen, für Postino etwas zu kaufen, Postino hat ihm eine schöne Reise gewünscht, und als er aus der Tür ging, hat es ausgesehen, als streiche er sich über die Augen. «Ist was, Postino?», hat er gefragt, und Postino hat gesagt «Nein, nichts, nur wie immer, mehr nicht.» Vielleicht findet er einen Berliner Bären aus Zucker oder so. Also Wedding, Botanischer Garten und dann zu einem der Weihnachtsmärkte, vielleicht in Dahlem, das wär dann nicht allzu weit vom Botanischen Garten.

Der Kaffee im Hotel hat nach verbranntem Speck geschmeckt, und er wird den Geschmack nicht los. In den Weddinger Vorgärten liegt Abfall, von Wurstpapier bis Windel. Die Quartierstraßen sind still, nichts bewegt sich, nicht mal eine Katze ist zu sehen. Vor einer Velowerkstatt hängt ein Plakat: *Wir machen Ihr Rad unplattbar.* Der Chefkorrektor würde ihm «unplattbar» streichen. Er schaut immer drein, als sei das ganze Leben falsch geschrieben. Auf dem Fest der neuen *NSZ am Sonntag* im letzten Sommer hat er konsequent alle gesiezt. Bleibt mir vom Leib, hieß das. Herr Meyer, würde er sagen, ich kann Ihnen «unplattbar» leider nicht durchgehen lassen, Korrektheit ist nun mal unser Auftrag.

In der Müllerstraße hört die Stille auf, türkische Gesprächsfetzen, wummriger Sound aus offenen Ladentüren, «Jingle Bells» vom Brezelstand. In den Schaufenstern Messer und Schusswaffen, füllige Brautmode, lange Fingernägel zum Aufkleben, Urnen und Kranzschleifen mit Textvorschlägen, «In tiefer Trauer, deine Kinder». Vermummte Gestalten stehen rum, zugedröhnt schon jetzt in der Früh. Das ist wohl etwas zu desperat für die Leserinnen von *Zuhause*. Ist das der Wedding, der neuerdings *in* sein soll? Er schließt kurz die Augen und horcht nach innen. Hallo Migräne, nimm endlich den Fuß aus dem Türspalt, verzieh dich. Prompt läuft er in eine Frau, sieht, dass sie verheult ist und vom Heulen verschwollen, nicht nur im Gesicht, sie ist so unförmig, dass man ihr nachschaut. In einer Seitenstraße findet er ein Café, in dem es gut riecht – nach nichts. Er lässt sich in eines der tiefen Sofas fallen und greift nach einer Broschüre: *Unser Wedding*. Alles, was da geschrieben steht, hat jemand verfasst, jemand wie er, ein Schreibheini, dessen Auftrag lautet: Glitzerndes Berlin. Das war Zibungs Idee, die Idee des Chefredaktors, der nicht selber schreiben muss, was er so husch im Vorbeigehen vorschlägt. «Mal was anderes, Markus», hat er gesagt. «Berlin im Winter, das ist reizvoll.» Ist es nicht. Nur öd.

Im Sofa nebenan sitzt noch jemand hinter einer Zeitung, die Hände und Beine sind zu sehen, Hände und Beine einer Frau, einer jungen Frau. Sie liest den *Corriere*. Als sie die Zeitung sinken lässt, erschrickt er.

Sie ist genau die Frau, die ihm gefallen würde.

Jetzt das Richtige sagen, denkt er. Jetzt, und nicht zu spät. Weil sie den *Corriere* liest, müsste er vielleicht etwas Italienisches sagen. Aber er kann zu wenig Italienisch, um witzig zu sein. Muss er überhaupt witzig sein? Kann er nicht einfach sagen: Und – gibt's was Neues in Italien?

Sie hat gelächelt, als sie seinen Blick aufgefangen hat. Jetzt liest sie wieder.

Genau die Frau.

Blass, schmales Gesicht, großer Mund, schöner Mund, die Haare dunkel und irgendwie hinten zusammengesteckt, grauer weiter Pullover, oder ist es eine Jacke?, einen braunen, halbhohen Stiefel sieht er noch, den hat sie übers Knie gelegt, undamenhaft. Die Fingernägel nicht lackiert, ein Armreif, Gold.

Genau die.

Ein bisschen wie Marianne, ein bisschen wie Hanna.

Ihre Tasche liegt auf dem Sofa, braun wie die Stiefel, schultaschenähnlich, wahrscheinlich weicher.

Er muss etwas sagen, bevor sie aufsteht. Sie muss darauf antworten können, noch solange sie sitzt. Fiebrig probiert er Sätze aus.

Ich kann leider nicht Italienisch.
Würden Sie noch einmal lächeln?
Ich heiße Markus und weiß nicht, was ich Ihnen sagen soll.
Möchten Sie vielleicht wissen, wie viel Uhr es ist?
«Bitte noch einen Tee, den gleichen», sagt er zum jungen Mann, der seinen Tisch sauber wischt, worauf genau-die-Frau den *Corriere* sinken lässt und wieder lächelt. «Ein Schweizer», sagt sie.

Anscheinend reicht es, wenn man Bitte-noch-einen-Tee-den-gleichen sagt, um als Schweizer identifiziert zu werden. Sie hat aber schon vorher gelächelt und nicht, weil er Schweizer ist. Jetzt hat er auch noch ihre Zähne gesehen, Glitzerzähne. Glitzerndes Berlin. Und er hat noch gar nichts Gescheites sagen müssen, und erfährt trotzdem, dass ihr Großvater Schweizer ist und dass sie Nerina heißt. Sie hat eine Wohnung in Wedding. Und noch bevor er den bestellten Tee bekommt, hat er erzählt, warum er hier ist, und sie lacht und sagt: «Ausgerechnet Wedding!» Ihm ist ein bisschen schlecht, das kommt von der Migränetablette, und er denkt, es wäre klug, an die frische Luft zu gehen, aber wie kann er das, jetzt, wo er neben Nerina sitzt. Sie hat auf sein Sofa gewechselt und zeigt ihm auf dem Stadtplan, wie er von hier zum Botanischen Garten kommt und wo das Hotel Adlon ist, wo sie arbeitet, er sieht den schönen Mund von ganz nahe, sieht die Nase von der Seite, die klassische Italienernase mit dem kleinen Höcker. Plötzlich steht sie abrupt auf, und das ist ganz furchtbar, noch furchtbarer, als wenn es sie nicht gäbe. Nun ist das also alles schon vorbei, und er ist so sprachlos wie am Anfang. Soll er ihr einfach hinterherlaufen? «Komm um sechs ins Adlon, wenn du willst, in die Lobby», sagt sie, und das Glück sticht zu, «dann zeig ich dir einen Weihnachtsmarkt sozusagen um die Ecke.» Und schon ist sie weg, sie ist kleiner, als er gedacht hat, im weißen Kapuzenmantel sieht sie aus wie ein Zwerg.

Als er draußen vor der Tür steht, hat er vergessen, dass er frische Luft brauchte. Das Café heißt Vamp, das Türschild ist aus weißem Blech, die Buchstaben sind blau, die Abstände ungleich, die Schrift tanzt. Vielleicht hat soeben ein neues Leben angefangen.

Die Frau, die an der Hotelrezeption die Rechnung ausstellt, ist sauer, er hätte vor elf Uhr auschecken sollen. Es ist elf Uhr dreißig, und er stellt sich vor, wie sich die Frau in ihrer eigenen Säure auflöst. Erleichtert macht er sich auf in Richtung Knesebeckstraße zu seinem neuen Hotel. Ein schönes altes Haus, das Amalientor, hat Nerina gesagt, gehört Verwandten von ihr, vielleicht quietschen dort die Fußböden, aber keine Trams. Sein Rollkoffer rumpelt geradezu fröhlich. Das Zimmer ist reserviert, die Migräne hat sich verkrochen, der Abgabetermin für «Glitzerndes Berlin» ist um einen Tag verlängert. «Geht in Ordnung, irgendwie», hat Klaus gesagt, der neuerdings Produzent ist und eigentlich Grund hätte, sich wichtigzumachen, «schneit's bei euch auch?» Jetzt sind es schon zwei, denen er etwas mitbringen muss: Klaus und Postino. Vielleicht findet er heute Abend eine Kleinigkeit auf dem Weihnachtsmarkt. Sein neues Quartier wird nun nicht mehr in Berlin-Mitte sein, sondern im Westen, und der ist seit einiger Zeit nicht mehr *in*. Aber er, Reisejournalist Markus Meyer, kann das ganz einfach ändern, mit einer kleinen Bemerkung wie «Der neue Charme des Westens» oder «Charlottenburg ist neuerdings ein Muss». Zibung, der von Berlin-Mitte und vom Prenzlauer Berg geschwärmt hat, soll ihm das einfach mal glauben.

Nerina hat recht, das Hotel Amalientor ist schön und ruhig, hat Charme und Stuck und ist wie gemacht für «Glitzerndes Berlin». Auch der Migräne passt es hier, sie kommt sofort zum Vorschein, sieht das Bett und kringelt sich in die schneeweißen Kissen. Er legt sich zu ihr und zieht die Decke über den Kopf. Er braucht jetzt erst einmal einen Dispens von der Welt, für mindestens eine Stunde.

Als er erwacht, ist es drei Uhr nachmittags, zu spät für die Fahrt zum Botanischen Garten. In drei Stunden will er im

Adlon sein. Nerina. Schöner Name. «Schwärzchen.» Er bittet die Migräne inständig, ihm nicht zu folgen. Ich bringe dir was Schönes mit, vom Weihnachtsmarkt, sei brav.

Das Nachmittagslicht ist angenehm gedimmt, er schlendert zum Savignyplatz, freut sich, dass es den Zwiebelfisch immer noch gibt, die Kneipe mit den vielen Zeitungen. Auf der *FAZ* und der *Süddeutschen* schläft die Katze und wacht auch nicht auf, als er sie streichelt. Wahrscheinlich hat sie eine lange Nacht hinter sich. Er greift sich ein paar Stadtmagazine, vielleicht findet er irgendetwas Schräges für «Glitzerndes Berlin». Seine Hände sind eiskalt, er muss sich Winterhandschuhe kaufen, noch vor dem Adlon. Kann ja sein, dass er Nerina heute Abend anfassen darf, und er will keinesfalls der Schweizer Melker mit den kalten Händen sein! Er setzt sich ans Fenster, horcht und hört sein Glück wie ein leises Magenkollern. Der Sherry wärmt ihn bis in die Füße und kitzelt ihn am Bein, nein, das ist der Schwanz der Katze, anscheinend ist sie erwacht und erinnert sich an ein Streicheln im Traum, und da er der einzige Gast ist, muss er der Streichler gewesen sein. Die Stadtmagazine geben nicht viel Neues her, doch, Schlittschuhlaufen auf den Potsdamer Platz, das wär vielleicht was, die Schlittschuhe kann man mieten. Morgen wird er als Erstes ins Neue Museum gehen, zu Nofretete, das passt. Vor hundert Jahren im Dezember hat man sie ausgegraben, vor hundert Jahren im Dezember ist die erste NSZ erschienen und hat darüber berichtet. Und wiederum im Dezember, hundert Jahre später, wird Reisejournalist Markus Meyer für die NSZ die Nofretete aufsuchen, mit warmen Händen und einem Restzittern vom vergangenen Abend.

Es wird schon dunkel, er hört wunderbar swingenden daunenleichten Jazz, der kommt aus der offenen Tür eines Friseursalons und zieht ihn hinein. Drei Musiker sind's, sie haben Kronen auf dem Kopf, die elektrisch blinken, drei Könige, und einer ist tatsächlich ein echter Mohr, der mit der Geige. Die anderen spielen Flöte und Gitarre. Markus schiebt sich durch die

Leute, setzt sich auf einen Friseurstuhl und lauscht. Eine bessere Weihnacht gibt's nicht, das ist es, das glitzernde Berlin. Zum Schluss wird ein Filzpantoffel herumgereicht. «Und, was machen wir?», fragt jemand hinter ihm, es ist der Friseur mit einer Rüschenschürze, rosa mit Sternen. «Eigentlich nichts, danke, ich hab nur ein bisschen zugehört», sagt Markus und steht auf. «So nicht», sagt der Friseur, «so lass ich Sie nicht aus meinem Salon. Hinten fünf Millimeter weg.» Er drückt ihn sanft auf den Stuhl zurück, biegt ihm den Kopf nach hinten, und schon läuft das Wasser in seine Haare.

Er darf nachher nicht anders aussehen, so wie er ist, hat er Nerina heute Morgen gefallen. «Sie werden nachher nicht anders aussehen», sagt der Friseur. Es scheint, dass seine Finger lesen können, was unter der Kopfhaut gedacht wird. Ich darf auch nicht anders riechen, denkt Markus und wartet auf eine Bestätigung. Aber die bleibt aus. Als ihm der Friseur zum Schluss mit einem Pinsel den Nacken sauber wischt, ist es fünf.

Jetzt noch Handschuhe kaufen, drüben im KaDeWe, und dann auf ins Adlon, nein, erst muss er noch irgendwo die im Kopf notierten Stichworte auf Papier übertragen. Try to remember a day in december. Drei Könige im Friseursalon. Mit Glühwein gegen null Grad Kälte. Ein dunkelvioletter Winterhimmel. Lichtskulpturen, Lichterzauber. Märchenhütte und heiße Suppe im Montbijoupark. Duft aus der Schaubäckerei und Dampf aus Metkrügen und historische Kinderkarussells. Ach je, das ergibt noch nicht mal eine Seite. Und es wird eine biedere Angelegenheit. Fehlen nur noch die glänzenden Kinderaugen. Markus Meyer, was ist mit Ihnen nur los. Er wird wieder mal erfinden müssen, vielleicht eine rührende Geschichte bei Handschuhkauf im KaDeWe: Mann will für Sohn pelzgefütterte Handschuhe kaufen, aber Geld reicht nicht, weihnächtlich gestimmte Dame greift in Krokotasche, um auszuhelfen, sonst müsste Mann für Sohn Wollhandschuhe kaufen, doch Wollhandschuhe rutschen am Steuer, Sohn ist nämlich Lastwagenfahrer, liefert Strohballen in Schweinemastbetriebe.

Stroh für die Krippe, sagt die Krokofrau, wie schön. Mann sagt: «Danke, Madam.»

Er hat den ganzen Tag nicht daran gedacht, es fällt ihm erst wieder ein, als er in der Sportabteilung des KaDeWe die roten Boxhandschuhe sieht. Solche hat sich sein großer Bruder Max mal gewünscht, Max Meyer, der Kinderschänder. Vor drei Jahren war der Prozess, Fanny Franke hat darüber in der NSZ geschrieben, sie sagte nichts von Kinderschänder, aber in den Leserbriefen tauchte das Wort auf, kastriert ihn, den Kinderschänder. Er hat Max seither nie mehr gesehen, Max will nicht, dass der kleine Bruder Markus ihn im Gefängnis besucht. Max ist von Markus immer bewundert worden, jetzt geht das nicht mehr, die Bewunderung ist ausgelöscht, und darum will sich Max seinem Bruder nicht mehr zeigen. Damals am ersten Prozesstag saß Markus unter den Zuschauern, danach ist er nicht mehr hingegangen. Erstens, weil er Max weinen gesehen hatte, und zweitens, weil er im Korridor fast in Fanny Franke hineingelaufen war und sie ihn verwundert angeschaut hatte. Bestimmt hatte sie sich irgendeinen Reim drauf gemacht, warum sich Markus Meyer beim Prozess von Max Meyer im Gerichtsgebäude aufhielt. Sie sprach Markus nie darauf an, und würde sie's doch noch machen, denkt er, ich würde ihr den Hals umdrehen, der scheinheiligen Gans.

Seine neuen Handschuhe sind herrlich, dunkelbraunes Leder mit dunkelgrünem Futter, weich wie Ohrläppchen, so was hat er noch nie besessen. So ein Paar würde er gerne Max schenken, wenn das Leben so wäre, wie es sein müsste, aber so ist es nicht, sein Bruder sitzt in der Kiste, der Sportlehrer Max hat es mit elf Schülern getrieben, der jüngste war grad mal sieben. Er hat es mit dem gleichen Pimmel getrieben, den Markus jahrelang als freundliches harmloses Würstchen im gemeinsamen Kinderzimmer sah.

Eisige Kälte, glitzerndes Berlin. Jetzt mit der U-Bahn irgendwie zum Brandenburger Tor, es ist halb sechs.

Unten in der U-Bahn greift ihm von hinten etwas an die Schläfe. Also doch. Was schleichst du mir nach?, sagt er. Ich hab dich gebeten, im Zimmer zu bleiben, in den weißen Kissen. Einmal kannst du wohl Rücksicht nehmen, hörst du? Am Brandenburger Tor ist er wieder allein. Wenn er die Augen etwas zukneift, verwandeln sich die vielen weihnachtlichen Lichter in Schwärme von Sternsplittern. Als er unter dem roten Baldachin auf das Adlon-Portal zugeht, flimmern seine Augen immer noch. Etwas verwirrt steht er in der Eingangshalle, sie kommt ihm vor wie eine gigantische Sahnetorte, durch die er sich essen muss, um eine Frau zu finden, ein alptraumhaftes Märchen ist das. Reiß dich zusammen, Markus Meyer Reisejournalist, das kannst du alles verwerten. Sich umschauen, eintippen, abspeichern – das kannst du doch, hast diesen tadellosen Speicher unter dem frisch geföhnten Haar, na los.

Ausgerechnet jetzt spukt der Speicher und entlässt eine Bilderfolge von Bruder Max, er packt Boxhandschuhe aus, kommt tänzelnd auf Markus zu, lacht, krümmt sich und weint im Gerichtssaal. Ich habe etwas gemacht, hat Mutter damals gesagt, ich habe einen Kinderschänder gemacht, hat sie gesagt, schlimmer geht's nicht. «Hallo», sagt eine Stimme an seiner Schulter, «was träumst du?» Es ist der Weihnachtszwerg im weißen Mantel, es ist der schöne Mund im schmalen Gesicht. Will er lieber A: hier vornehm Tee trinken oder B: gleich hinaus in den Abend? «B», sagt er, ohne abzuwägen, und schon sind sie draußen, Unter den Linden. «In der Prachtstraße Unter den Linden», sagt Nerina, «zwischen Wilhelmstraße und Bebelplatz, sind zweihundertzwanzig Bäume beleuchtet, mit einer sechzig Kilometer langen LED-Leuchtbandkette.» Markus lacht. Sie klingt wie eine Reiseleiterin. Warum weiß sie das so genau? «Ich hab es in drei Sprachen übersetzt», sagt sie, «für die Fünfsternehotel-Broschüre.» Übersetzen und Dolmetschen, das sei ihre Arbeit. «Coole Handschuhe», sagt sie. Selber hat sie keine. Er zieht sie aus und streift sie ihr über die Hände. Jetzt hat er sie zum ersten Mal berührt, vor der russischen Botschaft. «Perčátki», sagt sie, «Handschuhe russisch.» «Häntsche», sagt er, «Handschuhe schweizerdeutsch.»

Dass der Weihnachtsmarkt am Gendarmenmarkt Eintritt kostet, findet er befremdlich. «Ein Teil der Eintrittsgelder wird für soziale und kulturelle Aufgaben in Berlin gespendet», sagt sie mit Reiseleiterstimme. Auch diesen Satz hat sie für die Hotel-Broschüre übersetzt. «Aber jetzt musst *du* arbeiten», sagt sie, «Weihnachtsstimmung in Berlin, präg sie dir ein.» Folgsam registriert er goldene Lichter, spitze Zeltdächer, Jongleure, Glühwein, Feuerkünstler, Plüschengel, Lebkuchenhunde, Showschnitzer, Wurst & Kraut. Und dann küsst er sie.

hab's gewusst ~ das mit rara wird
nichts ~ und warum ~ weil er einfach nicht passt ~ ist wie wenn ich
aus versehen in der garderobe einen
fremden mantel angezogen habe ~
nach ein paar schritten merk ich's,
greife in die taschen, und da sind
sachen drin, die mich nichts angehen
~ seltsame münzen, kautabak, ein ein-
kaufszettel, den ich nicht geschrieben
habe ~ zum beispiel stünde da fuß-
pilzlotion, fischfutter, grappa ~ mir
egal ~ ihm wohl auch ~ jakob legt
mir text auf tisch ~ soll ihn durch-
lesen, bitte ~ welche ehre ~ viel
gelobter volontär bittet wenig gelobte
volontärin ~ beim ausland ist gerade
aufruhr, sagt jakob, hast du's gehört –
nein, nicht – der korrespondent argen-
tinien hat erfundene artikel geliefert,
mindestens drei, und der ressortleiter
will's vertuschen – ups, sage ich – ja,
sagt jakob, ups wird man wohl noch
sagen dürfen, auf diesem marktplatz
der heimlichkeiten

18

*Kran und Kunstweiber. Aha.
Unwiederbringlichkeiten.
Flirrende Helle*

MARGRET SOMM, NSZ-FOTOGRAFIN

Der Wagen springt an, und schon läuft die Heizung. Margret genießt das Privileg, in der NSZ-Tiefgarage einen Platz zu haben. Wer weiß, wie lange noch. Am liebsten würde sie hier unten noch ein Weilchen im Trockenen sitzen bleiben. Aber sie muss Punkt neun Uhr im Stadthaus sein, zur Pressekonferenz «Hafenkran». Und um halb elf in Uster zum Weihnachtsmarkt des Kunstvereins. Das schafft sie nur mit dem Auto. Hoffentlich hört es auf zu schneien. Die Winterreifen sind montiert, trotzdem. Sobald es rutschig wird, fängt sie an zu zittern.

«Kann ich mitkommen», hat ihre Mutter gesagt, als Margret den Kunstverein erwähnte. Gott, nur das nicht. Nein, das sei nur für geladene Gäste, sagte Margret, und überhaupt unter Mutters Niveau. Das half. Mutter kroch wieder ins Bett.

Mutter hatte mal eine gute Phase, die Malerin Sara Somm, das war, bevor sie Mann, Sohn und Tochter hatte. Bekam Lob und Stipendien. Dann hörte das nach und nach auf, und sie malte nur noch sporadisch. Tochter Margret kann sich aber noch an den Geruch von Öl- oder Acrylfarbe erinnern. Und im Wohnzimmer hängen noch Sara Somms Bilder. Aber die Pinsel und die Farbdosen sind längst weg. Und ebenso der Sohn und der Mann.

Margret stellt das Auto direkt vors Stadthaus, mit dem *Presse*-Schild an der Frontscheibe. Luca Ladurner ist schon da. Sie lächeln einander zu. Das ist wie eine vertraute Umarmung. Margret arbeitet gerne mit Ladurner zusammen, sie verstehen sich, was nicht selbstverständlich ist. Zum Beispiel läuft es gar nicht mit Klaus Ivo Saner, genannt KIS. Ein Glück, dass er wegen eines Unfalls auf unbestimmte Zeit beurlaubt ist. Er hatte immer etwas an Margrets Arbeit auszusetzen: zu blass, zu aufdringlich, zu ungenau. Zweimal wurde sie vor den Chefredaktor zitiert und musste neue Bilder liefern. Am schlimmsten war es, als KIS den letzten Vertreter der Frankfurter Schule porträtierte. Wilhelm Froebek war ein blasses freundliches Männchen, eine Schulter etwas höher, vielleicht wegen Rückenbeschwerden, von kleiner Gestalt, vielleicht im Alter geschrumpft. Sie bat ihn, in der Hotelhalle in einem Lehnstuhl am Fenster Platz zu nehmen, das Licht war genau richtig, etwas gedämpft und leicht golden, Froebek saß aufrecht da und blickte hinaus auf die Limmat. Perfektes Profil, schöner Hinterkopf eines bejahrten Denkers. Als sie KIS die Bilder in der Redaktion vorlegte, sagte er nur: «Das ist nicht der Mann, mit dem ich gesprochen habe, das ist nicht brauchbar.» Er schob die Bilder so heftig zur Seite, dass sie über den Tischrand fielen. Margret wartete, dass er sie aufhob, aber das tat er nicht. Es war Postino, der gerade hereinkam, der sich danach bückte. KIS bestand darauf, dass sein Artikel nicht mit Margrets Aufnahme erschien, sondern mit einem Archivfoto aus dem Jahr 1974. Drei Wochen später fuhr er mit dem Motorrad in eine Barrikade, Schädelfraktur.

Ihre Mutter denkt, Margret sei eine einzigartige Pressefotografin, hochbegabt, künstlerisch, eine weibliche Ausgabe von Cartier-Bresson, aber Margret macht sich keine Illusionen. Sie ist professionell ausgebildet, zuverlässig und flexibel, das ja. Aber mehr nicht.

Thema der Pressekonferenz ist das neue Projekt der «AG für Kunst im öffentlichen Raum»: Aus Deutschland soll ein Hafenkran importiert und für etwa ein halbes Jahr am Limmatquai installiert werden und so Zürich maritim verfremden. Nun sind sechstausend Unterschriften gesammelt worden für die Initiative «Hafenkran Nein». Die Initianten nennen den Hafenkran

Hafenkäse. «Was ist eigentlich deine Meinung», fragt Margret. Luca winkt ab. «Ich versuche, keine Meinung zu haben», sagt er, «sonst drückt sie beim Schreiben womöglich noch durch.» «Es gibt Leute, die sagen nichts, und riechen trotzdem nach Knoblauch», sagt Margret. Luca lacht. «Wenn ich was einwenden dürfte», sagt er, «wär's der Preis. Sechshunderttausend Franken Parkgebühr für ein halbes Jahr Kran. Weißt du, was man damit alles machen könnte?» «Nein«, sagt Margret, «ich werde ohnehin nie so viel haben, wozu soll ich's also wissen.»

Auf der Fahrt nach Uster überlegt sie trotzdem: Wenn Geld, was dann? Ein Jahr Weltreise, nein. Eine Eigentumswohnung, nein. Eine Betreuerin für Mutter, das wär's, vielleicht eine Tschechin oder Polin mit künstlerischem Touch, eine, die Mutter schmeicheln würde wie eine zutrauliche Katze. Nun, so eine gibt's wohl nicht, auch nicht für sechshunderttausend Franken. Die Autos fahren jetzt im Schritttempo, kann sein, dass sie zu spät kommt, mindestens zur Eröffnungsrede. Aber wegen des Weihnachtsmarkts eines Kunstvereins will sie kein Überholmanöver riskieren. Sie wird genügend Sujets finden, die modische Aufmachung von Kunstweibern gibt immer etwas her, und falls die Gemälde nichts taugen, kann sie mit Ausschnitten arbeiten. Der Beitrag ist noch nicht mal eingeplant, es ist nicht mal sicher, wer ihn schreibt. Sie ist Lieferantin von Bildmaterial. Das ist mein Beruf, verstehst du, Mutter? Und wenn ich das Material geliefert habe, werde ich nach Hause fahren, um sicherzustellen, dass du nicht besoffen im Treppenhaus sitzt.

Der Weihnachtsmarkt war eine Katastrophe gewesen. Die Honoratioren des Schweizer Kunsthandels saßen da, und Professor Franz Wahl hielt eine Rede über die Bildsprache im digitalen Kontext. Professor Franz Wahl war Margrets Liebe, als er noch nicht Professor war, sondern neunzehnjährig und Pferdeschwanzträger und Student an der Kunstgewerbeschule. Die heißt heute Hochschule für Künste, und Franz hat eine

Halbglatze. Die Liebe war groß und das Auseinandergehen schmerzhaft, besonders für Margret, es war Franz, der es so wollte. Hoffentlich sieht er mich nicht, dachte sie, machte während seiner Ansprache nur Aufnahmen von der Seite und floh danach hinter die Stellwände, aber sie entkam ihm nicht. Als sie vor dem einzigen Bild, das ihr gefiel, stehen blieb, spürte sie eine Hand auf der Schulter. «Margret?», sagte Franz, und das klang so, als läge sie völlig verwüstet in einem Autowrack und sei als Margret nur noch knapp erkennbar. «Hallo», sagte sie, und das wiederum klang, als sei sie tatsächlich verletzt. Ach, die Katastrophe. Er fragte sie aus, und sie war blöd genug, über alles Auskunft zu geben, «aha», sagte er zwischen den Fragen, «aha». Das ist also aus dir geworden, aha, schien er zu sagen, und er sah sie unerträglich freundlich an. Du bist also eine unverheiratete, kinderlose, nicht weitgereiste Angestellte der Firma NeoMedia, wohnhaft bei der Mutter, aha. «Und du», fragte sie, «zufrieden?» Das sei eine schwierige Frage, sagte er, zufrieden mit Frau und Kindern, das ja, und auch mit seinem Lehrstuhl, «aber», sagte er reichlich professoral, «zufrieden an sich, was heißt das schon. Wer zufrieden ist, hat mit dem Leben abgeschlossen.» Blödmann, dachte sie. Blödmann, Blödmann. Und auf der Nachhausefahrt malte sie sich aus, wie es jetzt wäre an seiner Seite und in seinem Bett. Eigentlich gefiel ihr ziemlich gut, was sie sich ausmalte, und als sie das realisierte, sagte sie wieder Blödmann, Blödmann und stellte ihm ein Haarwuchsmittel auf seine Badezimmerablage.

Sie ist unruhig, es ist möglich, dass Mutter am Trinken ist. Margret hat vor ein paar Tagen gehört, wie sie sich von einer Bioweinfirma sechs Flaschen im Sonderangebot bestellt hat, die sind heute Morgen vielleicht eingetroffen. Es ist besser, zu Hause kurz reinzuschauen, bevor sie zur Redaktion fährt, ein Umweg ist es nicht, nur der Schnee auf den Quartierstraßen ist mühsam. Kein Parkplatz frei, sie lässt den Wagen in der Hauseinfahrt und rennt die drei Stockwerke hoch. Mutter sitzt auf einer Treppenstufe in diesem unmöglichen violetten Samtanzug, den sie Hausdress nennt, die Haare wirr, die Mundecken violett von Wein, sie öffnet den Mund, aber was sie sagen will, bleibt irgendwo stecken. «Was machst du da», sagt Margret böse, das Fluchwort verschluckt sie. «Steh auf», sagt Margret und zieht Mutter an einem Arm hoch, «du bist eiskalt.» Mutter hält sich am Geländer fest, möglich, dass sie schwankt, Margret ist nicht sicher. Sie hört die Tür vom unteren Stock und bemüht sich, Mutter rasch in die Wohnung zu bringen, aber Frau Zihlmann kommt bereits die Stufen hoch und sagt: «Ach, Sie sind's. Gut, dass Sie da sind.» «Was ist denn», sagt Margret und denkt, hau bloß ab. «Sie saß hier schon den ganzen Morgen», sagt Frau Zihlmann und zeigt mit ausgestrecktem Finger auf Mutter, «und hat Leute beschimpft.» «Leute?» «Die Postfrau. Und Besuch von mir.» «Was hat sie denn gesagt?» «Man hat es nicht genau verstanden, es war einfach unangenehm. Und ich weiß nicht, warum sie sich immer ins Treppenhaus setzt.» Margrets Magen macht die Faust. Jetzt ruft auch noch jemand von ganz unten «Frau Somm? Ihr Auto!» Mutter hat sich in die Wohnung verdrückt. Frau Zihlmann ebenso.

Sie eilt hinunter, um ihr Auto wegzustellen, aber ein Lieferwagen hat ihr den Weg blockiert, also steigt sie wieder hinauf in die Wohnung, findet Mutter im Bett. «Warum setzt du dich immer ins Treppenhaus», fragt sie. «Tu ich gar nicht.» «Frau Zihlmann hat's gesagt.» «Frau Zihlmann ist eine Gans.» In Mutters Zimmer stehen keine Flaschen, auch in der Küche nicht, aber zwischen Wand und Sofa, das ist neu. Mutter findet also immer noch Verstecke. Sechs Flaschen, Rotwein und Weißwein, zwei leer. Sie sucht in der Küche nach etwas Essbarem, plötzlich steht Mutter hinter ihr und sagt, im Kühlschrank sei noch Schinken. «Der war vergammelt», sagt Margret, «ich hab ihn weggeworfen.» «Aber ich hab ihn doch heute Morgen gekauft.» «Gar nichts hast du heute Morgen», sagt Margret, «nur im Treppenhaus gesessen. Warum machst du das?» «Willst du Rührei?», sagt Mutter. Sie sagt Rührei, wie wenn der Mund leicht gelähmt wär. «Geh ins Bett», sagt Margret. Und Mutter geht. Ziemlich betrunken und beleidigt. Margret späht aus dem Fenster, der Lieferwagen ist weg.

Margret dreht das Autoradio voll auf, Operngesang, den mag sie zwar nicht, aber er hilft, nicht mehr an Rührei zu denken, nicht mehr an Mutters wässrigen Blick. Sie wird ihr Material abliefern und einen neuen Auftrag bekommen und im Canto was essen und weiterleben, immer weiter. Vor dem Lift der NSZ-Tiefgarage steht Bundes-Bernie, einen dicken knallgelben Schal um den Hals. Bundes-Bernie war immer ein männliches Haarwunder, jetzt hat er nur dunkle Stoppeln auf dem Schädel. «Hab dich zuerst gar nicht erkannt», sagt Margret. «Ich mich auch nicht, als ich mich kahl im Spiegel gesehen hab.» «Steht dir gut», sagt Margret und merkt, dass sie verlegen klingt. «Tumor», sagt Bernie. Er sagt es wie Tenor, Kondor, Sektor, wie irgendein Wort. «Hirn?», fragt Margret. «Ja», sagt Bernie, «ein Horn im Hirn. Und wie geht's dir?» Margret überlegt ein bisschen zu lange, und als sie «Nichts Neues» sagt, zischt schon die Lifttür auf, und Bernie hat nicht gehört, was sie gesagt hat. «Schon gegessen?», fragt Bernie, und als er vorschlägt, um zwei in die Kantine zu gehen, ist sie so überrascht, als sei sie soeben zu einem Hofball eingeladen worden.

In der Bildredaktion scharen sich alle aufgeregt um einen Computer, irgendetwas ist unwiederbringlich abgestürzt. Unwiederbringlich, was für ein trauriges Wort. Würde sie ihr Leben nach Unwiederbringlichem absuchen, sie fände so manches, da ist sie sicher. Liebe Frau Somm, morgen werden Sie einundvierzig, nehmen Sie mal die Unwiederbringlichkeiten Ihres Lebens auf, farbig oder schwarzweiß, bitte bis morgen früh. «Das ist schön», sagt Raimund, der begutachtet, was sie gebracht hat, «ein Rudel Kunstweiber, da machen wir was draus.» Ob sie um drei am Flughafen sein könne, die hätten da neue Schneepflüge, Ungetüme, und niemand könne sie bedienen. «Um drei nicht, da hab ich noch was», sagt sie. Ich bin zu einem Hofball eingeladen, das sagt sie nicht. «Um vier», sagt sie, und Raimund nickt.

Bundes-Bernie sitzt schon da, Ecktisch Fenster, vor einem Salat. Ohne den dicken gelben Schal sieht er schlechter aus, bleicher, und der Hals wirkt zu dünn für den kahlen Kopf. «Erzähl», sagt Margret, «ganz von vorne», will sie sagen, aber da hat Bernie schon zu erzählen angefangen. Vom absoluten Horror-Kopfschmerz Ende Juni. Der schlug zu nach einer Redaktionssitzung, Thema: Ausländerfreundlichkeit. Bundes-Bernie auf dem Heimweg nach Bern kauerte in einer Toilette im Bahnhof und schrie. Die Leute holten die Polizei. Später die Mitteilung «Sie haben einen Schatten im Kopf». Später die Mitteilung «Sie haben eine Raumforderung im Gehirn». «Eine was?» «Eine Raumforderung, vier Zentimeter Durchmesser. Der Arzt war aus Leipzig.» Später die Mitteilung «Bei der Raumforderung handelt es sich um einen Hirntumor, er muss sofort entfernt werden». Später die Mitteilung «Er wurde nahezu vollständig entfernt». «Und jetzt», fragt Margret. «Jetzt», sagt Bernie. «ist jetzt.»

Bernie isst seinen Salat, Margret ihre Lasagne. Den kahlen Kopf habe er der Chemo zu verdanken, sagt Bernie, und die gute Laune der Tatsache, dass er nun das Glioblastom los sei. Margret nimmt sich vor, heute Abend entsprechend zu googeln. «Falls du googeln willst», sagt Bernie, «es war ein Glioblastom 4. Etwa das übelste von allen.» Und dann muss Margret erzählen, und um Bernie aufzumuntern, legt sie richtig los und schönt nichts. Sie sagt nicht, ihre Mutter habe ein Alkoholproblem, «sie säuft», sagt sie. Sie sagt nicht, ihre Aufträge seien zur Zeit nicht sonderlich aufregend, sie sagt: «Die geben mir den letzten Dreck. Heute Nachmittag fotografiere ich Schneepflüge in Kloten.» Bernie lacht. «Sei froh. Hauptsache, du verlierst deinen Job nicht. Was würdest du denn gern machen? Regenstimmung in ukrainischen Dörfern?» «Zum Beispiel. Oder zu Besuch bei Helmut Schmidt auf dem roten Sofa.»

Bernie holt sich ein Kastaniendessert, lässt die Hälfte stehen, sagt: «Spreche ich normal?» Manchmal habe er Angst, der Tumor wachse wieder. Wenn er wachse, wachse er auf direktem Weg ins Sprachzentrum hinein. «Und das», sagt Bernie, «wär schlecht.»

Als sie sich vor der Kantine verabschieden, sagt Bernie «danke». Margret weiß nicht, warum. Auf dem Weg zur Garage spürt sie das Telefon in der Tasche vibrieren. «Ich bin's.» Mutter sagt immer «Ich bin's». Margret würde ihre Stimme auch erkennen, wenn sie «Ich bin's nicht» sagte. «Ist was?», fragt Margret. Nein, sagt Mutter, sie sei nur ein bisschen umgefallen. «Warum?», fragt Margret und findet sich gemein. Ist ja klar, warum. Wahrscheinlich stehen hinter dem Sofa jetzt drei leere Flaschen. Das Handgelenk tue ein bisschen weh. Das Wort Handgelenk klingt wieder nach leichter Mundlähmung. Ob Margret eine Salbe nach Hause bringen könnte. «Wir haben Berge von Salben», sagt Margret, «schau mal im Badschrank nach. Berge.» Ja, sagt Mutter, das habe sie ganz vergessen. Margret fragt sich, ob Mutter auch angerufen hätte, wenn sie nicht einfach auf die einprogrammierte Nummer hätte drücken können. Wenn sie alle zehn Ziffern hätte einzeln eingeben müssen. Mit dem Zitterfinger, dem Nikotinfinger, dem Nagellackrestefinger. Es gibt Momente, da ist Margret sauer auf ihren Bruder. Das jetzt ist so ein Moment. Könntest auch mal was tun, Steffen, Feigling. Sie weiß, dass er schon lange nicht mehr so aussieht, wie damals, als er sich abgesetzt hat vor einundzwanzig Jahren. Aber wie er aussieht, weiß sie nicht. Er hat nie ein Foto aus Australien geschickt, hat überhaupt nie etwas geschickt außer lausigen Karten zu den Geburtstagen. Also stellt sie sich Steffens Gesicht vor einundzwanzig Jahren vor, wenn sie sagt: Könntest auch mal was tun. Könntest mal mit Mutter zum Arzt. Könntest mal ihre Kotze wegwischen. Könntest mal Frau Zihlmann den Mund stopfen. Wozu hat man eigentlich einen Bruder.

Während sie nach Kloten fährt, malt sie sich aus, wie es wäre, sie würde das Auto im Parkhaus einfach stehen lassen und einen Flug buchen nach Alice Springs. Ja, Glück, ein Platz ist gerade noch frei. Sie nimmt mal an, dass Pass und Impfausweis nicht nötig sind. Die ID wird genügen. Sie wird sich eine Zahnbürste und einen Krimi kaufen und wird vom Gate aus noch ein paar Telefonate machen. Mutter, ich muss für eine Weile weg, unerwarteter Auftrag, große Sache. Raimund, mit den Schneeräumungsfahrzeugen wird leider nichts, ich bin für eine Weile weg, Abflug in dreißig Minuten. Und zwei Reihen hinter ihr wird Franz sitzen und sich über die Halbglatze streichen und sagen «Was für ein Zufall, erst sieht man sich nie, und dann zweimal am gleichen Tag, ist der Platz neben dir noch frei?». Und in Australien wird sie Steffen auf die Bude steigen und drei Monate bei ihm wohnen bleiben, wozu hat man eigentlich einen Bruder.

Stadtauswärts geht's nur schleichend voran, für den Herrn im Himmel muss das aussehen wie ein Verkehrsfilm in Zeitlupe, Margret schaut alle paar Minuten auf die Uhr, Herr Böckelmann, der Oberschneeräumungsfahrzeugmeister, erwartet sie um vier, es ist nicht sicher, ob sie das schafft. Auf der Autobahn ist endlich freie Fahrt, kein Schnee, eisig vielleicht, aber das Auto schnurrt brav voran. In Australien wird sie eins mieten und mit offenem Dach und fliegendem Haar durch die Landschaft preschen, dort ist jetzt Sommer, flirrende Helle, sie kneift die Augen ein bisschen zu, sieht rechtzeitig die Blinklichter weiter vorne und bremst rasch ab. Wieder gilt Zeitlupentempo, wieder Minutenzählen wegen eines wartenden Herrn Böckelmann. Sie versucht, sich erneut in die australische Sommerstimmung zu versetzen, Geruch nach trockenem Gras und warmem Gasolin, da kommt der Stoß von hinten mit einer solchen Wucht, dass es ihr die Hände vom Lenkrad reißt. Ungebremst kracht ihr Wagen in den vorderen. Was für ein scheußliches Geräusch und dieses seltsame Gefühl, ihr Kopf sitze auf einem Gummihals ... Sie hat das Auto gerammt und ein Stück weit seitwärts auf den Pannenstreifen geschoben. Es ist ein Taxi. Mit beiden Händen hält sie sich den Hals und dreht vorsichtig den Kopf. Der hinter ihr, ein Riese, steigt aus seinem Offroader. Der vor ihr, der Taximann, ist auch schon ausgestiegen und kommt auf Margret zu. Bin ich schuld? Nein, nicht schuld. Nicht ich. Sie wühlt in ihrer Tasche nach dem Handy, die Polizei muss her. Der Taximann schlägt mit der Faust an die Scheibe. Margret öffnet die Tür und wundert sich, dass das geht. Sie hievt die Beine nach draußen und wundert sich, dass auch das geht. «Weiber am Steuer», sagt der Taximann, zweimal.

kann jakob auch eine heimlichkeit
erzählen: die fanny mit den gerichtsreportagen und der markus im ressort
reisen – was, die zwei?, hätt ich nicht
gedacht, sagt jakob – nein, nicht das,
sage ich, wär ja wie bei den mantis,
sie ist größer als er und frisst ihn auf,
jetzt hör zu: vor drei jahren hat sie
über einen gerichtsfall geschrieben,
über einen sportlehrer und elf schüler – der lehrer war größer und hat die
schüler gefressen, sagt jakob – jetzt
hör doch einfach zu: er hat's mit ihnen
getrieben. kinderschänder, hieß es, der
reise-markus war auch im gerichtssaal,
und weil die fanny nicht blöd ist, hat
sie sofort herausgefunden, dass er der
bruder des angeklagten ist, und das
hat sie für sich behalten bis jetzt – und
jetzt hat sie ihn gefressen, sagt jakob –
und jetzt erzählt sie plötzlich alles am
kantinentisch und sagt, dass der schöne sportlehrer vorzeitig entlassen wird,
was eine schande sei, sie ist wütend,
weil der reise-markus ihr eine reise-
idee geklaut hat oder so was – ups, sagt
jakob

19

*Bissige Primzahlen. Bussard.
So einfach kann
Leben sein.
Sich zuschneien lassen*

ZITA RUFF, NSZ ARCHIV

Heute wird's ruhig sein. Draußen Tanz der Flocken, drinnen ein stilles Arbeiten. Seit sie zu viert sind, ist es viel friedlicher im Archiv, die Arbeit ist besser verteilt, und der Stress hat abgenommen. Die drei anderen stellen Zitas Leitung nicht in Frage, im Gegenteil, sie nehmen ihre Anweisungen ganz selbstverständlich an.

Zita packt den Kuchen aus, den sie gestern zum Geburtstag von den Nachbarn erhalten hat, und stellt ihn neben die Kaffeemaschine. Sie hat nur gerade ein Stück davon gegessen. Hier wird er schnell verschwunden sein. Heiner zum Beispiel kann eine Butterbrezel fast ganz in den Mund schieben. Wenn er merkt, dass sie ihm zuschaut, lacht er verlegen, noch während er schluckt. Heiner einzustellen, war ihr bester Entscheid seit langem. Aber auch Dana macht sich, ist nicht auf den Kopf gefallen. Und der alte Pierre ist eine Wohltat, ist wie ein Land, in dem man sich nie ums Wetter kümmern muss, weil es immer gleich ist.

Zita hat eingeführt, dass sie sich mit dem Telefondienst abwechseln. Heute Morgen ist Dana dran. Zita braucht den ganzen Tag kaum zu reden. Sie kann sich voll um die Mikrofilme aus dem Jahr 1952 kümmern. Aus einem unerfindlichen Grund sind auffällig viele eingerissen oder verknickt. Das macht dem Institut, das sie digitalisiert, ziemlich Probleme. Die Folge sind gewaltige Rechnungen, und Zita muss Zusatz-Budgets beantragen. Das macht sie nicht gern, es ist immer ein Kampf, und Kämpfe liegen ihr nicht.

«Der Auftrag für das zahnärztliche Institut», fragt Dana mit einem Stück Kuchen in der einen und einem Kaffeebecher in der andern Hand, «ist der schon fakturiert?»

Fakturiert: zehn Buchstaben, gut.

«Ja, schon weg», sagt Zita.

«Soll ich dann am Mittag mit der Recherche für den Bankverein anfangen?», fragt Dana weiter und wischt sich mit dem Handrücken Krümel weg.

Anfangen: acht Buchstaben, gut.

«Ja, mach das.» Dana verzieht sich ans Telefonpult in der Ecke. Pierre ist mit dem Dussmann-Material beschäftigt. Dussmann hat vierzig Jahre lang hauptsächlich für die NSZ fotografiert und hat nun sein gesamtes Bildarchiv der NSZ verkauft. Das bedeutet mindestens ein halbes Jahr Arbeit für Pierre. Und auch Heiner hat bis über beide Ohren zu tun. Die Publizistler von der Uni wollen alle Leitartikel zum Thema Adenauer ab 1945. Aber erst muss noch der Kuchen weg. «Selber gebacken?», ruft Heiner.

Gebacken: acht Buchstaben, gut.

«Nein», lacht Zita, «hab nur einmal was gebacken, das war schwarz.»

Jetzt liegt der Tag frei vor ihr. Für eine Weile braucht sie nicht mehr zu zählen. Sie wird ins Jahr 1952 tauchen. Ein gutes Jahr. Es ist das Geburtsjahr ihrer Mutter. Und *Jenseits von Eden* von Steinbeck ist erschienen. Und *Der alte Mann und das Meer* von Hemingway. Zita liebt amerikanische Literatur. Besonders die schreibenden Männer in den vierziger bis sechziger Jahren. William Carlos Williams. Wallace Stegner. William Maxwell. Richard Yates. Sie könnte an einem Fernsehquiz über US-Autoren teilnehmen. «Frau Ruff, von wem ist *Mrs. Bridge*?»

Bridge: sechs Buchstaben, gut.

«*Mrs. Bridge* ist von E. S. Connell.» «Sehr gut, Frau Ruff. Und *Der Mann im grauen Flanell*?»

Flanell: sieben Buchstaben, schlecht.

Sieben ist eine Primzahl, nicht teilbar. Nicht teilbare Zahlen bringen Unglück. Man kann versuchen, das Unglück abzuwenden, indem man es mit der Hand wegwinkt. Und zwar mit einem kräftigen Schub aus dem Handgelenk. Unter ihrem Schreibtisch kann sie das gut machen, ohne dass es jemand sieht. Auch hinter ihrem Rücken bringt sie es zustande. Aber auf einer Fernsehbühne mit Kameras ringsum ginge das nicht. Natürlich weiß sie, dass *Der Mann im grauen Flanell* von Sloan Wilson ist. Aber was nützte ihr das, wenn sie von den sieben Buchstaben wie gelähmt dastünde. Nein, ein Fernsehquiz wär nichts für sie. Sie würde ertrinken. Sie braucht ihren festen Platz an ihrem festen Schreibtisch, er ist ihre Rettung. John Cheever. Der frühe Harald Brodkey. Der frühe John Updike. Richard Brautigan. Lesen, lesen, Abend für Abend, wie gut das tut. Und niemand da, dem sie ausweichen muss, damit nicht ein Satz an sie gerichtet wird, von dessen letztem Wort sie die Buchstaben zählen muss.

Das sei kein Tic, hat die Psychiaterin gesagt. Das sei eine Zwangshandlung. Sie habe in der Fachliteratur von einem Patienten gelesen, der im Gespräch immer die Wörter im Satz seines Gegenübers habe zählen müssen. «Da haben Sie es mit einem einzigen Wort doch etwas einfacher», scherzte die Psychiaterin, «oder nicht, Frau Ruff?» Ach, wenn die wüsste.

Eine Million Zeitungsseiten umfasst das Archiv. Inzwischen gibt es von allen Seiten Mikrofilme, die sollen vom Digit-Institut Schritt um Schritt digitalisiert werden. Eine Million Seiten entsprechen fünfunddreißig Billionen Byte. «Unvorstellbar», hat Heiner gesagt, «aber was in den letzten hundert Jahren alles geschehen ist und *nicht* in der Zeitung stand, ist eigentlich noch viel unvorstellbarer.»

Unvorstellbarer: fünfzehn, gut.

Was denn zum Beispiel, wollte Zita wissen. «Zum Beispiel, wie viele Kaninchen auf welche Art von meinem Großvater erschlagen worden sind.»

Sind: vier, gut.

Buchstabenzählen kann Zita mittlerweile blitzschnell. Nervös wird sie nur, wenn das Gegenüber ganz unerwartet noch ein Wort nachschiebt. «Was sich der Bundesrat da wieder geleistet hat, ist unverantwortlich – nicht?»

Unverantwortlich: sechzehn, gut.

Nicht: fünf, schlecht.

Sie ist dankbar, dass sie bei Fremdsprachen nicht verpflichtet ist zu zählen. Bei Hochdeutsch schon, obwohl das ja auch ein bisschen eine Fremdsprache ist. Und das besondere Problem beim Hochdeutschen ist das scharfe S. Hat sie da nun einen oder zwei Buchstaben zu zählen? Es macht doch sofort was aus, ob jemand Straße sagt oder Strasse. Zum Glück gibt es im Deutschen nicht so lange Wörter wie im Walisischen. Die längsten, die sie zu bewältigen hat, sind etwa:

Volkswirtschaftdepartement.

Sechsundzwanzig, gut.

Oder:

Haftpflichtversicherungsunterlagen.

Vierunddreißig, gut.

Von den bissigen Primzahlen neunundzwanzig, einunddreißig oder gar siebenunddreißig bleibt sie aber meistens verschont.

Die Psychiaterin, Frau Kusche, hat ihr ein Neuroleptikum verschrieben, aber eigentlich, sagte sie, müsste man Zitas Jugend aufarbeiten. Zwangshandlungen wurzelten oft in den Unsicherheiten und Erlebnissen der beginnenden Pubertät, und diese wiederum habe zumeist das Umfeld zu verantworten. Ach, lass mich in Ruhe mit deinem Geschwätz, dachte Zita, gib mir einfach das Rezept, fertig. Sie ging zu den vereinbarten monatlichen Sitzungen und ließ die Psychiaterin reden. Von sich erzählte sie nur gerade, was sich nicht verschweigen ließ. Inzwischen hat sie so viel Fachliteratur gelesen, dass sie der Psychiaterin ohne weiteres korrigierend ins Wort fallen könnte. Aber sie hält sich zurück. Alles, was sie will, ist ein neues Rezept und einen Monat Ruhe.

Es ist so, wie sie es sich vorgestellt hat. Draußen Tanz der Flocken, drinnen stilles Arbeiten. Danas ruhige Stimme gibt am Telefon Auskunft, Heiner pfeift ab und zu, von Pierre hört man nichts, außer wenn er einen der Sammelbände auf den Tisch fallen lässt. Die Sammelbände, einst gut gemeint, machen heute Probleme. Die Doppelseiten, die man bis 1960 direkt aus diesen gebundenen Wälzern fotografiert hat, sind am Falz unscharf. Das Digit-Institut schickt immer wieder mal eine nicht höfliche Reklamation. Freundlich bleiben, bitte, hat Zita zu den anderen gesagt. Das Institut ist einmalig. Wer hat schon eine Software, die Fraktur liest.

«Um elf Uhr kommt ein Kunde», sagt Dana und liest den Namen von einem Fetzen Papier, «Albert Louville.»
Louville: acht, gut.
Und trotzdem ein Schock: Louville ist Verwaltungsrat der NeoMedia. Was in aller Welt will er hier. Jetzt ist der Friede futsch. Zita wird zählen müssen und zählen und wieder zählen. Kann sie Pierre beauftragen, sich um Louville zu kümmern? Nein, sie ist die Chefin hier, sie kann den Herrn Verwaltungsrat nicht abschieben. «Er will alles über die Revolution 1983 in Obervolta haben, jetzt Burkina Faso, und über einen Revolutionsführer namens», Dana hält den Papierfetzen näher an die Augen, «Thomas Sankara bis zu seiner Ermordung neunzehnhundertsiebenundachtzig.»
Neunzehnhundertsiebenundachtzig: einunddreißig, schlecht.
Auch das noch. «Kann er haben», sagt Zita und holt die Tabletten aus der Tasche. Warum kommt der selber vorbei. Warum gibt er die Recherche nicht nur in Auftrag. Einen Stundenansatz von hundertsechzig Franken kann sich ein Verwaltungsrat doch wohl noch leisten, ist doch kein Student mehr, der Herr Louville. Ach Gott, was für ein scheußlicher Morgen.
Zita, sagt sie sich, sei ganz ruhig. Du schaffst das. Ein Waschzwang wär schlimmer. Ein Kontrollzwang auch. Wenn Louville mit dir spricht, brauchst du nicht heimlich und mehrmals

die Hände mit einem Feuchttuch abzuwischen. Du brauchst auch nicht sofort die Dokumente auf dem Tisch Ecke auf Ecke auszurichten und mit dem Maßband wieder in den richtigen Abstand zum Laptop zu bringen. Dein Zwang ist nicht offensichtlich. Und wenn's Primzahlen gibt, kannst du diese unter dem Tisch wegwinken oder notfalls am Abend auf dem Balkon, wenn du endlich allein bist. Nachts und im Freien verschwinden sie meistens rasch. Zita hat Wege gefunden, sich selbst zu trösten. Manchmal taucht sie ins Internet auf der Suche nach schlimmeren Fällen. Dort hat sie zum Beispiel den jungen Mann mit dem Zähneputzzwang gefunden. Dieser Edwin wurde mal von einer Mädchengruppe elendiglich ausgelacht, und er wusste nicht, warum, bis er in einem Spiegel sah, dass er lauter grünes Zeug zwischen den Zähnen hatte, und so fing er an, dreimal täglich die Zähne zu putzen, später jede Viertelstunde in der Firmentoilette, und er hatte immer einen kleinen runden Spiegel in der Hosentasche und sah sich alle paar Minuten seine Zähne an. Wenn das nicht möglich war, weil er gerade mit seinem Vorgesetzten sprach, musste er wenigstens den Spiegel in der Tasche anfassen. Zita hat Mitleid mit Edwin. Sie würde gerne mit ihm eine Bergwanderung machen, und sie könnten beide ungehemmt ihren Zwängen frönen, sie hätten viel zu lachen. Oben auf der Berghausterrasse würde sie ihm mit einem Stocher in den Zähnen pulen, und er würde aus dem weichen Teil des Brötchens Primzahlen formen und übers Geländer werfen.

«Frau Ruff?»

Ruff: vier, gut.

Louville streckt die Hand aus, lächelt und erklärt umgehend sein Anliegen. Er war in den achtziger Jahren in Burkina Faso, im Rahmen seines Studiums, Ethnologie, hat sich dann auf westafrikanische Kunst spezialisiert. Was er damals vernachlässigte, war das politische Geschehen dort, die Revolution, die Ideen und Aktionen des Revolutionsführers, Sankara mit Namen, seine Ermordung. Wieder lächelt Louville, als müsste er sich für das Wort Ermordung entschuldigen. «Es geht um die Jahre dreiundachtzig bis siebenundachtzig.»

Siebenundachtzig: sechzehn, gut.

Inzwischen hat sich auch Heiner dazugesellt, alles, was Westafrika betreffe, interessiere ihn, sagt er, besonders die Musik, sein Favorit sei Salif Keita. Während Louville und Heiner miteinander reden, sich das Gespräch also nicht an sie richtet, braucht Zita nicht zu zählen. Wie gut, denkt sie, dass es Heiner gibt. Der ist so ganz unbefangen, weiß nicht, dass dieser Kunde im gut geschnittenen schmalen Kaschmirmantel ein Vorgesetzter von sehr weit oben ist. Thomas Sankara, Revolutionsführer und dann Präsident, sei eine faszinierende Persönlichkeit gewesen, habe in seiner kurzen Amtszeit gegen Korruption, Hunger, Abholzung gekämpft, die Luxuslimousinen als Dienstwagen abgeschafft und den Regierenden einen R5 verordnet. Zita wundert sich, dass der gut betuchte Herr Verwaltungsrat für einen Revoluzzer schwärmt, aber das gehört wohl da oben zum Lifestyle. Ein paar Tage vor seiner Ermordung solle Sankara in einer Rede gesagt haben, jemand werde sich vielleicht aus der Menschenmasse lösen und auf den Präsidenten schießen. «Seltsam, nicht wahr?», sagt Louville zu Zita.

Wahr: vier, gut.

Sie würden ihm via Mikrofilme alles heraussuchen, kein Problem, sagt Zita, Westafrika von dreiundachtzig bis siebenundachtzig, wie schnell er denn das Ganze brauche, der Tarif sei hundertsechzig Franken pro Stunde. «Waritenfe», sagt Louville, und das ist für Zita nun der denkbar schlimmste Fall, sie hat das Wort nicht verstanden und kann nicht zählen, das ist Panik pur. Schweiß bricht aus. Louville lacht. «*Wari te'n fe* heißt *Ich habe kein Geld* in der dortigen Dyula-Sprache, das weiß ich noch, aber sonst nicht mehr viel.» Zita entspannt sich. Von Fremdsprachen ist sie dispensiert. «Ich würde gerne selber recherchieren», sagt Louville, «wieder ein bisschen Student sein. Und vielleicht auf Dinge stoßen, die ich gar nicht gesucht habe. Kann mich jemand von Ihnen anlernen?»

Über Mittag geht Zita ganz selten in die Kantine, die jetzt Canto heißt, sie geht ins Migros-Restaurant, wo sie wahrscheinlich keine Bekannten trifft. Da kann sie ihren Teller aussuchen und zur Kasse bringen, wo wortlos der Preis eingetippt wird, und und sie braucht nichts zu zählen, weil die Kassierin nur nickt oder allenfalls lächelt. Oft findet sie einen Einzelplatz an der Fenster-Bar, oder sie setzt sich an ein Zweiertischchen, versteckt sich hinter ihren überlangen Stirnfransen und liest beim Essen, so braucht sie kein Gespräch zu führen übers Wetter oder die neuen Salate vom Buffet oder das ausländische Personal. Lesend hält sie sich Leute vom Leib, sie hat immer ein Buch dabei, so wie andere Pfefferspray. Jetzt gerade ist Faulkner dran, *Licht im August*. Heute liest sie im Nachwort, dass Faulkner überaus scheu war und seit frühen Jahren Alkoholiker, und dass er in einem Interview gesagt hat: «Sollte es so etwas wie eine Seelenwanderung geben, möchte ich als Bussard wieder zur Welt kommen. Keiner hat etwas gegen ihn, keiner beneidet ihn, will ihn oder braucht ihn, er hat keinen Ärger, gerät nicht in Gefahr und kann alles fressen.» Ja, denkt sie, während sie Eiersalat in den Mund schiebt und weiterblättert, Bussard, das gefiele mir auch.

Langsam geht sie den Weg zurück, den Kanal entlang, von den Bäumen fällt ab und zu eine Prise Schnee, eine Wasseramsel fliegt auf, der Himmel ist grau und unruhig. Postino kommt ihr entgegen, ruft erfreut «Hallihallo» …

Hallihallo: zehn, gut.

… und sie hebt grüßend die behandschuhte Hand. So leicht kann Leben sein.

Heute Nachmittag muss sie sich die sogenannten Geburtstagszeitungen von 1953 vornehmen. Eine Geburtstagszeitung, genannt GZ, besteht aus zehn Seiten Redaktionellem und zwei Seiten Inseraten. Sie wird vom Mikrofilm schwarzweiß auf A3 kopiert und kostet fünfzig Franken. Die GZ wurde noch vor Zitas Archivzeit eingeführt, läuft aber erst seit ein, zwei Jahren so richtig und ist jetzt als Geburtstagsgeschenk höchst beliebt. Nächstes Jahr werden die 1953 Geborenen sechzig Jahre alt. Sie kommen sich inzwischen wichtig genug vor, um wissen zu wollen, ob 1953 außer ihnen noch etwas anderes Wesentliches die Welt veränderte. Ein Jahr, in dem Stalin eingesargt, Elizabeth gekrönt, der Mount Everest bezwungen und nicht zuletzt der Jubilar geboren wurde, das war nun wirklich ein ganz besonderes Jahr. So was stärkt das Selbstbewusstsein und hilft wie Forsanose oder Nestrovit, angepriesen in den damaligen Inseraten. Zu dumm, dass auch von den 53er-Mikrofilmen eine ganze Reihe beschädigt ist. Zita ist froh, dass morgen der Lehrling von der Zentralbibliothek sein Praktikum hier anfängt. Sie werden ihn brauchen können. Dana wird ihn beaufsichtigen, das ist schon so ausgemacht. «Ich möchte endlich mal das Grundsatzpapier fertig ausarbeiten», hat Zita gesagt. «Für die Bewilligung des Zusatzbudgets, verstehst du?» Ich möchte endlich mal weniger reden und zählen, hätte sie eigentlich sagen wollen, verstehst du?

Sie nimmt noch ein Neuroleptikum, obwohl sie den Medikamentenkonsum eher drosseln sollte. Vielleicht sollte sie sich auch einen neuen Arzt suchen. Es war ihr von Anfang an nicht richtig wohl bei Frau Kusche. Ob Zita einen Freund habe, wollte sie gleich in der ersten Stunde wissen. Nein, hatte Zita gesagt, ob sie denn einen haben müsste. Worauf die Kusche lachte und sagte, woher nehmen und nicht stehlen. Sie glaubt, sie sei lustig, dabei ist sie nur plump, denkt Zita. Ich hätte zurückfragen müssen, ob sie einen hat.

Sich an Theo zu erinnern, tut immer noch weh, tut nach sechzehn Jahren noch weh. Er war der Einzige und der Richtige. War der Mensch, in dem sie zu Hause war. Was willst du mit einem Monteur, hieß es. Wie soll das werden, wenn du dein Studium fertig hast und er weiterhin Kabel verlegt. Worüber wollt ihr dann reden? Und als er starb, vier Wochen nach der Diagnose, sagten die Gesichter rundum: Sei froh. Ach, wie sie sie hasste, die Gesichter. Es gibt sie noch, und sie mag sie noch immer nicht sehen.

Sie ist vom Unglück überrollt worden wie von einer gewaltigen Dampfwalze, die unerwartet am Horizont auftauchte. Sie lauert erneut, die Dampfwalze, und der Horizont ist immer noch gleich nah.

Unglück ist so gemacht, dass es einen jederzeit überfahren kann.

Dana steht wieder vor ihrem Tisch. «Die von Digit wollen wissen, wann die 53er-Filme bereit sind. Ich hab gesagt, ich rufe zurück.»

Zurück: sechs, gut.

Dana kaut Kuchen. «Das letzte Stück», sagt sie, «kannst du mal das Rezept auftreiben?»

Auftreiben: zehn, gut.

Ist doch alles ganz einfach, eigentlich. Solange nicht Louville mit westafrikanischen Wörtern daherkommt. Ihr Freund habe nächste Woche Geburtstag, sagt Dana, und er sei so ein richtig Süßer, dieser Kuchen sei für ihn genau richtig. Freund, Freund, Freund, alle Welt hat einen Freund, denkt Zita. Sie hat Danas Freund noch nie gesehen und wundert sich ein bisschen, was er an Dana findet, wo er sie anfasst. Dana hat den Charme eines Leitz-Ordners. «Sag denen von Digit, dass wir Mitte Monat liefern können. Und dass wir über Weihnacht-Neujahr für elf Tage schließen werden.» «Echt?»

Echt: vier, gut.

Dana strahlt. Also kann sie das doch. Vielleicht werde sie mit ihrem Freund mal nach München fahren. «Tu das», sagt Zita. Mit deinem Freund, Freund, Freund, mit deinem Allerweltsfreund.

Es schneit wieder, Zita schaut hinaus, stellt sich vor, sie halte das Gesicht in die Flocken, schließt die Augen, bedeckt sie mit den Händen. Ein paar Neuroleptika und dann sich zuschneien lassen und ein Teil der Landschaft werden, eine weiche weiße Wölbung im Nirgendwo, das müsste schön sein.

«Zum Glück ist noch nicht alles digital», sagt Louville direkt neben ihr.

Digital: sieben, schlecht.

Gerade jetzt, wo sie beide Hände gut sichtbar in der Luft hat und das Unglück weder unterm Tisch noch hinterm Rücken wegwedeln kann. Er blättere einfach gerne in den alten Sammelbänden und Karteikästen, das sei eine ganze andere Qualität des Suchens und Findens. «Sind Sie denn zufrieden mit dem Digit-Institut?», sagt er.

Digitinstitut: dreizehn, schlecht.

Schon wieder schlecht. Oder hat Louville das in zwei Wörtern gesagt? Institut: das wär dann acht, gut. Ja, sagt Zita, und weil sie eine Extra-Zeit fürs Zählen aufgewendet hat, wirkt nun das, was sie sagt, als hätte sie es sich gut überlegt, ja, das Institut arbeite hochprofessionell, zur Zeit würden sie zwölftausend Seiten pro Tag verarbeiten. Leider sei die Qualität der Mikrofilme nicht rundum zufriedenstellend, das erschwere dem Institut die Arbeit, und entsprechend werde das Budget überbelastet. Ob er denn gefunden habe, was er benötige? «Schon so einiges», sagt Louville, «aber ich brauche noch einige Male, bis ich durch bin.» Er knöpft den schmalen Mantel zu. «Ich werde Sie nicht belästigen, ich komme jetzt gut allein zurecht.»

Zurecht: sieben, schon wieder die Primzahl und keine Möglichkeit, sie wegzuwinken.

«Dann also bis morgen», sagt Zita und reicht Louville die Hand, an der noch Unglück hängt.

am telefon zibungs vize ~ lässt mich
antraben ~ weil ich jung sei, weil ich
neu sei, weil er wissen will, wie's war
bei *yours*, und was ich vom online-
journalismus halte ~ ach, vize, ich
riech ihn von weitem, deinen digitalen
angstschweiß ~ bist auch so ein pa-
pieranbeter ~ willst einfach edeljour-
ni sein ~ aber vize, ich sag dir was: es
war schön, nicht dauernd zeichen zu
zählen wie für buchsbaumzünsler und
so weiter, es war schön draufloszu-
schreiben, weil die online-textlängen
völlig flexibel sind, verstehst du, vize?
auch wenn's nur um einen exhibi-
tionisten am zürihorn geht ~ hast
online auch noch platz zu sagen, wie
die betroffene frau sich fühlt, nämlich
besch…, nein, nicht bescheuert ~ und
hast – ha! – ein lesepublikum, vize, das
umgehend kommentare liefert, ist doch
alles positiv, oder ~ nur der «yours»-
chef ist ein ar…, nein, kein armleuch-
ter ~ nein, kein aristokrat ~ also
vize, ich komm jetzt und sag dir das
alles in wohlgesetzten worten ~ herr
guttmann, sie wollten mich sprechen?

20

Achselhöhlenkuss. Abschussliste. Verlogenheitspegel

RICHARD GUTTMANN, STV. CHEFREDAKTOR NSZ

Dass der Verwaltungsrat ihn mit der Analyse beauftragt hat, mögen ihm manche Kollegen nicht gönnen. Zumindest hat er diesen Eindruck. Dabei ist diese Arbeit erstens nicht einfach und zweitens kein reines Vergnügen, aber irgendwie eine Auszeichnung, das schon.

In der ganzen NeoMedia weiß niemand, dass er mit den Preisigs vom Verwaltungsrat verwandt ist, genauer gesagt: verschwägert. Er hat sich gehütet, das irgendwo auszuplaudern, und hat auch seine Frau gebeten, sich nicht mehr Guttmann-Preisig, sondern nur noch Guttmann zu nennen. Er möchte auf keinen Fall als Protegé wahrgenommen werden.

Die Analyse soll die Ausgaben der letzten sechs Monate umfassen sowie eine zufällig herausgepickte Einzelnummer, und dann soll das Ganze mit einem Quervergleich zu den deutschschweizerischen Online-Medien unterlegt werden. «Misere im Zeitungswesen, ja oder nein?» lautet der Arbeitstitel. «Hoppla», hat CR Zibung gesagt, «das ist aber eine rechte Kiste. Wie lang fällst du denn für uns aus?» Drei Monate Urlaub von der alltäglichen Redaktionsarbeit, das wurde vom Verwaltungsrat fürs Erste zugesagt. Vom Urlaub ausgenommen ist die tägliche Redaktionssitzung sowie die Synergie-Sitzung mit der *NSZ am Sonntag*. Zibung ist spürbar sauer.

Dr. phil und lic. iur. Richard Guttmann, kurz: Rich, lässt seine Bürotür weit offen, damit ja nicht der Eindruck von Distanz zwischen ihm und der Redaktion aufkomme. «Ritch? Guten Morgen!» Das ist Fanny Franke, Rich weiß es, ohne hinzusehen, sie hat diesen glockenhellen Ton und ist stolz drauf. Rich gibt dem Drehstuhl einen Kick Richtung Tür. «Seid ihr auf der Rigi schon eingeschneit?», fragt Fanny. «Ich weiß es nicht», sagt Rich, «eigentlich wollten wir am Wochenende rauffahren. Aber am Freitag ist ja dieses Jahrhundertfest, da wird es sicher spät.» Wenn Fanny und Rich miteinander reden, geht es meistens um Ferien in den Bergen. Fannys Mann hat eine Wohnung in Valbella geerbt, und Richs Frau «besitzt etwas auf der Rigi» – so hat es Rich formuliert. Er hat nicht gesagt, dass es ein altes, luxuriös ausgebautes Neunzimmer-Chalet ist, in der sonnigsten Mulde am Hang, mit ein paar Bäumen im Rücken und einer Sicht über den ganzen See bis weit in die Alpen, und nicht weit von den Hotels, die bestes Catering garantieren. Wenn die beiden von Schneeräumen sprechen, hat Fanny die breiten Holzschaufeln vor Augen, Rich hingegen sieht das Faktotum Giovanni im Schneegicht auf der hauseigenen feuerroten Schneekatze. Rich is rich, das ist in der Redaktion nicht bekannt, er kommt immer in Jeans und dem gleichen, leicht abgewetzten Cord-Sakko daher. Die Jeans sind Armani und der gut zehn Jahre alte Sakko stammt von der Savile Row in London. Seine Frau Linda sucht aus, was Rich tragen soll, und ist bis ins Feinste auf Understatement geschult.

Fanny, das weiß Rich, bildet sich was auf ihre Gerichtsreportagen ein, zu Unrecht, findet Rich, sie schreibt zu langatmig, ihre Sätze kommen so lustlos daher wie eine Schulklasse in Zweierreihe. Sie sollte mal verfolgen, was die *Süddeutsche* macht. Die per Zufall herausgepickte Einzelnummer der NSZ, die Rich zu analysieren hat, stammt vom 12. Oktober und enthält auch eine Gerichtsberichterstattung. Es geht um einen Großbetrug im Versandhandel – eine aufregende Sache, aber in Fannys Worten zu fade und fast schon belehrend.

Es ist ein heikler Teil seiner Arbeit, den Schreibübungen der Kollegen gerecht zu werden. Es gibt welche, die glauben, dass sie schon so lange dabei seien, müsse ein Beweis für ihre Qualität sein. Rich begreift nicht, warum Zibung nicht endlich einen kleinen Besen hervorholt. Wenn eine Zeitung weiterhin bestehen will auf einem Feld voller digitaler Raubtiere, dann braucht sie ein Tempo, das Herzzittern auslöst. Einfach ordentliche, anständige Schreibe reicht nicht. Wer langweilt, wird gefressen. Eine Zeitung, die nach wie vor auf Papier gelesen werden soll, hat bei allem zuzulegen: Die Recherche muss tiefer gehen, das Interview muss blutiger kratzen, das «Essay» muss mehr sein als ein «Versuch». Ein Bericht über die Einweihung eines neuen Kindergartens sollte so erfrischend geschrieben sein, dass sie sogar von einem kinderlosen alten Knacker überflogen wird. Aber nein. René Herren, der neu ernannte Korrespondent Ostschweiz, suhlt sich in politisch korrekten Sozialtümpeln, Meyer vom Reise-Ressort streicht ein bisschen Poesie-Paste auf Altbekanntes, die Fotografin Margret Somm liefert gute alte Schweizer Qualität ohne Pfiff. Und das sind nur drei von hundertzwanzig Bleichgesichtern. Und einer, der es allen zeigen könnte, die sogenannte Edelfeder, liegt mit Schädelbruch im Spital.

Wie soll er, Rich, Redaktor ohne Sonderglanz, den anderen mitteilen, sie seien mittelmäßig. Nun, immerhin hat er zwei Journalistenpreise erhalten, auch wenn das schon eine Weile her ist. «Wie es ist, in Löchern zu wohnen» war die eine prämierte Reportage. Er hat sie aus London geschrieben, damals, als er den Sakko in der Savile Row gekauft hat. Der andere prämierte Bericht hieß «Arzt ohne Grenzen» und handelte von einem grauschläfigen Doktor, der jahrelang ungestört Frauen und Männer demütigte und missbrauchte. Beide Preisgelder hat er umgehend gespendet. Nicht nur seine Frau Linda ist vermögend, er selber hat auch mehr, als man haben dürfte. An der Zürcher Goldküste aufgewachsen, im Engadiner Internat zur Schule gegangen – und trotzdem etwas geworden, sagt er lachend zu sich selbst. Ein Seebub sei er gewesen, sagt er anderen, wenn er nach seiner Jugend gefragt wird, und ein einsamer Zögling. Dass er nach seinem vom Vater gewünschten Jus-Studium noch einen Doktor in Germanistik gemacht hat, begründet er mit seiner Freude an Sprache, aber eigentlich hat es bloß damit zu tun, dass er Geld hatte und damit alle Freiheit, ein paar Jahre vor sich hin zu studieren.

«Ritsch? Kommst du auch?» Um zehn Uhr ist Sitzung. Es ist Kristin von der Kultur, das Haarwunder, was für eine Explosion von weizenhellen Löckchen. In der Renaissance wär sie ein wunderbares Modell gewesen, ein hocherotischer Engel. Kristin macht ihre Sache gut, die Kulturseiten sind nicht mehr langweilig, seit sie die Leitung hat. Zum Beispiel baggert sie Leute an, die eigentlich niemanden an sich ranlassen, Berühmtheiten aus der Literatur- und Theaterszene, dann rückt sie ihnen mit Charme und Bosheit auf den Leib und bis unter die Haut. «Ich habe soeben etwas abgeschafft», sagt sie, «nämlich die Jahrestage.» Rich schaut sie fragend an. «Ab sofort wird nicht mehr geschrieben über Leute, weil sie vor fünfzig oder hundert Jahren geboren oder gestorben sind. Ob Kafka nun am einunddreißigsten Dritten oder am achtzehnten Fünften das Licht der Welt erblickt hat, ist doch eigentlich ganz egal, oder nicht? Was für ein Licht der arme Kerl erblickt hat, ist schon interessanter, eine baumelnde Glühbirne oder eine qualmende Kerze oder Sommerglast durchs Fenster.» Kristin rennt fast durch die Korridore, Rich muss lange Schritte machen. «Nein», sagt Kristin, «solche Verlegenheitsübungen machen wir nicht mehr. Heutzutage kannst du im Internet die Ereignisse jedes einzelnen Tags abrufen. Heute vor fünfzig Jahren ist bestimmt irgendein wichtiger Menschling geboren.» Das schlag ich gleich mal nach, wenn ich von der Sitzung zurück bin, denkt Rich. Ist vielleicht für meine Analyse ein möglicher Einstieg für den Quervergleich mit den Online-Medien. Er würde gern mit Kristin über geschriebene Langeweile reden. Mit ihr auf die Rigi fahren, in den tiefen Sesseln sitzen, den Laptop auf den Knien, bei einem fast schwarzen Burgunder und dem dunklen Gold des Abendhimmels in den Panoramafenstern.

In der Sitzung geht es vor allem darum, wer am Freitag die Festung hält, wenn im Gusswerk das große Hundert-Jahre-NSZ-Fest steigt. Zwei melden sich freiwillig: Martina Jost und Michi Kappeler, und allen ist klar, warum. Martina will sechs Wochen trocken bleiben, und Michi mag nicht mehr unter die Leute, ist seit einem Jahr in Trauer um seine Freundin. «Wir brauchen noch sechs weitere», sagt Zibung. «Das Telefon muss durchgehend besetzt sein, und der Newsroom sowieso, ich erbitte mir mindestens zwei vom Ausland und zwei vom Inland und vier weitere aus anderen Ressorts. Macht es untereinander ab, ich erwarte die Namen bis morgen.» Zibung ist so heiser, dass man ihn kaum versteht. Er habe Fieber, müsse umgehend nach Hause, sagt er nach der Sitzung, ob er, Rich, am Nachmittag die Gespräche mit den Gekündigten übernehmen könne. Das ist nun allerdings nicht das, was sich Rich für den restlichen Tag vorgestellt hat. Er hatte vor, sich nach der Sitzung ins Archiv abzumelden, dann ins Auto zu steigen und nach Meilen zu fahren und mit Lucy ein paar Stunden im Bootshaus zu verbringen. Das Bootshaus hat neuerdings eine Heizung, weil Lucy sagt, sie wolle da malen, und Lucys Mann ist bis Weihnachten drüben in den Staaten. Rich hätte Sushi und Weißwein mitgebracht wie letztes und vorletztes Mal, und sie hätten sich vergnügt, hätten nackt am Fenster gestanden und auf den Flockentanz überm See geblickt. Dort an diesem Fenster wird man von niemandem gesehen, außer von Gott und den Schwänen.

Er wäre in seinen alten Citroën gestiegen und hätte eine CD eingelegt, Wagner, ganz laut, und hätte sich gefreut auf Lucy. Sie haben miteinander geschlafen, als sie sechzehn war, es war ein angstvolles Vögeln. Dreißig Jahre lang hat es sich nicht mehr ergeben, und jetzt machen sie's wieder. Bei dem Empfang im Schauspielhaus sind sie einander vorgestellt worden, und sie haben so getan, als hätten sie sich noch nie gesehen, und haben vieräugig gelacht. Und so, wie Lucy seine Hand anfasste, wusste er gleich: Aus uns wird wieder was. Als sie ihren Arm hob, hätte er sie gerne sofort in die Achselhöhle geküsst. Und nun treffen sie sich, wann immer es geht, im Bootshaus, beschwipst von verbotener Lust.

Das sei aber eine reichlich alte Karre, hat Lucy belustigt gesagt, als sie seinen Citroën sah. Er hat ihr nicht gesagt, dass der zu seiner Rolle gehöre, dass er mit Erfolg einen sanft linken Redaktor spiele, der im Leben ein paarmal gefroren habe. Lucy würde nicht verstehen, warum man ihm nicht ansehen sollte, dass er reich ist. Für Lucy ist Geld kein Thema. Sie benutzt es so selbstverständlich wie ihre Lungen. Sie hat eine wunderbar teuer gepflegte, fünfundvierzigjährige Samthaut.

Also kein geheiztes Bootshaus heute, sondern Gespräche mit zweien, die man ins kalte Wasser wirft, erst den Kägi vom Korrektorat, dann den Wiesendanger von der Region. Im letzten Sommer hat das Kader eine dreitägige Führungsausbildung absolvieren müssen. Da wurde in Rollenspielen auch das Kündigen geprobt. Er, Rich, musste Brigitte kündigen, der Ressortleiterin Ausland. «Wir haben leider festgestellt», sagte er, «dass Sie Ihr Team nicht so unter Kontrolle haben, wie es wünschbar wäre.» Worauf die Brigitte sagte: «Wenn Sie mir kündigen, zeige ich Sie an wegen sexueller Belästigung.» Sie spielten das Spiel noch eine ganze Weile, und die Zuhörenden applaudierten zum Schluss.

Die Vorstellung, dass er Kägi und Wiesendanger zu Tode erschrecken wird, macht ihn immer nervöser. Er wühlt in seinen Pultschubladen und findet die Ausbildungsunterlagen vom letzten Sommer. Da: «Kadertraining für Entlassungen». *Beginnen Sie mit der Überprüfung ganz praktischer Dinge. Ist der Rahmen angemessen, kann die Privatsphäre gewahrt werden? Liegen Taschentücher bereit? Ist ein Betriebsarzt schnell erreichbar? Sind alle Fenster geschlossen?* Rich erinnert sich, dass von einem Firmenchef die Rede war, der mit ansehen musste, wie ein Mitarbeiter noch während des Gesprächs durchs offene Fenster zehn Stockwerke in die Tiefe sprang. Nun, so was ist nicht zu befürchten. Erstens lassen sich die Fenster hier im neuen Glashaus gar nicht öffnen, und zweitens ist es Winter und also auch im alten Trakt alles geschlossen.

Wer eine Kündigung aussprechen muss, soll gleich zur Sache kommen und nicht erst Smalltalk praktizieren. Das ist ein brauchbarer Hinweis. *Kündigungen sind Chefsache und dürfen nicht an die Personalabteilung delegiert werden. Vergessen Sie bei allen Ihren Äußerungen eines nicht: Mitarbeitende müssen für Chefs mehr sein als nur Humankapital.* Ja, ja. Große Worte von kleinen Wichtigtuern. Zuerst wird er sich den Wiesendanger vornehmen, der ist unbequemer als der stille Kägi. Er lässt den Wiesendanger auf zwei Uhr zu sich ins Büro bestellen und auf halb drei den Kägi. Dann macht er sich auf zum Lunch in die Bristol-Bar, dort gibt es neuerdings ausgezeichnete Hummersuppe. Und wer weiß, wenn der Wiesendanger nachher keine Schwierigkeiten macht, reicht es doch noch für einen Besuch bei Lucy.

Der Wiesendanger kommt zu früh, man hat ihn bereits in Richs Büro an den Konferenztisch gesetzt. Rich schüttelt seine verschneiten Haare und streckt seine kalte Hand aus. «Bitte bleiben Sie sitzen.» Dann sagt er, was zu sagen ist, *ohne Smalltalk*. Wiesendanger macht keine Schwierigkeiten, er macht bloß Tränen. Sie laufen ruckend über sein bewegungsloses Gesicht. Er weint ganz lautlos, Wiesendanger, Ernst, Redaktor Region, geschieden, Vater von zwei Kindern, wohnhaft in Bülach. Rich starrt auf die Personalunterlagen. Wiesendanger, Ernst, geboren am 4. Dezember. Auch das noch, er hat morgen Geburtstag. Rich nimmt das Blatt von Zibung zu Hilfe. Es schildert die geplanten Umstrukturierungen, die Anpassungen an die neuen Medien, die Schwierigkeiten im Zeitschriftenmarkt. Wiesendanger hört gar nicht zu. «Warum ich», sagt er nur. «Warum ich.» Mein Gott, mein Gott, warum hast du mich verlassen, so hört es sich an, denkt Rich. «Tja, warum», sagt Rich. Was soll er Wiesendanger schon sagen? Weil Sie erbärmlicher Durchschnitt sind, kein Vorzeigemann, einer ohne Glanz, den niemand vermissen wird. «Wir lassen Sie äußerst ungern gehen», sagt er, da ist Wiesendanger schon aufgestanden. Er geht grußlos hinaus und schließt die Tür so lautlos, als sei er schon nicht mehr vorhanden. Rich schaut auf die Uhr. Die ganze Prozedur hat gerade zehn Minuten gedauert. Er weiß nicht, ob das jetzt gut oder schlecht ist, er weiß nur, dass er dringend einen Schluck braucht, bevor Kägi kommt. Er hat in seiner Tischschublade eine Flasche Scotch, einen dreißigjährigen Ballantine's, Geschenk von Linda. Seine Frau macht nur teure Geschenke, und nur solche, denen man den Preis nicht ansieht. Zu seiner Vasektomie hat sie ihm einen Montblanc-Füller geschenkt, ersteigert bei Christie's in London. Es heißt, er habe Churchill gehört, hat sie lachend gesagt. Weil Rich sich hat sterilisieren lassen, braucht sie die Pille nicht mehr zu nehmen und hat keine Migräne-Anfälle mehr. Und die leidige Kinderfrage ist ein für alle Mal vom Tisch. Kein Richärdchen, kein Lindapüppchen.

Vom Ballantine's nimmt Rich nur einen einzigen Schluck, direkt aus der Flasche, so schmeckt er am intensivsten. Er blättert in Kägis Personalunterlagen. Kägi, Rudolf, ledig. Jahrgang 1957, das heißt, er ist fünfundfünfzig, vorzeitige Pensionierung liegt nicht drin. Warum hat er es mit fünfundfünfzig nicht zum Leiter des Korrektorats gebracht? Immerhin hat der Mann ein abgeschlossenes Germanistikstudium. Das steht da in seinen Papieren. Auch ganz- und halbjährige Studienaufenthalte in Frankfurt, Glasgow, Lyon. Und dann fünfundzwanzig Jahre bei der NSZ. Der Mann ist ein Versager. Es gibt diesen Typus Mensch. Der ist nicht dumm, nicht krank, nicht hässlich, aber er versagt einfach. Sein Leben bleibt immer gleich matt, sein Gang immer gleich unbeschwingt. Rich weicht solchen Leuten nach Möglichkeit aus. Sie irritieren ihn, weil er merkt, wie egal sie ihm sind.

Das Gespräch mit Kägi bringt ihn dann doch ziemlich aus der Fassung. Kägi wartet gar nicht ab, was Rich vorzubringen hat. «Ich hab's gewusst», sagt er freundlich, noch während er sich hinsetzt. «Sie wollen mich los sein.» «Von Wollen ist keine Rede, Herr Kägi», sagt Rich und greift zu Zibungs Umstrukturierungsnotizen. «Wir sind einfach zu gewissen Maßnahmen …»

«Sie brauchen mir nichts zu erklären», sagt Kägi und streicht sich sanft über seinen kahlen Hinterkopf. «Ich werde mir die Kündigung nicht bieten lassen. Ich werde rechtlich gegen Sie vorgehen. Das bin ich meinen zwei Töchtern schuldig», lächelt Kägi. «Sie haben Töchter?», fragt Rich und blättert in Kägis Papieren. «Davon steht hier gar nichts.» «Ich nehme an», sagt Kägi geradezu liebenswürdig, «in Ihren Papieren steht auch nichts von Ihren unehelichen Tätigkeiten.» Dann steht er auf und reicht Rich die Hand. Sie ist fieberheiß. «Übrigens», sagt Kägi in der offenen Tür und dreht sich noch einmal um, «im letzten Communiqué der Chefredaktion finden sich insgesamt vier Fehler. Vielleicht bräuchten Ihre Computer ein besseres Korrekturprogramm. Ist doch schade, wenn Wörter plötzlich invalid werden.» Kägi lacht so höflich, als hätte Rich einen Witz erzählt. Er nimmt sich nicht wie Wiesendanger die Mühe, die Tür zu schließen.

Rich hört, wie im Korridor jemand pfeift. Mitten in der Melodie bricht das Pfeifen ab, Postino kommt herein. Er legt ein Häufchen Post auf die Tischecke. Das Pfeifen wird ihm vergehen, denkt Rich. Postino ist auch auf der Abschussliste. Aber ich werde keine solchen Gespräche mehr führen. Das ist Zibungs Sache. Mir reicht's. Der Verlogenheitspegel ist heute Nachmittag so sprunghaft gestiegen, dass Rich plötzlich Angst hat, er gehe in der Verlogenheit unter. Was in seinem Leben stimmt denn noch? Gibt es auf der Welt überhaupt etwas Wahres? Die Zeitung zum Beispiel ist voller Verlogenheit, ohne dass sie eine Lüge enthielte. Das zeigt die zufällig herausgepickte NSZ- Einzelnummer, die Rich im Auftrag des Verwaltungsrats zu analysieren hat:

Der Artikel auf der Frontseite – Bundesrat uneins – ist unwichtig, seine prominente Platzierung ist falsch.

Die relevante Meldung des Tages – globale Bevölkerungszahl – ist dagegen nur sieben Zeilen lang und versteckt auf Seite vier.

Der schwarze Balken auf dem Foto des Mörders Hermann ist bloße Sensationsmache, weil sein Bild schon seit Tagen freigegeben ist.

Zum warnenden Kommentar in Hinblick auf die Wahlen fehlt der Gegenkommentar.

Der Reisebericht «Eritrea» verschweigt die Folterungen in den dortigen Gefängnissen.

Catherine Deneuve ist siebzig, aber auf dem Foto zu einer Fünfzigjährigen retouchiert.

Dann diese unsägliche Mode, aus einem Beitrag ein Zitat zu rupfen und als Titel hinzuknallen. Was damit alles ins Falsche verbogen wird!

Und die lächerlichen Untersuchungen von britischen Dozenten, die als neueste wissenschaftliche Erkenntnisse ausgegeben werden.

Seite um Seite hinkt die Wahrheit über das offiziell redliche Blatt. Was da steht, ist entweder zu lang, zu kurz, zu mager, zu fett, zu hässlich oder zu schön, um wahr zu sein. Oder es steht überhaupt nicht da und ist eine Lüge, weil es fehlt, im Wirtschaftsteil zum Beispiel. Und der kommende Slogan für die NSZ lautet ausgerechnet: *Eine Zeitung, die sich Zeit nimmt für die Wahrheit.* Rich war dabei, als der Slogan abgesegnet wurde. Er holt noch einmal den Ballantine's aus der Schublade. Er müsste Linda auch wieder mal was schenken.

den hab ich doch schon getroffen ~
mister unscheinbar, lokalteil ~ läuft
durch den korridor, weint, ohne ton ~
hab's genau gesehen ~ mund verzogen, tränen, blick ins nichts ~ also
mister, mitten am tag, wie kann man
bloß ~ sind wir denn da in einer
zuchtanstalt oder was, in der psychiatrie oder was ~ und dann die dünne mit den überlangen stirnfransen,
schaut immer zur seite, damit sie nicht
grüßen muss ~ lippen wie ein strich
im rechnungsheft ~ so was gestörtes ~ und ich hab mal gedacht, lauter
öde normalos hier, lauter dressierte
kater und duckkatzen ~ was da zum
vorschein käme, wenn man ausgiebig
kratzte ~ keine zeit, muss weiter, ab
morgen zwei wochen weiberheft, für
prä-, post- und akutmenstruelle

21

Voll der Kick.
Käserindenfresser. Rosenkranz.
Bedienen Sie sich

STEVIE WANSKI, CLEANING GROUP

Wenn Stevie um acht Uhr abends kommt, sind die meisten Büros leer, aber im Newsroom von NSZ und *Yours* ist Hochbetrieb. Hier putzen sie erst frühmorgens. Stevie ist froh, dass er zum Nachttrupp gehört. Die Nachtstunden sind besser bezahlt, nicht viel besser, aber immerhin. Stevie braucht jeden Franken, muss immer noch die Kleinkredite zurückzahlen. Seit sein Vater bei ihm eingezogen ist, kommt der zwar für die Wohnungsmiete auf, aber auf die Dauer geht das nicht, er und Vater in den zweieinhalb Zimmern. Nach Mutters Tod ist Vater noch geiziger geworden. Er nimmt die Käserinden von Stevies Teller und knabbert sie ab. Und er riecht nach altem Mann, weil er nur einmal die Woche duscht. Früher habe das auch gereicht, sagt er. Wenn Stevie gegen Abend endlich abhauen kann, sitzt Vater schon vor dem Fernseher, und wenn er nach Hause kommt, ist alles dunkel und zugesperrt. Vater stellt auch die Heizung ab, auch in Stevies Zimmer. Stevie hat ihm klarzumachen versucht, dass sich an der Heizkostenabrechnung nichts ändert, ob die Öfen an sind oder nicht. Wenn sein Vater nicht zuhören will, läuft er einfach davon. Weit kommt er allerdings nicht in den zweieinhalb Zimmern.

Stevie fängt im fünften Stock an und arbeitet sich von oben nach unten. Zu Anfang hatte er die Ohrstöpsel dabei, um so zu tun, als höre er die Außenwelt nicht und könne darum niemanden grüßen. Aber er braucht gar nicht zu grüßen, die Büros sind meistens leer. In ihrer Leere haben sie einen ganz eigenen Ton, so als halle der Tag noch ein bisschen nach, so als hingen noch Gespräche unter der Decke. Ein Gerät summt, eine Steckdose knistert. Stevie mag das, er lauscht immer kurz ins Zimmer, bevor er zu hantieren anfängt. Er ist froh, dass er jetzt seine Runde allein drehen kann. Vorher hat Piri noch mitgeputzt, und er hat sich aufgeregt über ihr Geplapper. Jetzt ist Piri zurück in Ungarn, sie hat dort eine Tochter.

Zu den täglichen Arbeiten gehört Papierkorb leeren, Tischplatten reinigen, Staubsaugen je nach Bedarf, Telefonhörer feucht abwischen, auch die Türen, aber nur im Klinkenbereich. Und Hände weg von Bildschirmen und Tastaturen, hat Herr Brugger gesagt, das macht die Spezialtruppe. Herr Brugger ist zufrieden mit Stevie. «Sie kann man machen lassen», hat er gesagt.

Seit Stevie allein und somit unbeobachtet putzt, sammelt er die Sachen, und das ist voll der Kick. Das Sachensammeln hat angefangen mit dem Foto, das er im Personalbüro aus dem Papierkorb gefischt hat. Es hatte Postkartengröße, zeigte eine lächelnde Frau mit Brille und war in vier Stücke gerissen. Auf dem Stück unten rechts, das Stevie erst nach wiederholtem Wühlen fand, stand: *Love, L.* Stevie weiß mittlerweile, dass dieser Papierkorb von einer Frau benützt wird. Ab und zu ist ein Taschentuch mit Lippenstiftspuren drin. Die zweite Sammelsache war ein Pfeifenkopf, der roch nach Heu und Honig und lag auf einem Fensterbrett. Als Drittes hat er eine Haarspange an sich genommen, sie war grün emailliert, er hat sie neben dem Kaffeeautomaten gefunden. Wenn er arbeiten geht, hat er jetzt eine Stofftüte dabei, klein gefaltet in seiner Hosentasche, die hängt er dann an seinen Putzwagen. Stevie Wanski, steht auf dem Wagen. «Die Balkanoten putzen meistens gut», hat Herr Brugger gesagt, «wir haben neun bei Cleaning Group.» Stevie ist kein *Balkanote*, wie Brugger sie nennt, sondern heimatberechtigt in Frauenfeld, wie schon sein Urgroßvater. Der ist seinerzeit als Hauslehrer aus Polen eingereist, kurz vorm Ersten

Weltkrieg, und hat dann die Tochter aus dem Wirtshaus Kranz geheiratet. Die Wanskis waren lange gut betucht, erst mit Stevies Vater, dem Käserindenfresser, ging's bergab.

Stevie hat zu Hause in seinem Zimmer eine Schublade leer geräumt für die Sachensammlung. Jede Sache steckt in einem Klarsichtmäppchen und ist mit Datum und Fundstelle bezeichnet: *Kopierraum 5* oder *3A Honorare*. Die Fundstellen sind gleichzeitig auch Suchstellen, denn inzwischen findet Stevie nicht nur, er sucht auch. Er öffnet Schubladen und Schranktüren. Er durchsucht Ablagekisten und Terminkalender. Aus diesen trennt er ab und zu Blätter heraus, aber nur bei bereits vergangenen Daten. Zum Beispiel hat er sich von einem Kalender in der *Buchhaltung intern* die Blätter 1. bis 14. Oktober angeeignet. Dort ist jeden Tag etwas mit schwarzem Filzstift durchgestrichen. Gegen die Lampe gehalten, lässt es sich noch lesen: «Zu fett!» Der Kalender gehört einem Mann, er hat ein Paar Adiletten Größe 44 unter dem Tisch. Von einem Pult in der *Sport-Redaktion NSZ* hat Stevie ein Haar, kurz, geringelt, drahtig. Stevie vermutet, dass es ein Schamhaar ist. Langsam bevölkert Stevie die leeren Büros mit menschlichen Gestalten. Sie schwitzen (Deos in der Schublade), sie bohren in der Nase (oder waren das Brotkrümel?), sie üben ihre Unterschrift (zerknüllte Papiere), sie hinterlassen ihre Po-Abdrücke (auf ergonomischen Sitzkissen), sie ordnen Schreibstifte (alle Spitzen in eine Richtung), sie vergessen die Grünpflanzen (braune Blätter), sie mögen Porno (Heft zuoberst auf Regal), sie mögen Babar (aus Plüsch), sie mögen Simpsons, Garfield, Avatars (Sticker da, Sticker dort), sie bluten (Kleenex), sind verletzt (Heftpflaster im Abfall). Vom *Abo-Dienst C* hat Stevie ein braunfleckiges Stück Verbandstoff in einem Sichtmäppchen. Das ekelt ihn nicht. Den Sammler hat es nicht zu ekeln, der Sammler dokumentiert das menschliche Leben. Wenn er schon Putzmann ist – 17 Franken 5 Rappen die Stunde, ab vier Dienstjahren 17 Franken 25 Rappen –, dann will er auch festhalten dürfen, wer den Schmutz verursacht und was für welchen. Er will sie kennen, die Gestalten in den leeren Büros, und er kennt sie immer besser, denn sein Sachensammeln wird immer gewagter. Er nimmt sich Zeit. Früher hat er für den nächtlichen Putzgang viereinhalb Stunden gebraucht, jetzt bereits eine halbe Stunde länger, aber das interessiert niemanden, auch seinen Chef nicht, den Brugger. Hauptsache, zum Schluss ist alles sauber. Kurz vor Mitternacht bringt Stevie seinen Putzwagen in die Tiefgarage und geht mit dem Stoffbeutel über der Schulter auf ein Bier in die Müller-Bar und von da mit dem Vierzehner nach Hause.

Nelly am Ausschank ist immer freundlich, sie weiß, dass er Putzmann ist, und wenn sie ihn sieht, ruft sie: «Hallo Reinigungsfachperson, guten Tag gehabt?» Er habe früher gedacht, aus ihm werde mal was, hat er zu Nelly gesagt und gehofft, sie werde ihn ausfragen über sein Leben. Aber Nelly lachte nur und schob ihm den Teller mit den belegten Brötchen hin. «Iss!» Stevie wusste, dass sie die Brötchen entsorgte, bevor sie die Bar schloss.

Aus mir wird mal was, das dachte er noch, als er bereits vierundzwanzig war, er dachte es eigentlich, bis er ins Loch kam. Zweieinhalb Jahre hat er gesessen, wegen einer Schlägerei. Wegen schwerer Körperverletzung, hat das Gericht gesagt. Genau genommen war am Schädelriss des Opfers eine Tischkante schuld. Aber das nützte Stevie nichts. Auch nicht, dass er, ohne auffällig zu werden, eine Maurerlehre gemacht hat, dass er danach, ohne auffällig zu werden, vier Jahre auf dem Bau durchgestanden hat. «Wie war denn Ihre Jugend, Herr Wanski?», wurde er im Lauf der Verhandlung gefragt. «Ganz okay», sagte Stevie und dachte, das geht euch nichts an. Meine Schule war eine graue Nebelsuppe, das Dorf war so öd wie der stillgelegte Bahnhof, der Vater war ein schlecht bezahlter Versicherungsvertreter, die Mutter war das Huhn, auf dem alle herumpickten. So war sie, meine Jugend, ganz okay.

Und jetzt sitzt der Versicherungsvertreter außer Dienst in Stevies Zweieinhalbzimmerwohnung und hat nichts mehr als seine schäbige Rente und seinen Geiz. Es ist nicht klar, wer wen mehr verachtet, der Vater den Sohn oder der Sohn den Vater.

Stevie macht es nichts aus, Toiletten zu putzen, im Gegenteil, sie können als Fundort recht interessant sein. Wenn er die Toilettenböden feucht aufwischt, wischt er gleich noch den Liftboden auf, das geht dann in einem. Die Abfallbehälter sind nur einmal wöchentlich innen und außen nass zu reinigen. Stevie macht's mit zugehaltener Nase, diesen Geruch erträgt er schlecht. Aber sonst ist die Putzerei ganz angenehm, keine Schwerarbeit, kein Stress, keine Aufsichtsperson, und der abschließende Blick zurück ins Büro verschafft Zufriedenheit.

Die NeoMedia hat die Putzarbeiten vor einem Jahr an die Cleaning Group AG outgesourct. In deren Reglement steht: *Die Mitarbeiter sind hinsichtlich aller Wahrnehmungen des Betriebes des Auftraggebers zum Schweigen verpflichtet. Jegliche Akteneinsicht und jede Handlung, die zu einer Verletzung des Betriebsgeheimnisses führen könnte, sind den Mitarbeitern untersagt.* Stevie stellt sich die Person vor, die so etwas formuliert. Möchte er mit der befreundet sein, mit ihr auf demselben Skiliftbügel sitzen oder einen Sexfilm anschauen? Eher nicht. Mit wem möchte er befreundet sein? Vielleicht mit ein paar Typen aus der Müller-Bar, vielleicht ergibt sich da mal was. Ein, zwei Freunde zu haben, wär schön.

Stevie hat das Reglement unterschrieben, was soll's. Trotzdem nimmt er Akteneinsicht, wo und wann immer er mag. Es bleibt nicht beim Blättern in Terminkalendern. Er nimmt sich einzelne Aktenordner vor. Am ergiebigsten ist das Schnuppern in der Leserbrief-Abteilung und bei den Personaldiensten. Da findet er handgeschriebene Briefe oder ausgedruckte Mails mit Bedrohungen oder Beschimpfungen oder verzweifelten Bitten. Natürlich darf er nicht lange darüber verweilen, es könnte ja jemand spätabends im Büro noch etwas holen oder erledigen wollen. In der Eile steckt Stevie manchmal ein Papier in seinen Stoffbeutel, um es zu Hause genauer zu studieren und es am nächsten Abend dann zurückzulegen. Aber ab und zu steckt er ein Schriftstück, das ihn fasziniert, in die Schublade mit seiner Sachensammlung. Dass es im betreffenden Büro vermisst wird, hat ihn nicht zu belasten. Niemand wird auf die Idee kommen, jemand vom Putzdienst eigne sich Briefe an.

Stevie könnte nicht genau sagen, was ein Ding an sich haben muss, damit er es sich aneignen möchte. Er hat einen Deo-Roller mitgehen lassen, der fast leer war, dem Duft nach hat er einer Frau gehört, und Stevie hat mit dem Roller auch ihre beiden Achselhöhlen an sich genommen. Er hat eine Brieftasche eingesteckt, die ein zerschlissenes Futter hatte und leer war bis auf eine Quittung vom Restaurant Kropf: *1 x Blutwurst, 1 x Schweinshaxe.* Stevie stellte sich vor, was Wurst-und Haxenesser miteinander geredet haben. Einmal stand eine ganze, intakte, gefüllte Damenhandtasche auf einem Pult, rot und glänzend, mit einem Schnappverschluss, der angenehm klickte. Es waren Briefe drin und Schminkzeug und ein Rosenkranz. Nach einigem Zögern ließ Stevie die Tasche in seinen Stoffbeutel gleiten. Er beendete seine Putztour, und bevor er mit dem Putzwagen in die Tiefgarage fuhr, rannte er zurück und stellte die Tasche wieder aufs Pult.

Als er ein paar Tage später in der Müller-Bar an der Theke stand, sagte Nelly: «Hallo, Reinigungsfachperson, kennst du den da? Arbeitet in der gleichen Bude.» Der da, so stellte sich heraus, war der Mann, der in der NeoMedia die Post verteilte, ein Langer, Dünner, mit Pferdeschwanz und randloser Brille. Nein, Stevie kannte ihn nicht, wie sollte er, sie hatten verschiedene Arbeitszeiten. Der Mann, der sich Postino nannte, schien schon reichlich getrunken zu haben, und Stevie hörte zu, wie er sich von Nelly ausfragen ließ. Wahrscheinlich werde er gefeuert, sagte er, erstens weil die Firma achtzig Stellen streichen werde und zweitens weil es heiße, dass neuerdings aus den Büros verschiedene Dinge verschwunden seien. Und da er, Postino, zu allen Räumen Zutritt habe, werde er schief angesehen, zumindest habe er so ein Gefühl. «Was für Dinge denn?», wollte Nelly wissen. Zum Beispiel habe eines Morgens eine Frau ein großes Geschrei gemacht, ihr rotes Handtäschchen sei nicht mehr auf ihrem Pult. Derweil stand es unversehrt auf dem Pult des Nachbarbüros, wo man sich fragte, wem das unsägliche Ding gehöre. «So was», sagte Nelly. «Weiber», sagte Stevie, was ihm umgehend leidtat, er wollte Nelly nicht beleidigen. Ihr wisst nicht, was ich weiß, dachte er: In der roten Tasche ist ein Rosenkranz. In der NeoMedia ist jemand fromm genug, um den Rosenkranz zu beten. Wahrscheinlich wussten Nelly und Postino nicht mal, was man mit einem Rosenkranz machte. Aber er, Stevie, war mit Rosenkränzen vertraut, die Wanskis aus Polen waren immer katholisch gewesen und hatten Stevie immer in die Maiandacht geschickt. Heilige Maria, Mutter Gottes, bitt für uns arme Sünder. Einmal hatte der Stübi Fritz eine Schachtel mit Maikäfern dabeigehabt und extra oder aus Versehen den Schachteldeckel abgehoben. Das Brummen von etwa zwei Dutzend Käfern mischte sich unter das Rosenkranzgemurmel. Der Pfarrer, sonst mit Schafsgesicht, sah sehr unwirsch zu den Bankreihen, wo die Buben knieten. All die Jahre danach hat Stevie nie mehr an das Schafsgesicht oder an den Stübi Fritz gedacht. Und jetzt hatte er sie plötzlich wieder vor Augen, in einer Dezembernacht in der Müller-Bar. «Was macht ihr an Weihnachten?», fragte Nelly und schob den Teller mit den demnächst abgelaufenen belegten Brötchen zwischen Stevie und Postino. «Nichts», sagte Postino. Und Stevie nickte. Er verdrängte die Vorstellung, wie er mit seinem Vater am Küchentisch sitzen und Kartoffelsalat und Würstchen essen würde und danach Schwarzwäldertorte, denn das war's, was es früher bei Wanskis immer gegeben hatte. Mit roten Kerzen auf dem Tisch. Er würde darauf bestehen, dass Vater sich vorher duschte, und ihm dann irgendein Männerduftwasser schenken, denn wie der alte Wanski die ganze Zeit roch, verbraucht und leicht faulig, so ging das nicht mehr weiter. Überhaupt ging das mit ihm und seinem Vater nicht so weiter, im neuen Jahr musste nach einer anderen Lösung gesucht werden. Aber nach dem, was Postino von geplanten Entlassungen erzählt hatte, spürte Stevie plötzlich Angst, dass auch die Cleaning Group zu sparen anfange, und dass sein Vertrag nicht erneuert würde, obwohl der Brugger gesagt hatte: Sie kann man machen lassen. Was dann? Auf jeden Fall war dann Schluss mit seiner Sachensammlung. Er musste ab sofort vorsichtiger sein.

Heute ist der dritte Dezember, es hat den ganzen Nachmittag geschneit, auf den Straßen liegt ein wässriger brauner Matsch, und der macht Stevie sehr viel Arbeit. Alle Toilettenböden sind von matschigen Schuhen verdreckt. In den Büros mit Parkett oder Linoleum gibt es Wasserlachen, wo vorher Schuhe oder Schirme standen. Stevie muss wieder und wieder den nassen Putzlappen auswringen, zum ersten Mal in seinem Putzdienst trägt er die dicken Gummihandschuhe. Kommt dazu, dass überall der Advent ausgebrochen ist, mit Kerzen, die tropfen, mit Tannenzweigen, die nadeln. Auf dem Konferenztisch der Geschäftsleitung steht ein Teller mit Weihnachtsgebäck. Stevie streift die Gummihandschuhe ab und bedient sich. Das ist allerbeste Ware vom Confiseur, ganz anders als das Biskuitzeug, das sein Vater vor dem Fernseher in sich hineinschiebt. Während Stevie am Tisch steht und in die Stille des Raums seine Kaugeräusche abgibt, fällt sein Blick auf den übervollen Papierkorb. Da hat jemand ein ganzes Dossier entsorgt. Stevie streicht die Papiere glatt und fängt an zu lesen: *Entwicklung einer Strategie für die optimale Nutzung der Konvergenz*. Geht ihn das was an? Nein, nichts geht es ihn an. Er zupft ein kleines kariertes Blatt aus dem Stapel, das wohl aus Versehen in diese Papiere geraten ist. Da heißt es in krass schräger Handschrift:

Ulmer nicht länger tragbar – zwei Beanstandungen aus Gemeinderat - vorzeitige Entlassung machbar - siehe Art. 5a (Loyalität) – Vermerk an Ott: Entwurf aufsetzen bis 5. 12.

Stevie weiß, wer Ott ist und wo er sein Büro hat: der oberste Personalchef, Etage zwei, fettes Mobiliar. Und Stevie weiß, wo Ulmer sitzt: Etage fünf, in der Lokalredaktion, an einem der fünf Tische. An welchem, das lässt sich herausfinden. Plötzlich hört Stevie ein Geräusch hinter sich, er erstarrt. Es gelingt ihm, sich nicht umzudrehen, sondern erst ruhig die Papiere in den Müllsack zu schaufeln.

«Guten Abend», sagt eine Frauenstimme. Stevie setzt ein überraschtes Lächeln auf und blickt über die Schulter. «Guten Abend», sagt er und sieht eine Blondine in Lila mit Perlenkette, reichlich ältlich. «Störe ich? Bin gleich fertig», sagt er, zupft den Polierlappen vom Putzwagen und fährt damit über den Tisch. «Nein», sagt die Altblondine und tritt ganz nah an ihn heran, um sein Namensschild zu lesen, «Sie stören nicht, Herr Wanski.» Sie ist so nah, dass Stevie ihr Deo riecht. «Ich hab mich nur gewundert, wer da so spät noch was zu suchen hat.» Und du, Tante, was hast du da zu suchen, denkt Stevie und putzt sich mit der Zunge die Gebäckkrümel von den Zähnen. «Ja», sagt er, «viel zu tun heute. Die Dreckböden bei dem Hudelwetter ...» Die Altblondine zeigt auf den Teller mit Gebäck. «Bedienen Sie sich», sagt sie, und er solle nicht vergessen, das Licht auszumachen. Stevie wartet, bis ihre Schritte nicht mehr zu hören sind, und geht samt Putzwagen umgehend in die bereits geputzte Lokalredaktion, um den Tisch vom Ulmer zu suchen. Das ist nicht schwierig. Ulmers Tisch ist kaum aufgeräumt, da liegen unordentliche Haufen von Zetteln und noch ungeöffnete Umschläge, adressiert an Johann Ulmer. Stevie zieht die Tischschublade auf, ein paar Kinderfotos sind drin, Ferienbilder von einem Strand, aufgerissene Packungen mit Medikamenten, von denen Stevie nicht weiß, wogegen sie gut sind, eine Brille mit kaputtem Bügel, eine liegende Katze aus Ton, wohl von einem Kind geformt. Stevie macht auf dem Tisch Platz für das kleine karierte Blatt, das er im Konferenzraum eingesteckt hat, streicht es flach und beschwert es mit der Tonkatze. *Ulmer nicht länger tragbar.* «Wehr dich, Ulmer», sagt Stevie halblaut. Ich habe ihn gewarnt, denkt er zufrieden, gewarnt vor den Edelgebäckfressern. Vielleicht noch rechtzeitig.

Eigentlich hätte er das karierte Blatt lieber zu seiner Sammlung gelegt.

und was der tag mir gibt ~ morgenvers vom kindergarten ~ bleibt mir für immer ~ tag gibt mir den mit den augen zum versinken ~ wieder im lift ~ wer ist das ~ im sekretariat fragen ~ tag gibt mir handtäschchen, rot ~ steht auf meinem tisch ~ schnipp-schnapp aufmachen ~ briefe drin ~ briefe von *dein eugen* an *meine sissi* ~ wer ist das ~ im sekretariat fragen ~ ferner puder, wer braucht denn heute noch puder ~ und pink lippenstift ~ und diese halskette, igitt, holzperlen mit kreuz dran ~ weiß nicht, soll ich die briefe lesen ~ wer schreibt denn heute noch briefe ~ wer heißt denn heute noch sissi ~ täschchen mit zwei fingern hochheben, gleich im sekretariat loswerden ~ gleich fragen, wer ist der mit den augen zum versinken und dem schmalen mantel, bestimmt kaschmir ~ tag gibt mir lob aus zibungmund: meine story wohnungssuche gut ~ danke tag

22

Irgendwie hinüber.
Ein halbes Gramm noch.
Warum mag ich mich

IRIS WERTHEIMER, CR «ZUHAUSE»

Es war ein schlechtes Wochenende. Die Verstimmung mit John. Die ätzende Einladung bei Otts. Und dann diese leichte Dauerübelkeit, hoffentlich hat sie nichts zu bedeuten. Sie ist damit eingeschlafen und damit aufgewacht, aber jetzt ist sie weg.

Iris ist die Erste im Büro, das ist sie oft, vor allem wenn sie abends um sechs daheim sein muss, wie heute, denn heute kommt Abdul mit der Hauslieferung, das ist in der Agenda dick angestrichen. Die anderen mögen es nicht, wenn sie um neun Uhr eintreffen und die Chefin bereits dasitzt wie ein stiller Vorwurf. Das macht aber gar nichts. Es wäre nicht gut, wenn es den anderen zu wohl würde. Respekt muss sein.

Die Agenda ist übervoll an diesem Montag, die Planungssitzung, zwei Jahresgespräche, der Chef-Lunch im Canto. Dann sollte sie endlich das Entwurfspapier für den Relaunch zu Ende bringen. Und das Editorial für die nächste Nummer. Verena, als Stellvertreterin «Stevau» genannt, würde das Editorial bestimmt gut hinkriegen, aber Iris mag es ihr nicht gönnen, immerhin ist es für die Nummer 1 des neuen Jahres, und die Stevau wirkt überhaupt leicht eingebildet in letzter Zeit.

Sie hat noch ein Gramm. Das wird, aufgeteilt, reichen bis zum Abend.

Vergeblich müht sie sich ab mit der neuen Kaffeemaschine, die faucht bloß. Iris muss warten, bis ihr jemand um neun Uhr zeigt, wie's geht. Sie nimmt sich ein Glas Saft aus dem Kühlschrank, aber der schmeckt seltsam, irgendwie hinüber. Sie bleibt mit dem Glas in der Hand im Korridor stehen und weiß plötzlich: Irgendwie hinüber ist auch die Beziehung zu John. Schal, mit bitterem Nachgeschmack. «Dann also bis Freitag», hat er am Telefon gesagt, und das klang wie «Wenn's nur nie Freitag wird». Am Freitag steigt das große Fest «Hundert Jahre NSZ», da braucht sie ihn an ihrer Seite, den gutaussehenden, wortgewandten Werbemann, den alle mögen. Es muss ihr etwas einfallen, womit sie ihm richtige Freude machen kann. Am Wochenende hat er sein kleines Mädchen bei sich. Vielleicht könnten sie zu dritt Schlittschuhlaufen auf der Eisbahn im Dolder. Sie mag weder Kälte und schon gar nicht Eiseskälte, und Kinder mag sie auch nicht. Aber einen Nachmittag lang wird sie es schon aushalten, John zuliebe und sich zuliebe, weil sie nicht will, dass John sich zurückzieht. Wen hat sie dann noch?

«Schon wieder?», fragt Greta, «warum hast du nur so oft Nasenbluten?» Sie legt einen Packen Papier vor Iris auf den Tisch. «Ach, das hatte ich als Kind schon», sagt Iris, «bei der kleinsten Aufregung.» «Was regt dich denn auf?» «Ist schon vorbei», sagt Iris, setzt sich wieder aufrecht hin und zeigt auf den Packen Papier. «Noch mehr Kurzgeschichten vom Wettbewerb? Ich habe heute keine Zeit. Fang schon mal an mit Lesen und verteil noch ein paar.»

Sie hat nie Nasenbluten gehabt als Kind, war nie ein zartes Persönchen, war immer die tüchtige Iris, die sich klopfen, schütteln, drücken ließ, ohne Schaden zu nehmen, war so problemlos anzufassen wie ein Zweipfünder-Brot. Tüchtig ist sie immer noch. Warum hätte man sie sonst auf diesen Posten gesetzt, an die Spitze einer Zeitschrift, die nur noch verliert: Leserinnen, Inserenten, Qualität und Glanz. Iris Wertheimer soll's richten, nach drei erfolglosen Vorgängerinnen.

Greta kommt wieder mit Eiswürfeln, die sie in ein Tuch gewickelt hat, das soll sich Iris in den Nacken legen. Greta ist nett, ist nicht so eitel wie die Stevau, und so praktisch. Wo hat

sie bloß das Eis her. Vielleicht sollte sie Greta in die Relaunch-Gruppe nehmen. «Greta, warte!»
Greta hat gestaunt über den Auftrag. Einen neuen Namen für *Zuhause*? Wird denn das in Betracht gezogen? Vorschläge, bis wann? «Bis Mittag», hat Iris gesagt. «Sag zu niemandem was. Und versuch nicht, extra gescheit zu sein.»

Sie wischt gerade mögliche Spuren vom Toilettendeckel, als sie hört, wie die Rölli und die Lustenberger vom Sekretariat den Vorraum betreten und am Waschbecken hantieren. Sie machen den großen Blumenstrauß neu zurecht. Iris besteht darauf, dass beim Eingang zur Redaktion immer ein großzügiges Blumenarrangement steht, das kostet im Abonnement beim Floral-Studio zweihundert Franken im Monat. Wahrscheinlich muss sie das fürs neue Jahr abbestellen, es liegt bei der allgemeinen Sparwut nicht mehr drin. «Hast du's jetzt auch gesehen», sagt die Rölli, «wie sie sich immer an die Nase langt, wie wenn sie eine Fliege wegscheuchte.» «Nein», sagt die Lustenberger, «das nicht, aber sie hat was mit dem Kinn, so als ob sich da etwas verkrampfte.» Iris rührt sich nicht. «Ich mag diese Lilien nicht besonders», sagt die Rölli, «die riechen.» «Nach Friedhof», sagt die Lustenberger. Rölli lacht. «Du hast Blütenstaub an der Nase.» «Soll ich ihn reinziehen?», sagt die Lustenberger. «Vielleicht werden meine Pupillen dann auch so groß.» Die Vase scheppert, das Licht wird gelöscht, die Tür fällt ins Schloss. Iris steht im Dunkeln und friert.

Sie hat die Planungssitzung mit Verve orchestriert. Sie hat sie alle im Griff gehabt, die sieben Frauen rund um den Tisch, alle haben gespurt, keine hat aufbegehrt. Sie war so locker wie präzise, hat mit Charme pariert und hat die Komplimente grammgenau dosiert. Der Inhalt fürs Februarheft steht, er sprüht, alle faden Vorschläge sind gekippt, und die neue Serie «In meinen vier Wänden» hat die richtige Priorität. Sie müssten privater werden, hat sie gesagt, die Leserinnen seien geil nach Schicksalen. Schuld und Scham und Geheimnisse müssten sie ans Licht holen, Schluss mit den netten Hausbesuchen und Stippvisiten in Küchen und Gärten. «*Zuhause* nimmt sich zuallererst die Menschen in ihren vier Wänden vor, ihre Leidenschaften, ihre Ängste. Was sie kochen, stricken, pinseln, kommt in den hinteren Teil des Hefts. Wir müssen uns besser verkaufen, wenn wir als Redaktion überleben wollen. Ich hoffe, das ist euch klar.» Sie hat, während sie wach lag letzte Nacht, für diese Sitzung geübt, mit Erfolg. Sie sieht es den sieben Gesichtern an.

Die Euphorie hält an. «Aufgekratzt» nennt das ihre Mutter. «Iris, Kind, du bist so aufgekratzt. Kommst du auch mal richtig zur Ruhe?» Ihre Mutter hat keine Ahnung davon, was heute von einem CR in einem Medienkonzern erwartet wird, sie stellt sich das so ähnlich vor wie damals ihren Handarbeitsunterricht mit fünfundzwanzig Drittklässlern. Ach, Mutter. Ruhe, was ist das. Mich wälzen und Glockenschläge zählen, das ist meine Ruhe. Der wöchentliche Blick auf die neuen Verkaufszahlen ist jedes Mal eine Enttäuschung. Ist wie wenn ein hoffnungslos Übergewichtiger auf die Waage schaut, nur umgekehrt. Der Relaunch wird den Aufschwung bringen, hat sie auf der Tagung des NeoMedia-Kaders versprochen. *Zuhause* wird frischer, attraktiver, überraschender werden, wird auch ein jüngeres und urbaneres Publikum erreichen, wird ein Heft werden, das man einfach haben muss. Aufgekratzt hat sie es gesagt, die schöne Iris, im knallroten Kostüm, die mit den besten Referenzen von Top-Medienhäusern hier angetreten ist. Sie hat die Zeitschrift *Cara* mitlanciert und erfolgreich auf dem Markt durchgesetzt. Sie hat die Marktpositionierung von *Frau im Bild* verbessert. Sie hat die Herausgabe von *feminette* in Ungarn und Tschechien publizistisch geleitet. Sie, Iris Wertheimer, gerade mal einundvierzig, ist eine Garantie für Erfolg.

Die Mitarbeitergespräche, genannt MAG, vor Weihnachten sind eine leidige Sache, sind Pflicht im ganzen Konzern. Ein

Leerlauf, findet Iris. Wenn sie einer Mitarbeiterin etwas zu sagen hat, ob gut oder schlecht, dann tut sie es sofort, und nicht erst, wenn eine Adventskerze brennt. Was soll sie der Rölli schon sagen. Die Rölli macht ihre Sache, wie sie sollte. Ist ja auch nicht schwer, ihre Sache. Ist das «Girl für alles». Sie lacht zu laut. Und die Frisur ist scheußlich. Aber das gehört wohl nicht in ein MAG. Mehr als die Rölli liegt Iris die Stevau auf dem Magen. Die Verena Stevau war schon Stevau, bevor Iris hier anfing. Und die Stevau ist nicht blöd.

«Verena, setz dich doch», sagt Iris und sieht sofort, dass die Stevau frisch geschminkt ist. Um halb zwölf Uhr morgens kommt man sonst schon etwas matter daher. Verena zupft leicht die Hosenbeine hoch, während sie sich setzt, und streift sich ein Lächeln über. «Alle Jahre wieder», sagt Iris, und Verena sagt: «Vor einem Jahr warst du noch gar nicht da.» Sie sagt es unfreundlich, und das Lächeln ist bereits wieder weg. «Machen wir's kurz», sagt Iris. «Ich möchte das Gespräch einfach nutzen, um mich zu bedanken.» «Wofür?» «Für deine ausgezeichnete Arbeit natürlich.» «Ich möchte das Gespräch ebenfalls nutzen», sagt Verena. «Bitte», sagt Iris und verschränkt unter dem Tisch kräftig die Hände. Dann leg doch los, Hochnase, aufgeblasene. Lass Luft raus. Der für *Zuhause* angepeilte Kurs gefalle ihr nicht, sagt Verena Stevau. Sie sehe immer deutlicher die Gefahr einer Boulevardisierung. Das habe auch die heutige Planungssitzung gezeigt. *Zuhause* brauche mehr Niveau statt mehr Schmiss. Schmissige Publikationen gebe es mittlerweile genug. Jeder Kiosk sei voll davon. Diese Art von Leserschaft sei zur Genüge bedient. Iris ist nahe daran zu explodieren und atmet hörbar durch. «Ja?», sagt Verena, «du wolltest etwas sagen?» «Nein, sprich bitte weiter.»

Sie hat noch ein halbes Gramm. Das spart sie sich auf für den Nachmittag.

Sie wolle einfach klarstellen, dass sie ab sofort in den Relaunch-Sitzungen mit ihrer Meinung nicht mehr zurückhalte. Iris solle nicht damit rechnen, dass sie ihr vorbehaltlos den Rücken stärke. Verena Stevau streift sich wieder das Lächeln über. «Du wirst meine Überlegungen auch noch schriftlich erhalten, samt einer Kopie für die Geschäftsleitung.» «Ausgezeichnet», sagt Iris. «Ich bin froh, dass du dir Gedanken machst. Kontroverse kann unserer Planung nur guttun.» Hochnase von der Hochschule. Bildet sich was ein auf ihr Germanistikstudium. Aber Walther von der Vogelweide hilft hier nicht weiter. Im Gegenteil. Verena Stevau wird demnächst böse über ihren intellektuellen Dünkel stolpern. Dafür wird sie, Iris, schon sorgen.

Sie sei zu dünn, hat John gesagt und eine Menge brauner Butter über ihren Broccoli gegossen. Wie soll sie ihm klarmachen, dass Fett ihr widersteht. Da müsste sie ihm ja auch erklären, warum. John liebt es zu kochen. Er ist Mitglied bei den Werbe-Cooks. Dass sie sich so wenig begeistert zeigt, wenn er für sie kocht, hat ihn enttäuscht. Es wird mit ein Grund sein, dass seine Einladungen spärlicher werden. Iris denkt mit Schaudern an das letzte Rahmschnitzel. Als sie es endlich gegessen hatte, reichte er ihr noch ein Löffelchen für die Sauce, von der dürfe man nichts übrig lassen, einer klassische Sauce Sauvage mit Eigelb, Poivre de Cayenne, einer Spur Muskat und sehr viel Crème fraîche: «Iss, meine dünne Schöne.»

Jetzt, beim Chef-Lunch in der Kantine, ist das Essen wunderbar problemlos. Sie steht am Salatbuffet und füllt sich den Teller mit luftigen Nichtigkeiten. «Wir haben heute einen sehr schönen Orangensalat», sagt Nelly Schoch, die Kantinenleiterin. Leiterin ist sie eigentlich nicht, sie wirkt nur so, hat irgendwo im Hintergrund noch einen Chef. Iris hat mal bei einem Kaffee länger mit ihr gesprochen. Und dabei hat es Nelly Schoch fertiggebracht, über ihren Chef herzuziehen, ohne ein böses Wort zu sagen. Eine geschickte Person, denkt Iris, und nimmt sich vom Orangensalat eine kleine Scheibe. Auch so eine Stevau, diese Nelly Schoch, die gefährlich werden kann.

Der montägliche Chef-Lunch war Iris' Idee. Auch dass er in der Kantine stattfinden sollte, sozusagen mitten im Volk.

Sie mag die geballte Ladung Autorität an einem Tisch und die neugierigen Blicke von rundum. Sie genießt das Gefühl, nicht mehr zum Volk zu gehören und so zu tun, als gehöre sie noch dazu. Sie zuckt kurz zusammen, als Sven Schacke von Schnee spricht, aber es geht nur um die Flocken vor dem Fenster. Jetzt hat der Winter so richtig angefangen. Zibung komme nicht, sei krank, sagt Georg Hirschmann. Schade, denkt Iris. Zibung tut ihr immer wohl, er hat ganz im Verborgenen etwas Zärtliches. «Schnupper verwischt?», fragt Sven und schaut Iris auf die Nase. Iris lacht. «Gib auf. Schweizerdeutsch lernst du nie.» Sie muss aufpassen. Das Hochziehen der Nase ist auch John schon aufgefallen. «Brauchst du ein Taschentuch?», hat er gefragt und gemeint: Was du da machst, ist unfein. John kommt aus gutem Haus, das hat er ihr gleich zu Anfang zu verstehen gegeben.

Dass sie die einzige Frau am Chef-Lunch ist, macht ihr nichts aus. Demnächst wird auch Pit Raner dabei sein, der CR von *Zürcherland* kommt extra aus Uster. Sie hören ihr gerne zu, die Männer, lachen beifällig über Klatsch, je böser, desto besser. Heute kann sie vom Essen bei Otts erzählen. Vor Ott, dem Personalchef, oder korrekt: dem Human Resources Director, haben sie alle heimlich Respekt. Ott sieht gut aus, mischt Macht mit Charme, geht bei der Geschäftsleitung ein und aus. «Habt ihr gewusst, dass Ott im Personalbüro Gott heißt?» Haben sie nicht. «Habt ihr gewusst, dass er zum dritten Mal verheiratet ist?» Haben sie nicht. Iris schildert das Ottsche Wohnzimmer, alle Textilien cremeweiß, der Boden dunkle Eiche und vor dem Kamin ein dunkles kleines Sofa für die Dogge. «Und warum», fragt Ralph, der Radiomann, «warst du bei Gott eingeladen?» Das habe sie John, ihrem Freund, zu verdanken, er spiele Golf mit Gott. Es war ein scheußlicher Abend, denkt sie und merkt, wie sich ihre Energie energisch davonmacht.

Ein halbes Gramm noch.

Zurück im Büro, möchte sie ihre Pelzjacke am liebsten anbehalten, sie friert. Aber das sieht wohl eigenartig aus. Sie legt sich das flauschige Ding über die Knie, sie hat es sich in Rosa bestellt, damit man gleich sieht, dass es Kunstpelz ist. Die CR von *Zuhause* darf nicht in einem toten Tier rumlaufen. Postino kommt, sagt «Ein Päckchen für Sie» und stellt ein riesiges Paket mitten auf ihr Pult. «Bringen Sie das Päckchen ins Sekretariat, bitte», sagt Iris. «Sie sollen es noch nicht aufmachen.» Sie weiß, was drin ist, zweiundzwanzig blaue Keramikschalen, Mitarbeitergeschenke. Sie wird zweiundzwanzigmal schreiben müssen *Von «Zuhause» für Zuhause.*

Jetzt klopft Greta an die offene Tür, sagt «Der neue Name» und legt ein Stück Papier auf Iris' Tisch. Darauf steht nur ein einziges Wort: *Privat*. Iris erschrickt, so gut ist das. Mamma mia. Genau das Richtige. Warum ist ihr das nicht selber eingefallen. Sie kann ihr ganzes Relaunch-Papier darauf aufbauen. «Danke, Greta», sagt sie. «Sehr schön. ‹Privat› gefällt mir auch. Hab ich auch auf meiner Liste.» Sie habe ein ganzes Blatt mit Vorschlägen vollgeschrieben, sagt Greta, und nach und nach alles durchgestrichen bis auf «Privat». «Hat ein bisschen gedauert», sagt sie, «aber ich wollte meinen Müll gleich selber entsorgen. Darum bekommst du von mir nur einen einzigen Vorschlag.» Iris lächelt höflich. «Top Service», sagt sie. «Ich bin dir wirklich sehr dankbar.»

Sie weiß inzwischen: Wenn das Zahnfleisch innerhalb von fünf Sekunden taub wird, ist der Stoff gut. Die Wirkung setzt schleichend ein, kommt von hinten, überschwemmt die Schultern. Iris sitzt für eine Weile still da, schaut hinaus ins Schneeflockenballett. Den Pelz braucht sie nicht mehr, sie ist bereit zum Sprint in den restlichen Nachmittag. Und heute Abend kommt Abdul. Wie gut, dass sie sich auf Abdul verlassen kann. Er ist immer pünktlich gewesen, und was er gebracht hat, war immer einwandfrei.

«Schneit's bei dir auch?», sagt John am Telefon. Iris lacht. Zwischen ihr und Johns Werbeagentur sind es gerade vierhundert Meter. «Hör mal, schöne Schneekönigin», sagt John, und Iris denkt: Er liebt mich noch. «Ich muss für Freitag leider absagen.» Sie hätten einen neuen Großkunden an der Angel, der komme aus Brüssel und müsse am Freitagabend in Zürich ausgeführt werden. «VIP-Treatment», sagt John. «Kronenhalle und Opernballett. Du kennst das ja.» Ja, denkt Iris, ich war auch mal dein VIP. Das ist wohl vorbei.

Liebe Leserin, lieber Leser
Schon wieder ein neues Jahr, schon wieder die alte Leier: Lauter gute Wünsche und lauter gute Vorsätze! Ich will Sie in diesem Editorial nicht auch noch damit langweilen. Lassen wir das neue Jahr, lassen wir es in reizvoller Ungewissheit noch etwas ruhen. Holen wir stattdessen das alte Jahr noch einmal hervor, ans schonungslos helle Licht der Ehrlichkeit. Bitte fragen Sie sich mit mir:
Hat mich das alte Jahr klüger gemacht?
Welche schlechte Eigenschaft habe ich immer noch?
Habe ich jemanden bedingungslos geliebt?
Habe ich jemandem wirklich geholfen?
Wen habe ich belogen?
Bin ich nach wie vor süchtig? Wonach?
Was war mir wichtiger – mein Aussehen oder mein Weltbild?
Habe ich versucht, etwas zu verändern? Was?
Habe ich jemanden verletzt? Hat es mir Spaß gemacht?
Gab es etwas, das mich staunen machte?
Gab es etwas, das mich tief beglückte?
Möchte ich nochmals so ein Jahr erleben?
Wenn es ein schlechtes Jahr war: Wie weit bin ich selber dran schuld, wie weit das Schicksal?
Auf wen war ich neidisch?
Warum mag ich mich?
Wenn ich zur Erinnerung ans alte Jahr drei Fotos bekäme – was müsste drauf sein?

Wenn man mir zur Erinnerung drei Geräusche schenkte
– was möchte ich hören?
Gibt es etwas, das ich definitiv vergessen möchte?
Kann ich unbeschwert so bleiben, wie ich bin?
Lieber Leser, liebe Leserin, nein, ich habe nicht die Absicht, Seelsorgerin zu werden. Ich will unbedingt Chefredakteurin von «Zuhause» bleiben, will ein spannendes, farbiges, intelligentes Heft für Sie machen, mit vielen Anregungen – und ab und zu ein paar störenden Fragen, am Ende des Jahres oder mittendrin. Bleiben Sie dran! Bleiben Sie uns treu!
Ihre Iris Wertheimer

Ja, das haut hin, das alte Jahr am Schlafittchen zu packen, schön frech wird das werden, hat sie gedacht, als sie mit dem Text begann. Jetzt, wo sie ihn nochmals durchliest, denkt sie, nein, das geht so nicht, ist larmoyantes Gedöns. Man wird sie nachsichtig belächeln. Verena Stevau wird bedeutungsvoll den Kopf schütteln. Morgen um elf ist für das Editorial Redaktionsschluss. Sie wird es morgen noch einmal lesen und dann deleten und ratzfatz ein neues schreiben. Sie kann das. Sie kann sich auf sich verlassen.

Das Gefühl von Ameisen unter der Haut, im rechten Oberarm, das ist neu.

soll also geschichten lesen ~ eingeschickt von *zuhause*-leserinnen ~ leser sind nicht dabei ~ erster preis luxus-weekend für zwei personen ~ berner oberland irgendwo ~ titel: tag ohne dich ~ auweia, wer fährt dann mit ins oberland ~ elf gelesen, alle schrott, schwulst, bauchgefühle ~ insgesamt fünf sonnenauf- oder untergänge, vier mal schmetterlinge im Bauch, dreimal schmerzliche leere ~ auweia ~ schreibfehler: meine sehnen statt mein sehnen, nicht mal durchgelesen ~ glauben, sie seien dichterinnen, aber dicht ist nichts, das trieft und tropft ~ in so viel schmalz könnte man jemanden braten ~ bin böse, weiß schon, wollte auch mal geschichten schreiben ~ aber nichts schmerzherziges, sondern gelbgalliges ~ liebe frauen, werdet endlich böse ~ und zum teufel mit dem oberland

23

*Nach und nach. Kulturplunder.
Gehackter Hund.
Die Schicksalsjacke*

PIA WALCH, NSZ-LESERBRIEFE

Es ist unklar, wie Walo ihren Namen herausfand.

Sie unterschreiben alle drei mit «Ihre Leserbriefredaktion NSZ». Das gehört zu den redaktionellen Prinzipien: keine persönliche Namensnennung, keine private Kontaktnahme, nur neutral gehaltene Mitteilungen, ob auf Papier oder per Mail. Sich nicht einlassen auf private Diskussionen mit den Briefeschreibern. «Das bewirkt immer nur Ärgervergrößerung», hat man Pia ganz zu Anfang beigebracht. Es kommt vor, dass die Redaktion vor der Briefveröffentlichung telefonisch nachfragen muss, um sich aus irgendeinem Grund abzusichern. Da stellt man sich selbstverständlich mit Namen vor: Stefan Fest, Pierrette Vonlanthen, Pia Walch.

Aber Pia hatte nie mit dem Tierschutz-Walo telefoniert.

Zwischen achtzig und neunzig Prozent der Briefeschreibenden sind unzufrieden, empört, verletzt, verärgert, wütend. Kaum jemand setzt sich hin, um über lachende Kindergesichter oder goldenen Ahorn zu schreiben. Tierschutz-Walo gehörte zu den maßvoll Empörten oder gab sich so. Und zu den Notorikern. Pia hat Buch geführt: Walo hatte 2011 vierunddreißig Briefe geschickt. Sie waren nicht zu übersehen. Die Briefumschläge waren maisgelb und aus schwerem Papier. Walo schrieb immer von Hand und mit Tinte, in einer flüssigen, lesbaren Schrift mit kalligraphischem Schwung. Sie übernehme es, den leidigen Tierschutz-Walo zu betreuen, sagte Pia in einer Morgensitzung, und pickte fortan die maisgelben Umschläge aus dem Posthaufen heraus. Sie versuchte, via Internet einiges über Walo herauszufinden, sie fand sogar ein Bild von ihm und speicherte es unter «privat». Dass sie von ihm fasziniert war, behielt sie für sich, sie seufzte bloß und sagte: Walo hat wieder zugeschlagen.

Walo hatte irgendwas Therapeutisches mit Holz gemacht, war mal in einem Heim für Behinderte tätig gewesen, war es vielleicht immer noch. Das Dorf, wo er wohnte oder das er als seinen Wohnort angab, hatte dreihundertzwanzig Einwohner. Dalhausen, Kanton Baselland. Auf dem Bild sah er aus wie etwa fünfzig, schöner, kantiger Schädel, keine oder kurze Haare, ernster, großer Mund. Pia wusste nicht, wie alt das Bild war, sie hatte es auf der Website des Behindertenheims gefunden: *Walo Stamm beim Pfingstausflug mit der C-Gruppe.*

In den ersten zwei Dutzend von Walos Briefen ging es um Tiere. Er schimpfte über die KZ-Haltung von Kühen, über die stundenlangen Angstfahrten der Schweine in die Schlachthöfe, über das Vergasen der männlichen Küken, über Tiere als Wegwerfware in Versuchslabors. «Sie implantieren den Affen Elektroden ins Gehirn oder nähen jungen Katzen die Augenlider zu», schrieb er. Pia mochte seine Briefe. Sie mochte es, wie er schreckliche Tatbestände in trockene Sätze packte. Sie hätte ihm gewünscht, dass es alle seine Briefe in die Zeitung geschafft hätten. Aber die redaktionellen Prinzipien besagten, dass Notoriker lediglich zehnmal jährlich zu Worte kommen durften. Sie besagten auch, dass man den Empfang der Leserbriefe nicht bestätigen solle, weder annehmend noch ablehnend. Tierschutz-Walo konnte also nie wissen, ob sein Brief in der Zeitung oder im Papierkorb landen würde. Einmal, als er einen überaus traurigen Brief über eine Gruppe von Hundevergiftern geschickt hatte, schrieb ihm Pia – gegen die Regeln – eine Antwort. *Sehr geehrter Herr Stamm, wir bedanken uns für Ihre Zuschrift und bedauern, dass wir sie auf unserer Leserbriefseite nicht berücksichtigen können. Das hat nichts mit der Qualität Ihres Briefes zu tun, sondern damit, dass wir ein Forum für möglichst viele verschiedene Menschen und Anliegen sein wollen. Bitte bleiben Sie weiterhin ebenso mutig wie kritisch. Ihre Leserbriefredaktion NSZ*

Pias Antwort bewirkte nicht etwa, dass sich Walo zurückhielt. Im Gegenteil, er legte erst richtig los. Und es war nicht mehr ausschließlich das Los der Tiere, das ihn beschäftigte. Jetzt schimpfte er rundum. Anfang April 2012 zupfte Pia einen maisgelben Umschlag aus dem Posthaufen, zog sich zum Lesen an ihren Platz zurück und erschrak. «Liebe Pia Walch», stand da auf einer Visitenkarte, «anbei ein Beitrag für Ihre Leserbriefseite, der Bezug auf einen gestern in der NSZ erschienenen Artikel nimmt.» An die Karte angeheftet – mit einer übergroßen schwarz-gelb gestreiften Büroklammer – war ein Text mit dem Titel *Falschinformation!*

Der Text war voller Ausrufezeichen. *Das ist schludriger Journalismus!* Der NSZ-Journalist Dörig habe in seinem Beitrag zur neuen Tierschutzverordnung behauptet, in der Schweiz dürfe ohne vorherige Betäubung kein Tier geschlachtet werden. Das Schächten sei aber nur für Säugetiere verboten. *Ist ein Huhn etwa kein Tier, Herr Dörig? Haben Sie schon mal ein Huhn gesehen, Herr Dörig? Oder gar auf dem Arm gehabt? Ein warmes Wesen mit einem aufgeregten Herzschlag?* Dörig solle bitte genauer recherchieren: Juden und Muslime dürften in der Schweiz Geflügel aller Art betäubungslos schlachten. *Schächten nennt man das, Herr Dörig! Haben wir in unserem Land solche Rituale nötig? Ich bitte um Richtigstellung! Walo Stamm, Dalhausen.*

Pia legte die Karte mit «Liebe Pia Walch» in ihre Handtasche und nahm Walos Text mit zur Morgensitzung. «Ach, der schon wieder», sagte Stefan, «jetzt geht er noch auf die Juden los.» Er knüllte das Blatt zusammen, faltete es wieder auseinander und strich es glatt. «Das Ganze ist zwar unflätig, aber Dörig soll es sich trotzdem ansehen. Vielleicht ist an der Kritik ja doch was dran.»

Pia seufzte erleichtert.

«Ja, dieser Walo ist wirklich zum Seufzen», sagte Stefan.

Pia stellte sich vor, Walo Stamm würde sie anrufen, fragen, ob sie interessiert sei an einem Gespräch, zum Beispiel über Mittag im Hiltl, er lade sie gerne ein. Würde sie hingehen? Ja, sie würde. Stefan oder Pierrette im Hiltl zu begegnen, war unwahrscheinlich. Die beiden waren Wurstesser, und das Hiltl war vegetarisch. «Keine privaten Diskussionen mit den Briefeschreibern», hatte Stefan gewarnt. Aber was ging es ihn an, wo und mit wem Pia zu Mittag aß. Gar nichts ging es ihn an. Oder hatte er sich jemals erkundigt, wie Pias Leben außerhalb der NSZ aussah?

Das alles weiß Stefan nicht: Pia Walch war mal verheiratet. Der Mann ist abgehauen, südwärts. Sie hat nie mehr was von ihm gehört. In der Wohnung ist nichts mehr von ihm zu finden, sie hat alles entsorgt, auch die Fotos. Das ist jetzt elf Jahre her. Inzwischen ist sie nach und nach blond geworden und hat nach und nach zwanzig Kilo zugenommen. Die damaligen NSZ-Kollegen sind nach und nach verschwunden. Ihren Glauben hat sie nach und nach aufgegeben und ihre kulturellen Interessen nach und nach verloren. Was sie nach wie vor mag, ist ihre Arbeit, und sie fürchtet sich vor den Ferien. Das alles weiß Stefan nicht.

Stefan zeigte Pia auf dem Bildschirm Dörigs Mail: *Die nicht betäubten Hühner sind eine Bagatelle. Der Vorwurf des Briefeschreibers ist lächerlich. Eine Stellungnahme der Redaktion kommt gar nicht in Frage.* Pia war enttäuscht. Ein Wichtigtuer, dieser Dörig. «Na dann», sagte sie munter, ging an ihren Platz und schaute sich in der aufgeklappten Handtasche Walos Visitenkarte an.

Du hast recht, Walo, dachte sie. Was wir den Tieren antun, ist beschissen, erst quälen, dann fressen wir sie. Wir sind die beschissene Krone der Schöpfung.

Nach der Arbeit kaufte sie sich fürs Abendessen eine dicke Tranche Kalbfleischwurst, Fettanteil vierzig Prozent, Herkunftsland Rumänien, abgepackt in der Schweiz. Sie setzte sich vor den Fernseher, und als sie merkte, dass sie gar nicht richtig hinsah, schaltete sie auf stumm, schloss die Augen und nahm sich vor, darüber nachzudenken, was sie aus ihrem Leben machen könnte. Da musste doch noch etwas sein, das zu entdecken war. Etwas, das nur auf sie wartete. Etwas für die einzigartige Persönlichkeit Pia Walch. Es gelang ihr nicht, ihre Gedanken zu ordnen, wie Hagelkörner prallten sie auf, sprangen hoch, blieben liegen. Sie holte sich in der Küche die restliche Kalbfleischwurst, wusste, dass die Kälber in dunklen Ställen aufwuchsen und dass ihre ersten Schritte im Freien die Schritte zum Schlachthof waren. Ach, Walo, dachte sie. Ruf mich doch mal an.

Sein nächster maisgelber Brief kam drei Tage später. *Verehrte Frau Walch*. Ob die Redaktion seinen Leserbrief zum Thema Schächten übersehen habe. Wann eine Veröffentlichung zu erwarten sei. Ob die NSZ ihre Falschmeldung richtigstelle oder sich ihrer ethischen Verantwortung entziehe. *Hochachtungsvoll*.

Pia sagte Stefan nichts davon. Ja nicht reagieren, würde Stefan sagen. Hände weg von solchen Stänkerern. Die geben nie auf, sind die ewig Beleidigten, weil es Leute gibt, die sich erlauben, anders zu denken als sie. Immerhin schreiben sie Briefe, würde Stefan sagen. Wären sie Analphabeten, würden sie ungute Dinge tun, den Nachbarn ins Gemüsebeet pissen oder in der Kirche Kondome über die Kerzen stülpen.

Lieber Herr Stamm, vielen Dank für Ihren Brief vom 7. des Monats. Bitte haben Sie Verständnis, dass wir aus Platzmangel auf der Leserbriefseite nur eine beschränkte Anzahl von Zuschriften veröffentlichen können. Wir haben Ihre Beanstandung («Falschmeldung») indes an den betreffenden NSZ-Journalisten weitergeleitet. Mit freundlichen Grüßen, Ihre Leserbriefredaktion NSZ.

Mit der großen schwarz-gelben Büroklammer, die sie aufbewahrt hatte, heftete Pia ihre Visitenkarte an den Brief. Damit hatte Walo ihre direkte Telefonnummer und Mail-Adresse. Damit gab sie sich preis. Es war schon fast, als zöge sie vor Walo ihre Bluse aus.

Die Antwort folgte umgehend, diesmal per Mail. *Liebe Pia Walch.* Pia wusste nicht, ob sie sich freuen oder fürchten sollte. Die Computer in der Leserbriefredaktion brauchten kein Kennwort. Stefan oder Pierrette konnten ohne weiteres an Pias Daten ran, aber das würden sie nur in Notfällen tun. Ein Notfall wäre zum Beispiel eine Bombendrohung von Tierschutz-Walo. Aber Walo schrieb ganz artig: *Es ist schön, eine Ansprechpartnerin zu haben, wenn es um das Leid der Nutztiere geht. Die Mehrheit der Bevölkerung schert sich einen Deut drum. Man müsste sie zwingen, ihre geliebten Hunde zu schlachten und zu fressen. Vielleicht kämen sie dann zur Besinnung.* Der Satz mit den Hunden machte Pia unruhig. Vielleicht war es doch ein Fehler gewesen, sich auf Walo einzulassen.

Sie bedankte sich für die Antwort und bat, ihr vorläufig keine weiteren Mails zu schicken, sie sei ferienhalber nicht erreichbar. Zur Hälfte stimmte das. Sie fuhr für vier Tage ins Tessin, wie sie das alle zwei Monate machte, um ihren Vater zu besuchen, der in Ponte Tresa im Pflegeheim war. Sie druckte die Korrespondenz mit Walo aus und löschte sie dann.

Wie schon letztes Mal wusste ihr Vater nicht, wer sie war. Sie saß beim Mittag- und Abendessen an seinem Tisch, zusammen mit dem schwerhörigen Herrn Maccagno. Die Gäste in der Casa di Riposa sprachen wenig, es war vor allem das Geräusch von Besteck und Porzellan zu hören, ein paar Munterstimmen des Personals sowie der sporadische Aufschrei von Frau Piazza, an den sich, so schien es, alle gewöhnt hatten. Die meisten Gäste saßen gebückt oder sonst wie verbogen über ihren Tellern. Pia dachte an Walo und stellte sich vor, auf den Tellern wäre Hund. Es war Maisbrei mit Hackfleisch, aber auch Hunde konnten ja gehackt werden. Herr Maccagno lächelte sie an, Pia lächelte zurück. «Buon appetito», sagte sie, doch Herr Maccagno hatte seinen Kommunikationsbedarf bereits gedeckt.

Nach dem Essen hatte sie vier Stunden Zeit für einen Ausflug. Während sie am Bahnhof von Ponte Tresa aufs Postauto wartete, fuhr ein Bus mit einer muslimischen Reisegruppe vor, zwei schwarz vermummte Frauen verschwanden zielstrebig, und Pia sah sie später auf einem Stückchen Stoff am Boden knien, zwischen einem ausrangierten Getränkeautomaten und einer verbarrikadierten Tür. Pia verstand nicht, warum sie ihre Gebete nicht an einem angenehmeren Ort sprachen, in ihrem Reisebus oder ein paar Schritte weiter am Ufer des sanft glänzenden Sees. Und schon wieder musste sie an Walo denken und an die geschächteten Hühner. Schluss jetzt, sagte sie sich. Jetzt sind die Magnolien dran.

Sie saß im Postauto, bereit, die Blütenpracht zu bewundern, Magnolien, Kamelien, Forsythien, Azaleen, manches war ihr zu gelb oder zu rosa, aber sie registrierte alles genau, auch die Osterglocken und die Tulpen, damit sie im Büro etwas zu rapportieren hatte. Sie sah auch eine Mimose. So hieß Vaters Casa di Riposa, wo er jetzt wohl offenen Mundes seinen Mittagsschlaf abhielt. Die Wälder an den Hängen waren noch durchsichtig, da und dort hingen weiße Schleier zwischen den Stämmen, das mussten blühende Wildkirschen sein. Sie freute sich auf den Kaffee in Miglieglia, in den Kurven musste sie aufpassen, dass ihr der gehackte Hund vom Mittagessen nicht sauer aufstieg. Die Kirche von Miglieglia sei ein Kleinod, hieß es in ihrem Reiseführer, sie konnte sie im Büro erwähnen: Kennt ihr Miglieglia?

Sie machte sich nichts aus Kirchen.

Rund zehntausend Leserbriefe erhielt die NSZ im Jahr, und ausgerechnet diesem seltsamen Walo-Mann war es gelungen, sich an ihr festzuhaken, sie wusste nicht, warum. Ich muss ihn abschütteln, dachte sie, während sie sich an die warme Kirchenmauer lehnte. Zwei Motorsägen weit weg klangen fast angenehm, eine Heuschrecke setzte sich auf ihren Turnschuh, im Himmel kreiste ein Bussard oder so was. Ich muss aufpassen, dachte sie, dass mir der Walo-Mann im Büro nicht noch Schwierigkeiten macht. Die Arbeit, die sie liebte, durfte seinetwegen keinen Schaden nehmen. Fünfzehn Jahre war sie nun dabei. Ab und zu mal hörte sie die Bemerkung «Machst du immer noch ‹Leserbriefe›? Was ist eigentlich mit den ‹Leserinnen›?» So was störte sie nicht. Sie fand entsprechende Bemühungen lächerlich, etwa «Leser- und Leserinnenbriefe» oder «Forum für unsere Lesenden». Quatsch, dachte sie. Hauptsache, die Frauen kamen ebenso häufig zu Wort. Und das taten sie. Dafür sorgten Pia und Pierrette gemeinsam, Pierrette führte sogar eine Statistik. Pierrette war voll in Ordnung. Dumm war bloß, dass sie einen Mann hatte. Sie ging aus mit Mann, sie kaufte ein mit Mann, sie fuhr in die Ferien mit Mann. Pia musste alleine fahren, musste diese ach so schönen Reisen für Singles buchen, Naturwunder und Kulturplunder. Saß dann irgendwo in einem Hafencafé zwischen Möwengekreisch und Tourigeschnatter und dachte etwas wehmütig an den Liegestuhl auf ihrem Balkon. Diese kurzen Ausflüge zu Vater ins Tessin waren eigentlich ganz angenehm, von den tragischen Gestalten im Heim Mimosa mal abgesehen. Bevor Pia das Heim betrat, zog sie – wie sie es nannte – die Schicksalsjacke über, und an der perlte das Elend ab. Sie lachte, wenn der schwerhörige Herr Maccagno «porcellini» statt «tortellini» verstand, wenn Frau Piazza ihren Schrei auch mal mit vollem Mund ausstieß, wenn die Leiterin in ihren Gesundheitssandaletten auf Herrn Maccagnos Spucke ausrutschte. Ihr Vater saß derweil ernst und wortlos da und sah immer aus, als sei er woanders. Auf der Heimfahrt im Zug dachte sie an seine steifen, mageren Schultern, die sich nicht bewegt hatten, als sie ihn umarmte, und sie stellte sich vor, was für einen Leserbrief er schreiben könnte:

«Ich habe noch nie einen Leserbrief geschrieben, auch nicht, als ich noch einen hätte schreiben können. Ich habe nie gemeckert, habe gemacht, was man von mir erwartete, im Kraftwerk gebuchhaltet, die Rita geheiratet, die Tochter gezeugt, die Hauswartung erledigt. Habe das Einfamilienhaus erworben, im Kraftwerk die Finanzen verwaltet, im Samariterverein die Lokalitäten betreut, die Rita zu den Kuren begleitet, die Tochter durch die Schulen geschickt, habe gemacht, was man von mir erwartete. Was draußen schieflief, in der Welt der anderen, in den Köpfen der Typen, die das Sagen hatten, das ging mich nichts an, keine Zeit. Maul aufreißen, Aufstand machen, revoluzzern, nichts für mich, keine Zeit. Hungerkinder, Waffenhändler, Menschenschinder, was ging's mich an, ich war ja nur der Walch vom Kraftwerk, konnte eh nichts bewirken, und zudem gab's genug von denen, die sich wichtigmachten und so taten, als würden sie die Menschheit retten. Nein, ich habe nie gemeckert, ich habe die Rita gefüttert, die Rita gewaschen, die Rita begraben, gemacht, was man von mir erwartete. Habe die Katze weggegeben und bin ins Heim gezogen, mit dem Sessel, den die Rita zur Hochzeit gekauft hat, hab mich da reingesetzt, und als ich saß, wurde es dunkel, und eine Leinwand ging an, und auf der fand die Welt statt, und ich war ein Zuschauer und verstand nicht, was ich sah, es war zu laut und zu wirr, um es zu verstehen. Egal, dachte ich, ich habe alles gemacht, was man von mir erwartete, jetzt werde ich stumm, Teufel noch mal, und will nie mehr in das Wirrwarr zurück.»

Am Dienstagmorgen hatte Pia eine Mail von Walo Stamm, *Liebe Pia Walch,* er lasse sich das nicht bieten, die Arroganz der NSZ. Entweder habe sie seinen Leserbrief zu veröffentlichen oder eine Berichtigung zu formulieren. Es tue ihr leid, schrieb Pia zurück, sie könne nichts für ihn tun, aber es stehe ihm offen, beim Presserat eine Beschwerde wegen Verletzung der Wahrheits- und Berichtigungspflicht einzureichen: pro@presserat.ch. Sie klickte auf *Senden,* und dann drückte sie ein Bündel Zeitungen gegen die Brust, damit niemand ihr Herzklopfen höre.

Walo reagierte nicht. Das war's dann, dachte Pia, erleichtert und leicht enttäuscht. Doch als sie ein paar Tage später kurz vor Mittag das Telefon abnahm, spürte sie eine unerklärliche Aufregung. «Hier ist Meierhofer vom Empfang. Ein Herr Stamm möchte Sie sprechen.» Sie komme, sagte Pia, Herr Stamm möge warten. Sie klopfte die Krümel von der Bluse, prüfte im Taschenspiegel ihre Zahnzwischenräume, nahm Notizblock und Stift, um nicht mit leeren Händen aufzutreten. Sie erkannte Walo Stamm sofort, er stand breitbeinig in der Empfangshalle, Blick auf die Lifttür gerichtet. Schöner, kantiger Schädel, kurze Haare, ernster, großer Mund. Er sah so aus wie sein Bild. Trug eine schwarze Lederjacke, was an dem warmen Frühlingstag etwas sonderbar wirkte. «Nehmen Sie Platz», sagte Pia und zeigte auf die schwarze Ledersitzgruppe. Er wolle sich für den guten Rat bedanken, sagte Walo, er habe nun den Presserat informiert. Pia erschrak. Was, wenn man herausfand, dass sie hinter Walos Aktion steckte. Dass sie die redaktionellen Prinzipien verletzt hatte. Dass sie sich sogar mit Walo traf. Ob er sie zum Mittagessen einladen dürfe, sagte Walo, für ein Stündchen, hier in der Nähe. Pia stürzte von einem Erschrecken ins andere. Sie erschrak, weil sie merkte, wie gut er ihr gefiel. «Ja», sagte sie, «das geht, für ein Stündchen geht das.» Das freue ihn, sagte er und blieb sitzen, was Pia wunderte, bis ihr einfiel, dass sie ja noch Jacke und Tasche holen musste. Hätte er sie einfach am Arm genommen, sie wäre umgehend mitgegangen, vielleicht gar barfuß. Gut, dass er's nicht wusste.

Sie saßen draußen in der Frühlingssonne, aßen Salat mit Ei, und Walo Stamm erzählte von seiner neuen Arbeit, nein, nichts Therapeutisches mehr, er war jetzt Bereichsleiter in einem Food-Market in Liestal. «Sehr interessant», sagte Walo, «da trifft man allerlei Volk.» Beim Kaffee kam er ins Schimpfen über die ausländischen Angestellten, und von da ins Schimpfen über die Muslime. Pia zuckte innerlich ein paarmal zusammen. Als sie sich trennten, duzten sie sich, und Walo versprach, sich wieder zu melden.

«Neununddreißig Prozent der Muslime glauben, sie haben die Wahrheit gepachtet, bei den Christen sind es nur zwölf Prozent», hatte Walo gesagt, noch mit Ei im Mund.

Walo schrieb weiterhin Leserbriefe auf maisgelbem Papier. Pia fischte sie nicht mehr aus dem Haufen, sie überließ sie Stefan und Pierrette, die warfen sie weg. Pia ging mit Walo ins Bett, immer an Montagen, da hatte er frei, den ganzen Sommer über. Es war furchtbar, was er sagte, es war wunderbar, wie er roch. «Was macht ihr mit meinen Briefen», fragte er. Pia erklärte ihm, dass jährlich nur zehn von ein und demselben Schreiber veröffentlicht würden, er solle mal eine Pause einschalten. Im Herbst fuhr Walo für ein paar Wochen nach Israel zu seiner Schwester, «ins Reich der Beschnittenen», sagte er. Ich liebe einen Nazi, dachte Pia, er hasst Juden und liebt Hunde, wie Hitler. Das muss aufhören, dachte sie. Wenn Walo zurückkommt, mache ich Schluss.

Am Montag, den dritten Dezember, schneit es in dichten Flocken, Pia schaut aus dem Fenster. Wie in einer Waschanlage, denkt sie, jetzt wird alles sauber. Postino ruft «Schön, nicht?» und legt die Post auf den Tisch. Ein maisgelber Umschlag ist dabei.

chefin iris hat geschichten-siegerin
erkoren ~ cora obergfell aus triengen,
einundfünfzig, hausfrau ~ «tag ohne
dich» ist tag ohne weißweinflasche ~
keine schlechte idee, kein schlechter
text, kein schlechter entscheid von iris
~ und jetzt soll volontärin nach triengen fahren und textlein brünzeln ~ ob
dem oberhochdeutschen herrn schacke
das wort brünzeln gefiele? ~ triengen
ist kaff in kanton luzern ~ fotografin
somm fährt ~ apropos weißweinflasche, sagt iris, somms mutter säuft,
aber das weiß offiziell niemand ~
nicht klar, ob cora in triengen an der
flasche hängt ~ obwohl: geschichte
klingt nicht erfunden ~ möchte nicht
gern fragen ~ muss aber wohl ~
textleinbrünzlerinnen müssen fragen ~
das gehört zur ausbildung ~ noch vier
monate ~ wär das volontariat eine
schwangerschaft, hätte ich bauch

24

Jubel. Eine Greifvogelfeder.
Organ namens Herz.
Nichts Falsches an ihm

NOA DIENES, NSZ-«THEMEN»

Noa Dienes will das sein, was KIS war, unbedingt und um jeden Preis. Sagen tut er es niemandem, nicht mal Emilie. Damals im Juni, als KIS mit dem Motorrad stürzte und mit Schädelbruch im Spital lag, damals schon. KIS, Klaus Ivo Saner, die sogenannte Edelfeder, Vorzeigeschreiber der NSZ, Leiter des Ressorts «Themen». KIS, mach Platz, dachte er. Damals schon. Jetzt bin ich dran, dachte er. Als er hörte, dass man KIS ins künstliche Koma versetzt hatte, begann er seine eigentliche Planung. Er zeigte Anteilnahme in gemessenen Abständen, fragte an Redaktionssitzungen nach Saners Befinden, übernahm einen der wöchentlichen NSZ-Besuche am Krankenbett, als die Sekretärin Lilli verhindert war. Bei der nächsten Sitzung rapportierte er so teilnahmslos wie möglich. «Armer Kerl», sagte er. «Man weiß nicht, ob was zurückbleibt», sagte er noch, und das war glatt erfunden.

Er wusste jetzt, was Jubel hieß, es war nichts Lautes, aber etwas Heftiges, ein Schub Glücksfieber durch alle Weichteile und bis unter die Schädeldecke.

«Was ist», fragte Emilie eines Abends, «fehlt dir etwas, oder hast du mehr als genug davon?» Noa lachte. Emilie merkte immer mehr, als sie eigentlich wollte. «Nichts ist», lachte er. Er würde für sich behalten, was er plante, die Geheimsache KIS verwahren, für so lange wie immer nötig.

Ende Juli hieß es, KIS habe geblinzelt, und man hole ihn nun sachte, sachte aus dem Koma. Noa hätte am liebsten seine Ferien verschoben, aber die Flüge waren gebucht, und das Auto war gemietet. Sie würden die US-Westküste hochfahren, von Los Angeles bis Seattle. Emilie freute sich seit Wochen, auf die Küste von Big Sur und auf die Strände in Oregon und auf die Pancakes zum Frühstück. Aus Monterey rief er die Redaktion an: Gibt's was Neues? Nö. Aus Eureka rief er wieder an: Gibt's was Neues? Nö. Sommerloch, die Zeitung sei dünn wie ein Putzlappen. Das dritte Mal rief er aus Olympia an und verlangte das Sekretariat. Er hatte Glück, es war Lilli Stutz, die abnahm. Sie gab ihm die Adresse des Korrespondenten in Seattle, nach der er pro forma gefragt hatte. «Was Neues von KIS?», sagte er, was ein bisschen zu wenig beiläufig herauskam. Ja, sagte Lilli, er sei wach, und er habe sprechen können, und in drei Wochen komme er in die Reha. Sie gehe morgen wieder hin, ob sie ihn grüßen solle. «Ja, bitte, mach das, herzlich!»

Es war ein Uhr nachts. «Wo warst du», fragte Emilie, als er vom Telefonieren ins Zimmer zurückkam. Kurz draußen, sagte er, es sei Vollmond, hell genug zum Zeitunglesen. «Immer die Zeitung», sagte Emilie, «denkst auf der anderen Seite der Welt und mitten in der Nacht an die Zeitung.» Sie lachte ins Kissen. «Ach, Noa. Und gehst im Pyjama spazieren.»

Das mit KIS klingt gar nicht gut, dachte Noa: Ist wach, redet wieder, kommt in die Reha. Während er mit Emilie in Seattle durch den Fischmarkt schlenderte, dachte sich Noa Strategien aus. Die beste Strategie war, die Chefredaktion und die Geschäftsleitung peu à peu zu verunsichern. Sie sollten zur Überzeugung kommen, dass KIS nicht mehr der war, den sie vorher so geschätzt hatten. Dass die Edelfeder geknickt war, nur leicht, aber doch. Dass er für die Leitung von «Themen» nicht mehr taugte. Daran musste er, Noa, arbeiten, sobald er wieder zu Hause war. Subtil, aber konsequent.

«Themen» war nach wie vor die Vorzeigeseite der NSZ, war Qualitätsjournalismus. Noa zweifelte nicht, dass er dafür mehr als gut genug war. Und er wusste, dass seine Texte eine Mischung aus Anerkennung und Bewunderung fanden. Besonders, seit KIS nicht mehr schrieb. Er würde Zibung gleich am ersten Tag einen Artikel vorschlagen: «USA – die Armut wird sichtbar» oder «USA – im Westen nichts Treues». Er wusste, dass Zibung Eigeninitiative der Journalisten mochte, wusste auch, dass Zibung lieber entschied, wenn ihm etwas zur Auswahl vorlag. Er wusste, wie mit Zibung umzugehen war.

Weil es keine frischen Austern gab, kaufte er Austern im Glas und aß sie im Laufen mit den Fingern und bekam nicht genug davon. Sie sahen einem Fischverkäufer zu, der einen schlaffen Riesenoktopus schwenkte und damit die Kunden erschreckte, die rannten kreischend davon. Emilie fand, er solle aufhören mit den Austern, sonst werde ihm schlecht. Und so war es. Er kotzte am Pier, mit Blick auf die gläserne Skyline, und um drei Uhr nachmittags lag er bereits im Hotelbett, fühlte sich sterbensschlecht, und alles war ihm so egal wie noch nie: KIS, Zibung und seine gesamte Zukunft. «Ich hab's dir gesagt», murmelte Emilie, und das hätte sie besser lassen sollen, Noa schrie mit letzter Kraft: «Lass mich in Ruh», und das tat sie. Sie ging rückwärts zur Tür, behielt ihn im Blick wie einen gefährlichen Geisteskranken, und kam erst nach Mitternacht wieder. Sie sagte nicht, wo sie gewesen war, sie öffnete nur wortlos das Fenster, anscheinend roch das Zimmer nach seinem Erbrochenen. Am nächsten Tag sprach sie wieder mit ihm, es war der Abflugtag, und er war erleichtert, dass nicht nur die Übelkeit, sondern auch die Ferien zu Ende waren.

Noa brachte KIS eine Feder in die Reha, «für den großen Häuptling», sagte er, «gefunden am Meer im Staat Washington.» «Von einem Weißkopfadler ist sie nicht», sagte KIS und lachte, «aber jedenfalls von einem Greifvogel. Danke schön.» Er sprach deutlich und in normalem Tempo, was Noa irritierte. Es ärgerte ihn auch, dass KIS ohne weiteres wusste, was Indianerhäuptlinge für Federn getragen hatten und dass die Feder von einem Greifvogel stammte. Noa hätte bei der Feder vielleicht auf Gans getippt. KIS brachte es immer noch fertig, dass sich sein Gegenüber dumm vorkam. Der Besuch in der Reha war enttäuschend.

«Er erholt sich gut», sagte er zu Zibung. «Aber irgendetwas ist anders. Ich glaube, er spricht langsamer.» Zibung horchte auf, und Noa sagte: «Das wird schon.»

Emilie arrangierte auf einer Tortenplatte die Fundstücke von der Reise: glatt geschliffenes Schwemmholz, Muscheln, bizarre Steine. Sie stellte getrocknete Pflanzen aus Oregon in ein Glas, Wermut, Salbei, Lorbeer ... Ein bisschen rochen sie immer noch. Sie versuchte nachzukochen, was sie auf der Reise Leckeres gegessen hatten. Aber sie hörte bald einmal auf damit. Und ließ die Hölzer, Steine und Trockenpflanzen wieder verschwinden. Noa hätte das Thema Westküste auch gerne einfach entsorgt. Aber er hatte Zibung die beiden Reportagen gleich am ersten Tag nach der Reise vorgeschlagen, Zibung hatte sich für «Neue Armut» entschieden, und nun musste sich Noa damit herumbalgen. Es lief ihm nicht einfach von der Feder, er fing dreimal von vorne an, und je länger er dran war, umso flacher wurde sein Interesse an allem, was amerikanisch war. «Hör auf damit», sagte er zu Emilie, als sie ihm zum Frühstück gebratenen Speck vorsetzte. «Wehe, du kotzt», sagte Emilie. «Du hast in Seattle für die nächsten zehn Jahre vorgekotzt.»

Inzwischen leben in den USA mehr als sechsundvierzig Millionen Menschen in Armut. Also fast jeder sechste Amerikaner. «In meiner Straße waren bereits elf Häuser zwangsversteigert, bevor es mich traf», *erzählt der vierzigjährige Juan Cosa. Er sitzt vor seinem Wohnwagen im Trailercamp und tut so, als weine er nicht.* «Ich habe nichts mehr», *sagt er und steht auf, um im Wagen ein Bier zu holen.* «Das kann ich mir immerhin noch leisten», *sagt er,* «auch richtig hungern müssen wir nicht.» *Seine drei Kinder, die auf einer ausrangierten Hollywood-Schaukel sitzen und zuhören, sind alle übergewichtig. Wer arm ist, ist fett, sagen die Tüchtigen in diesem Land. Und es stimmt. Die Armen kaufen sich das Billigste, und das Billigste ist Junk-Food. Cosas Frau Angela verdient ein bisschen was als Putzhilfe im lokalen Supermarket und bringt abends dies und jenes mit abgelaufenem Datum mit.*

Noa wusste nicht, ob er die Fotos, die er von der Familie Cosa gemacht hatte, verwenden sollte. Er habe nichts dagegen, hatte Cosa gesagt. Aber die Fotos würden Noas Text wohl eher schwächen. Cosa ist braungebrannt und sieht vor seinem Camper aus wie ein zufriedener Urlauber. Und seine Kinder lachen in die Kamera und zeigen gute Zähne.

Juan Cosa gehörte zur Mittelklasse, war angestellt in einem Handwerksbetrieb, verlegte Fliesen und Parkett, sparte auf ein Haus. Nun ist das Haus für immer weg. Es hatte zwei Bäder, drei Schlafzimmer und eine Garage für zwei Autos. Als Besitzer eines – wenn auch zu kleinen und angerosteten – Wohnwagens hat Cosa noch ein Dach über dem Kopf. Die Zahl der wirklich Obdachlosen steigt. Im bevölkerungsarmen Bundesstaat Oregon sind es bereits 220 000, fast ein Drittel davon sind Kinder. Das sind amtliche Zahlen.

Noa schrieb abends, während Emilie fernsah. Im Büro kam er nicht dazu. Sein Ehrgeiz pochte wie ein Puls. Emilie wusste nichts davon. War müde vom langen Tag im Kinderheim, konsumierte ihre Quizsendungen und ließ ihn in Ruhe.

«Früher hat es was gebracht, wenn man sich angestrengt hat», sagt Juan Cosa, «damit ist es vorbei. Heute hoffen nur noch die Dummen.»

Noas Anstrengung brachte was. Er bekam von CEO Breuer eine lobende Mail zu «USA – die neue Armut». Und er erhielt von Zibung ein Einzelbüro, zwar winzig, aber immerhin. Noa hatte das Gefühl, als grüße man ihn leicht respektvoller.

KIS blieb weiterhin in der Reha. Noa besuchte ihn ein zweites Mal und war enttäuscht, wie gut die Erholung voranging. «Ich habe einen Sprung in der Schüssel», sagte KIS und lachte. «Aber die Schüssel ist noch verwendbar.» Und dann referierte er über das neue Buch von Peter von Matt und warum Journalisten es nicht lesen sollten. Derweil gingen sie im Klinikgarten auf und ab, und Noa sah, dass an ein paar Bäumen bereits gelbes Herbstlaub war. Er hatte noch nie etwas von Peter von Matt gelesen.

«KIS macht Fortschritte», sagte er zu Zibung. «Er kämpft.»
Im Oktober wechselte KIS in ein Erholungsheim im Toggenburg. Nun war es vor allem Lilli vom Sekretariat, die dort Besuche machte, wahrscheinlich im Auftrag von Zibung. Wäre Noa ins Toggenburg gereist, hätte das seltsam gewirkt, sie waren ja nie befreundet gewesen. In der Redaktion lief alles rund, auch ohne die Edelfeder. «KIS schreibt wieder», sagte Lilli. «Er nennt es ‹Protokoll einer Zwangspause›. Und möchte wieder arbeiten. Zwei Tage pro Woche, ab November.» Dann fing Lilli vom Toggenburg an zu schwärmen, von Herbstfarben, von Schafherden. Noa hörte nicht mehr zu. Zwei Tage ab November, dachte er. Nur das nicht. Ist KIS erst mal da, wird er auch gleich wieder den Thron besteigen. Handeln, Noa, jetzt gleich. Er beschloss, mit KIS einen lockeren Mail-Austausch zu starten, um Material zu gewinnen für Bemerkungen, die er da und dort mit bedenklicher Miene würde einstreuen können. KIS ging sofort auf den Austausch ein. «KIS, pass auf», schrieb Noa, «der Zürcher Journalistenpreis schleicht sich an.» Und KIS schrieb: «Gehe hinter Oberschwester Martha in Deckung.»

«Seltsam», sagte Noa zu Zibung, «KIS schreibt so verkürzt, lässt die Artikel weg. Aber vielleicht ist das ein neues Stilmittel.» Und als Zibung ihn fragend ansah, sagte er noch: «Er macht auch kaum mehr Kommas.»

Noa brachte Lilli zwei Tragetaschen voller Bücher ins Sekretariat. Es war das Frischeste vom Bücherherbst, lauter Neuerscheinungen, Noa hatte sie bei den Kollegen von der Kultur eingesammelt. «Für KIS», hatte er ihnen gesagt. «Sitzt im Erholungsheim im Toggenburg und starrt Löcher in den Nebel.« «Grüß ihn», sagte man, machte ein bedauerndes Gesicht und gab Noa Bücher, die entweder schon besprochen worden waren oder zum Besprochenwerden keine Chance hatten. Ein Titel war *The Best from the West*, ein Kochbuch von der US-Westküste, das zweigte er für sich ab und schenkte es Emilie. Sie blätterte es durch und legte es zur Seite, danach kochen mochte sie nicht, weil die Zutaten in *pounds* und *ounces* angegeben waren, das war ihr zu mühsam. Auch war die Westküste kein Thema mehr für sie, sondern neuerdings die Transsibirische. Zu Weihnachten wünschte sie sich einen Samowar. Und sie studierte Angebote für Russisch-Kurse. Noa war froh, dass Emilie von ihrem neuen Interesse erfüllt war. Sie schien seine Unruhe nicht zu spüren, stellte selten Fragen über seine Arbeit und liebte ihn im Bett mit gleichbleibender Lust und Innigkeit. Mit Emilie war sein Leben sicher. Auf Emilie war Verlass. Sie war ein Garantieschein ihrer selbst.

Noa inszenierte in «Themen» eine Folge von Impressionen aus dem arabischen Frühling, Beiträge von Laien, aber beste Schreibe. Zibung war beeindruckt, und es kamen Anfragen von Zeitungen aus Deutschland, welche die Folge übernehmen wollten. «KIS mochte die Folge auch», sagte Noa in der Redaktionssitzung. «Einfach schrecklich, dass er immer diese hämmernden Kopfschmerzen hat.» «Mir hat er nichts von Kopfschmerzen gesagt», bemerkte Lilli verwundert.

Nach der Sitzung blieb Noa in der offenen Tür des Redaktionssekretariats stehen und rief Lilli zu, ob sich KIS eigentlich über die Bücher gefreut habe. Er sah, dass Zibung im Hintergrund suchend vor einem Regal stand. «Es geht», sagte Lilli verlegen. Fragend trat Noa an ihren Tisch. «Er sagt, er möge das Zeug nicht lesen, er wolle seine Konzentration nicht auf irgendwelche Wichtigtuer verschwenden.» Sie schien ziemlich verletzt. «Ach», sagte Noa. «Wichtigtuer? Es war immerhin der neue Richard Ford und der neue Handke dabei. Merkwürdig.» «Ja, nicht wahr?», sagte Lilli. «Vielleicht kommt jetzt, was nach solchen Eingriffen zu befürchten ist», sagte Noa und sah, dass Zibung zuhörte. «Konzentrationsprobleme. Denkstörungen. Vielleicht ist es das. Wahrscheinlich ist es das.» Lilli legte die Hände aufs Gesicht. «Armer Kerl», sagte Noa im Hinausgehen.

Sie fahre nicht mehr ins Toggenburg, sagte Lilli ein paar Tage später. KIS habe sie am Telefon angeschnauzt. Habe gesagt, er wolle keine Krankenhaussträuße mehr, er sei nicht invalid, und sie könne den Krankenschwesterntonfall gerne weglassen.

«Nimm's nicht persönlich», sagte Noa. «Der ist jetzt halt aggressiv, der ist geladen. Ich seh's in seinen Mails. Man weiß von ähnlichen Fällen, die eine regelrechte Wesensveränderung durchmachen.» Sie werde Zibung informieren, sagte Lilli. «Ja, tu das», sagte Noa glücklich.

Als Noa zu einer Besprechung ins CEO-Büro gebeten wurde, legte er sich einen Schal um, denn bei Aufregung wurde sein Hals immer rot gefleckt. Vor der Tür atmete er dreimal durch, das hatte ihm Emilie beigebracht. Breuer und Zibung saßen bereits da und baten ihn, Platz zu nehmen. «Wir machen es kurz», sagte Breuer. «Mit der Absenz von Klaus Ivo Saner ist ‹Themen› seit Monaten ohne Leitung …» Jetzt, dachte Noa. «Das ist auf die Länge kein Zustand.» Jetzt, dachte Noa. «Und da wir Ihre gute Arbeit kennen …» Jetzt, dachte Noa. «… möchten wir Sie fragen, ob Sie die Leitung übernehmen wollen? Ad interim, bis Herr Saner wieder da ist.»

Die Enttäuschung war wie ein Tritt in den Magen. Noa wurde leicht übel. Dreimal durchatmen, dachte er, weiterkämpfen. Und er hatte auch gleich die richtige Eingebung. «Das ist jetzt etwas schwierig für mich», sagte er und lächelte. «Ihr Vorschlag kommt einerseits unerwartet, anderseits habe ich letzte Woche ein Angebot aus Deutschland erhalten, das zu gut ist, um es auszuschlagen.»

Ha!

«Auf jeden Fall freue ich mich sehr, dass Sie mich für diese Stelle in Betracht ziehen», sagte Noa und setzte sein bescheidenstes Gesicht auf. Breuer knackte mit den Fingern. Zibung erhob sich und stellte sich ans Fenster. Noa drapierte den Schal neu und sagte, die Leitung von «Themen» sei natürlich eine wunderbare und anspruchsvolle Aufgabe.

«Haben Sie Neuigkeiten von KIS?», fragte Zibung. «Nein», sagte Noa, «und ich halte mich zurück mit Mails. Er regt sich sehr leicht auf, glaube ich.» Zibung und Breuer sahen einander an.

«Wir wollen Ihrer Karriere nicht im Wege stehen», sagte Breuer und stand ebenfalls auf. «Aber wenn Sie unser Angebot annähmen, würde es uns freuen. Selbstverständlich würde die Lohnklasse angepasst werden. Geben Sie uns bis Ende des Monats Bescheid.»

Das Ende des Monats ist vorbei. Montag, der dritte Dezember. Es schneit. Noa sitzt in seinem kleinen Büro, sieht einen zarten Vorhang aus Flocken, spürt das Organ namens Herz, weil es seit dem letzten Freitag größer oder schwerer oder sonst wie anders geworden ist. Das ist neu.

Noch einmal lässt er den letzten Freitag vor sich ablaufen, den aufregendsten Tag seines Lebens:

Er hat gepokert. Hat um neun Uhr den Telefonhörer in die Hand genommen und wieder aufgelegt. Um zehn Uhr dasselbe. Letzter Novembertag, Breuer wollte Bescheid haben. Was sollte er ihm sagen. Um elf Uhr nahm Noa noch einmal den Hörer in die Hand, da rief Postino «Guten Morgen», und Noa erschrak dermaßen, dass er den Hörer fallen ließ. «Nicht viel heute», sagte Postino, legte einige wenige Umschläge auf den Tisch, und Noa griff dankbar nach dem silbernen Brieföffner – Geschenk von Emilie – und schlitzte die Briefe auf, schlitzte kreuz und quer in die Luft, schlitzte sozusagen seiner Aufregung die Kehle durch. Dieses Pokern musste ein Ende haben.

«Herr Dienes», sagte jemand in der Tür. Das war Breuer. Er trat ein und zog die Tür hinter sich zu. Noa stand auf, den Brieföffner noch in der Hand wie einen Dolch. Breuer lachte. «Lassen Sie mich am Leben.»

Und jetzt ist also Montag, der dritte Dezember, und es schneit. Und er, Noa, ist neuer Leiter von «Themen». Um elf Uhr in der Redaktionssitzung wird es Zibung bekanntgeben. Man wird ihm gratulieren. Er hat es geschafft. Es sei leider ungewiss, ob sich Klaus Ivo Saner in der NeoMedia-Arbeitswelt wieder zurechtfinden würde, hatte Breuer am Freitag gesagt. «Und darum würden Herr Zibung und ich gerne von der Interimslösung absehen und die Leitung von ‹Themen› voll und ganz Ihnen übertragen, Herr Dienes.»

Mit Emilie hat er bereits gefeiert. Mit Emilie ist sein Leben sicher. Sie findet nichts Falsches an ihm.

Bis zur Sitzung um elf Uhr wird er keine Arbeit mehr in Angriff nehmen. Er vertreibt sich die Zeit, indem er ein bisschen durch die Online-News surft. In der Presse-Rundschau steht, dass der Schweizer Starjournalist Klaus Ivo Saner zur renommierten *ZEIT* in Hamburg wechselt.

sitze bloß da und schau an die wand ~
bin wie mit fieber, aber ohne ~ etwas hat mich zugenebelt ~ vielleicht
postino, weil ich gefragt hab, ob was
los ist ~ weil er noch bleicher ist als
sonst ~ weil er diese wirre geschichte
erzählt hat von einer verträgerin, die
hat die stelle verloren, und der mann
ist im knast ~ pech, hab ich gesagt,
und warum ist er im knast ~ weil er
eingebrochen ist, da wo sie die zeitung
nicht hinbringt ~ kapier ich nicht, sag
ich ~ die verträgerin weiß, wer in den
ferien ist, sagt postino, und somit keine zeitung wünscht ~ ach so, und da
ist der mann, sag ich ~ ja, sagt postino, aber sie ist nicht schuld, ich kenne
die erna ~ dann sagt er scheiße, grad
so leise, dass ich's trotzdem noch hör
~ vielleicht wär postinos geschichte
eine story für schacke, aber ich geb sie
nicht her

25

*Psalm 23. Reklamationen.
Ach, Anna.
Heißluftanlage. Ich geh dann*

HEINZ PFAMMATTER, ABO-DIENST

Sieben hat er intern verschickt, zwölf liegen in den beiden Raucherecken auf und je eins in den Herren-WCs auf allen Stockwerken. Format A5, schwarzweiß. Das Foto vom CEO beim letzten Betriebsrundgang und darunter:
Der Herr ist dein Hirte.
Und du bist sein Schaf.
Psalm 23
   Das Foto hat er aus der Hauszeitung ausgeschnitten, und den Text hat er zu Hause geschrieben. Das ganze Blatt hat er zu Hause gemacht, nur kopiert hat er es hier, gestern Abend, auf dem Gerät im Korridor. Das war ein bisschen heikel, weil ganz unerwartet die Nastja vorbeieilte und sagte: «Immer noch am Arbeiten?» Er nimmt an, dass man auf einem Kopiergerät nirgendwo ablesen kann, was kopiert worden ist. Trotzdem, die Kopien für die nächste Aktion wird er im City-Shopping machen. Wie wohl das tut, dem CEO endlich eins auszuwischen. Der wird bloß sauer lächeln, wenn er das Blatt vor Augen hat, aber innerlich wird er sich krümmen, seine Eingeweide werden sich verknoten. Der wird bald merken, dass er so richtig drankommt. Und er wird sich fragen müssen, warum. Der kann nicht ungestraft den Pfammatter beleidigen, der Pfammatter lässt sich nicht alles gefallen, der Pfammatter nicht. Jetzt ist es ein halbes Jahr her, dass man ihn übergangen hat. So lange schon ist die Wut da. Das zweite Blatt

hat er schon entworfen. Ein Bild vom CEO beim Betriebsfest und darunter:

Denn siehe, ich bin bei euch alle Tage.
In den Nächten aber muss ich zählen, was ich gescheffelt.
Matthäus 28,20

Sieben Kopien von Blatt eins sind noch übrig. Die wird er an den diversen Schwarzen Brettern aufhängen, das muss schnell gehen, er hat sowohl Klebeband wie Pushpins und Magnetknöpfe dabei. Dass Irina dieser Freikirche beigetreten ist, hat also doch sein Gutes. Er braucht die Bibelsprüche nicht lange zu suchen, er kann ein bisschen in Irinas Broschüren blättern und wird sofort fündig. *Viele sind berufen, aber nur wenige sind auserwählt.* Oder: *Halleluja! Danket dem Herrn, denn er ist freundlich.* Es stört ihn nicht mehr, dass Irina abends mit gefalteten Händen neben ihm liegt. Sie kann falten, was und wie sie will – er hat keine Lust mehr, sie auseinanderzufalten und *dem Weibe beizuwohnen.* Sie ist so anders als die Irina, die er mal geheiratet hat, die lachende, leuchtende. Jetzt ist sie untenrum fett und obenrum fromm. Seit Sohn Philipp nicht mehr zu Hause ist, hat sie sogar angefangen, nach einem biblischen Rezeptbuch zu kochen – *Einfach, aber himmlisch.* Nun, das hat er ihr aber schnell ausgeredet. Soll sie ihre Weizen-Dattel-Gerichte kauen, er braucht ein tüchtiges Stück Fleisch. Oder eine gute deutsche Wurst. Der Pfammatter ist immer noch ein Mann, auch wenn ihn der CEO übergangen hat. Erst hat er Irina nicht sagen wollen, dass er nun doch nicht Ressortleiter geworden ist. Er hat gesehen, dass sie bereits eine Flasche Champagner gekauft hat. Das will etwas heißen für Irina, das ist für sie schon fast ein sündiger Akt. Die Flasche stand ein paar Tage unterm Küchentisch. Schließlich hat er sie hervorgeholt und Irina gesagt, dass nicht er, sondern die Elvira Thalmann die Ressortleitung erhalten hat. Dass es eine Frau ist, hat er Irina besonders ungern gesagt. Nicht dass er etwas gegen die Thalmann hätte, nein, die hat ihm nichts zuleide getan. Aber der CEO. Schiebt ihn nach achtzehn Jahren bester Arbeit einfach beiseite. Statt die Flasche trotzdem aufzumachen, hat Irina gesagt, sie bringe sie dann halt ins Parterre. Im Parterre wohnen Portugiesen, die bekommen ein Kind, schon wieder eins. Gerade fein war das nicht von Irina, aber das hat sie selber gar nicht gemerkt. Sie merkt einiges nicht mehr, seit sie bei der Nazareth Church ist, manchmal schaut sie einfach aus dem Fenster, ohne dass draußen etwas los ist. Sie hat immer noch diese glänzenden, glatten, dunkelbraunen Haare, die ihr wie ein Seidentuch übers Gesicht rutschen, wenn sie sich bückt. Wie ihm das gefallen hat damals. Wie aufgeregt er war, als sie ihn anschaute. Wie lange das her ist.

Damals war er dreiundzwanzig.

Jetzt ist seine Hausnummer dreiundzwanzig.

Und seine Kreditkarten-PIN ist dreimal dreiundzwanzig.

Und seine zweite Liebe ist dreiundzwanzig, die Anna.

Vor zwei Jahren hat er sie zum letzten Mal gesehen, sie hat nie erfahren, dass er sie liebt.

Schiefgelaufen, auch das.

Aufregend. Fünffarbig. Pauken. Trompeten. So hat er sich das Leben mal vorgestellt. Aber es ist nur ein Blockflötenstück draus geworden, und keiner hört es sich an, weder am Rütiweg 23 noch im Büro 2B vom Abo-Dienst.

Pfammatter, tu was.

Auf seinem Pult liegen die Reklamationen des Tages, Elvira Thalmann hat sie vorbeigebracht. «Danke, Heinz», hat sie gesagt. Diesmal sind es sechs Mails und drei Briefe. *Ab sofort wünsche ich Ihr linkes Dreckblatt nicht mehr. Das dreimonatige Probe-Abo hat mir mehr als gereicht.* Pfammatter weiß, wie er auf solche Mitteilungen antworten soll. Höflich, sanft, mit einem Bedauern, das man einem Grippekranken angedeihen lässt. Ja nicht sich einlassen auf Vorwürfe. Ja nicht sich wehren gegen Anschuldigungen. *Die Zeitung kommt jeden Tag später. Der Verträger bringt wohl seinen jugoslawischen Hintern nicht hoch.* Pfammatter seufzt und tut sein Bestes, schraubt präzise eine Freundlichkeit an die andere. Wenn man seine Arbeit wenigstens schätzen würde. Immerhin hat Elvira Thalmann «Danke, Heinz» gesagt.

Manchmal ist er ein bisschen neidisch auf Irina, die einfach alles an ihren Herrn Jesus delegieren kann. Legt sich aufs Bett, faltet die Hände und braucht sich um nichts weiter zu kümmern. Eigentlich praktisch. Er müsste Irina mal fragen, ob sie auch für ihn betet.

Er nimmt das Mäppchen mit den verbliebenen Kopien von Blatt eins und macht sich auf den Weg durch die Korridore. Zweimal muss er warten, bis die Luft rein ist, einmal hinter einer angelehnten Toilettentür, einmal indem er sich bückt, um die Schuhe zu binden. Oben, in Walhalla, ist es totenstill, die hinterste Tür, die zum Sitzungszimmer, steht weit offen, er späht hinein, niemand da. Auf dem dunkel glänzenden Tisch, Palisander oder so etwas, stehen an jedem Platz Gläser und Wasserfläschchen, wahrscheinlich findet demnächst eine Sitzung statt, wahrscheinlich um zehn Uhr, früher fangen die feinen Herren doch gar nicht an. Es ist *die* Gelegenheit, seine Blätter an oberster Stelle zu platzieren. Gerade als er sich hineinschleicht, sieht er, dass jemand am Fenster steht und in die Schneeflocken schaut. Ein Mann in hellgrauem Anzug, schlaksig, helles glattes Haar, fast wie das Haar einer Frau, jetzt dreht er den Kopf. Hastig macht sich Pfammatter davon. Fast wäre ihm das Mäppchen aus der Hand gerutscht.

Ein Stockwerk tiefer wechselt er ein paar Worte mit Postino sowie mit Gustav vom Rechnungswesen, der ihn durch die offene Tür hereinwinkt. Gustav hat Geburtstag und offeriert Prosecco. «Hast du das gesehen?», fragt Gustav und wedelt mit Pfammatters Blatt. «Gut, nicht? Möchte wissen, wer's war.»

Ich weiß es, hätte Pfammatter gerne gesagt. Aber er darf nur grinsen und nicken. Wie gern würde er sich rühmen lassen für seinen genialen Einfall. Der Pfammatter war immer ein witziger Kerl, würde es in den Büros rundum heißen. Im Pfammatter steckt was, und der traut sich auch was, würde es heißen.

Solche Leute müsste man ans Ruder lassen und nicht diese blassen Langweiler, die nichts wagen.

Als er zu seinem Arbeitstisch zurückkehrt, fühlt er sich besser, so als hätte man ihn tatsächlich gerühmt. «Wo hast du gesteckt?», ruft Marlen von ihrem Platz aus und winkt mit seinem Blatt. «Schau mal, was in der internen Post war!» Er holt sich das Blatt, tut so, als ob er stutze, und sagt: «Möchte wissen, wer's war.» Jetzt hat sein Blitz eingeschlagen. Bestimmt ist das Blatt auch schon beim CEO gelandet, bestimmt schluckt er gerade eine Tablette gegen saures Aufstoßen. Wie lange dauert es, bis sich ein Magengeschwür bildet, ein halbes Jahr? Nun, der verschmähte Pfammatter hat Munition auf Monate hinaus. Blatt zwei wird er gleich heute Abend fertig machen. Heute Abend ist Irina in der Nazarener Sing- und Plaudergruppe und wird ihm nicht über die Schulter schauen. «Woran bist du», sagt sie immer, wenn er am Computer sitzt, «wieder am Alexander?» Seit Jahren sammelt er alles über Alexander den Großen, warum, das weiß er eigentlich auch nicht. Wenn Irina heute da wäre und sie ihn fragte, woran er sei, könnte er sagen, ach, ich mach bloß was fertig. Ich mach den CEO fertig. Er würde gern irgendwann nach Issos reisen und auf dem Boden stehen, wo Alexander die Perser schlug, als er gerade mal dreiundzwanzig war, was für ein Kerl. Aber Irina sagt, wenn sie ins Ausland fahren, dann nur ins Heilige Land, sonst fährt sie nirgendwohin. Heiliges Land sagt sie, dabei schlagen sich die Israeli und die Palästinenser die Köpfe ein. Und den Philipp will sie auf der Reise ins Heilige Land unbedingt dabeihaben. Nie und nimmer würde der mitkommen und mit seinen Alten irgendwelche sakralen Stätten besichtigen. Der ist achtzehn und will seine Freiheit haben, nennt sich jetzt Phil, weil bei Philipp Pfammatter drei P aufeinandertreffen, was ihn stört, und er hat recht. Sie haben sich nicht viel überlegt bei diesem Namen. Sie haben sich überhaupt nicht viel überlegt damals, haben ein Kind gemacht und fertig.

Manchmal malt er sich aus, dass er die Anna wieder trifft und dass sie mit ihm nach Issos fährt. Zwar ist von dem alten Kampfplatz nichts mehr zu sehen, aber dreißig Kilometer südlich liegt die Hafenstadt Iskenderum, wo es ein Hotel Issos gibt, drei Sterne, mit Spa und Sauna. Er hat sich die Zimmer im Internet angeschaut, damit er für die Fantasien mit Anna eine konkrete Kulisse hat. Sie öffnen die Zimmertür und lassen ihre Taschen fallen und umarmen sich heftig, und dann werfen sie sich auf den goldbraunen Bettüberwurf und wälzen sich, und er sagt, ach, Anna, endlich. Und sie ist einfach still vor Glück.

Er fragt sich, ob Hans sein Blatt schon gesehen hat, Hans Stemmler ist ihm irgendwie wichtig, ist fast zwanzig Jahre älter als er und mit dem Leben einverstanden, obwohl ihm seine geliebte Roswitha weggestorben ist und obwohl er es in all den Jahren beim Stellenanzeiger zu nichts gebracht hat. Er sei ein NSZ-Greis, hat er gesagt und gelacht. Dass sie sich in der Kantine zueinander an den Tisch setzen, hat sich einfach so ergeben, der Stemmler und der Pfammatter, so ein bisschen Vater und Sohn. Damals, als die Roswitha krank war, entstand eine vage Freundschaft, es war nicht mehr als eine freundliche Wolke, unter die man sich gerne setzte. Stemmler schilderte die Scheußlichkeiten von Roswithas Krankheit mit ruhiger Stimme, sagte, was er nachts alles für sie tun musste, sagte, wonach sie roch und wie die Kotze aussah. Es waren seltsame Gespräche, immer beim Essen, der Jüngere fragte, der Ältere gab Auskunft, und beide taten, als würde es ihnen nichts ausmachen.

Ja, das ist es, was er jetzt in seiner Aufregung braucht, eine ganz gewöhnliche Mittagspause mit dem stillen Hans, drüben in der Kantine, einen Teller Teigwaren und vielleicht ein Bier. Er wählt Stemmlers Büronummer, eine Frauenstimme erklärt, Herr Stemmler sei krank. Seltsam, schon wieder krank, was ist mit dem Stemmler nur los.

Eigentlich würde er die Blätter gerne im ganzen Konzern aufhängen, auch im Druckzentrum, auch im Radiostudio, aber das würde zu viel Zeit in Anspruch nehmen, so lange kann er nicht vom Büro weg. Zwar hat er ein paar Blätter mit interner Post verschickt, aber wer weiß, was die Adressaten damit gemacht haben, vielleicht umgehend im Papierkorb versenkt. Nur ja den CEO nicht beleidigen, haben sie gedacht, das kann uns den Arbeitsplatz kosten. Arbeitsplatz, Arbeitsplatz, Pfammatter kann sie nicht mehr hören, diese Drohformel von oben, bei der alle gleich in die Hose machen. *Der Herr ist dein Hirte. Und du bist sein Schaf.* Als Nächstes will er via Steueramt Einkünfte und Vermögen des CEO herausfinden und das dann verknüpfen mit *Kommet her zu mir, alle die ihr mühselig und beladen seid, ich will euch erquicken. Matthäus 11,28.* Er braucht unbedingt noch mehr Bilder vom CEO, wie er an sie herankommen soll, weiß er noch nicht, vielleicht lassen sich welche googeln. Im Hotel Issos in Iskenderum gibt es in jedem Zimmer Internetanschluss, Haarföhn, Bademäntel und Minibar. Wenn sie sich geliebt haben, wird er mit Whisky und Lemonsoda aus der Minibar zwei Drinks mischen und zum goldbraunen Bett tragen, wo Anna nackt und erschöpft auf ihn wartet, und er wird ein bisschen vom Drink in ihre Nabelmulde träufeln und schlürfen und zuschauen, wie der Rest in ihrem roten Schamhaar versickert. Dass es rot ist, nimmt er einfach mal an, und dass es in der Minibar Lemonsoda gibt, auch. Vielleicht gibt es nur Raki oder gar keinen Alkohol, die sind ja muslimisch dort. Ach, Anna, endlich. Anna hat nichts einzuwenden gegen sein Bauchfett, im Gegenteil, sie streicht liebevoll darüber und bettet ihren Kopf darauf, breitet ihr rotes Haar über seine bleiche Halbkugel.

Vierunddreißig Leute hätte er unter sich, zwölf Männer, zweiundzwanzig Frauen. Er hätte ein eigenes Büro, das, wo jetzt die Elvira Thalmann drin sitzt, sie hat es sich neu einrichten lassen, im Glas-und-Chrom-Look. Er nähme an den wöchentlichen Sitzungen der Ressorts teil und an der monatlichen Sitzung mit der Geschäftsleitung. Dort könnte er den CEO so nebenbei auf dessen archäologische Interessen ansprechen, «bei Issos graben sie jetzt wieder», könnte er sagen. Er hätte einen knappen Tausender mehr im Monat und könnte endlich aus dem Rütiweg 23 ausziehen, er kann das Rautenmuster des Balkongeländers, das Nussbraun der Küchenschränke, das schrägwinklige Blumenfenster im Wohnzimmer nicht mehr sehen. Aber eigentlich wurmt ihn nicht so sehr das, was ihm entgangen ist, sondern die Tatsache, dass er sich nicht gewehrt hat gegen die schnöde Missachtung. Die schmerzt. Der Pfammatter gehört nicht ins Kader, der Pfammatter ist platter Durchschnitt. Ordentlich, ja, brauchbar, ja, mehr nicht. Seit dieser Ohrfeige hat er schon spürbar zugenommen, er frisst. Manchmal geht er mitten am Nachmittag in den nahen McDonald's, sucht sich einen Platz im Halbdunkeln und schiebt einen doppelten Burger hinein. Oder einen Chicken-Bacon-Wrap. Er kaut mit gesenktem Kopf, damit er niemanden grüßen muss, er schaut auf das aufgeschlagene Gratisblatt vor sich, ohne zu lesen. Er hat sich Joggingschuhe gekauft und ist auch schon ein paarmal gelaufen, die Schrebergärten entlang Richtung Wald. Aber meistens hat er sich dann einfach auf die Bank am Waldrand gesetzt, keuchend, mit Aussicht auf die Fleischverarbeitungszentrale Ost, und hat die Augen geschlossen und sich ins Hotel Issos versetzt. Erstes Morgenlicht fällt ins Zimmer, und er spürt Anna neben sich und berührt ihren Oberschenkel, und schon öffnet sie sich für ihn, öffnet sich schneller als eine Blüte im Zeitraffer. Er möchte sich ihren Blütenduft vorstellen, aber in Blumen kennt er sich nicht aus.

Irina riecht neuerdings nach Kerze.

Vor achtzehn Jahren hat er angefangen, bei der NSZ zu arbeiten, weil das Kind kam und sie Geld brauchten für eine Wohnung und den ganzen Kinderkram. Er saß in einem Großraumbüro und fabrizierte Briefe. *Sehr geehrte Frau Zihlmann, als treue NSZ-Abonnentin haben Sie hiermit die Gelegenheit, unsere allseits beliebte Frauen- und Familienzeitschrift «Zuhause» mit sage und schreibe 30 Prozent Rabatt zu bestellen.* Am Anfang machte er Fehler, verschickte Hunderte von Briefen an Männer mit der Anrede «Sehr geehrte Frau» oder vergaß, den Prospekt von *Zuhause* beizulegen. Wie kann man so ein blödes Heft nur kaufen, dachte er, aber Irina stürzte sich drauf, wenn er es mit heimbrachte. Seine Ausbildung als Werbefachmann hatte er unterbrochen, wollte sie nach einem Jahr wieder aufnehmen. Aber dann beschloss er, bei der NSZ aufzusteigen. Das Kind verbrauchte pro Woche vier Pakete Windeln, füllte diese erst mit der goldbraunen, freundlich riechenden Muttermilchkacke, später mit dunkler stinkender Paste, rutschte dann auf einem Topf mit Hasenohren durch die Zweizimmerwohnung und lachte, wenn es furzte. Das Kind, das Kind. Das Kind bestimmte, wo's langging.

Bei Google findet er Fotos vom CEO, am Rednerpult, auf dem Presseball, beim Golfen. Auch eine Luftaufnahme der CEO-Villa gibt es und ein Bild der Eingangsallee. *Viele sind berufen, aber nur wenige sind auserwählt, Matthäus 20,16,* würde zur Villa passen. Aber ob das witzig genug ist. Besser er nimmt das Bild vom Ball, wo die kleine Tanzpartnerin zu ihm hochblickt: *Aus der Tiefe rufe ich, Herr, zu dir. Psalm 130.*

Er versucht, sich im Hotel Issos eine Bar vorzustellen, wo er mit Anna tanzt, Körper an Körper klebend, ab und zu sachte verrutschend, was ihn erregt, so dass er sich und Anna wieder aufs Bett verschiebt, auf die goldbraune Decke, um den gut eingeübten Akt durchzuspielen, aber da tritt Elvira Thalmann an seinen Tisch und sagt: «Bist du grad an was Dringendem, oder hast du Zeit?»

Der Golf von Iskenderum ist nicht schön, rundum Industrie, eine Ölpipeline aus dem Nordirak endet da, aber das macht nichts, Meer ist Meer, auch schmutzige Wellen rauschen. In der Gartenanlage des Hotels Issos gibt es bestimmt diese rosaroten Blüten, wie heißen die schon wieder, wie überall am Mittelmeer, auch Palmen und einen warmen Wind, das wird Anna gefallen. *Sehr geehrter Herr Widmer, dass Sie die NSZ immer wieder doppelt zugestellt bekommen, tut uns aufrichtig leid. Sie haben völlig recht: Das ist sowohl ein Energie- wie ein Materialverschleiß und widerspricht der von uns angestrebten*

Nachhaltigkeit. Selbstverständlich werden wir die Sache sofort in Ordnung bringen. Für Ihr Verständnis danken wir Ihnen. Heißt es selbverständlich oder selbstverständlich? In Orthografie ist er immer gut gewesen. Nehmt euch ein Beispiel am Pfammatter Heinz, hat der Klassenlehrer in der Sechsten gesagt, der liest und weiß drum, wie man schreibt.

Lesen tut er immer noch. Er kauft seine Bücher am Bahnhofskiosk, diese amerikanischen Thriller mit den dicken ertastbaren Lettern auf dem Titel. Früher hat er noch sogenannte Literatur gekauft und oft auch gelesen. Jetzt schaut er sich die Buchkritiken in der NSZ schon gar nicht mehr an. Er weiß inzwischen, dass die Kulturredaktoren arrogante Typen sind, und was sie von sich geben, ist heiße Luft. Eigentlich ist das ganze Unternehmen eine Heißluftanlage. Irgendwann wird er sich entschließen, in einen Betrieb zu wechseln, der mit Handfestem handelt, mit Motorrädern oder Parkettböden. Es ist ihm nur noch nicht klar, als was er sich in einem Bewerbungsschreiben bezeichnen soll. Irina verkauft inzwischen wieder Schuhe, montags, mittwochs, freitags. Schuhverkäuferin war sie, als er sie kennenlernte. Die schwarzen Halbschuhe, die er damals blindlings gekauft hat, stehen immer noch unten im Schrank. Schuhe verkaufen, das könnte er nie, Leute von unten bedienen, geschwollene, verschwitzte Füße anfassen. Irina macht das nichts aus, vielleicht sieht sie sich sogar gerne in einer unterwürfigen Stellung, als Maria Magdalena, die dem Herrn die Füße wäscht. *Sehr geehrter Herr Vonarb, mit Bedauern haben wir zur Kenntnis genommen, dass Sie ab sofort auf die NSZ verzichten wollen.* Machen Sie doch, was Sie wollen, Herr Vonarb. Putzen Sie Ihren Hintern mit etwas anderem.

Es ist demütigend, sich bei der zwanzig Jahre jüngeren Marlen abzumelden, wenn er das Büro für eine längere Pause verlassen will. Es ist demütigend, seine Antwortbriefe nicht direkt abzuschicken, sondern der Elvira Thalmann zur Begutachtung aufs Pult zu legen. Das hat er dem CEO zu verdanken. Plötzlich hält er es im Büro 2B nicht mehr aus. «Ich geh dann», sagt er Richtung Marlen und packt seine Jacke. Raus hier. Aber erst will er prüfen, ob seine Blätter noch hängen, es ist wie eine Wallfahrt, durch Korridore und Treppenhäuser bis hoch in die fünfte Etage. Mit Herzklopfen blickt er auf die Schwarzen Bretter, die Stätten seiner Rache. Vier Blätter hängen noch, hängen seit genau vier Stunden an Ort und Stelle. Gerne würde er in Andacht davor stehen bleiben und die Linderung seiner Wunden auskosten. Dreimal trifft er Leute, die ihn mit Namen grüßen: Pfammatter, wie geht's. Heinz, wie läuft's. Feierabend, Pfammi? Dann tritt er durchs Hauptportal ins Freie, sieht, wie sich Postino aufs Velo schwingt und im Schneegestöber verschwindet. Vier Uhr nachmittags. Er könnte die Kapuze über den Kopf ziehen, durch den Park schlendern und an Anna denken oder den Fluss langlaufen bis zum Bahnhof und dort in den erstbesten Zug steigen und dann Irina anrufen: Irina, ich bin in Olten, in Wil, in Baar, in Walenstadt, oder er könnte sich ins Pornokino an der Langstraße setzen oder in der Kirche dort drüben, in der er noch nie war, sich bei Gott für sein abgerutschtes Leben bedanken. Aber erst mal wird er sich im McDonald's eine stille Ecke suchen und einen Cheeseburger reinziehen. Pfammatter, wie geht's. Danke, bestens.

der vorhin, am schwarzen brett, der
war ja seltsam ~ wie mit regieanlei-
tung: tun sie, als würden sie verfolgt,
blicken sie verstohlen um sich, machen sie keine geräusche beim gehen
~ weiß nicht, wer's war, keiner von
der redaktion ~ könnt ihn schlecht
beschreiben ~ so ein kleiner, dicker ~
um die fünfzig ~ ich hab wohl auch
seltsam ausgesehen, auch mit regie-
anleitung: spähen sie aus der toilettentür, rühren sie sich nicht, ertappte
personen können gefährlich werden,
schließen sie sich blitzschnell ein,
wenn er auf sie zukommt ~ vielleicht
wollte der böse mann bloß heimlich
was vom schwarzen brett nehmen,
aber was ~ ein damenrasierer wird
dort angeboten ~ ist das einer, der
damen rasiert?

26

Eine Nacht, ein Morgen.
Hundharmonika.
Quersumme 26

JONAS JORDI, ANZEIGENLEITER
«ZÜRCHERLAND»

Lange hat er immer nur angerufen, wenn er wusste, dass sie nicht in der Wohnung war. Er kannte diese Wohnung, er hatte eine Samstagnacht und einen Sonntagmorgen darin verbracht. Er kannte das Schlafzimmer, das Doppelbett aus hellem Holz, die dunkelblauen Betttücher, passend zu den dunkelblauen Vorhängen, die weiß-blau gestreifte Decke, den übervollen Kleiderständer auf Rollen, den runden Spiegel mit blauem Rahmen, die beiden Bilder, eins mit Meer, eins mit Bergen, beide blau. Sie hat einen Blaufimmel. Er kannte das Badezimmer, den Duft nach Lindenblüte oder so was, den lotterigen WC-Rollenhalter, die überlaute Spülung, die Dusche mit Schiebewand, er hatte alles gesehen, benutzt, gehört, gerochen. Auch das Wohnzimmer, wo das Telefon stand, kannte er. Er wusste, wie sich das Sofa anfühlte, und dass die Wände hellgelb waren, was sie nicht mochte. Er hatte ein Bild, Paul Klee, das schief hing, gerade gerückt und ein Taschentuch, das zwischen die Sitzpolster geklemmt war, tiefer nach unten gestopft. Er hatte sich vors Fenster gestellt und die Aussicht registriert: eine Grünanlage, eine Velowerkstatt, eine Bushaltestelle, eine Autobahnbrücke, Hügelketten, vorne dunkelwaldig, blauer und heller werdend in der Ferne.

Eine Nacht und ein Morgen. Was er inzwischen nicht mehr weiß: wie sie den Kaffee gemacht hat, ob Musik lief, was man durchs Küchenfenster sah, wohin sie die angebrannten Toasts entsorgte. Ist drei Monate her, das alles.

Er rief an und stellte sich vor, wie es in ihrem Wohnzimmer läutete, lange, lange, lange, ihr Telefon musste glühen. Einen Beantworter hatte sie nicht. Er konnte im Büro sitzen, ihre Nummer wählen, den Hörer neben sich ablegen und die letzte Konditionenliste bearbeiten oder einen Nagel feilen, während es bei ihr läutete und läutete, in diesem Wohnzimmer mit dem Paul Klee an der gelben Wand und dem kleinen Sofa, auf der sie es nach dem Frühstück nochmals zu machen versucht hatten. Unter dem Morgenmantel war sie nackt gewesen.

Er war dabei, Rabatte auszurechnen, auf Wunsch des Chefs. Der behauptete: mehr Rabatt, mehr Aufträge. Aber das stimmte nicht, und das würde er ihm deutlich sagen müssen. Wenn du einer Frau mehr Blumen schenkst, heißt das nicht, dass sie häufiger mit dir ins Bett geht. Trugschluss, Chef! Er, Jordi, war der Anzeigenleiter, und er, Jordi, wusste, wie viel Rabatt man wagen durfte. Fünf Prozent bei dreimaliger Anzeige bis zu zwanzig Prozent bei zweiundfünfzigmaliger Anzeige. Das war ein ehrliches Geschäft. Mehr war entweder Raub oder Dummheit. Hingegen würde er den Karitativ- und Vereins- und Politrabatt von fünfzehn Prozent streichen. Das war eindeutig zu viel. Sollten die Turnriegen und Schachclubs und Antialkoholer doch selber für ihre Anlässe werben. Die hatten alle Internet. Und die Pfarrer, die hatten eine Kanzel. Die konnten ihre Anzeigen predigen. *Zürcherland* wollte sich schließlich profilieren und endlich abkommen vom Bild eines Lokalblättchens. Gerade der Chefredaktor, Pit Raner, tat alles, um den regionalen Muff loszuwerden.

Zürcherland erschien sechsmal pro Woche, sechsmal pro Woche stand da sein Name: Jonas Jordi, Leitung Anzeigen. Sechsmal pro Woche lag sein Name in der Früh also in ihrem Briefkasten. Schade, dass er nicht wusste, was für einen Briefkasten sie hatte. Er hatte nicht darauf geachtet, als er dicht hinter ihrem schwingenden Po das halbdunkle Treppenhaus hochgestiegen war. Gerne würde er sich vorstellen, wie sie die Zeitung aus dem Kasten nahm, noch im Morgenmantel und nackt darunter. Er wusste, dass sie *Zürcherland* abonniert hatte. «Ein Käseblatt», hatte sie gesagt, «aber es bringt mir Kunden.» Beim Frühstück hatte sie ihm ihren Werbeflyer gezeigt. *Schenken Sie sich Sonnenwärme – in Jasmins Solarium!* Jasmin würde namensmäßig gut zu Jordi passen, hatte er gedacht, besser als Tschanz, wie sie nun mal hieß.

Eine Nacht, ein Morgen.

Er hatte sie nicht mehr gesehen.

Er wählte ihre Nummer und ließ es läuten und läuten und legte erst auf, als Laila an seinen Schreibtisch trat. Laila war Korrektorin und konnte es nicht verkraften, dass man ihr die Schuld an dem leidigen Inserat in die Schuhe geschoben hatte. Das Inserat beschäftigte inzwischen den halben Betrieb. 43 x 30 mm. 218 Franken. Lächerlich. «Das Inserat ist nicht durch meine Hand gegangen», sagte Laila. «Ist doch egal», sagte Jonas. «Nein, ist es nicht», sagte Laila, «ich mag es nicht besonders, wenn man über mich lacht.» *Zu verkaufen Hundharmonika, Jahrgang 1941, Rarität für Sammler. An den Meistbietenden.* Laila war eine Zicke, so viel war klar. Kritik ertrug sie offensichtlich nicht. «Ich geh dem nochmals nach», sagte Jonas, und Laila lief ohne Gruß aus dem Zimmer. Das Hundharmonika-Inserat war am Schalter abgegeben worden. Dem diensttuenden Lehrling war nichts aufgefallen. Der Fehler musste beim Eintippen passiert sein. Die dort lachten nur, als sie von der Hundharmonika hörten. Im Korrektorat war man sauer. Man hatte eine Stelle weggespart, und nun standen alle unter Druck. Jonas vermutete, dass sie manche Texte bloß noch durchs automatische Korrekturprogramm schleusten. Und dieses las Hund als Hund und Harmonika als Harmonika und sah nichts Falsches darin, die beiden zu verbinden. Was für ein Geseire, Hund statt Hand, so what. «Zürcherland» würde das Inserat neu schalten und den

Verlust von zweihundertachtzehn Franken verkraften. Und die Herren vom Verwaltungsrat drüben in Zürich brauchten deswegen nicht auf ein einziges Lachsbrötchen zu verzichten. Er griff wieder zum Hörer und ließ so lange läuten, dass bei Jasmin der Gips von der Decke rieseln musste.

Sie hatte eine interessante Nummer. Mit 3 multipliziert ergab sich die schöne Reihe 9876543. Und die Quersumme war 26. So alt war sie. Er war exakt die Hälfte älter. Aber das stimmte nur gerade jetzt. Wenn sie sechzig war, würde er noch lange nicht neunzig sein, sondern dreiundsiebzig und fit genug, um auf dem Velo um den Bodensee zu fahren. Das wolle sie mal versuchen, hatte sie gesagt, damals beim Frühstück. Und am nächsten Tag rief sie an und sagte: «Das war's dann.» Sie wolle nicht weitermachen. No bad feelings. Es sei nett gewesen. Mit jedem Satz, den sie sagte, war ihm, als ziehe sie ein weiteres Stück Kopfhaut von seinem Schädel. Nein, er habe nichts falsch gemacht. Sie passe einfach nicht zu ihm. Er solle bitte nicht mehr anrufen. Sie wünsche ihm alles Gute. Hallo? Ob er sie verstanden habe? «Ja», sagte er und dachte: So nicht. Was glaubst du eigentlich. Du blöde Kuh, du Kuh, du, blöde.

Er wusste, dass es ihr gefallen hatte im Bett. So etwas merkte man doch. Er wusste, dass sie ihn wollte. Es war Zeit, dass er sie anrief, und zwar dann, wenn sie zu Hause war. Er wartete bis zum Ende der Tagesschau. Das war der richtige Zeitpunkt. Bevor die Krimis anfingen und er sie womöglich störte. Die Nummer kannte er auswendig, vorwärts und rückwärts. Er tippte sie ein, und dann schloss er die Augen. Jasmin, du willst mich doch. Es läutete zweimal, und schon war sie dran und spuckte ihren Namen in den Hörer. «Tschanz!» Er erschrak. Er sagte nichts. «Jasmin», hatte er sagen wollen, sanft, ganz sanft. Er hatte es ein paarmal geübt. Ging nicht. «Hallo?», sagte sie, und er legte auf. Er hatte sie nicht mal atmen gehört.

Am nächsten Abend rief er wieder an. Er wollte sie wenigstens atmen hören. Diesmal musste er lange läuten lassen. Dann kam das gespuckte «Tschanz!». Er schluckte. «Du warst schon gestern dran, stimmt's?», sagte sie. «Ich hab mir die Nummer gemerkt.» «Jasmin», sagte er. Es klang gar nicht sanft, sondern laut und quenglig. Sie habe ihm doch gesagt, sie wolle keinen Kontakt mehr. Sie hoffe, es gehe ihm gut. So wie ihr. Und bitte keine Anrufe mehr. Klar?

Sie hatte sich also seine Handynummer gemerkt. Dumm war sie nicht, führte immerhin einen eigenen Betrieb. Wenn er als Kunde in Jasmins Solarium ginge – ob sie ihn dann rauswürfe? Vielleicht musste er sie anfassen, damit sie ihn wieder liebte.

Er rief jetzt jeden Abend an. Meistens nahm sie ab, sagte nicht mehr «Tschanz», sondern «Ja, bitte», und legte nach zwei Atemzügen auf. Er bereitete keine Sätze vor, wollte nicht mit ihr reden, wollte nur noch genießen, wie sie sich ärgerte. Er stellte sich auch nicht mehr vor, sie sei im Morgenmantel und darunter nackt. Wenn er die Nummer eintippte, war sein Penis in der Hose so ruhig wie Zahnpasta in der Tube. Die Anrufe machten ihn kein bisschen geil. Die Befriedigung danach glich der aus der Kindheit, wenn er beim Raufen einmal mehr den Angeber Franco weichgehauen hatte. Dir hab ich's gegeben. Es war eine Wohltat anzurufen. Manchmal tat er's auch mitten in der Nacht.

Kuh, du. Blöde. Willst mich doch.

Nachdem es ihm gelungen war, von Coop für ein Jahr eine wöchentliche Prospektbeilage einzuholen sowie von Migros dienstags und freitags eine Doppelseite Panorama, rief ihn der Chef zu sich. Ob er interessiert sei, zusätzlich zur Anzeigenleitung auch die Leitung Vertrieb zu übernehmen. Man wolle sich von Herbert Meili verabschieden. Das hieß, Herbert Meili sollte gefeuert werden, und er, Jonas Jordi, sollte zu allem anderen auch noch Meilis Arbeit machen. «Selbstverständlich mit Saläranpassung», sagte der Chef.

Nun, es war eine Beförderung, eine Goldschnur mehr um die Mütze. Mit Kollegen ließ sich das nicht feiern, denn Neid war zu befürchten, und da er sonst niemanden hatte, lud er seine Mutter ein, zum Mittagessen ins Aussichtsrestaurant Waldhöhe, vier Sterne. Er merkte, dass sie keine Ahnung hatte, was die Aufgaben eines Anzeigen- und Vertriebsleiters waren. Und als er ihr sagte, wie viele Leute er jetzt unter sich habe, sagte sie bloß: «Hoffentlich sind sie nett.» Das hatte sie schon gesagt, als er noch in die Lehre ging und sie ihm immer ein Brötchen in die Jackentasche steckte, das er auf dem Nachhauseweg in den Hühnerhof der Nachbarn warf. Sie zupfte dauernd an ihrer Jacke und sagte, sie habe nicht gewusst, dass die Waldhöhe so fein sei, sonst hätte sie sich schöner angezogen. Sie ging ihm schon bald auf die Nerven, zumal sie immer wieder von den Kindern seines Bruders Mark erzählte, das Annettchen könne jetzt lesen, und die Zwillinge seien beide allergisch auf Haselnüsse. Übersetzt hieß das: Warum hast keine Frau, warum hast du keine Kinder, hast du endlich eine Freundin, oder stimmt mit dir etwas nicht. Er trank den Wein viel zu rasch. Einmal rutschte Mutter die Gabel aus, das mit Speck umwickelte Bohnenbündel flog über den Tellerrand, er spießte es auf.

Jasmin würde Mutter gefallen, dachte er, sie hatte nichts Vornehmes, im Gegenteil. Jedoch richtig billig hatte sie nicht gewirkt, trotz des tief ausgeschnittenen T-Shirts und der Menge Schmuckreifen an beiden Armen und der Tätowierung im Brustspalt. Mit ihrem glänzenden glatten Haar, der schönen Bräune, dem breiten Becken und dem appetitlichen Lachen wäre sie eine richtig knusprige Schwiegertochter.

Mutter nahm zum Dessert ein Stück Kirschtorte, er bestellte nochmals Wein. «Probier», sagte sie dauernd und streckte ihm die Gabel entgegen. Und er musste sich zurückhalten, dass er ihr die Gabel nicht aus der Hand schlug.

Es waren wunderbare Junitage, er mochte abends nicht mehr zu Hause bleiben, und so fing er an, zu Jasmins Haus zu wandern, das dauerte von Tür zu Tür genau dreiundzwanzig Minuten. Im Hinterhof der Velowerkstatt, die er von ihrem Fenster aus gesehen hatte, setzte er sich auf eine Kiste und wartete auf die Dunkelheit. Dann tippte er ihre Nummer ein und blickte hoch zu ihrem Haus, zum dritten Stock. Manchmal ging ein Licht an in ihrem Wohnzimmer, sie sagte «Ja, bitte», und das Licht ging wieder aus. Manchmal blieb es dunkel hinter den Scheiben, und er dachte: Sie treibt sich irgendwo rum. Manchmal war ein fahlblauer unruhiger Lichtschimmer zu erahnen, das hieß wohl, dass sie fernsah und einfach läuten ließ. Der Hinterhof war voll mit Gerümpel und rostigem Abfall, auch zwei Abfalltonnen standen da, aus denen es leicht sauer roch, und eine weiße Katze kam vorbei, eigentlich immer, wenn er da auf die Dunkelheit wartete. Sie ließ sich nicht streicheln, setzte sich aber neben ihn, in einem Abstand von etwa einem Meter, und sagte: Dann warten wir mal. Auf dem Kopf hatte sie einen kreisrunden dunklen Fleck wie eine Kipa. Wenn es dann richtig dunkel war, leuchteten gelbe Blumen auf, wie die hießen, wusste er nicht, und Nachtfalter schwirrten vor den Blütentrichtern.

Einmal kam ein Platzregen, innerhalb einer Minute war er durch und durch nass. Danach ging er seltener hin und beschloss schließlich, mit diesen Ausflügen aufzuhören, sie fingen an, ihn zu langweilen, er brauchte einen neuen Kick, und so suchte er sich die Nummer von Jasmins Solarium heraus. Er hatte fünf Szenarien durchgespielt. Eins: Sie war selber dran. Zwei: Sie war selber dran, sagte aber ihren Namen nicht, und er erkannte ihre Stimme nicht. Drei: Eine andere Person war dran und sagte, Jasmin sei für zehn Minuten weg. Vier: Eine andere Person war dran und sagte, Jasmin sei für zehn Tage weg. Fünf: Der Anrufbeantworter war dran. Er schloss die Bürotür, die sonst meistens offen stand, und rief an. «Jasmins Solarium, Felix am Apparat!» Das war Szenario drei oder vier.

«Ist Jasmin da?»

«Jasmin hat Ferien. Worum geht's?»

«Ihr Velo ist gestohlen worden.»

«Ach. In zehn Tagen kommt sie wieder.»

«Hat sie vielleicht eine Handynummer?»

«Ja, die hab ich hier irgendwo …»

So einfach war das. Schon wieder eine Nummer mit der Quersumme 26. Wenn Jasmin das wüsste, würde sie wohl denken, das sei ein Zeichen des Himmels und so schicksalhaft wie ihr astrologischer Charakter. «Ich bin Fisch», hatte sie im Bett gesagt, «und du?» «Frosch», hatte er gesagt und gleich gespürt, dass sie das gar nicht lustig fand.

Der Hundharmonika-Inserent wollte sich nicht mit einer zweiten Schaltung zufriedengeben. Er habe das Inserat zum Zeitpunkt des Interkantonalen Volksmusiktreffens aufgegeben, die Chance auf einen Verkauf an Professionelle sei nun verpasst, er verlange eine Vergütung des Schadens. Der Blödmann mochte ja recht haben, trotzdem ärgerte sich Jonas derart, dass er für den nächsten Tag eine Sitzung einberief. Topic of Conversation: Sorgfaltspflicht bei Inseraten. Er lud auch den Chef ein, der ließ umgehend absagen. Gegend Abend war Jonas' Ärger wegen des Hundharmonika-Inserenten verraucht, dafür wuchs die Angst vor der viel zu voreilig einberufenen Sitzung. Was hatte er denn mitzuteilen. Nichts. Vielleicht war googelnd etwas zu finden. Nach einer halben Stunde gab er auf. Alles, was er gefunden hatte, war ein Urteil des Europäischen Gerichtshofs zum Thema irreführende Werbung. Da hieß es: *Der Verbraucher wird dadurch voraussichtlich zu einer geschäftlichen Entscheidung veranlasst, die er ohne diese Information nicht getroffen hätte.* Mit anderen Worten: Der Verbraucher kauft eine Hundharmonika, die er ohne diese Information nicht gekauft hätte. Und nun sitzt er da mit einer Handharmonika, und sein Hund, der ein virtuoser Musiker ist, ist maßlos enttäuscht, das schmerzt. Nachts wälzte sich Jonas lange im Bett und beschloss dann, die Sitzung abzusagen. Wegen dringlichen Kundentermins. Er stand auf und tippte Jasmins Nummer ein. Zwar war sie in den Ferien, aber er wollte einfach das Klingeln neben ihrem kleinen Sofa hören. Lange stand er am offenen Fenster, die Klingeltöne glitten hintereinander durchs Dunkel der Bäume und weiter über die Dächer und versanken im gelben Saum des Himmels.

Er schickte ihnen Wünsche nach, keine bösen diesmal, sondern samtweiche, sehnsüchtige. Er wünschte sich, Jasmin würde mit ihm in die neue Wohnung ziehen, ihn umarmen, und sie würden lange in dieser Umarmung verharren. In zehn Tagen war Umzugstermin, mehr Platz, mehr Luxus gab's am neuen Ort, das konnte er sich nach seiner Beförderung nun leisten. Von den Bäumen musste er sich verabschieden, diesen dunklen schweigsamen Wesen, in denen verborgen seine Gedanken hingen wie Fledermäuse, schön und hässlich. Am neuen Ort gab es Rasen statt Bäume. Es gab auch Kamin, Dampfgarer und Gegensprechanlage.
Ja, bitte?
Ich bin's: Jasmin.
Komm rauf! Die Artischocken sind schon im Dampfgarer, und das Kaminfeuer brennt.
Eigentlich wusste er gar nicht, was er da sollte. Eindruck schinden, aber bei wem?

Als er wieder bei Jasmin anrief, stand er auf seiner neuen Terrasse. «Diese Nummer ist ungültig», sagt eine Stimme. Falsch gewählt, dachte er, und tippte die Nummer noch mal ein. Und noch mal. Und noch mal. Dann warf er das Handy in weitem Bogen fort, es fiel in den gepflegten Rasen.
In den folgenden Wochen arbeitete er an der Umstellung des Verträgerdienstes. Der wurde outgesourct, den betriebsinternen Verträgern musste gekündigt werden. Das brachte, nach Abzug der Abfindungen, eine Ersparnis von achtzehn Prozent. Es war anstrengend und nicht angenehm. Er hörte, dass es hieß, der Jordi sei ein harter Knochen. In dieser Zeit fing er an, mit Melinda von den Todesanzeigen auszugehen. Sie war so alt wie er, hatte angenehme Rundungen und ein gackerndes Lachen, das er zuerst mochte, dann aber bald lästig fand. Oft gingen sie abends irgendwo essen. Wenn Melinda lachte, drehten die Leute die Köpfe. Sie hatte einen halb erwachsenen Sohn, der war wohl der Grund, weshalb sie Jonas nicht zu sich nach Hau-

se einlud, und er, Jonas, mochte sie nicht in seine neue Wohnung bitten. Die war, vorläufig noch, für Jasmin reserviert. Er fragte Melinda aus über ihre Arbeit, wollte wissen, wie sich die trauernden Angehörigen verhielten. Manche Anzeigen würden jetzt online in Auftrag gegeben, sagte sie, die brauchten sie dann nur noch zu korrigieren. «Mein geliebter Ehemann», nicht «Unser geliebter Ehemann». «Die trauernden Angehörigen», nicht «Die trauernden Ungehörigen». Jonas lachte. Melinda gackerte. Aber wenn die Leute vorbeikämen, sagte sie, sei es nicht lustig. Sie habe sich auch nach drei Jahren noch nicht daran gewöhnt. «Stell dir vor, jemand, den du liebst, stirbt», sagte sie. Dann schob sie ein Stück Kartoffel in den Mund und kaute. «Und dann musst du heulend eine Todesanzeige aufsetzen. Kannst du dir das vorstellen?» Jonas konnte nicht. Er liebte niemanden. Melinda kaute unendlich langsam. Damit er das Kauen nicht mit ansehen musste, schaute er in alle Richtungen, aber nicht in ihr Gesicht.

Er suchte ein paar Ausreden und hörte auf, mit ihr auszugehen.

Jasmins Handynummer hatte er sich aufgespart wie Schiffszwieback für Notzeiten. Jetzt wollte er sie verwenden, in kleinen Bissen. «Was machst du?», schrieb er in einer SMS. Als keine Antwort kam, schrieb er: «Machst du es dir selbst?» Darauf schrieb sie umgehend zurück: «Fuck you.» Das war nun mal ihre eben nicht so feine Art. Es blieb ihre einzige SMS. Aber er schrieb und schrieb. Im Büro beim Morgenkaffee, in Sitzungen, abends, wenn er fernsah, nachts, wenn er lange wach lag. Manchmal schrieb er nur ein Wort: «Haferbrei», oder zwei: «Ach, Jasmin». Manchmal schrieb er ganze Sätze: «Du liebst mich doch. Komm endlich mit mir unter meine neue Dusche.» Manchmal schrieb er ganze Briefe: «Jasmin, du frigide Kuh, pass auf. Bald werde ich dich besuchen. Ich habe nämlich deinen Wohnungsschlüssel. Hast du nicht gewusst, oder? Was weißt du überhaupt?» Manchmal legte er ein Foto bei. Er fotografierte sich in Stücken. Erst schickte er ihr seine nackten Zehen. Dann den Rest der Füße, dann die Knie und so weiter, immer schön aufwärts.

Sie reagierte nicht.

Er schrieb.

Es wurde Winter.

Auf seinem Bürotisch stand ein Weihnachtsmann mit einer Flasche Johnnie Walker Blue Label im Bauch – Geschenk einer Werbeagentur.

Am Montag, den 3. Dezember, fährt Jonas ins Haupthaus nach Zürich, zum Empfang mit den Kaderleuten aus Vertrieb und Anzeigen. Er wird um siebzehn Uhr in der Kantine offeriert, die heißt Canto und ist über und über mit goldenen Weihnachtsmännchen dekoriert. Eine attraktive Nadine füllt die Gläser. So eine würde ihm gefallen, aber da ist er wohl nicht der Einzige. Der CEO Breuer hält eine kurze Ansprache, blabladi, blablado, und schüttelt allen die Hand, auch ihm, Jonas Jordi. Dass er so heißt, weiß Breuer mit Sicherheit nicht. Egal, Jonas Jordi lässt es sich wohl sein, die Häppchen sind lecker, die Typen so weit nett, es wird gelacht. Einmal schwappt kurz eine Welle der Betroffenheit durch den Raum, irgendein Mitarbeiter soll auf der Straße verunglückt sein, aber aus dem Geraune wird bald wieder Gerede. Jonas ist ein bisschen high, als er nach Hause fährt, so in richtig schöner Jingle-Bells-Laune.

Punkt halb neun klingelt die Türglocke. Jasmin!

Zum ersten Mal benutzt er die Gegensprechanlage.

«Bist du's?»

«Herr Jordi?»

«Ja.»

«Hier Eggenberger, Kantonspolizei.»

mag am sechsten da nicht hin ~ gurkt
mich an ~ solidarität, solidarität ~
will ich solidarisch sein? ~ gehöre
nicht dazu, nicht richtig ~ sind mir
eigentlich alle fremd oder dann egal ~
und dann diese doofe nikolaus-idee,
von der peko ausgedacht ~ alle mit
roten mützen ~ das sieht doch nach
zwergen und nicht nach nikoläusen aus
~ malen plakate: «besser verteilen statt
sparen!» ~ und dann verteilen sie haselnüsse, weil gerade billig aus türkei,
dort ist haselnussernten kinderarbeit,
steht in nsz ~ meinen plakattext
wollten sie nicht: «führungsstil niko-
lausig!» ~ selber schuld ~ sollen sie
dem verwaltungsrat einen nussknacker
überreichen, mir egal ~ sollen sie
denken, das sei lustig, mir egal ~ ich
geh nicht zu der demo ~ bin schon
bald mal nicht mehr in der bude ~
oder gehört das zur ausbildung, niko-
lausige demos mit zwergen?

27

Finger im Rücken.
Weich wie Rührteig.
Es liest sich.
Zur Zeit sind die Tage grau

LEA CORTI, REPORTERIN NSZ

«Das ist Witwenschüttelei», sagt René Herren auf der Sitzung. «Du meinst Waisenschüttelei, Halbwaisenschüttelei», sagt Fanny Franke. Es geht darum, ob man mit der Tochter des verhafteten Bankers Stoop ein Interview machen müsste, wie das Noa Dienes vorgeschlagen hat. Stoop, Banker in Zürich mit Wohnsitz in Affoltern, hat vor zehn Tagen seine Frau erwürgt und sitzt nun in Haft. Alle Medien haben darüber berichtet und tun es immer noch. Aber die Fakten sind spärlich, es wird immer wieder dasselbe aufgewärmt. Stoops Bankinstitut verweigert jegliche Auskünfte. Die österreichische Putzfrau Tonia redete zwar ungehemmt, aber von Stoop wusste sie nichts, sie hatte ihn nur einmal gesehen, und von Frau Stoop wusste sie auch nichts, weil diese das Haus verließ, kaum war Tonia da. Sie schilderte die Einrichtung – «so viereckige Sessel mit Metall und ein Fell überm Doppelbett» – und was montags im Kühlschrank war. «Wenn man subtil vorgeht», sagt Noa Dienes, «wird das keine Halbwaisenschüttelei, sondern ein berührendes Psychogramm.» Zibung schweigt, und nach einer übergewichtigen Pause sagt Lea: «Ich werd's mal versuchen.»

Lea Corti gehört seit einem halben Jahr zum Reporterteam und hat mit ihrer dreiteiligen Folge über Altersheime – Titel: «Die Hilflosen» – einiges Aufsehen erregt. Eigentlich war es eine Folge über aggressives Pflegepersonal, und der Titel war gleichermaßen passend. Leas Geschichten lösten eine Welle von bestätigenden Leserbriefen aus, und Zibung äußerte auf der Sitzung so etwas wie ein Lob. Lea gibt sich munter, und niemand weiß, wie ungemein schüchtern sie im Grunde ist, sie hat sich eine zweite Lea zugelegt, die der ersten Lea regelmäßig einen harten Finger in den Rücken bohrt: Los, mach!

Sie braucht den halben Nachmittag, um herauszufinden, wie Stoops Tochter heißt, nämlich nicht mehr Stoop, sondern Falk, wie der Mann, von dem sie bereits wieder geschieden ist, aber dann geht's rasch vorwärts mit den Recherchen. Cornelia Falk ist zweiundzwanzig, hat eine Ausbildung zur Tierphysiotherapeutin angefangen und wohnt an der Karnerstraße 8. Lea ruft an, niemand nimmt ab. Dann eben morgen.

Lea geht die Filmtipps durch, jetzt braucht sie einen Film, bei dem sie weinen kann. *Quelques heures de printemps* könnte so einer sein, also macht sie sich auf, isst im Gehen ein Sandwich und lässt sich dann im halbleeren Kino in den Sessel sinken. Es funktioniert. Sie weint. Wird weich wie Rührteig. Morgen wird sie die harte Lea sein.

Die Karnerstraße ist eine stille öde Quartierstraße im Universitätsviertel, ein stilloses Aneinander ganz unterschiedlicher Häuser. Die Nummer acht ist ein Mehrfamiliengebäude mit etwas Grün rundum. Cornelia Falks Wohnung befindet sich im Erdgeschoss, ein Fußabstreifer in Katzenform liegt davor. Es ist zehn Uhr morgens, eine anständige Zeit, um bei fremden Leuten zu klingeln. Aber Cornelia Falk macht nicht auf. Lea bleibt vor der Tür stehen und tippt die Telefonnummer ein. Aber Cornelia Falk nimmt nicht ab. Lea kann die surrenden Klingeltöne vom Innern der Wohnung hören. Was jetzt. Die Praxis für Tierphysiotherapie hat auf Leas Mail hin geantwortet, Frau Falk arbeite nicht mehr bei ihnen. Ein weiterer Arbeitsplatz war nicht zu eruieren. Lea horcht ins Treppenhaus, geht ins Freie. Niemand zu sehen, die Straße ist leer bis auf zwei Tauben. An der Hausecke steht ein Lorbeerstrauch, Lea zwängt sich drunter durch und sieht, dass an der seitlichen Fassade des Hauses zuunterst zwei Fenster mit Rollläden geschlossen sind. Es könnten die von Cornelia Falk sein. Lea spürt im Rücken den Finger von Lea Zwei und beschließt, auf dem angedeuteten Trampelpfad das Haus zu umrunden, und wenn sie jemandem begegnet, wird sie sagen, sie sei eine Schulkollegin von Cornelia. Das haut hin, sie ist ja nur gerade drei Jahre älter als die Halbwaise Stoop, die zu schütteln sie den Auftrag hat. Sie bückt sich nach einem Tuch, das wohl jemandem aus dem Fenster gefallen ist, und da ruft auch schon eine Frau vom Balkon der ersten Etage: «Danke, das ist meins! Ich komm runter!» Lea überreicht ihr das Tuch vor der Haustür, und die Frau sagt nicht unfreundlich: «Was suchen Sie eigentlich?» Lea sagt das von der Schulkollegin und dass Cornelia wohl ihr Klingeln nicht gehört habe, also habe sie an ihr Fenster klopfen wollen, Cornelia habe einen unwahrscheinlich tiefen Schlaf, man habe sie im Schullager immer kaum wecken können. «Vielleicht», sagt Lea, «ist sie ja auch verreist.»

Zufrieden macht sich Lea auf den Rückweg, verjagt die Tauben, schlurft durch trockenes Laub und wirbelt es auf. Es heiße im Haus, hat die Frau mit dem Tuch gesagt, Frau Falk sei immer wieder mal in der Klinik, so seelische Störungen, wissen Sie. Die Klinik sei irgendwo am Zürichsee. Mit Seesicht, habe Herr Franzen vom dritten Stock gesagt.

Das wäre geschafft, denkt Lea. Frau Halbwaise, ich komme.

Niemand mehr im Büro. Aber in der Kantine sitzen ein paar von der Redaktion und ereifern sich über den Kommunikationsstil der Geschäftsleitung und über Zibung, das Weichei. Lea setzt sich mit einem schlaffen Stück Pizza dazu. «Die Halbwaisenjägerin», sagt Kristin von der Kultur. «Gibt's was Neues?» «Nichts Neues», sagt Lea, «aber ich bin dran.» «Du bist mutig», sagt Kristin. Lea schiebt Pizza in den Mund. So wie Kristin möchte sie sein. Solche Haare möchte sie haben, so hell und wild, ein Sommerschopf. So ein Lächeln möchte sie haben, so schnell und süß, eine Sternschnuppe. «Ich bin nicht mutig, nur frech», sagt Lea. Kristin lacht. Auch ihr Lachen ist schön. Lea müsste noch sagen: Nicht ich bin frech, sondern Lea Zwei, die mir immer den Finger in den Rücken bohrt, in den unsäglichsten Situationen. Aber wenn sie das sagte, gäb's rund um den Tisch nur verständnislose Blicke. Sie wischt sich den Mund und steht auf. «Bis morgen!», sagt Kristin. Wahrscheinlich ist die Runde froh, sie loszuwerden. Wahrscheinlich wird man nun so zirka eine Minute über sie reden. Für einen längeren Klatsch gibt sie nicht genug her. Wo war sie eigentlich vorher? *St. Galler Tagblatt*? Ach so. Wohnt mit ihrer Schwester zusammen. Ganz hübsch eigentlich. Findest du? Sie hat so spitze Zähne. Dafür ist sie hintenherum alles andere als spitz. Haha. Ist sie verwandt mit den Pharma-Cortis? Nein, so sieht sie nicht aus. Man sieht es, ob jemand mal im Geld gebadet hat.

Nein, wahrscheinlich brauchen sie nicht mal eine Minute.

Zurück im Büro, seufzt sie zufrieden, es ist schön, allein zu sein, das *Dong* zu hören, wenn der Computer angeht, das blaue Bildschirmlicht zu sehen und zu wissen, dahinter sind Milliarden von Informationen, und die gehören alle ihr. Mit den Fingerspitzen über die Tasten zu fahren – fühlt sich an wie seinerzeit der Lego-Boden – und zu wissen, ich kann aus diesen Tasten Geschichten holen, und die gehören alle mir.

Die Klinik sei «am Zürichsee», hat die Frau mit dem Tuch gesagt. Lea hat die Infos rasch beisammen. Es gibt zwei Kliniken mit Seesicht. Als Erstes wird sie die vom rechten Ufer aufsuchen. Nicht zu früh, nicht bevor dort die Drogen geschluckt und die Stuhlgänge erledigt sind.

In der Wohnung ist alles dunkel. Seltsam, Cora lässt doch immer ein Licht an, wenn sie mit Hund nach draußen geht. Lea hat vorgeschlagen, den Hund Hund zu taufen, Cora war einverstanden. Es ist Coras Hund, sie kümmert sich um ihn, sie liebt ihn. Lea hat nicht viel für ihn übrig. Trotzdem wird sie von

Hund immer freudig begrüßt, wenn sie nach Hause kommt. Sie sucht in der Küche nach etwas Essbarem, schenkt sich ein Glas Wein ein, setzt sich an den Küchentisch, hört ein Geräusch, ein winziges Wimmern. Das kommt aus Coras Zimmer. Ist sie schon im Bett? Und wo ist dann Hund? Vorsichtig schiebt Lea die halboffene Zimmertür ganz auf, geht im Dunkeln auf das Bett zu, ertastet die hochgewölbte Bettdecke. Darunter liegt Cora, ihre große dicke Schwester, und weint.
    Hund ist überfahren worden.
    Hund liegt in einem Container für Kadaver.
    Ein freundliches Leben ist aus. Ach, Hund.

Die ganze Nacht hat Lea in Coras Bett gelegen, wie früher, als sich die Eltern stritten. Cora hat geweint. Lea nicht. Geschlafen haben sie beide kaum, haben einander festgehalten auf dem Rand des Schlafs.
    Es ist Ende November, der Himmel rundum blau wie in einem Werbeprospekt für die Ägäis. Telefondrähte glitzern, Fensterscheiben glänzen, Turmspitzen blinken, altes Goldlaub glüht, und der See flimmert wie ein nächtlicher Bildschirm. Könnte sein, dass Cornelia Falk bei solchem Wetter spazieren geht, um das gepflegte Klinikgelände und die Seesicht zu nutzen, wo man doch so viel dafür bezahlt. Vielleicht könnte sich Lea dann einfach dazugesellen und ganz locker ein Gespräch anfangen. Herrlich, nicht. Was für ein Geschenk, dieser Tag. Und das so spät im Jahr. Man vergisst ganz, warum man hier ist. Geht es Ihnen auch so? Leider ist es ihr nicht gelungen, von Cornelia ein Bild aufzutreiben. Wie sieht jemand aus, der Cornelia heißt, zweiundzwanzig ist, schon mal verheiratet war, eine erwürgte Mutter hat und einen Vater in Untersuchungshaft? Lea stellt sie sich klein vor, blondes hochgestecktes Kraushaar, herzförmiges Gesicht, ziemlich hübsch.
    Durch die Dörfer am See ist Lea immer mal wieder zu schnell gefahren, musste abrupt das Tempo drosseln, runter auf fünfzig, auf dreißig. Aber jetzt, den Hang hoch, fährt sie langsamer,

dem Wagen werden die Räder schwer. Lea weiß noch immer nicht, wie sie sich in die Klinik einschleichen soll, sie möchte am Empfang nicht eine regelrechte Lüge vorlegen. Wenn das herauskäme, wäre sie ihren Job los. Pressekodex und so weiter. Der Parkplatz der Klinik ist zum Glück ziemlich voll, ihr Wagen fällt nicht auf. Kaum ist sie ausgestiegen und hat sich durchgestreckt, bohrt ihr Lea Zwei den Finger in den Rücken. Ja, ja, ich geh ja schon.

Sie nimmt die weißen Chrysanthemen vom Rücksitz und macht sich auf die Suche nach einem Seiteneingang. Die Chrysanthemen wirken wie Grabschmuck, aber das macht nichts, sie sind ja bloß Tarnung. Auf dem Gelände sind keine Spaziergänger zu sehen, nur Gärtner, die Laub rechen. Die Wiesen, Büsche und Beete wären ein Himmel für Hund. Ein Fahrweg führt hinter das Gebäude, von da taucht der Lieferwagen einer Getränkefirma auf. Lea Zwei bohrt. Lea schlendert. Der Fahrer des Lieferwagens hebt winkend die Hand. Erstaunlich, dass es so freiwillig freundliche Leute gibt. Die Tür auf der Rückseite steht weit offen, den Gerüchen und Geräuschen nach führt sie zu Putz- und Küchenräumen, zwei Frauen beladen einen Wäschewagen, drehen nicht den Kopf, Lea steigt in einen Lift und fährt hoch bis zur vierten Etage. Hier, auf dem dicken, dunkelroten Teppich, hört man die Schritte nicht, es ist beängstigend still. Die Zimmer haben Nummern, Lea bleibt vor 403 stehen und weiß nicht mehr weiter, sie weiß ja nicht mal, ob das die richtige Klinik ist. Und dann kommt unerwartet Hilfe, aus Zimmer 404, ein junger Mann in weißer Schürze.

«Ach, bitte», sagt Lea und hält sich den Blumenstrauß vor die Brust, «ich suche Frau Falk, Cornelia Falk, das ist doch die vierte Etage, oder nicht? Aber jetzt weiß ich die Zimmernummer nicht mehr.»

Gleich hat sie's geschafft. Falk?, hat der junge Mann gesagt und in seinen Papieren geblättert. Falk: dreihundertzwei. Gleich hat sie's. Sie lässt den Strauß im Lift liegen, deponiert den Mantel mit der Tasche darunter auf einem Sessel im Korridor, dann klopft sie ans Zimmer 302.

«Frau Falk?»

Nele, Tochter eines Mörders
Ein Beitrag von Lea Corti

Die großgewachsene Frau mit dem langen glatten, fast blauschwarzen Haar spricht ruhig und gemessen. Die Emotionen hört man ihrer Stimme nicht an. Ihr aktueller Name soll hier nicht genannt sein. Nennen wir sie Nele. Früher hieß sie Stoop, denn sie ist die Tochter von Bankier Stoop, der vor zwölf Tagen verhaftet wurde. Er soll seine Frau erwürgt haben. Alle Medien haben groß darüber berichtet. Auf die Frage, wie man sich fühle als Tochter eines mutmaßlichen Mörders, hebt Nele die Schultern. Auf diese Frage wisse sie nichts zu sagen. Sie fühle sich nicht als Tochter, sagt sie. Habe sich nie als Tochter gefühlt. Nicht als Tochter des Vaters, nicht als Tochter der Mutter. Ich war nur ein Stück Inventar, sagt sie und lacht, es ist ein unfrohes Lachen.

Sie hat sich in ihrem Zuhause nie zu Hause gefühlt. Sie konnte nie begreifen, dass ihre Schulkolleginnen an fremden Orten vor Heimweh weinten. Bis jetzt weiß sie nicht, wo sie eigentlich hingehört oder hingehören möchte. Dieses Schwanken macht sie oft schwindlig. Um sich zu stabilisieren, isst sie, sooft und soviel sie kann. Das ist Nele jedoch nicht anzusehen. Denn was sie gegessen hat, würgt sie umgehend wieder heraus. Zur Zeit ist die schöne dunkle Nele wieder mal in der Kur.

Lea sitzt in Wermatswil im Hirschen und tippt in ihr Notebook. Die Gaststube ist um diese Tageszeit leer. Die Kellnerin putzt hinter der Theke, das Radio ist an, Schlagermusik. Lea stört das nicht. Es ist besser hier als in der Redaktion, wo sie Fragen beantworten, oder zu Hause, wo sie Cora trösten müsste. Sie lässt ihr kleines Aufnahmegerät laufen. Ich war gut, denkt sie. «Frau Falk? Störe ich Sie?» Cornelia Falk hob die Schultern, wie danach noch so oft. «Mein Name ist Lea Corti. Ich dachte, vielleicht möchten Sie ein bisschen reden. Oder soll ich später vorbeikommen?» Cornelia Falk hob die Schultern. «Haben Sie etwas dagegen, wenn ich das kleine Gerät laufen lasse? Es kann beim Analysieren eines Gesprächs hilfreich sein.» Cornelia Falk hob die Schultern. «Dann steigen wir doch ganz direkt ein: Wie fühlen Sie sich als Tochter eines mutmaßlichen Mörders?» Cornelia Falk hob die Schultern.

> Sie war in den Augen ihres Vaters in der Schule nicht gut genug. Sie war in den Augen ihrer Mutter nicht hübsch genug. Ich war sozusagen ein Fehlkauf, sagt Nele. Mutter rannte dauernd in die Kirche und betete wohl darum, dass sie mich umtauschen könne. Nie war etwas recht. Und ich wartete und wartete und wusste nicht, worauf. Heute weiß ich es, ich wartete auf ein Lob. Nele stellt sich ans Fenster und schaut lange hinaus in den sonnigen Spätherbst. Dann dreht sie sich um und sagt: «Ich hätte sie auch gern erwürgt.»

Ein Hund kommt an Leas Tisch, schnuppert, setzt sich. Kein schöner Hund, schwarz-weiß-braun, Bauch zu dick, Beine zu dünn. Aber Augen hat er. Zwei uralte, auf Hochglanz polierte Seelen. Schwer lehnt sich der Hund gegen Leas Bein. Wehe, Hund, du bringst mich zum Weinen, das kann ich jetzt wirklich nicht brauchen, ich habe zu arbeiten, heute Abend will ich abliefern. Direkt an Zibung, und der ist nur bis sechs im Büro, dann fährt er zu seiner faden Frau oder zu seiner Geliebten, der Human-Resources-Tussi.

> Mutter habe dauernd Ordnung gemacht, sagt Nele. Sie sei ihr bis ins Treppenhaus nachgerannt mit einem Ak-

nestift, um noch einen Pickel abzudecken. Sie habe auf Neles Nachttisch jeden Morgen die Bücher neu gestapelt, ihre herumliegenden Ecstasypillen in einer Schale gesammelt, ihre Schreibunterlage mit dem Radiergummi gesäubert. Einmal habe Nele auf die Unterlage «Hallo Mutter» geschrieben, das habe sie auch ausradiert. Nach dem Duschen habe sie stets einen Bademantel anziehen müssen, um die vier Meter zu ihrem Zimmer zurückzulegen. «Als ich neunzehn war, bin ich abgehauen, aber mein Vater blieb, und Mutter maß weiterhin mit dem Meterband, um wie viele Zentimeter der Pegel in der Whisky- oder der Wodkaflasche über die Nacht gesunken war, und trug es in der Agenda ein.» Vater habe aufgehört zu reden, sagte Nele. Und Mutter auch. Außer mit Gott.

Zum Glück ist der Tochter das Reden nicht vergangen, denkt Lea, es kam aus ihr heraus, und sie ließ es geschehen, so als zöge ihr jemand an einer Schnur die Sätze aus dem Hals. Lea nimmt an, dass ihr Manöver gelungen ist, dass Cornelia Falk sie für eine interne Therapeutin der Klinik gehalten hat. Leas große Tasche und ihr Mantel lagen ja draußen im Korridor, und Lea erwähnte nichts von Zeitung und Reportage. Die Bilder machte sie mit dem Handy, als Cornelia Falk aus dem Fenster sah und davon nichts merkte, das Profil im Halbschatten, richtig schön.

«Ich war dick, ich war sündig, ich roch nach baldigem Sex», sagt Nele. Mutters Naserümpfen und Dauerschelte seien wie Prügel gewesen, Mutter habe sie zu Tode kritisiert. Nun ja, jetzt seien die schwarzen Zeiten vorbei. Auf die hellen warte sie noch. «Zur Zeit sind die Tage grau», sagt Nele.

Lea streichelt den unschönen Hund und liest durch, was sie geschrieben hat. Der Vater kommt nicht genug vor. Der Vater ist immerhin ein Mörder. Ich hätte nachfragen müssen, denkt Lea. Aber ein zweites Mal kann sie da nicht hin. Immerhin 30 000 Zeichen hat das Gespräch hergegeben. Und es liest sich. Den Kleinkram, den sie noch auf dem Tonband hätte, lässt sie weg. Der wäre nur Sand im Text. «Ich danke Ihnen», hat sie zum Schluss gesagt, worauf Cornelia Falk wieder die Schultern hob.

Der Chrysanthemenstrauß lag immer noch im Lift. Sie nahm ihn an sich, dachte zuerst, ihn Cora zu bringen, aber nein, nicht diesen Grabschmuck. Sie warf ihn in den nächsten Container.

Zur Zeit sind die Tage grau. Lea mag diesen Satz von Cornelia Falk. Er macht sich gut als Schlusssatz. Es ist halb sechs, als Lea auf das NeoMedia-Haus zugeht. Inzwischen ist es deutlich kühler geworden, nächste Woche, so heißt es, soll es schneien. «Hier ist das Gespräch mit der Tochter von Stoop», wird sie Zibung sagen, «sie heißt Cornelia Falk. Ich habe mich ihr vorgestellt, und sie hatte nichts dagegen, mit mir zu reden.» Wo das Gespräch stattgefunden hat, wird sie ihm nicht sagen.

Zibung war nicht mehr im Büro. Lea hat ihm den Text aufs Pult gelegt. Zu Hause ist auch niemand. Cora wird irgendwo ihre Trauer betäuben. Lea fällt erschöpft und zufrieden ins Bett und sinkt sofort in Schlaf. Derweil steht Lea Zwei aufrecht an die Wand gelehnt, bereit für nächste Einsätze.

Zwei Tage wartet Lea auf Zibungs Echo. Es kommt das Wochenende, es kommt der Montag, Zibung meldet sich nicht. Am Mittag greift Lea zum Hörer und ruft ihn an. Der Chef sei nach Hause gefahren, er sei krank, sagt Lilli Stutz vom Sekretariat. Nun wird Lea unruhig. Sie ruft Noa Dienes an. «Ist mein Stoop-Text schon bei dir gelandet?» «Nein», sagt er. «Warst du tatsächlich bei Stoops Tochter?» Wie sie dieses Kunststück fertiggebracht habe. «Her damit», sagt er. «Das bringen wir in ‹Themen›!» Aus Leas Unruhe wird Panik. Was, wenn rauskommt, dass sie Stoops Tochter in der Klinik überfallen hat.

Mit flatterigen Fingern tippt sie den Entwurf zu einem neuen Artikel ins Reine: «Die Guerilla-Gärtner im Winter». Das wird nichts, denkt sie zuerst, aber nach zwei Stunden ist sie doch recht zufrieden, und ihre Hände flattern nicht mehr. «Schönen Abend noch», ruft sie an der offenen Tür des Sekretariats. «Ach, ich weiß nicht», sagt Lilli, «ob das ein schöner Abend wird. Das mit Postino setzt mir irgendwie zu.» «Das mit Postino?» «Hast du's nicht gehört? Er ist tot. Unfall mit dem Velo. Der Schneematsch.»

Zur Zeit sind die Tage grau.
Zur Zeit sind die Tage grau.

vielleicht ist er auf dem hundertjahr-
fest ~ weiß immer noch nicht, wer's
ist ~ hab ihn schon wieder gesehen,
einen tropfenden hut in der hand ~
der macht was hier im haus ~ hat
mich erneut sehr angeschaut ~ wie
hieß schon wieder aynas türkisches
sprichwort ~ «ein angebundenes
schaf grast dort, wo es sich befindet»
~ bin ich schaf? ~ bin ich angebun-
den? ~ grase ich? ~ ja, grasen muss
sein ~ aber so gierig auch wieder
nicht ~ erst quindici maggio, dann
rara, jetzt der tropfende hut ~ muss
das rote kleid kürzen auf wadenlang,
dann passen stiefel dazu ~ und wimpern färben lassen ~ haben schafe
wimpern? ~ wie ging schon wieder
der bibelspruch mit schaf auf dem
schwarzen brett ~ der spruch ist weg,
das brett auch ~ jetzt gibt's den flohmarkt im hausnetz ~ jemand verkauft
umständehalber reise nach neuseeland
~ umständehalber heißt wohl krach zu
hause oder sonst wo ~ leben besteht
aus umständen ~ woraus noch?

28

*Ein bösbisschen plaudern.
Liebe Besatzung.
In voller Fahrt. Pulverfass*

EIN FEST

Schon sechs Stunden sind die Mitarbeiter der Cleaning Group im Gusswerk an der Arbeit. Hier findet heute das große Fest statt: Hundert Jahre NSZ. Das Gusswerk wird erst seit kurzem als Eventhalle genutzt. Es sieht aus, als hätte der letzte Gießer eben erst seine Lochkarte in die Stempeluhr gesteckt. In den Mauern, Gesimsen und Fugen hockt noch immer Staub und Ruß aus der Zeit, als hier Schmelzöfen standen und Arbeiter schwitzten. «Das bekommst du nie weg», schimpft Brugger, Stevie Wanskis Chef. Gegen Abend spricht niemand mehr von Staub, unzählige Deckenspots strahlen auf blendend weiße Tische, darauf stehen Kerzenleuchter, und die Tischtücher fallen bis auf den geputzten Boden, hier könnte ein Scheich seine Hochzeit mit zwölf Jungfrauen feiern. Auch die Bühne steht, zweistöckig, in Tortenform. «Du bleibst», sagt Brugger zu Stevie, «nur für den Fall. Mach dich ein bisschen frisch. Oder musst du zu Frau und Kind?»

Nein, niemand wartet auf Stevie, zu Hause sitzt nur sein Vater vor dem Fernseher und stinkt vor sich hin. Stevie schnuppert. Er stinkt nie, auch nach sechs Stunden Arbeit nicht. Nur für den Fall, hat Brugger gesagt. Stevie weiß nicht, was das sein könnte. Putz, der von der Decke in die Suppenteller rieselt. Oder Betrunkene, die sich in einer Ecke übergeben. Ach was, wird schon nicht so schlimm werden für Stevie, den Putzmann. Er freut sich auf den Abend.

Um sieben Uhr brennen Kerzen in den Nischen der Backsteinmauern und Fackeln vor dem Eingang. Erste Gäste kommen, erhalten ihr Namensschildchen. Stevie hilft ein bisschen in der Garderobe und schaut sich Gesichter an. Niemand, den er kennt. Nur ein Täschchen, rot und glänzend, mit Schnappverschluss. Das Täschchen mit dem Rosenkranz drin, das er mal an sich genommen, aber wieder zurückgebracht hat. Jetzt sieht er das dazugehörige Gesicht: bleich, rund und unfroh. Und dann entdeckt er doch noch jemanden, den er kennt: die Altblondine, die ihm vor ein paar Tagen Weihnachtsgebäck angeboten hat, damals in Lila, jetzt in Rosa. «Guten Abend», sagt Stevie. Sie schaut ihn kurz und verständnislos an.

Margret Somm fotografiert, sie ist nicht etwa dazu verdonnert worden, es war ihr Angebot und wurde gerne angenommen. So braucht sie sich nicht irgendwo dazuzusetzen und Konversation zu machen. Zwar ist KIS nicht mehr dabei, große Erleichterung, aber Noa Dienes, der an KIS' Stelle gerückt ist, den mag sie auch nicht besonders. Ein Ehrgeizling, der sich beweisen will. Stimmungsbilder soll sie machen, vor allem Verwaltungsräte, Kaderleute und Ehrengäste einfangen. Und woran erkennt sie einen Ehrengast? «Daran, dass er in meiner Nähe sitzt», hat Zibung gesagt. Margret ist guter Dinge. Sie hat vor zwei Tagen für ihre Bilderfolge über die alte Frau Manz im Seefeld den diesjährigen Preis der Schweizer Printmedien erhalten. Seither ist das Leben um fünfhundert Lux heller. Sie möchte gerne eine Reportage über Portier Martaler und seinen behinderten Sohn machen, aber Martaler ist noch nicht ganz einverstanden, hat Angst, sein Sohn könne das nicht verarbeiten. Jetzt steht Martaler am Eingang und überprüft die Gästeliste. «Kompanien angetreten?», fragt Margret. «Zack, zack», lacht Martaler, «alle zum Dienst gemeldet, bis auf zehn Unentschuldigte. Und zwei haben soeben abgesagt: Verwaltungsrat Louville, sein Flugzeug kann im Schnee nicht starten, und Zita Ruff vom Archiv, die sagt immer ab.» Wenn Martaler lacht, sieht man, dass er mal ein schöner junger Mann gewesen sein muss.

Allen eintretenden Gästen überreicht Fabian Rausch die Jubiläumsbroschüre, schon fast mehr Buch als Broschüre. Bereits sechs Fehler hat er darin entdeckt, zwei Daten falsch, zwei Druckfehler und zwei Quellenangaben vergessen. Aber das Cover ist schön geworden: die Frontseite der NSZ-Erstausgabe in einem Sepiaton und darüber knallblau der Titel «Hundert Jahre Neue Schweizer Zeitung». Man hätte die Broschüre besser am Ende der Party verteilt, jetzt wissen die Leute nicht, wohin damit, die Jacken- und Handtaschen sind zu klein. Fabian sieht, dass man die Broschüre auf den Stuhl legt und sich dann draufsetzt, und das hat irgendwie etwas Beleidigendes, alle diese Hintern auf seiner Arbeit. Nur die im roten Kleid, die Junge, hat noch im Stehen zu lesen angefangen.

Markus Meyer ist seit gestern zurück aus Berlin, mit einer gewaltigen Sehnsucht nach Nerina, seiner neuen Liebe, und mit einer gewaltigen Erkältung. Er muss aufpassen, dass der Schnupfen nicht auf den Horsd'œuvre-Teller tropft. Aus zwei Gründen ist er trotzdem zum Fest gekommen. Erstens weiß er seit heute Morgen, dass sein Bruder vorzeitig aus der Haft entlassen wird, und das macht ihm Angst. Die will er hier betäuben. Und zweitens hat er sich darauf gefreut, Postino das Mitbringsel zu übergeben, einen Flachmann mit Bärenkopf. Aber Postino ist tot. Nadine Schoch vom Canto hat es ihm soeben gesagt. «Tot?» «Ja, tot. Velo. Schneematsch. Bordsteinkante», sagt Nadine und denkt, steck mich ja nicht an, krank werden kann ich mir nicht leisten. Ihr Großer, Jan, hat sich den Finger gebrochen, und der kleine Juri weigert sich neuerdings, in den Hort zu gehen. Noch mehr Durcheinander kann sie nicht brauchen. Das Horsd'œuvre ist in Ordnung, mehr nicht. Die Sardellen und Maiskörner machen es irgendwie billig, sie würde eher eine saubere Scheibe Avocado und zwei Tränen Chilisauce dazutun. Wenn sie den unsäglichen Roland erst verdrängt und das Canto übernommen hat, wird sie einen tadellosen Vorspeisenteller kreieren. Die Abschaffung von Roland geht sachte und stetig voran. Auch den heutigen Abend wird sie sich zunutze machen und mit dem Personalchef ein bösbisschen plaudern.

In diesem Moment stellt sich Chefredaktor Zibung aufs Tortenpodium und wartet auf Ruhe, damit er zu sprechen anfangen kann. Markus Meyer hustet noch mal so richtig auf Vorrat, Nadine wendet sich ab. Auf ihrer anderen Seite sitzt eine Frau, die sich mit Pia Walch vorgestellt hat, vom Ressort Leserbriefe. Geht mich nichts an, hat Nadine gedacht, und zu dick ist sie auch, aber wenigstens hustet sie nicht. Dass Zibung seine Rede darauf aufbaut, dass man hier in einer ehemaligen Gießerei sitzt, das war vorauszusehen. «Auch unsere Arbeit ist ein stetes Gießen, wir gießen aus Fakten Information.» Ach je. «Information aus einem Guss». Ach je. Wenigstens fasst er sich kurz. Beim Applaus ist bereits das Kalbs-Rib-Eye mit Kartoffelgratin zu riechen, und die Kellner sind mit dem Rotwein unterwegs.

«Wer ist das?», fragt Pfammatter und zeigt auf eine elegante Dunkelhaarige mit fast schwarz geschminkten Lippen, die sich mit beiden Händen auf den Schultern von Sven Schacke abstützt, so dass der sich duckt. «Das ist eine Sekretärin des CEO, ich glaube, sie heißt Nastja», sagt Stemmler höflich. «Potz», sagt Pfammatter, «die erste Betrunkene des Abends. Warst du auch beim letzten Fest, im Sommer, am See?» Stemmler steckt seine zitternden Hände unter den Tisch. Ja, war er. Damals lag die kleine Luna Wanner im Koma. Jetzt, fünf Monate später, kann sie zwar wieder gehen, aber die linke Körperseite funktioniert noch nicht richtig. Und Stemmler zittert immer noch. «Da ist doch einer ins Wasser gelaufen», sagt Pfammatter, «der Enderle, stockvoll.» «Der war nicht betrunken, der war psychisch krank», sagt Stemmler. «Lutz hat ja noch versucht, ihn zu retten.» Wer das eigentlich sei, dieser Lutz, will Pfammatter wissen, dreht sich dann aber um, als Stemmler zu einer Antwort ansetzt, und schaut der schwankenden Nastja nach. Stemmler hat nie mehr was von Lutz gehört. Ist wohl auch untergegangen, denkt er. «Ich kann den Kerl nicht ausstehen», sagt Pfammatter. «Meinst du Lutz?», fragt Stemmler. «Nein», sagt Pfammatter, «den dort, den CEO», und deutet auf die Bühne. Dort steht Erich Breuer, bereit zur Rede, wippt leicht, rupft am Krawattenknoten.

«Liebe NSZ-Mitarbeitende, -Mitdenkende, -Mitgestaltende, -Mitkämpfende, -Mitfeiernde, oder kurz: liebe Besatzung unseres hundertjährigen Flaggschiffs!» «Nicht schlecht», sagt Sven Schacke. «Wir haben allen Grund zum Feiern», fährt Breuer fort. «Aus dem bedächtigen Raddampfer ist ein imposanter Cruiser geworden, trotz seiner Größe überaus wendig und trotz seiner Tradition höchst modern und zukunftsorientiert. Und ich kann Ihnen sagen, meine Damen und Herren, wir sind in voller Fahrt.» «Nicht schlecht», sagt Schacke wieder, «schon mal einiges besser als die Worte unseres lieben Erwin Zibung.» Josette Monti, an Schackes Seite, nickt. Die Worte unseres lieben Erwin Zibung sind nichts wert. Was hat er noch kürzlich zu ihr gesagt: Josette, Honey, du meine Einzige. Und jetzt spaziert Erwins Ehefrau mit Schwangerbauch auf dieses Fest, mit deutlich sichtbarer Halbkugel unter senfgelber Seide. Er hat ihr also noch mal ein Kind gemacht und führt das Ergebnis heute Abend vor. Somit wird er weiterhin an der Seite seiner faden blonden Lächelfrau bleiben. Was für eine Ohrfeige, denkt Josette, und hält sich die Wange, als ob sie brennen würde. Erwin, das war's dann, fertig mit unserer Mittagsehe, fertig mit Honey, du meine Einzige. Du kannst mich mal, deine Einzige. Jetzt ist Schluss. Als Breuer geendet hat und der Applaus verrauscht ist, hebt sie ihr Glas. «Josette», sagt sie. «Sven», sagt Schacke, «entschuldige mein Hochdeutsch.» «Dein Deutsch ist sexy», sagt Josette. «Ich werde rot», sagt Schacke, «siehst du?» Josette schaut ihn an. Er schaut zurück. Der Raum zwischen Gesicht und Gesicht macht sich davon. Sie würden sich küssen, wenn sie könnten. Aber erst muss noch das Fest über die Tortenbühne. Ein schöner Zufall, denkt Josette, dass ich heute meine granatrote Unterwäsche trage. Ein schöner Zufall, denkt Schacke, dass Eva heute nicht kommen wollte, weil die Erdnussallergie sie angesprungen hat.

«Schau», sagt Iris Wertheimer zu Rich Guttmann, «wie der Schacke schäkert.» «Sie nutzen das Geschenk des Zufalls», lacht Rich. «Vielleicht würde ich auch mit dir schäkern, wenn ich nicht in Begleitung wäre.» Die Begleitung sitzt auf seiner anderen Seite und ist seine attraktive Frau Linda, der es trotz dezentester Aufmachung nicht gelingt, nicht aufzufallen. «Macht nur», sagt Linda, «schäkert. Ich tät's ja auch», und sagt dann leiser: «Aber mein unbekannter Tischnachbar ist nicht sehr gesprächig. Wer ist das eigentlich?» «Einer vom *Zürcherland*», sagt Rich, «heißt Jordan oder so ähnlich. Vertrieb oder Anzeigen.» Sie könne es nicht verstehen, dass man keine Tischkärtchen gemacht habe, sagt Iris. Sie wüsste so zwei, drei, neben denen sie keinesfalls sitzen möchte. Nein, Namen wolle sie keine nennen. Und ich wüsste auch keinen, neben dem ich unbedingt sitzen möchte, denkt sie. Kein Einziger unter all den Leuten, der mir schwache Knie macht. Ich muss mich wohl ans Alleinsein gewöhnen.

Eine Moderatorin betritt die Bühne, «das ist Maxi von Radio Fünf», weiß Noa Dienes, «die macht's nicht mehr lange.» Was ihr denn fehle, dieser Maxi, will Fanny Franke wissen, und sie klingt wie jemand, der gerne ein Gespräch über Krankheiten anfängt. «Ihr fehlt nichts», lacht Noa, «aber dem Radio fehlt's an Hörern. Die NeoMedia wird es abstoßen, demnächst, ihr werdet sehen.» «Ach», sagt Fanny, «tanzen wir heute Abend eigentlich auf einem Pulverfass?» «Juckpulver», sagt Noa. «Einige kratzen sich bereits.» Die Moderatorin Maxi gibt das Dessert bekannt: «Torte Saint Honoré.» Was das sei, fragt Lea Corti. «Eine Torte für die Honoratioren», sagt René Herren, «das einfache Volk bekommt wohl etwas anderes. Wo sitzen eigentlich die Verträger?» Die hätten morgen ihr eigenes Fest, sagt Noa, er habe für Zibung eine kleine Rede an die Verträger schreiben müssen, Zibung sei ja krank gewesen. «Sag mal», sagt Lea leise zu Noa, «was ist mit meinem Text über die Tochter des Mörders? Bereits letzte Woche hab ich ihn Zibung abgeliefert und nichts gehört seitdem.» «Bei mir ist er nicht gelandet», sagt Noa, «frag Zibung.» Aber Zibung zu fragen, das getraut sich Lea nicht. «Was ist das nun genau, dieses Saint Honoré», fragt sie, um die große Bangigkeit zu verdrängen. Fanny weiß es: «Ein Ding aus luftigem Teig mit viel Creme drauf und rundum einem Kranz von karamellisierten Profiteroles.» «Nicht schlecht», sagt Noa, «Profiteroles klingt nach Profitmaximierung.» «Ha, ha», sagt René, ohne zu lachen. Ihm ist irgendwie eng um die Stirn, und er spürt, wie der Schweiß ausbricht, die Luft hier drin ist schlecht. Er fühlt sich wie vor ein paar Tagen im Flughafen, besser, er geht gleich raus.

«Was hat er?», fragt Fanny, die dem davonstürzenden René nachblickt. «Er hat genug von uns», sagt Noa, «wir sind ihm zu blöd.»

Lilli Stutz ärgert sich. Sie hätte neben Jakob sitzen wollen, dem Redaktionsvolontär, aber jetzt ist dieses junge Ding dazwischengerutscht, die Anka von den Honoraren. «Allein hier?», fragt Lilli. Anka nickt. Mit Jürgen ist es aus, und Claudio würde hier nicht dazupassen. «Meine Chefin ist hier», sagt Anka, «sie hat ihren neuen Mann dabei.» Als Lilli nichts sagt, ergänzt Anka: «Ihr alter Mann ist im Sommer gestorben.» Lilli lacht. «Die ist aber tüchtig», sagt sie. Wenn sie sich so umschaut, sieht sie nicht viele Paare. Die Fanny Franke hat ihren Langweiler dabei und der Guttmann sein Goldstück und der Arno Caflisch von der PR einen gebräunten Strahleboy. Der Dienes ist allein gekommen, auch der Ladurner und der Schacke und der Meyer, hat der überhaupt eine Frau? Ich hätte einen Mann, denkt Lilli, der sitzt zu Hause und schmort in der Streitbrühe. Will aufs Mal nichts mehr wissen von einem Kind. Was soll ich bloß machen, dass ich ihn wieder mag. Den Jakob, zwei Stühle weiter, den würde ich mögen, obwohl er bestimmt zehn Jahre jünger ist, oder gerade deswegen. Nach der Torte werden die Leute wohl aufstehen und sich ein bisschen bewegen, dann lach ich mir den

Jakob an, das werde ich. Der Ladurner hat sich schon jetzt davongemacht und sich neben Kristin von der Kultur gesetzt. Lilli kann sehen, dass sie zusammen auf einem Stuhl sitzen.

«Tauchen wir ein ins Damals», dudelt die Moderatorin Maxi ins Mikrofon, «lassen wir uns in die Zeit vor hundert Jahren sinken, als die Alten zu Walzer und die Jungen zu Ragtime tanzten und sich alle mit Scharaden vergnügten. Die Ballettschule vom Opernhaus wird Ihnen gleich eine Scharade präsentieren. Wer den Begriff zuerst errät», trällert Maxi, «gewinnt ein Geschenkabonnement der *Neuen Schweizer Zeitung*. Ist das nicht großzügig?» Sie senkt das Mikrofon und hebt es nochmals hoch. «Und fünftausend Franken in bar.»

«Scharade, wie geht das schon wieder?», fragt Jakob. Anka zuckt bloß mit den Schultern, und Lilli sagt: «Keine Ahnung. So alt bin ich nun auch wieder nicht.» «Schade», sagt Jakob. «Wenn die Bühnenshow vorbei ist, fängt eine Disco an», sagt Anka, «drüben in der Lagerhalle.» «Da gehen wir hin», sagt Jakob, und Lilli weiß nicht, wer mit «wir» gemeint ist.

«Hübsch», sagt Zibung, als die Scharade-Tänzer auf der Bühne erscheinen, in schwarz-weißen und sepiabraunen Kostümen, «weiß jemand von euch, was sie darstellen werden?» «Es wird schon nichts Ungebührliches sein», sagt Erich Breuer, «kein Lob auf NZZ oder auf die Pornografie.» «Heutzutage kann man nie wissen», sagt Zibung und nimmt den Umschlag entgegen, den ihm ein Kellner überreicht. «Ist eben abgegeben worden», sagt der Kellner. Zibung zupft aus dem Blondhaar seiner Frau eine Haarspange, schlitzt den Umschlag damit auf und liest: *Das ist eine Warnung. In der Bühnentorte steckt eine Bombe als Protest gegen den Wachstumswahn des Kapitals und seine Liebediener von der NeoMedia.* «Zeigen Sie her», sagt Breuer. «Ist es das Lösungswort der Scharade?»

wieder schnee, bisschen nur, wirbelflocken, wirbeltage, ich schneie wörter auf die tastatur, bin frau holle ~ wer bin ich, wenn ich nicht frau holle bin ~ angenommen, jemand weiß nicht, wie ich aussehe, ob groß, klein, blond, schwarz, weiß nicht, wie ich lache, ob laut, ob sparsam, weiß nicht, ob vater, mutter, bruder, schwester, weiß nicht, wie ich war, ob glückliches kind, ob geplagtes, weiß nicht, was ich tu von abend bis morgen, weiß nicht, was ich hab, außer weit weg eine freundin, weiß nur, was mir hie und da durch den kopf rennt, angedachtes, ungewolltes, aufgeschnapptes, wie lichter vom leuchtturm, kurz hell und schon vorbei, wie pünktchen von leuchtkäfern, auf und ab und ohne plan, wenn man von mir nicht mehr wüsste als nur gerade das: wer wäre ich ~ würde man mich mögen / meiden ~ ich möchte es wissen ~ damit ich weiß, wer ich bin